LE MASQUE DE TROIE

Du même auteur aux Éditions First

Atlantis, 2005 ; Pocket, 2007

Le Chandelier d'or, 2006 ; Pocket, 2008

Le Dernier Évangile, 2008 ; Pocket, 2009

Tigres de guerre, 2009 ; Pocket, 2011

David Gibbins

LE MASQUE DE TROIE

Traduit de l'anglais
par Paul Benita

FIRST
Editions

Titre original : *The Mask of Troy*
Publié par Headline Publishing Group

Édition française publiée par :

60, rue Mazarine
75006 Paris – France
Tél. : 01 45 49 60 00
Fax : 01 45 49 60 01
Courriel : firstinfo@efirst.com
Internet : www.editionsfirst.fr

ISBN : 978-2-7540-2077-0
Dépôt légal : juin 2011
Imprimé en France

Édition : Véronique Cardi
Correction : Josiane Attucci-Jan et Jacqueline Rouzet
Mise en page : Nord Compo
Couverture : Leptosome
Traduction : Paul Benita

Carte de la Méditérranée orientale actuelle

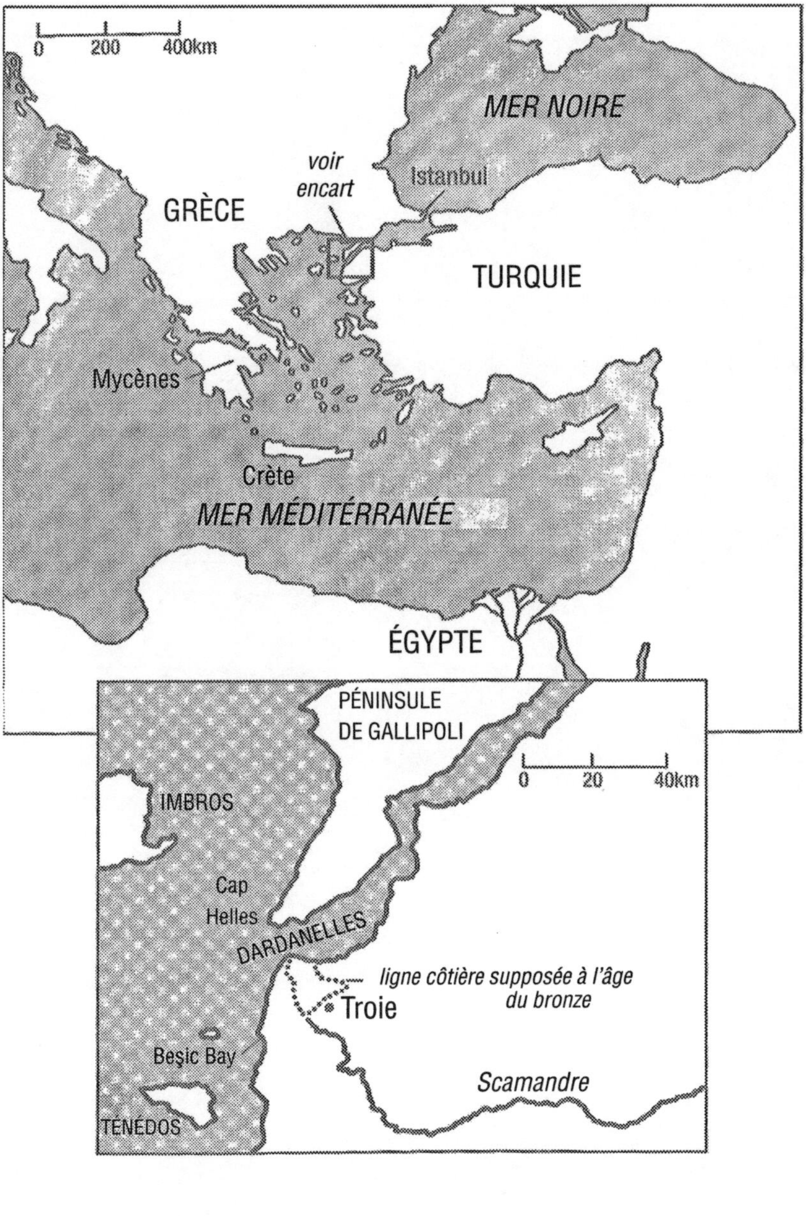

Je te donne une tablette de guerre ;
je te donne une tablette de paix.

Lettre du roi hittite Tudhaliya IV à un roi assyrien,
à la fin du XIIIe siècle avant J.-C.

Et que tous les Grecs aiguisent leurs javelots,
Que tous apprêtent leurs boucliers,
Que tous nourrissent leurs féroces chevaux de guerre,
Que tous préparent leurs chars de combat.
En ce jour, ce jour terrible, que chacun lutte ;
Sans repos, ni répit, jusqu'à ce que vienne la nuit ;
Jusqu'à ce que l'obscurité, ou la mort, recouvre tout :
Que le sang coule, et que les puissants tombent.

HOMÈRE, *Iliade,* Livre II, lignes 382-394,
VIIIe siècle avant J.-C.

Prologue

Mycènes, Grèce, 28 novembre 1876

L'homme quitta le dernier barreau de l'échelle posée au bord du puits, faisant craquer sous ses semelles des débris de poterie pelletés ces derniers jours par les ouvriers. Sous le clair de lune, la maçonnerie grossière luisait, comme si la grande citadelle de l'âge du bronze venait à peine de surgir de terre. Passant la main sur son crâne presque chauve avant de remonter son *pince-nez*[1], il sortit sa montre de gousset de son gilet. 4 heures du matin. Sophia et lui travaillaient depuis près de trois heures, le soleil ne tarderait pas à se lever. « Avant l'aube aux doigts de rose, enfant du matin. » Il ferma les yeux, savourant la citation. Homère n'était jamais loin de ses pensées quand il se trouvait seul dans ces ruines drapées d'ombre.

Mycènes la bien bâtie, riche en or. Cela avait été son rêve depuis cinq ans, depuis qu'il avait mis Troie au jour, depuis que Sophia et lui avaient, en secret, fait la découverte qui allait stupéfier la terre entière. Oui, cela avait été son rêve de venir dans cet autre bastion de l'âge du bronze, dans cette forteresse du roi des rois, pour trouver la clé qui lui permettrait

1. En français dans le texte (N.D.T.).

enfin de dévoiler la vérité. Alors, tous comprendraient que ce n'était pas la vénalité, la recherche d'un trésor qui l'avaient poussé à établir la réalité de la guerre de Troie, mais le salut de la race humaine. La clé qui sauverait le monde de l'Armageddon.

Rangeant sa montre, il se rendit compte que son pantalon était couvert de boue. Sophia allait devoir le brosser avec soin pour effacer toute trace de leur venue ici. Il portait toujours son habit de soirée. Les fouilles reprendraient dans la matinée avant la fermeture du site pour la saison. Pour marquer la fin de la campagne, ils avaient invité l'inspecteur grec à un dîner, l'abreuvant de vins succulents et de cognac jusqu'à ce qu'il sombre, ivre mort, dans l'inconscience. Puis ils étaient remontés avec une pelle et une lampe à huile. L'occasion était trop belle. Sophia avait vu quelque chose dans le caveau royal, juste avant que n'éclate l'orage qui avait provoqué l'arrêt du chantier. Il avait veillé à ce que lui ou elle se trouvent toujours présents ici, pour diriger les travaux sous la citadelle, là où son instinct lui disait qu'ils allaient trouver ce qu'ils étaient venus chercher, l'ultime ingrédient de la révélation qui allait bientôt sidérer l'humanité.

Pour le moment, ils garderaient le secret. Le monde saurait seulement qu'après avoir découvert Troie, lui, Heinrich Schliemann, millionnaire excentrique, génie des langues, passionné de mythologie, était venu ici afin de mieux connaître le roi qui avait provoqué cette guerre dont la plupart pensaient qu'elle n'était qu'une légende. Il sourit, tout en regardant avec prudence autour de lui. Les blocs verticaux formant le cercle des tombes se dressaient devant lui, ceints par les immenses murs en ruine de la citadelle perchée au sommet d'une colline. Des murailles construites par des Cyclopes, ces monstres dotés d'un œil unique dont les habitants de Mycènes avaient fait leurs esclaves afin qu'ils bâtissent leur forteresse. Une autre légende à laquelle il avait presque envie de croire tant la taille colossale des pierres posées là depuis plus de trois mille ans l'émerveillait. Ce n'était pourtant pas l'œuvre de dieux ou de géants qu'il voulait trouver ici, mais celle d'hommes de chair et de sang : ce qu'ils avaient accompli, jusqu'où ils avaient pu se hisser, comment ils avaient chuté. Il ne s'agissait pas non plus de héros mythologiques, mais d'individus qui avaient façonné l'histoire.

— Heinrich ! Viens, viens tout de suite !

La voix de Sophia venait de jaillir des ténèbres. Le cœur battant, il se retourna pour se pencher au-dessus du puits. Avait-elle enfin trouvé ? Ils avaient déjà découvert d'innombrables trésors : diadèmes, bijoux, armes, et même un gobelet doré dont il avait soutenu qu'il s'agissait de la coupe de Nestor, celle décrite avec tant de précision par Homère. Mais peu leur importaient ces richesses à présent. Ils cherchaient à comprendre les actes d'un roi. Plissant les paupières, il aperçut une infime lueur dorée au pied de l'échelle, là où Sophia travaillait au cœur du caveau taillé dans la roche. Il essaya de contrôler son excitation.

— Pas si fort, murmura-t-il en allemand. Je veux être certain que nous sommes absolument seuls.

Il scruta la nuit autour de lui. Pendant une fraction de seconde, il crut discerner une ombre mais elle s'évanouit aussitôt, sans doute une illusion créée par le clair de lune. Il observa le sentier rocailleux qu'ils avaient gravi trois heures plus tôt, la porte qu'ils avaient franchie avec son faîte triangulaire représentant deux lionnes tenant un pilier. La Porte des Lionnes de Mycènes, forteresse d'Agamemnon, seigneur des hommes, régnant sur tous, noble fils d'Atrée. L'une des lionnes était décapitée à présent, mais elles offraient encore une formidable impression de puissance et les voir pour la première fois avait suffi à raffermir sa résolution. Cet endroit ne pouvait qu'être le décor d'un mythe. Il détourna les yeux de la porte pour contempler, comme le grand roi avait dû le faire, la plaine qui s'étalait au pied de sa citadelle vers la mer, jusqu'à l'endroit où, naguère, il s'était embarqué pour Troie. Troie... Ce simple mot le faisait encore frissonner. Trois ans auparavant, Sophia et lui y avaient trouvé le trésor de Priam. Et bien plus encore. Plus qu'il n'aurait jamais pu rêver. Plus qu'il n'avait révélé au monde.

Scrutant les lumières tremblotantes de leur campement à la lisière de la plaine, il chercha des ombres dans l'obscurité, des lampes remontant le sentier. Rien. Personne. Les autorités grecques connaissaient les rumeurs. Pour certains, Schliemann et son épouse ne valaient guère mieux que des pilleurs de tombeaux. Mais les Grecs étaient trop fiers de leur place dans l'histoire pour ne pas lui permettre d'effectuer ces fouilles. Et il leur en était reconnaissant. Si les académiciens avaient eu leur mot à dire, il n'y aurait jamais été autorisé. Ils s'étaient moqués de lui, un simple autodidacte qui n'en faisait qu'à sa tête et s'imaginait que l'argent remplaçait le bon sens. Pour eux, il n'était qu'un fantaisiste, absurde. Ils se trompaient.

Il n'était pas venu chercher un mythe.

Il était venu chercher la vérité.

Il était venu chercher les vrais héros.

Prenant une profonde inspiration, il se retourna vers le puits. La pluie avait nettoyé l'air mais les odeurs remontaient : thym, romarin et le doux éther qui flotte en permanence au-dessus de ces sites antiques, une émanation de l'histoire trop puissante pour être dissipée par un acte transitoire de la nature. Il respira la terre, sa richesse, le sol dans lequel ce site était enfoui depuis des millénaires. Il leva les yeux. Les nuages qu'éclairait la lune se déplaçaient rapidement et, pendant un instant, il crut voir les galères grecques voguant vers l'est, vers leur Némésis à Troie. Il enjamba l'échelle et, peu après, posa le pied au fond du puits, dans la chambre mortuaire aux murs carrés. La lampe brillait dans un coin. Tout autant souillée que lui, Sophia se tenait là, ses cheveux plus noirs que la nuit, ornés de bijoux copiés à partir de ceux qu'ils avaient découverts à Troie. Elle était sa reine mycénienne, penchée sur cette tombe, comme si elle s'apprêtait à rejoindre le souverain défunt dans l'au-delà.

— Heinrich, murmura-t-elle, le doigt tendu.

Il fixa le sol. Et s'arrêta de respirer. Ses genoux cédèrent. Il s'écroula. Ce n'était pas la lueur d'une lampe qu'il avait aperçue depuis la surface. C'était de l'or. Un masque d'or. Le cœur battant, il effleura le métal du bout des doigts. Froid, immaculé, et en parfait état. Les traits sculptés étaient fins, aristocratiques. Schliemann contempla la barbe, les pommettes hautes, les lèvres minces et dures. Et ces yeux, en forme d'amande sciés par une fente, à la fois ouverts et fermés. Un visage qui ressemblait à ceux qu'ils avaient vus sous Troie, la découverte que Sophia et lui n'avaient pas divulguée, une découverte trop précieuse, trop énorme pour la gaspiller dans le stérile débat des faits contre la légende. Il fixa le masque. Oui, ils l'avaient trouvé.

Le visage d'un roi. Le plus puissant de tous. Le roi des rois.

— Veux-tu que nous le remontions ? demanda Sophia.

Il secoua la tête.

— Non. Il faut penser à nos amis, à tous ceux qui nous soutiennent. Heinrich Schliemann va enfin prouver qu'il a toujours eu raison. Nous allons le réenterrer pour le découvrir officiellement demain devant les ouvriers. Cette image, ce masque resteront à jamais gravés dans l'histoire de l'archéologie. À jamais associés à mon nom et au tien.

— Que vas-tu leur dire ?

Il inséra délicatement ses doigts sous le masque.

— Je leur dirai que j'ai vu le visage d'Agamemnon. Mais regardons au moins ce qu'il y a dessous. Maintenant. (Il se tourna vers elle, les yeux soudain humides d'émotion.) Ce sera mon cadeau pour toi. Pour nos futurs enfants. Pour tous les enfants du monde.

Il reporta ses yeux sur le masque, les paupières mi-ouvertes, mi-closes. Il avait prévu cette trouvaille. Une *Herrscherbild*, l'image d'un seigneur parmi les hommes. Il retint son souffle, et pour la première fois, un léger doute s'empara de lui. Était-ce vraiment le visage d'un héros, un symbole qui ramènerait un âge d'or ? Ou bien était-ce la représentation d'un roi qui, dans sa folie guerrière, avait provoqué la destruction de la première grande civilisation ? Il repensa aux mythes. À la malédiction de la maison des Atrides. Il songea aux conflits qu'il avait lui-même connus, ceux de son époque, qui avaient ravagé l'Europe, l'Amérique et l'Orient. Les millions de morts, les pays entiers dévastés. Des carnages rendus possibles par des armes forgées dans les feux de l'enfer, où les héros n'avaient plus cours, et qui préfiguraient les guerres à venir. Des guerres totales, toujours plus destructrices. Avec leur cercle d'amis, des hommes puissants et de bonne volonté œuvrant en secret dans le monde entier, Sophia et lui rêvaient d'un monde où la malédiction de la guerre serait vaincue, où les héros régneraient de nouveau, des champions prêts à se sacrifier pour leurs peuples, pour la paix. Oui, voilà bien le credo auquel lui, Heinrich Schliemann, comptait redonner vie.

Fixant les yeux insondables du masque, il pensa à ceux qui détenaient le pouvoir dans son propre monde. À ceux qui risquaient de s'en emparer. Un Kaiser. Un Führer.

Il pensa à ce qu'il risquait de déchaîner.

Sophia se blottit contre lui.

— Tu dois le faire, Heinrich. Tu le dois. L'aube arrive.

Il inspira et sentit remonter l'odeur métallique qui imprégnait la terre. Le souffle de l'histoire. L'odeur du sang.

Il souleva le masque.

PREMIÈRE PARTIE

1

Au large de l'île de Ténédos, mer Égée, de nos jours

Le plongeur contemplait le fond de la mer avec stupeur. De toute sa vie, il n'avait jamais vu un tel trésor. Il tendit la main, puis referma ses doigts sur la garde pour extraire l'épée du sable. Elle était magnifique, l'arme d'un roi parfaitement préservée, comme si elle avait été perdue la veille et non quelques milliers d'années plus tôt, à l'époque des légendes. Il la fixait, ébloui par les joyaux enchâssés dans le pommeau, par le bronze luisant de la lame incrustée d'or et de nielle rouge sur lequel étaient reproduites des images de guerriers armés de lances et de boucliers en forme de huit, chassant un grand lion bondissant. La levant vers le soleil qui filtrait depuis la surface, il imagina un instant qu'il la tendait à ce grand roi en personne, naviguant vers Troie, à la proue de sa galère voguant sur les flots. Mais, au moment où le métal rencontra la lumière, le reflet l'aveugla… et quand il rouvrit les yeux, l'épée se désintégrait en sable ruisselant le long de son bras pour retomber sur le lit de la mer. Désespéré, il se mit à creuser la vase avec frénésie. Ses doigts s'enfoncèrent. Qu'allait-il dire aux autres ? Comment leur avouer qu'il avait trouvé le trésor qu'ils étaient tous venus chercher ici et qu'il l'avait perdu ?

Jack Howard se réveilla en sursaut tandis que le F-16 de l'armée de l'air turque hurlait au-dessus de sa tête, le rugissement se muant rapidement en un grondement sourd tandis que le jet fonçait vers l'est en direction de la côte. Il se frotta les yeux, essayant de reprendre son souffle. C'était un rêve récurrent et il se terminait toujours de la même façon. Mais, aujourd'hui, la réalité prendrait peut-être le dessus. Il consulta sa montre de plongée, se protégeant les yeux du soleil éclatant. La réunion était prévue dans trois quarts d'heure. Vingt minutes plus tard, il aurait enfilé son équipement et serait prêt à plonger vers l'épave gisant sous leur bâtiment. Se relevant d'un bond, il roula son tapis de sol pour le ranger à son emplacement habituel près du bastingage sur le pont avant. Son coin préféré pour faire une petite sieste : il s'y sentait proche des éléments. L'intense ciel égéen, la rumeur et l'odeur de la mer… tout en restant à portée de voix en cas de besoin.

Il jeta un coup d'œil vers les vitres du poste de pilotage, saluant l'officier de garde d'un signe de la main, avant de contempler les lignes effilées du navire. Le *Seaquest II* avait bénéficié d'une remise en état à peine deux semaines auparavant, et la peinture blanche de sa superstructure resplendissait. Derrière l'hélicoptère Lynx à la proue, il apercevait le fanion de l'International Maritime University, arborant l'ancre du blason de sa propre famille, surmonté du drapeau rouge avec un croissant de lune et une étoile, leur pavillon de complaisance dans les eaux turques. La main en visière sur le front, il fouilla l'horizon, calculant mentalement leur position. Au sud-ouest, se trouvait l'île de Bozcaada, anciennement Ténédos, à moins de deux milles marins à bâbord. Au nord-est, il discernait à peine les collines de Gallipoli, la longue et étroite péninsule sur l'autre rive du détroit des Dardanelles qui sépare l'Europe de l'Asie. Un coup d'œil au récepteur GPS qu'il avait laissé par terre lui confirma qu'il ne se trompait pas. Son pouls s'accéléra. Le capitaine Macalister revenait vers le contact sonar qu'ils avaient établi juste avant midi. La houle était plus forte maintenant mais il était clair que la décision avait été prise. L'excitation le gagna. Il repensa à l'extraordinaire objet qu'il avait repéré au fond de la mer ce matin. La plongée aurait lieu.

Il agrippa la rambarde. Son rêve l'avait rendu nerveux. Mais il était venu ici dans un but précis et non pour dormir. Il ramassa la cible sommaire, faite de trois bouts de planche cloués de façon à former un triangle, et la jeta par-dessus bord, nouant la ligne à laquelle elle était reliée au bastingage. Il adressa un nouveau signe au poste de pilotage et, quelques secondes plus tard, la triple sirène annonçant un exercice de tir retentit. Il enfila le casque antibruit avant de sortir le lourd revolver d'ordonnance de son étui. Glissant le cordon autour de son cou, il actionna le mécanisme permettant de l'ouvrir pour le charger de six balles de calibre 455. Puis, il visa, le bras droit tendu devant lui, la main gauche en soutien. Il releva le chien avec son pouce gauche, son index droit s'enroulant autour de la détente. La cible se trouvait à trente, trente-cinq mètres, déjà difficile à atteindre en temps normal et d'autant plus maintenant sur le pont instable du navire. Le revolver sauta en arrière, la détonation se perdant presque dans le bruit du vent. Il tira de nouveau et vit une gerbe s'élever. Trop court. Il fit la moue. La charge de poudre était bonne mais les balles un peu lourdes. Il vida le chargeur, faisant feu à quatre reprises dès la fin du recul, visant plus haut. Le dernier projectile toucha la cible, la faisant tournoyer follement dans les vagues. Il baissa son arme et la rouvrit, pour éjecter les cartouches vides dans un seau posé à ses pieds. Il enleva son casque, le laissant pendre autour de son cou, et adressa un nouveau geste vers la cabine. La sirène signala la fin de l'exercice. Il se tourna vers le sud et la portion de mer située entre l'île et la côte turque.

Il s'arc-bouta tant bien que mal, car le bateau tanguait violemment, et déglutit avec peine. Même s'il détestait l'admettre, la houle le rendait toujours malade. Le capitaine Macalister avait désactivé les stabilisateurs du *Seaquest II* pour regagner leur position sur site. La mer avait été calme ce matin, mais le vent s'était levé, hérissant les vagues de moutons blancs et projetant des paquets d'embruns. Jack se concentra sur la zone vers laquelle le F-16 avait disparu. Pendant un moment, il regretta de ne pas se trouver avec l'autre équipe sur la terre ferme, en train de fouiller le site archéologique le plus célèbre au monde, les ruines d'une ancienne citadelle dont on avait longtemps cru qu'elle n'existait que dans l'imagination d'un poète aveugle. Puis il repensa à ce qu'il avait aperçu ce matin, par cent mètres de fond, une forme à peine visible dans les ténèbres, ne sachant toujours pas si cela avait été une hallucination suscitée par un rêve qui l'obsédait, et avait déjà attiré tant d'autres ici même. Il pensa à Heinrich Schliemann. Près d'un siècle et demi auparavant, lui aussi était venu, à la poursuite d'un rêve. Et il avait découvert Troie.

Au-dessus de la côte, le ciel était pareil à un linceul gris. Jack le contempla un moment avant de baisser les yeux vers la surface opaque de l'eau. Il avait plongé sur de nombreux sites de naufrages fabuleux au cours de sa carrière, mais celui-ci risquait de s'avérer le plus extraordinaire de tous. Une plongée, c'était le cas de le dire, vers une époque où les hommes n'avaient pas encore appris à rejeter le joug qui les soumettait au jugement versatile des dieux. Ce qu'ils découvriraient aujourd'hui pouvait rallumer la passion qui avait animé Schliemann et apporter un élément décisif sur la réalité historique de la guerre de Troie. Comme pour mieux s'en persuader, il murmura les mots : « Une épave de l'ère des héros. Une épave de la guerre de Troie. »

— Jack ! Ne tire pas ! Je me rends !

Il se retourna vers l'individu massif qui fonçait vers lui, une fois de plus surpris par sa curieuse démarche chancelante, transmise par des générations de pêcheurs grecs. Malgré la houle et au mépris des lois de l'équilibre, Costas Kazantzakis traversait le pont à toute allure. Jack avait déjà remarqué un phénomène similaire lors de leurs plongées : en dépit des courants ou de tout autre obstacle, Costas tombait toujours vers le fond comme du plomb. Quand il se planta devant lui, Jack le considéra avec incrédulité : son ami portait une paire de sandales, une espèce de pantalon de pyjama, une chemise hawaïenne, des lunettes d'aviateur et un couvre-chef ahurissant en cuir, très usé, muni de deux rabats qui lui couvraient les oreilles.

— Quoi ? fit Costas d'un air de défi.

— Rien.

— C'est le pantalon, c'est ça ? C'est Mustafa qui me l'a donné.

Il était affligé d'un atroce accent new-yorkais, contracté malgré tous les efforts de ses riches parents pour le protéger de l'abominable réalité régnant au-delà des murs de son école très privée. Jack l'appréciait d'autant plus que cela lui permettait d'oublier son propre accent, résultat d'une enfance mouvementée entre le Canada, la Nouvelle-Zélande et l'Angleterre.

— C'est un machin ottoman, expliqua Costas. Pour faire couleur locale.

— Si je ne m'abuse, l'Empire ottoman a cessé d'exister depuis à peu près un siècle. Mais non, ce n'est pas le pantalon.

— Le chapeau, alors ? Un cadeau de ton vieux copain, Maurice Hiebermeyer. Tu lui as refilé ce short grotesque qui date de l'Empire britannique dans lequel il adore se pavaner et il t'a donné ta sacoche kaki préférée. Il m'a offert ça hier quand j'ai pris l'hélico pour Troie. Selon lui, ça fait de moi un archéologue, mais à titre honorifique seulement, bien sûr. Il l'a trouvé dans le désert égyptien alors qu'il recherchait des momies. C'est un casque de tankiste italien de la Seconde Guerre mondiale. Faut reconnaître que l'équipement italien a toujours un certain style. Paraît qu'il me va très bien.

— C'est lui qui t'a dit ça ?

— Tu veux le lui demander ? fit Costas en lui tendant un téléphone portable. Au fait, tu as reçu un texto de ta fille.

Jack regarda l'écran, sur lequel figurait un seul mot. « Gagné ! » Il leva des yeux brillants.

— Ils ont dû le trouver, s'exclama-t-il. Le passage sous la citadelle. Maurice savait qu'il serait là. Il faut que j'y aille tout de suite après la plongée.

Costas secoua la tête.

— Panique générale.

— Quoi ?

— D'abord, ton ancien prof James Dillen déniche dans un vieux papyrus une allusion à un naufrage datant de la guerre de Troie. Ce qui te met carrément en transe. Du coup, on réserve le *Seaquest II.* Quelques semaines passent. Mustafa contacte quelques vieux copains, et les autorités turques nous accordent un permis pour fouiller tout le nord-ouest du pays. En un rien de temps, Maurice Hiebermeyer débarque d'Égypte avec Aysha et toute son équipe ; Rebecca lâche l'école et fonce ici sans même te prévenir, et même mon pote Jeremy abandonne ses chers manuscrits anglo-saxons pour venir bouffer de la poussière troyenne. Ce qui avait démarré comme une vague reconnaissance de terrain se transforme en campagne pour résoudre le mystère de la guerre de Troie. Voilà ce que j'appelle une vraie panique générale.

Jack sourit.

— Aux grands maux, les grands moyens.

— Aux grands maux ? Tu veux dire, aux grands trésors.

Jack éclata de rire avant de lui donner une tape sur l'épaule.

— Une chasse au trésor ? Moi, un archéologue ? Jamais.

Il ouvrit le holster pour y ranger son arme.

— Tu t'amuses bien ? s'enquit Costas. Cette pétoire n'a rien à voir avec ton Beretta habituel.

— C'est un vieux revolver de service Webley, un modèle pour la marine. Le capitaine Macalister le garde dans sa cabine. Les cartouches ont été conçues pour arrêter la charge d'un sauvage forcené. La date, 1914, a été gravée lors de sa remise en état au début de la Première Guerre mondiale. Il se peut qu'il ait servi lors de la bataille des Dardanelles l'année suivante. Macalister dit que, quand il l'a en main, il a l'impression de ressentir toute l'horreur et la tragédie qui se sont déchaînées ici en 1915.

— Et moi, je dirais que tu lui as transmis ta passion des artefacts.

Jack referma le rabat du holster.

— Les artefacts chantent la vérité du passé. As-tu jamais remarqué que, si tu approches ton oreille du canon d'un vieux fusil et si tu ouvres la culasse, tu entends l'écho des guerres où il a servi ? C'est obsédant. Tu devrais essayer.

— On appelle ça le courant d'air, Jack. Et je n'ai pas pour habitude de jouer à la roulette russe.

— On y jouait tout le temps avant.

— Sauf que, maintenant, rappelle-toi, tu es papa. Je dois faire en sorte que tu restes en vie. C'est plus comme avant.

— Tu veux dire, c'est plus comme il y a cinq mois, quand on recherchait ce fameux joyau en Afghanistan et qu'on s'est retrouvés cloués à flanc de montagne par le meilleur tireur d'élite de la planète ?

— Et que je t'ai encore une fois sauvé la vie.

— Si je me souviens bien, c'est moi qui l'ai abattu.

— Je veux dire, avant ça. Toutes ces plongées où je t'ai évité de descendre vers les abysses, fit Costas avant de montrer la mer. Heureusement que ce n'est pas toi qui me protèges… On dirait que tu te rouilles. La cible n'est qu'éraflée, Jack.

— J'ai demandé à Ben de fabriquer de nouvelles balles. Elles sont un peu trop lourdes.

— Je suis soulagé d'apprendre que notre chef de la sécurité a du temps à perdre avec des vétilles de ce genre.

Jack montra le sillage de vapeur qui se dissipait au-dessus d'eux.

— Ça aide aussi de se trouver dans une zone militaire. Si quelqu'un veut s'en prendre à nous, il aura d'abord affaire aux forces armées turques. C'est assez dissuasif.

— C'est justement de ça que j'étais venu te parler. Le permis accordé par la marine turque ne nous permet de garder notre position en un point précis que pendant trois heures d'affilée. Selon Macalister, avec un tel délai, il faut choisir : soit un balayage au scanner, soit une plongée. C'est le scanner qui nous a donné hier cette superbe image d'une épave byzantine où on pouvait distinguer jusqu'au moindre tesson de poterie. Une grande découverte, mais pas celle que nous espérions. Ce naufrage-là date du VIIe siècle après J.-C. alors que ce qui nous intéresse devrait avoir deux mille ans de plus. Macalister est favorable au balayage. Il est un peu inquiet à cause du vent qui se lève. À toi de décider.

— On va s'y prendre à l'ancienne. Voir ce qui se trouve là-dessous de nos propres yeux. Je tiens à plonger de toute manière. De cette façon, pas d'idée préconçue. Quand on croit savoir ce qu'on va trouver, l'esprit a tendance à chercher une confirmation, et on rate les détails cruciaux.

— Et puis, c'est bien plus excitant, avoue, Jack ? Plonger dans l'inconnu. Un petit coup d'adrénaline. C'est comme ça que tu as tes meilleures idées. Que tu trouves les liens. Que tu connectes les fils.

Jack sourit.

— Je n'ai vraiment aucun secret pour toi, on dirait. Mais si l'état de la mer permet un balayage au sonar de vingt minutes, on le fera aussi. On peut voir ça autrement. Les données récupérées ce matin nous indiquaient que l'épave date de l'époque byzantine. Quand nous avons plongé, j'ai donc pu me concentrer sur autre chose, sur ce qui n'était pas évident. J'ai vu quelque chose, une forme, mais je me suis peut-être trompé.

— Peut-être… comme tu dis.

— Je me fie à mon instinct.

Costas fit un geste en direction de l'entrée des Dardanelles.

— Il y a un tas de débris de guerre là-bas, Jack. Je savais que la campagne terrestre de Gallipoli avait été un véritable carnage, mais j'ignorais l'ampleur des pertes navales. Macalister m'a montré une carte de l'amirauté britannique qui répertorie les épaves. Le détroit en est jonché : navires de guerre, destroyers, sous-marins, vedettes anglaises, françaises ou turques. Certaines ont été renflouées mais il en reste encore des tas là-dessous.

— Tout comme il reste les débris d'une autre guerre, murmura Jack. Une guerre remontant à plus de trois mille ans.

— Tu aimerais bien, pas vrai ?

— J'en suis certain, fit Jack en le fixant avec dureté avant de sourire. Tu te souviens de tes premières fouilles, il y a quinze ans ? Ici même, sur la plaine de Troie ?

— Tu parles de ces trois semaines à crever de chaud dans la poussière en me demandant ce que je fabriquais là ? Ouais, je m'en souviens. Comme si c'était hier. J'étais ingénieur sur un sous-marin de l'US Navy à la base de l'OTAN d'Izmir et tu étais un jeune Anglais à peine sorti de la marine, entamant ton doctorat en archéologie. Tu adorais la plongée. C'est ce qui nous a réunis. Tu prétendais qu'il y avait tout près de la côte des épaves magnifiques qui attendaient juste qu'on les découvre. Sauf qu'en fait elles se trouvaient sur la terre ferme.

— Mais nous avons bien trouvé le site de l'ancienne plage de Troie, ainsi que les restes de galères et d'un campement. Rien que nous deux à la poursuite d'un rêve. La première grande avancée depuis l'époque de Schliemann. Elle a eu un retentissement international et nous a permis de décrocher les financements dont nous avions besoin pour créer l'International Maritime University. C'est grâce à cela que nous en sommes là aujourd'hui.

— Ouais, et si mes gars ne s'étaient pas occupés de la technologie et de la science, tu ne serais nulle part.

Jack acquiesça.

— Un travail d'équipe. Je suis sincère. Pas juste nous deux, mais tout l'IMU.

Il se tourna de nouveau vers l'horizon.

— Tu te souviens de cette nuit à la fin des fouilles, quand nous buvions quelques bières en contemplant l'ancien port de Troie à nos pieds ? Je t'ai dit que toute cette poussière et toute cette chaleur en valaient la peine, qu'un jour nous reviendrions avec un navire ultramoderne, tous les sous-marins et tous les gadgets que tu voudrais, et que nous trouverions ces épaves. Des épaves sous-marines.

Costas le prit par l'épaule.

— C'est pour ça que je continue à plonger avec toi. Pour poursuivre ce rêve.

— Un rêve assez extraordinaire.

— À quoi penses-tu ?

— Je me demandais si nous serions capables de recommencer, murmura Jack.

— Crever de chaud dans la poussière ? Non, merci.

— Non, je veux dire, pourrions-nous refaire ce que Schliemann a réalisé ? Nous mettre en quête du vrai rêve ? Grâce à sa fortune personnelle, il a pu accomplir à peu près tout ce qu'il souhaitait. Pour la première fois depuis, une autre équipe disposant de ressources fantastiques se trouve ici. Nous n'avons de compte à rendre à aucun bureaucrate. Nous n'avons pas à subir le scepticisme de la communauté scientifique. Nous pouvons vraiment poser les grandes questions. Chercher les grandes réponses.

— Tu veux dire, chercher l'or.

— Non, je veux parler du seul trésor qui en vaille vraiment la peine : la vérité.

Costas hocha la tête avant de lui balancer un formidable coup de poing dans l'épaule.

— D'accord, ça me va. Pour moi, tu as toujours été Lucky Jack, Jack le Veinard. Ça n'a pas changé. Je te retrouve au briefing dans vingt minutes ? ajouta-t-il en tournant les talons.

Jack se massait l'épaule en grimaçant.

— Qu'est-ce que ce serait si tu n'étais pas mon ami…

— C'est ce que je te disais. Je veille sur toi. À l'école à New York, on me surnommait Achille.

— Répète-moi un peu ça.

— Achille, tu sais. La guerre de Troie. Le grand héros grec.

— Je sais qui était Achille.

Costas remonta son pantalon en lui lançant un nouveau regard de défi. Jack s'approcha de lui pour replacer avec délicatesse ses lunettes d'aviateur qui avaient glissé sur son nez, avant de rajuster l'absurde casque.

— C'est mieux comme ça… Achille.

— Merci, dit Costas, soudain gêné. Dans vingt minutes ?

— Bien reçu.

Jack suivit un instant des yeux son ami avant de récupérer sa cible en bois. Il préférait attendre l'arrêt du bateau, ici, sur le pont. En contemplant le détroit puis la côte, il songea à ces deux guerres. Quelques jours plus tôt, il avait visité les plages de Gallipoli, des lieux austères mais beaux où les ravines érodées étaient encore remplies d'ossements blanchis et de débris rouillés, où la vie hésitait à reprendre ses droits, même après un siècle. La plaine de Troie avait dû ressembler à cela autrefois, et trois mille ans plus tard, elle paraissait toujours accablée par le poids de l'histoire, comme si le Scamandre continuait à charrier le malheur.

Jack avait lu des journaux et des lettres de soldats ayant participé à la bataille de Gallipoli, des jeunes gens tout excités à l'idée de se retrouver si proches du théâtre des exploits d'Achille et d'Hector. Ces jeunes hommes ignoraient tout de la vérité de la guerre, une vérité qu'Homère connaissait sûrement mais avait pu à peine se résoudre à dire, une vérité que les soldats n'apprenaient que dans cet ultime moment où ils se dressaient au-dessus des parapets, baïonnette au canon. Jack repensa aux premiers vers d'Homère qu'il avait retenus, ceux que le professeur Dillen avait voulu qu'il mémorise avant tous les autres. Il les murmura dans le vent :

Les héros s'écroulent pour ne plus se relever,
Des torrents de sang déferlent sur les rives du Scamandre

Sans repos, ni répit, jusqu'à ce que descendent les ombres ;
Jusqu'à ce que l'obscurité, ou la mort, recouvre tout :
Que le sang coule, et que les puissants tombent.

Il se retint à la rampe tandis que le *Seaquest II* virait vers l'est, en direction de Troie. La houle soulevait le navire, et il eut l'impression de chevaucher l'écume sur une galère voguant vers la fameuse Ilion, dans le vacarme rageur des javelots cognant les boucliers. Pendant un instant, il se languit de nouveau de l'épée, celle de son rêve, s'imaginant en train de la brandir pour mener au combat des guerriers mycéniens. Il avait envie de savoir ce que cela faisait d'être leur capitaine, de comprendre ce qui avait conduit le roi des rois à mépriser les règles de la guerre. Puis, il pensa au présent, à ceux qu'il connaissait et aimait et qui se trouvaient aujourd'hui sous les murailles de Troie, dont sa propre fille, Rebecca, et il éprouva une étrange anxiété, comme si son imagination le conduisait trop près d'une sombre réalité qui avait effrayé Homère lui-même.

Il chassa cette pensée de son esprit. Il était archéologue et non guerrier. Les propulseurs latéraux engagés, le bateau s'était enfin stabilisé. Il repensa au message de Rebecca, ce simple mot si alléchant : « Gagné ! » Cela faisait des années qu'il rêvait de reprendre les recherches là où Schliemann les avait abandonnées, de révéler la vérité sur ce lieu une bonne fois pour toutes. Costas avait raison. C'était bien une chasse au trésor. L'archéologie était un jeu de hasard, mais aujourd'hui, enfin, la chance allait peut-être leur sourire. Il se dirigea d'un pas déterminé vers la salle de réunion. Costas avait aussi dit autre chose, pensa-t-il avec un sourire. Il l'avait traité de veinard : Lucky Jack.

2

Le professeur James Dillen s'étira sur son tapis de mousse, dans l'espoir de soulager la douleur persistante qui lui sciait le coude depuis le début de la matinée. Il était heureux d'être ici, mais commençait à se rendre compte que l'archéologie sur le terrain avait un prix. Toutes ces années passées dans des bibliothèques ou dans son bureau à Cambridge lui avaient donné la patience nécessaire, mais pas les qualités physiques requises pour rester une journée entière à genoux dans une tranchée sous l'accablant soleil méditerranéen, à gratter la terre avec une truelle et une brosse. Les deux jambes piquées par des milliers d'aiguilles, il se releva avec peine pour jeter un coup d'œil par-dessus l'ancien revêtement de pierre, savourant la brise en provenance des Dardanelles. La plainte du vent dans les arbres sur les flancs du tumulus résonnait comme une mélopée funèbre et semblait éclipser tout écho du fracas des armes et des rugissements des héros qui avaient autrefois retenti sur la plaine en contrebas.

Sa main glissa malencontreusement et son nez heurta la masse noire solidifiée qui s'accrochait à la paroi de la tranchée. L'odeur âcre le fit grimacer. Il n'y avait pas le moindre doute, et c'était à peine croyable. Cette odeur était celle des feux de Troie. Il s'écarta pour contempler les résidus noirâtres, un agglomérat de cendres et de matériaux carbonisés qui s'élevait le long du vieux mur dont le sommet était érodé depuis longtemps. Quand Maurice Hiebermeyer avait inspecté son travail hier après-midi, il avait déclaré que cette masse n'était pas le résultat d'un embrasement général, à l'instar des autres débris retrouvés ailleurs sur le site. En réalité, il s'agissait d'une découverte proprement stupéfiante : les restes d'un foyer volontaire, d'un grand fanal allumé au sommet de la citadelle. Dillen en avait été bouleversé. Ce matin, il était arrivé bien avant l'aube pour observer les premiers rayons rouges illuminer le tertre, comme si le feu brûlait de nouveau, et il avait imaginé les hautes flammes rugissantes, crachant une fumée noire. Comme toujours, le vocabulaire des anciens lui était venu à l'esprit. Notamment le mot grec *ἑλένη*, qui signifiait « torche » ou « flamme ». C'était aussi le nom d'une femme : Hélène. Il eut à ce moment-là une idée extraordinaire. Venait-il de découvrir l'origine de la légende d'Hélène de Troie ? Hélène, l'Hélène aux cheveux de feu, l'Hélène du mythe avait-elle été une femme à la beauté incomparable dont l'enlèvement avait provoqué une guerre, ou bien avait-elle été un immense signal lumineux brillant au-dessus de Troie, un feu qui avait attiré l'armée grecque, un phare qui avait suscité la destruction de la cité et la fin de l'âge du bronze ?

Il ramassa un éclat de poterie qui s'était séparé de la masse carbonisée, un bout d'argile noirci qu'il renifla. Le parfum était là aussi. Le parfum d'Hélène de Troie. Il secoua la tête avec stupeur et glissa l'objet dans la poche de son short. Il fallait le montrer à Jack. Il s'assit, levant des yeux plissés vers l'ouest, son regard glissant sur la plaine traversée par le fleuve, le Scamandre, qui coulait en direction de Beşik Bay, le port de l'ancienne Troie. Quelque part au loin se trouvait l'île de Ténédos et le *Seaquest II* avec Jack à son bord. Deux nuits plus tôt, dans sa cabine, ils avaient bu du whisky ensemble, partageant leurs rêves concernant ce qu'ils espéraient trouver ici. Autrefois, bien des années plus tôt, ils avaient été professeur et élève, séparés par une génération qui avait vu l'archéologie progresser à pas de géant et obtenir des résultats prodigieux. À l'époque où Dillen était lui-même étudiant, l'exploration sous-marine n'en était qu'à ses débuts, et la plupart de ceux qui voulaient étudier les civilisations antiques le faisaient à travers les langues, le grec ancien et le latin. Les langues étaient sa passion, et il y excellait, s'étant spécialisé dans les premiers développements du grec. Mais, à travers Jack, il avait vécu une seconde vie par procuration, émerveillé par les découvertes de son ancien disciple. Il s'était langui de le rejoindre sur le terrain, et Jack avait su trouver le projet qui unirait leurs talents. Troie. Pendant longtemps, cela n'avait été qu'un rêve, jusqu'à ce que Dillen fasse cette découverte extraordinaire dans un texte antique. Cette nuit-là, dans la cabine, ils avaient été comme deux chasseurs de trésors, des exemplaires souvent feuilletés de l'*Iliade* d'Homère ouverts devant eux. Pour Jack, il s'agissait du fabuleux trésor qu'il croyait perdu en mer. Pour Dillen, c'était un extraordinaire artefact mentionné par Homère, un objet qui s'était autrefois trouvé quelque part dans cet immense tertre sur lequel il se tenait maintenant, où les débris se mêlaient à la terre. Un objet qui pouvait encore y être. Cette nuit-là, il avait eu l'impression d'appartenir à une société secrète, un peu comme Heinrich Schliemann et ses amis, animé par une foi qui allait peut-être se voir confirmée par des éléments exceptionnels, aussi décisifs que ceux présentés par Schliemann quand il avait révélé les splendeurs de Troie à un monde médusé.

Dillen consulta sa montre. Près de 3 heures de l'après-midi, bientôt la fin officielle de la journée de travail, avant la traditionnelle tournée d'inspection d'Hiebermeyer. Lui aussi avait été un de ses meilleurs étudiants, ami intime de Jack, et il semblait prendre un malin plaisir à examiner les outils et les notes de son ex-prof, les passant en revue comme un adjudant-chef. Dillen réprima un sourire au souvenir de sa première rencontre avec Hiebermeyer, un jeune homme doté de proportions généreuses, de petites lunettes rondes, de cheveux roux ni lavés ni peignés et d'un enthousiasme inextinguible pour l'ancienne Égypte. Avec les années, Maurice n'avait guère changé, perdant quelques cheveux et gagnant une épouse, ce qui à l'époque aurait paru tout à fait improbable à tous ceux qui le connaissaient. Selon Jack, seule l'insistance d'Aysha avait permis de convaincre Maurice d'abandonner un moment ses chères momies et ses pyramides vénérées pour venir à Troie. Mais Dillen savait qu'il était ravi de travailler de nouveau sur le terrain avec son ami et que ses grognements réprobateurs à propos des épaves et des chasses au trésor faisaient partie d'un jeu auquel les deux hommes se livraient depuis leur première rencontre dans un internat en Angleterre.

Il se rallongea sur le tapis, s'appuyant sur ses coudes, le visage collé à l'antique maçonnerie. Sa tranchée avait commencé comme un travail secondaire, une pièce dans la maison patricienne juchée au sommet de la citadelle qui avait échappé aux forages rageurs de Schliemann, cent trente ans plus tôt. Hiebermeyer concentrait son attention sur l'extraordinaire tunnel qu'il avait dégagé au sud-ouest de la citadelle ce matin, une découverte qui semblait capitale et qui retarderait sans doute sa tournée d'inspection. Dillen décida de continuer encore une demi-heure. Il contempla la paroi exposée. Un espace étroit la séparait des remparts massifs de la forteresse datant de l'âge du bronze qui se dressaient sur le tertre à une trentaine de mètres au-dessus de la plaine. Ses fouilles avaient mis au jour un mur de plâtre et une fresque, chose extrêmement rare à Troie. Il avait fini de la nettoyer en fin de matinée et elle était à présent protégée par une feuille de plastique.

Il restait seulement à creuser un petit amas de débris impactés à la base du mur. Ce dépôt s'était avéré d'un intérêt extraordinaire, et Dillen lui avait consacré plusieurs heures épuisantes. Il venait tout juste de photographier ses trouvailles majeures : trois têtes de flèche en bronze, plantées dans le sol selon une orientation qui indiquait qu'elles étaient passées au-dessus des remparts. Elles étaient de deux types, l'une en forme de feuille avec une légère fente médiane et une longue soie, l'autre triangulaire avec une fente prononcée et des barbelures. Il les examina encore une fois avant de se tourner vers les restes du foyer. Un fragment de l'épopée troyenne lui revint en mémoire : « La Terre, accablée par le poids de la multitude des hommes et ne voyant aucune piété parmi eux, demanda à Zeus de la soulager de ce fardeau, alors il détruisit la race des héros et nourrit les flammes de la guerre de Troie. » Dillen réfléchissait. Voilà ce que l'archéologie révélait. Voilà pourquoi elle en valait la peine. Le poème se trompait. Ces flèches n'étaient ni les éclairs de foudre de Zeus, ni le trident de Poséidon. C'étaient des armes forgées par des mortels. Ce n'étaient pas des dieux qui avaient détruit cette cité mais des hommes.

— James ! Professeur ! Où êtes-vous ?

La voix provenait d'en bas, quelque part dans la tranchée de Schliemann, sur l'étroit sentier qu'ils avaient dégagé sur le flanc du tertre. Dillen se redressa pour regarder au-dessus du mur. Il avait reconnu l'accent américain.

— Jeremy ?

— Je monte.

Un grand jeune homme avec une tignasse blonde et des lunettes apparut, vêtu d'un tee-shirt, d'un short et de chaussures de randonnée.

— Je viens juste d'arriver, dit-il, essoufflé. Maurice m'a envoyé tout droit ici. Pour se débarrasser de moi, je pense. Il paraît que vous avez quelque chose à me montrer.

— Ravi de te revoir, Jeremy. Je tenais à te dire combien j'ai apprécié ton article sur la bibliothèque de la Mappa Mundi de Hereford le mois dernier. Merveilleux travail. Ça fait quoi, trois ans, que tu l'as découverte ?

— Trois ans et demi, dit Jeremy en enjambant le mur.

Il serra la main tendue de Dillen avant d'avaler une longue gorgée d'eau.

— Et un an plus tard, la bibliothèque romaine d'Herculanum, reprit-il, la raison de notre présence ici. J'apporte des nouvelles géniales.

Il observa une pause pour ménager son effet.

— Notre bienfaiteur, Ephram Jacobovich. Il a gagné des sommes folles grâce au développement du wifi. Toujours en avance sur son temps. La récession ne le concerne pas. C'est pour cela que je n'ai pas pu venir plus tôt : Maria et moi devions le rencontrer. Nous n'avons même pas eu à défendre notre cause, Jack l'avait déjà briefé. Il nous a accordé les fonds nécessaires pour la bibliothèque d'Herculanum, de quoi nous offrir les meilleurs spécialistes au monde. Et c'est tant mieux, parce que je n'ai aucune envie de passer le restant de mes jours à déchiffrer des manuscrits antiques sous un microscope.

— C'est pourtant un travail que tu fais merveilleusement bien et que tu adores.

— Sauf que depuis… Costas m'a appris à plonger.

Dillen sourit.

— Ah, ton excellent ami Costas. Comment va Maria ?

— Maintenant que le financement est là, elle prend un congé sabbatique au Mexique. Elle a de la famille là-bas. Vous savez qu'elle est sur le point de se marier ? Je ne devrais sûrement pas en parler. Un professeur qu'elle a rencontré lors d'une conférence. C'est un peu précipité. Mais elle a foncé.

— Parce qu'en fait, c'est Jack qu'elle veut, murmura Dillen.

— Et Jack la veut. Mais il veut aussi Katya. Et aucune des deux n'est du genre à se laisser marcher sur les pieds.

— Oui, Jack a un petit problème.

— La dernière fois qu'ils ont failli se remettre ensemble, Maria m'a dit qu'il était comme un de ces capitaines de navire de l'époque des guerres napoléoniennes, comme un de ses fameux ancêtres, les Howard. Selon elle, il a ça dans le sang. Brillant en mer, tant qu'il s'agit de commander des vaisseaux et des hommes, mais bon à rien dès qu'il est à terre, surtout avec les femmes. Toujours prêt à s'enfuir sur son bateau.

— Elle t'a dit ça ?

— Je suis son petit protégé. J'ai peut-être quinze ans de moins, mais elle me raconte tout.

— Bon, parle-moi de ton vol. La vue était belle ?

— Fantastique ! Le Lynx m'a récupéré à l'aéroport d'Istanbul et nous avons survolé la mer de Marmara et les Dardanelles, le long de la péninsule de Gallipoli, puis cap au sud en direction de Troie. C'était super. Le pilote était un passionné d'histoire militaire et il m'a fait un véritable exposé sur la campagne de 1915. Quand nous sommes passés au-dessus de la plaine de Troie, c'était comme de se retrouver dans un jeu vidéo conçu par Homère. Ensuite, on est repartis vers l'ouest pour aller déjeuner à bord du *Seaquest II* avant de revenir ici.

— Quelle est l'humeur à bord ?

— Optimiste. Très optimiste. Je n'ai pas vu Jack car il se trouvait en chambre de décompression après une plongée, mais ils étaient tous très excités. Vous savez qu'ils ont découvert une épave byzantine ? Il espérait autre chose, mais c'est déjà ça. L'équipage pense qu'il est sur une piste, quelque chose qu'il aurait vu au fond et dont il ne veut pas encore parler. Il s'imagine pouvoir garder le secret, mais ses gars ont deviné, comme ceux des capitaines de vaisseaux dont parlait Maria. L'équipage du *Seaquest II* a foi en lui autant que les matelots de ces navires avaient foi en leurs chefs. Ils le connaissent aussi beaucoup mieux qu'il ne le croit. Ils le surnomment Lucky Jack.

— On l'a toujours appelé ainsi, dit Dillen en souriant. J'étais trop jeune pour servir au cours de la Seconde Guerre mondiale, mais le professeur qui m'a enseigné le grec avait combattu en Afrique du Nord et en Europe dans les SAS. Selon lui, dans une véritable unité, les soldats savent toujours quand leur commandant a une idée derrière la tête. C'est une sorte de sixième sens. Comme un chasseur qui sent que son chien a flairé la proie.

— Et, bien sûr, Jack était dans la marine.

— Plongeur dans les forces spéciales. Il a fait un service assez court, en fait. L'archéologie était sa passion, mais il tenait à préserver la tradition familiale. Les Howard ont toujours écumé les mers, depuis l'armada espagnole jusqu'aux guerres napoléoniennes et au-delà.

— L'entraînement militaire lui a fait du bien, dit Jeremy.

— C'est un chercheur et un aventurier, pas un soldat. Trop franc-tireur pour une armée en temps de paix, comme disait Hugh, mon vieux professeur, à son sujet. Jack aurait beaucoup de mal à recevoir des ordres de gens qu'il ne respecte pas. Il est son propre patron. Mais il sait être dur, et je n'aimerais pas avoir à l'affronter s'il se sent menacé. Ou si on s'en prend à quelqu'un qu'il aime. J'ai toujours eu cette impression. Et puis, c'est quelqu'un de très obstiné.

— Le point de vue de Maria sur la question devrait vous intéresser, fit Jeremy en s'accroupissant pour ramasser un petit tesson de poterie noirâtre qu'il caressa du bout du doigt avant de regarder autour de lui. Donc, vous pensez que cette pièce date de la fin de l'âge du bronze, de l'époque de la guerre de Troie ?

Dillen hocha la tête avec enthousiasme avant de s'agenouiller à ses côtés.

— La technique de construction est très semblable à celle des maisons se trouvant juste à l'intérieur des remparts est de Troie VII, la Troie homérique. Mais je pense que celle-ci était plus grandiose. La vue sur la plaine devait être splendide. Cette salle est peut-être la seule partie subsistante du palais qui couronnait la citadelle. C'est ma petite théorie. Qu'en penses-tu ?

— Le palais de Priam, murmura Jeremy. Ça ferait un sacré article ! « Un chercheur renommé se joint aux fouilles de son ancien étudiant et, trois jours plus tard, découvre le palais perdu du roi Priam de Troie. » Et si c'était la chambre dans laquelle Pâris a installé Hélène après l'avoir enlevée en Grèce ? Nous nous trouvons peut-être à l'endroit même où la légende s'est forgée.

— Possible, dit Dillen avec calme. Et il y a plus encore ! Tu vas être stupéfait. J'ai des choses incroyables à te montrer. Et quelques théories encore plus radicales. Mais commençons par le commencement.

— Je vous écoute.

— La maison est bâtie selon la manière troyenne typique, un socle de pierre et les niveaux supérieurs en briques de terre séchées au soleil. Par là, quelques rangées de briques ont survécu, mais le feu les a carbonisées. Maurice pense qu'il s'agit des restes d'un fanal, d'un signal. Incroyable, n'est-ce pas ? Un phare datant de la guerre de Troie. Maintenant, regarde ici. On distingue les logements où s'inséraient les poutres supportant le plancher supérieur. Nous nous trouvons donc dans une sorte de cave. Derrière les briques, le sol contient des détritus datant d'époques antérieures, des époques qui remontent jusqu'au début de l'âge du bronze, deux mille ans plus tôt.

— Phénoménal, murmura Jeremy. Alors, qu'est-ce qui vous fait croire que cette maison date de la fin de l'âge du bronze ? La poterie ?

Il montra le tesson.

Dillen plissa les lèvres.

— Nous avons trouvé quelques tessons mycéniens, des articles peints. Et la datation au carbone 14 d'une anche carbonisée a donné la bonne fourchette de temps. Mais la preuve essentielle est structurelle. As-tu remarqué le mur extérieur pendant que tu montais ? Il s'incline légèrement vers l'intérieur, de sa base vers son sommet, sans doute pour donner plus de stabilité en cas de séisme. Tous les cinq mètres environ, il est séparé par des déports verticaux, des blocs de maçonnerie rectangulaires qui fournissent une base renforcée à une charpente en bois pour les parois supérieures. C'est exactement la même technique employée pour les remparts externes, les murs qui entouraient Troie VII, la citadelle qui date de l'époque de la destruction, vers 1200 avant J.-C. L'époque de la guerre de Troie.

Jeremy contempla le dépôt noirâtre à la base du mur.

— Voilà sans doute ce que Maurice voulait que je voie. Des têtes de flèche. Superbement mises au jour mais encore *in situ.* A-t-on jamais découvert quoi que ce soit de semblable à Troie ?

— Non. Pas *in situ.* Pas plantées ainsi.

Dillen se rallongea sur son tapis.

— Maurice voulait que tu voies ça ? reprit-il. Pourquoi ?

— C'est mon hobby, le tir à l'arc, dit Jeremy en s'agenouillant devant les têtes de flèche. Fascinant. J'ai vu celles qui se trouvent au British Museum, dans le présentoir réunissant les artefacts issus des fouilles de Schliemann. Il n'y a pas grand-chose, à vrai dire. La plupart sont parties en Allemagne. Alors, on peut se demander ce que Schliemann a vraiment trouvé là-dedans, fit-il en montrant du pouce la tranchée de l'archéologue allemand. J'ai vu Jack au British quelques jours avant qu'il ne vienne ici, et nous avons jeté un rapide coup d'œil à la collection mycénienne. Ce que vous avez là est fantastique, la preuve de la nécessité d'une fouille scientifique. C'est le genre de détails que Schliemann aurait facilement pu manquer, à ravager le terrain à coups de pelle et de pioche pour déterrer son trésor. Vous voyez ce que je veux dire ? On a là deux sortes de têtes de flèche qui se trouvent pourtant dans le même contexte. Ce qui signifie qu'elles ont été tirées par des archers se tenant côte à côte, au même moment de la même journée. Si on les avait vues séparément dans la collection d'un musée, ou bien arrachées du sol dans un tas de terre comme lors des fouilles de Schliemann, on aurait pensé en termes de typologie, de succession dans le temps, d'évolution, cette tête avec les barbelures devant être un modèle plus efficace apparu plus tardivement. Et on se serait complètement trompé.

— Les Grecs mycéniens n'étaient pas comme les Égyptiens ou les Hittites, dit Dillen. Ils ne formaient pas un royaume homogène. Si l'on en croit Homère, ils ne se sont unis qu'une seule fois pour cette fameuse expédition, sous la conduite d'un seul chef suprême.

— Le roi des rois, Agamemnon.

Dillen acquiesça.

— Chaque palais mycénien que nous connaissons – Mycènes, Athènes, Pylos, Thèbes et les autres – contrôlait un petit royaume, un fief, un peu comme à l'époque féodale. Les archives sur tablettes d'argile récupérées sur place montrent que l'industrie de l'armement et la fabrication du bronze étaient étroitement supervisées par chaque palais et non centralisées dans tout le monde mycénien. Il n'y avait pas de fabrique d'armement globale mais de nombreux petits arsenaux épars. Bien sûr, les technologies employées étaient très semblables mais cela n'empêchait pas de petites différences. Certaines étaient délibérées afin de donner aux armes de tel ou tel royaume une identité visible.

— Je pense à la liste des navires dans l'*Iliade*, murmura Jeremy. Chaque royaume envoyant hommes et embarcations pour se rallier à la cause.

— Et tous se tenant côte à côte, épaule contre épaule sur la plage, des hommes de Mycènes, de Pylos, de Tirynthe et d'une centaine d'autres cités, faisant pleuvoir une nuée de flèches sur les murs de Troie.

Jeremy se pencha encore un peu plus, au point que son visage touchait presque le dépôt, et se mit à marmonner des chiffres. Soudain, il s'écarta pour mesurer la taille des flèches avec son pouce et son index. Gardant sa main en place, il sortit de sa poche un compas de marine qu'il tint à plat sur le sol. Puis il se releva pour contempler la plaine de Troie au pied de la citadelle, une étendue alluviale couverte d'arbres fruitiers qui s'étalait au loin jusqu'au détroit des Dardanelles. Il loucha vers le compas avant d'adresser un sourire à Dillen.

— Comme dirait Jack : « Que je sois damné ! »

— Pourquoi ?

— L'angle d'impact montre que ces flèches ont été tirées à une distance maximale. Quand Jack et Costas ont fait leurs fameuses fouilles ici sur l'ancienne ligne côtière il y a quinze ans, ils ont trouvé un fragment d'arc carbonisé. En fait, c'est Costas qui l'a trouvé. Et il ne s'est pas privé de le faire savoir. Quand il me l'a montré, j'en ai fabriqué une réplique. Je m'en suis servi en utilisant des têtes en bronze basées sur celles du British Museum. Le relevé au compas pointe presque exactement vers l'endroit où le pilote de l'hélico m'a montré les restes de leur tranchée, à environ deux cent quarante degrés d'ici et à près d'un kilomètre de distance. C'est un tir long mais plausible pour un arc de l'âge du bronze avec un fort vent portant, le genre de vent dont le pilote disait qu'il soufflait souvent du nord-ouest en provenance de la mer, un vrai vent de tempête. Peut-être un vent semblable soufflait-il le jour où ces flèches ont été tirées.

— De quand date ce type de têtes de flèche ?

Jeremy plissa les lèvres.

— De la fin de l'âge du bronze sans le moindre doute, c'est-à-dire entre 1500 avant J.-C., quand le bronze a remplacé l'obsidienne, jusqu'à moins 1000 environ, quand on s'est mis à utiliser le fer. Mais cette dernière date est controversée. Les spécialistes ont tendance à penser que les références au fer dans l'*Iliade* sont anachroniques et prouvent seulement qu'Homère utilisait celles de son propre temps, aux alentours du VIIIe siècle avant J.-C., en plein âge du fer. Mais on a, depuis peu, retrouvé des têtes de flèche en fer à Troie. Il est possible qu'il y ait eu du fer rouillé dans la tranchée de Schliemann et qu'il ne l'ait pas vu, déterminé qu'il était à creuser et creuser toujours plus. Un autre inconvénient de la chasse au trésor.

— Voilà qui ressemble bien à Troie, dit Dillen. Juste au moment où on croit comprendre, un nouveau mystère brise toutes les certitudes.

— Mais cela reste quand même incroyablement excitant, dit Jeremy. C'est cette pièce qui nous permet de dater ces flèches avec précision. S'il s'agit bien de Troie VII, alors c'est la Troie homérique. Les flèches ont été tirées depuis la plage. Elles sont de différents types et ont été fabriquées en des lieux différents. Il ne s'agissait donc pas d'un vulgaire raid. C'était une armée qui se trouvait là en bas. Une grande armée composée de soldats de diverses origines menant un véritable siège. Une armée mycénienne. Tout concorde. Il faut juste y croire un peu.

Dillen s'assit sur ses talons en souriant.

— Parfois, quand je suis seul ici la nuit, je crois entendre de la musique, très lointaine, comme celle qui accompagnerait une épopée. J'ai l'impression qu'elle me dicte tout ce que j'ai besoin de savoir, comme si tout ce travail scientifique n'était qu'une confirmation.

Enjoué, Jeremy montra un objet enveloppé dans un coin de la tranchée.

— Je me demandais quand vous alliez me parler de musique. Vous aussi, vous avez un hobby, on dirait.

— Oh, ça ! fit Dillen en se levant. C'est une lyre, censée être une réplique d'un instrument de l'âge du bronze. Je l'ai fabriquée moi-même, ces derniers mois, en me basant sur tous les éléments littéraires et artistiques que j'ai pu rassembler et aussi sur quelques découvertes archéologiques.

Il retira avec soin la protection, révélant une caisse de résonance en écaille de tortue munie de deux bras incurvés que réunissait une barre sur laquelle étaient fixées les cordes. Une autre barre sur la coque formait le chevalet.

— Les cordes sont en boyau. Les anciens poètes, les bardes, les aèdes, utilisaient toujours une lyre. Je me suis rendu compte que je ne pouvais espérer comprendre Homère sans en avoir une moi-même.

— Vous en jouerez ?

Dillen rangea son instrument.

— Peut-être à la fin des fouilles. Rebecca me harcèle pour que je mette Homère en musique. Je ne suis pas sûr qu'elle comprenne ce que je veux faire. Parfois, je crois que la musique ne doit se jouer que dans ma tête.

— Oh, je pense qu'elle le sait. Quand nous sommes ensemble, elle fait souvent référence à des choses que vous avez dites. Vous avez l'air d'être sur la même longueur d'onde, tous les deux, dit Jeremy en penchant soudain la tête. Et puisqu'on parle de Rebecca, j'ai oublié de vous dire. Elle arrive mais elle m'a demandé de vous prévenir. Des fois que vous la preniez pour Hiebermeyer et que vous vous mettiez à paniquer à propos du rangement.

3

Des bruits de pas retentirent sur le sentier. Dillen et Jeremy se retournèrent pour voir apparaître une grande fille mince en chaussures de marche, vêtue d'un short et d'un tee-shirt IMU, ses longs cheveux noirs tirés en arrière sous sa casquette de base-ball. Elle portait un plateau en argent sur lequel se trouvaient de petits verres remplis de thé. Elle se glissa dans la tranchée pour les offrir aux deux hommes.

— *Teshekkur ederin.*

Dillen sourit avant de boire une prudente gorgée du puissant breuvage. Rebecca posa le plateau à terre et enleva ses lunettes de soleil. Il la contempla avec affection. Il avait été le professeur de ses parents. Elle avait hérité des longs membres et des traits anguleux de son père et de la beauté sombre de sa mère. Une vague de tristesse déferla sur lui quand il pensa à Elizabeth, mais il préféra se concentrer sur Rebecca, ses yeux si familiers et sa vivacité. Pour quelqu'un d'aussi jeune, elle possédait une détermination remarquable mais ils savaient tous qu'elle devait encore surmonter la mort de sa mère. Elle s'accroupit, les bras sur les genoux.

— Alors, les gars, comment va le barde ?

Elle avait acquis un accent américain en grandissant mais utilisait des tournures de phrases plus britanniques, apprises auprès de Jack et de l'équipe de l'IMU.

Jeremy la regarda avant de se tourner, perplexe, vers Dillen.

— Le barde ? Je croyais que vous ne jouiez pas de votre lyre.

Rebecca secoua la tête.

— Non, pas le professeur Dillen. Mais le poète. Maurice m'en a parlé à mon arrivée ce matin. Celui-ci.

Elle montra le mur qui venait d'être dégagé, à présent protégé par une bâche en plastique.

Dillen se leva.

— Ah, oui... Je ne l'ai pas encore montré à Jeremy. Nous parlions de mes pointes de flèche.

Quand Dillen enleva délicatement la protection, Jeremy ne put retenir une petite exclamation de surprise. L'image qui venait d'apparaître était extraordinaire, une fresque grandeur nature sur du plâtre blanc, similaire à d'autres peintures de l'âge du bronze découvertes sur de nombreux autres sites tout autour de la mer Égée. Elle montrait un personnage vêtu d'une robe blanche, assis sur un rocher, une lyre entre les mains, comme sur le point d'en jouer. L'arrière-plan et la peau du musicien étaient sombres, le rocher d'un blanc cassé, couvert de vrilles de plantes sous un banc de nuages blancs stylisés.

— Un joueur de lyre ! s'exclama Jeremy. Fantastique.

— Et aussi une formidable confirmation de mes talents de luthier, dit Dillen. J'ai dégagé cette fresque ces deux derniers jours alors que j'ai terminé la fabrication de ma lyre il y a plusieurs mois. Je pense avoir fait du bon boulot.

Jeremy examinait le personnage avec attention.

— C'est un homme ou une femme ?

— Impossible à dire, répondit Dillen. Sans doute un homme, sans la moindre certitude toutefois. Loin de là.

— Mais vous pensez qu'il s'agit bien d'un barde, d'un poète ?

— Nous ne connaissons qu'une autre image semblable représentant un joueur de lyre, et elle se trouve au palais mycénien de Pylos en Grèce. Alors, oui, c'est possible.

— Pourrait-il y avoir une inscription ? s'enquit Jeremy. Là-dessous, qui serait encore cachée par la terre ?

— S'il y en a une, elle serait probablement en louvite ou en hittite, les langues de l'Anatolie, ou alors en grec primitif, peut-être en mycénien linéaire B. Je sais que Rebecca vient de rédiger un mémoire sur ce sujet.

— Le linéaire B était l'écriture syllabique des Grecs avant qu'ils n'adoptent l'alphabet phénicien, dit-elle. Les Mycéniens l'avaient emprunté aux Minoens. Le problème étant qu'il avait surtout été conçu pour tenir des comptes : nombre de moutons, d'ouvriers du bronze, etc. Ce n'était pas une langue très pratique pour toute autre utilisation. Et presque tous les échantillons de linéaire B que nous avons retrouvés l'ont été sur des tablettes d'argile cuites. Il en existe sans doute que nous n'avons pas encore découvert, mais il ne paraît guère avoir été utilisé pour graver des inscriptions dans la pierre ou sur des murs.

Dillen acquiesça.

— Autre problème, le linéaire B ne semble pas posséder de mot signifiant « poète », « aède » ou « barde ». Encore une fois, il se peut que nous ayons raté quelque chose, que nous ayons mal traduit un autre mot, mais pour l'instant le terme ne semble pas exister. Donc, même s'il y avait une inscription là-dessous, elle pourrait être illisible.

Rebecca but une gorgée d'eau à sa gourde.

— Tant que je suis là… Papa a mentionné le fragment d'un ancien texte que vous avez trouvé faisant référence à un naufrage pendant la guerre de Troie, un navire d'Agamemnon, que Costas et lui sont en train de chercher en ce moment même. Il faut que je rattrape le temps perdu. Je suis arrivée par le vol précédant celui de Jeremy. J'étais encore à l'école avant-hier et je ne devrais même pas être ici. Nous avons une excursion culturelle à Paris dans deux jours. Tout ça pour dire, qu'en dehors de la visite de vingt minutes que Maurice m'a fait faire et de l'engueulade téléphonique avec papa où il me reprochait d'avoir pris mon billet d'avion sans le prévenir, je n'ai pas la moindre idée de ce qui se passe.

Jeremy la regarda.

— Tu ne sais pas, alors ?

— Papa a dit que le professeur Dillen me mettrait au courant.

— Tu ne vas pas le croire. C'est sans doute l'indice le plus important jamais trouvé ! s'exclama Jeremy.

Les yeux brillants, Dillen prit une profonde inspiration.

— C'est une découverte vraiment remarquable, la plus marquante de toute ma carrière. (Il se tut quelques instants.) En dehors de l'*Iliade* et de l'*Odyssée*, il existe de nombreux documents plus ou moins complets qui composent ce qu'on appelle le cycle épique troyen, des poèmes qui se proposent de combler les trous dans l'histoire de la guerre de Troie. La plupart datent des époques hellénistiques et romaines et sont des compilations de fragments, certains provenant du véritable Homère, d'autres de poètes mineurs tentant de le copier. C'est uniquement grâce à ce cycle que nous connaissons certains des plus célèbres épisodes de la guerre de Troie, comme celui du cheval. L'un de ces poèmes s'intitule l'*Ilioupersis*, « Le sac de Troie ». Avant aujourd'hui, seules quelques petites parties subsistaient, et seuls quelques chercheurs pensaient qu'il était d'Homère.

— Et aujourd'hui ? demanda Rebecca.

— Nous possédons le véritable *Ilioupersis*, le texte complet, un poème très ancien qui a peut-être été délibérément dissimulé et qui se trouve révélé pour la première fois depuis l'époque qui a suivi la guerre de Troie, celle que l'on appelle la période obscure.

— Il a été découvert il y a trois mois, intervint Jeremy. Maria et moi nous trouvions à Herculanum pour achever la mise au jour d'une ancienne bibliothèque romaine. La direction archéologique envisage maintenant de la consolider pour rendre le tunnel accessible au public qui aura ainsi la possibilité de contempler à travers une vitre le bureau secret de l'empereur Claude.

— C'était ma mère qui supervisait les fouilles dans cette villa, dit Rebecca avec calme. Papa et elle se sont parlé là-bas pour la dernière fois, la veille du jour où la mafia l'a abattue. Sa propre famille. Ses frères et ses oncles.

Dillen lui prit la main.

— Tu as une nouvelle famille maintenant.

Rebecca lui adressa un regard indéchiffrable avant de se tourner vers Jeremy.

— Donc, c'est toi qui as trouvé le texte ?

— Collé au dos de la couverture d'un des carnets de notes de Claude, un ensemble dont nous pensons qu'il aurait dû servir à son immense *Histoire de Rome,* dans un volume traitant de la fondation de la cité. Il se trouvait avec des notes relatives au héros troyen Énée et à l'exode de survivants de Troie, des trucs vraiment fascinants qui semblent prouver que Rome a, en réalité, été fondée par des guerriers troyens fuyant vers l'ouest. Ces pages, l'*Ilioupersis,* étaient insérées dans un très vieux texte du livre XII de l'*Odyssée.* Elles avaient été recyclées, un palimpseste ; manifestement à une époque où le papyrus était rare, avant l'ère classique. Maria a repéré l'encre à moitié effacée sous le texte de l'*Odyssée* et nous avons effectué une spectrométrie aux rayons X qui a révélé environ trois cents lignes. Il est fort probable qu'il s'agisse du poème entier car il s'arrête en milieu de page. Le labo est en train de re-scanner le texte ligne par ligne et, dès qu'une séquence est terminée, je l'envoie à James pour qu'il la traduise. J'en ai apporté encore quelques-unes. (Dillen sortit un iPhone de sa poche qu'il brancha avant de le passer à Rebecca.) En voilà juste une petite portion, mais on peut voir les lettres. Elles sont bien espacées, tracées avec soin mais de façon un peu maladroite, comme si ces symboles n'étaient pas très familiers pour le scribe, comme s'il avait eu du mal à les reproduire correctement. Tu vois la lettre « A » ? Elle est penchée sur le côté. C'est ce qui m'a mis la puce à l'oreille. C'est le « A » phénicien, tel qu'il figure dans les premières versions de l'alphabet adopté par les Grecs. Des archéologues ont trouvé quelques tessons de poterie datant de la période obscure portant des caractères semblables.

— Quel serait donc l'âge de ce texte ?

— L'hexamètre iambique est homérique dans sa forme, ce qui nous fait remonter au moins au VIIIe siècle avant J.-C. Mais j'ai toujours soutenu que l'hexamètre était bien plus ancien, qu'il remontait même au début de l'âge du bronze, à l'époque des premiers bardes épiques. Ceux-ci ont continué à l'utiliser jusqu'à l'aube de l'ère classique, quand l'écriture a remplacé la transmission orale. Si on ajoute les lettres phéniciennes, il se peut que nous soyons en train de contempler quelque chose d'incroyablement ancien.

— Selon papa, vous avez toujours affirmé qu'Homère était antérieur au VIIIe siècle.

Dillen hocha la tête.

— Je crois qu'il a en effet existé un Homère qui a écrit l'*Iliade* et l'*Odyssée* telles que nous les connaissons. Je dis *un* Homère et non *le* Homère. Pour moi, Homère n'est pas un génie solitaire, mais plutôt une lignée de poètes doués – extraordinairement doués – qui ont façonné et transmis l'épopée, une lignée qui s'est peut-être interrompue vers le VIIIe siècle avant notre ère avec l'avènement de la littérature plus largement diffusée et donc la fin de la tradition des bardes. Ces derniers poètes qui ont imité Homère ne possédaient pas la même étincelle. Les premiers aèdes homériques m'apparaissent plutôt comme des chamans ou des voyants. J'imagine une lignée familiale, des hommes mais aussi sans doute des femmes qui auraient hérité d'un génie poétique nourri dès leur plus tendre enfance. Les parallèles fourmillent avec les traditions des bardes d'autres cultures.

— La guerre de Troie a eu lieu aux environs de l'an 1200 avant J.-C., dit Jeremy en observant les flèches d'un air pensif. Après cela, la civilisation dans cette région du monde s'est pratiquement effondrée. Des envahisseurs ont déferlé du Nord. C'est un âge sombre, une époque de destruction et de désespoir qui n'a pas d'équivalent dans l'histoire. Mais de petites communautés cachées dans des refuges dans les montagnes ont commencé à rebâtir. La technologie du fer est apparue, marquant le début de l'ère classique. Question : comment ce poème s'intègre-t-il dans ce contexte ?

— Je suis prêt à parier, répondit Dillen, que ce texte n'est pas postérieur à l'an 1000 avant J.-C. Il remonte peut-être même à un siècle plus tôt. J'ai moi-même du mal à croire ce que je suis en train de suggérer, mais il pourrait bien avoir été l'œuvre d'un barde qui a été témoin de la chute de Troie, a vu ces flèches être tirées, a senti la chaleur de ce foyer brûlant dans le ciel nocturne, car il était posté sur ces mêmes remparts.

Rebecca poussa un petit sifflement avant de regarder les pointes de flèche fichées dans la tranchée et la masse de cendres solidifiées.

— Impressionnant. Pour ne pas dire stupéfiant.

— Et c'est aussi, intervint Jeremy, un triomphe de la recherche textuelle, car la datation au carbone 14 pour le papyrus vient juste d'arriver.

Il avait jeté un coup d'œil à son BlackBerry qu'il tendit à Dillen. Ce que celui-ci vit sur l'écran le fit sourire.

— Le problème, ajouta Jeremy à l'intention de Rebecca, était d'obtenir un échantillon du papyrus qui ne soit pas imprégné de l'encre et de la colle plus tardives quand il a été réutilisé, mais le labo de l'IMU semble y être parvenu.

— 1150 avant J.-C., dit Dillen d'une voix tremblante, plus ou moins soixante-quinze ans. Je savais que j'étais en train de lire de la poésie écrite à l'âge du bronze !

— Trop cool, dit Rebecca en posant la main sur son épaule. Quand vous aviez mon âge, vous deviez rêver de faire une découverte pareille.

Dillen leva vers elle des yeux embués.

— J'ai toujours cet âge. Je l'ai souvent dit à ton père, il ne faut jamais renoncer à ses rêves...

— ... un jour, ils se réaliseront, acheva-t-elle en se penchant pour l'embrasser avec douceur sur le front.

— Une question, dit Jeremy en rangeant son téléphone. L'*Ilioupersis,* la destruction de Troie. C'est l'événement le plus important de toute l'épopée troyenne. Pourquoi ce texte n'apparaît-il que maintenant ? Pourquoi cette destruction n'est-elle que sous-entendue dans l'*Iliade* et l'*Odyssée* ?

Dillen enleva ses lunettes pour se frotter les yeux.

— Le cycle troyen représente la fin de la tradition bardique, dit-il. C'est l'art reflétant l'histoire, le mythe sublimant la réalité. Avant la guerre de Troie, l'âge du bronze était un monde de héros semi-divins, un monde régi par les dieux, toujours versatiles, souvent cruels, et où les différends entre les hommes se réglaient par des affrontements entre héros et non par le carnage massif de la guerre. La poésie épique s'est développée autour de ces affrontements : violents et sanglants bien sûr, mais nobles et captivants, et faisant aussi partie de la vie de tous les jours. Ils participaient à un monde de paix et de stabilité qui permettait à la civilisation de se développer et ne l'éclipsait pas. Puis une chose s'est produite.

Une calamité qui a tout ravagé. Due, peut-être, à l'ambition d'un homme, d'un roi. L'âge des héros et des dieux a cédé face à l'âge des hommes, les duels ont été remplacés par les guerres totales.

— Et qui aurait eu envie d'entendre ça ? murmura Rebecca. Une bien triste histoire à raconter devant un feu de camp.

Dillen se tourna vers la fresque.

— Les gens assis aux pieds du barde voulaient qu'on leur réchauffe le cœur avec des récits mettant en scène des actes nobles, chevaleresques. Bien sûr, la violence et la cruauté étaient présentes mais personne n'avait envie qu'on lui rabâche l'apocalypse. Voilà pourquoi l'*Iliade* se déroule *avant* que les ténèbres ne déferlent sur la plaine d'Ilion, quand la guerre n'était encore que duels de héros : Hector contre Achille ou Ajax, Énée contre Diomède. Mais Homère savait que les ténèbres arrivaient. Il savait ce dont les hommes sont capables. Il y fait allusion dans l'*Iliade.* Et son public le savait aussi. Ses auditeurs y avaient pris part, ils étaient les survivants : leurs parents, leurs grands-parents étaient morts. C'était une vérité non dite, une expérience commune à toute l'humanité, comme l'Holocauste.

— Une vérité trop horrible pour qu'on ose la regarder en face, dit Rebecca. Homère l'aveugle était peut-être un visionnaire, comme vous dites. Il se peut qu'il ait vu au-delà des Dardanelles les futures horreurs de la guerre, le gouffre dans lequel l'humanité tomberait de nouveau.

Jeremy fixa Dillen.

— Donc, l'*Ilioupersis* aurait été l'expression personnelle d'un poète qui osait affronter la vérité. Il a caché son poème mais il a survécu… presque par accident.

— Combien en reste-t-il à traduire ? demanda Rebecca.

— J'ai fini vingt-cinq des trois cent douze lignes. Il me faudrait encore deux ou trois semaines. Tout dépend du temps que me réclameront les fouilles.

— Et peut-être qu'ensuite vous jouerez de cette lyre, dit Jeremy.

— À propos de fouilles, dit Rebecca en dévisageant Dillen. Je sais que papa veut découvrir quelque chose de fabuleux sous l'eau. Un trésor datant de la guerre de Troie. Mais *vous*, que voulez-vous trouver ?

Dillen plissa les yeux.

— Eh bien… (Il se rassit, sortit son tabac et sa pipe mais, devant le regard réprobateur de Rebecca, renonça à fumer. Il braqua le tuyau de sa pipe vers la fresque.) Davantage que des images. Je veux trouver des mots. Des inscriptions. Je veux trouver du grec, du linéaire B. Quelque chose provenant des conquérants de cet endroit.

— Agamemnon est passé ici, murmura Jeremy.

— Hum, fit Dillen en coinçant sa pipe éteinte dans sa bouche, le regard fixé sur le barde.

— Non, dit Rebecca en secouant la tête. Je veux dire, que voulez-vous *vraiment* trouver ? Papa m'a parlé de votre soirée dans sa cabine du *Seaquest II.* Vous avez avalé des litres de whisky comme deux vieux pirates. Il m'a dit que vous aviez tous les deux fini par avouer votre rêve. Il va me confier le sien après sa plongée aujourd'hui. Il pensait que je pourrais vous amener à m'avouer le vôtre car, d'après lui, vous feriez n'importe quoi pour moi.

— Il a dit ça ? murmura Dillen, les yeux brillants.

— Allez-y, insista Jeremy.

Dillen continua à sucer sa pipe pendant un moment avant de les dévisager l'un après l'autre.

— D'accord. Mais ça reste entre nous. Il y a un objet, un artefact qui me fascine depuis ma première lecture d'Homère quand j'étais gosse. C'était l'objet le plus sacré de l'ancienne Troie, gardé dans le temple de la déesse Pallas que les Grecs identifiaient à Athéna. Homère l'appelle le « Palladion ».

— Le Palladion ! s'exclama Jeremy. Oui, je m'en souviens. Ulysse et Diomède ne l'ont-ils pas volé, grâce aux indications d'Hélène, après s'être infiltrés dans la ville par un passage souterrain ?

Dillen acquiesça.

— Selon la légende, tant que le Palladion resterait entre ses murs, Troie ne tomberait pas. Après l'avoir dérobé, ils ont introduit le cheval de bois rempli de guerriers dans la cité et vous connaissez la suite de l'histoire.

— Ou du mythe, dit Rebecca.

— Qu'est devenu le Palladion ? demanda Jeremy.

— Mille ans après la chute de Troie, le poète latin Virgile imagine le prince troyen Énée rapportant le Palladion à Rome. Pour les Romains, c'est devenu un élément essentiel de leur mythe fondateur. Selon eux, le Palladion était une petite statue en bois de Pallas qui a été cachée quelque part dans Rome. Par la suite, à la dernière époque romaine, une rumeur prétendait qu'il avait été transféré en secret avec d'innombrables trésors dans la nouvelle capitale, Constantinople, et enterré sous la colonne de Constantin dans le forum.

— N'est-ce donc pas là qu'on devrait le chercher ? s'enquit Jeremy.

— Une statuette en bois... fit Rebecca, ça ne semble pas très excitant. Je veux dire, quand on parle de trésor.

— Vous croyez à cette histoire ? demanda Jeremy.

Dillen serra le fourneau de sa pipe entre ses mains et se pencha en avant.

— Eh bien, nous savons que les statues des dieux de l'âge du bronze égéen pouvaient être en bois et assez grossières.

Les gens vénéraient encore des objets inanimés et commençaient à peine à donner à leurs divinités une apparence humaine. Ce que les Romains ignoraient sans doute. S'ils avaient inventé l'histoire du Palladion, ils auraient plutôt imaginé une impressionnante statue de pierre ou de marbre. Un indice tel que celui-ci aurait été révélateur. Alors, oui, j'ai tendance à croire cette histoire.

— Mais ? dit Jeremy.

— Mais, enchaîna Dillen, s'il y a bien eu une statue en bois, je ne crois pas que ce fût le Palladion. Rebecca a raison. Une telle statuette n'aurait pas été considérée comme un trésor. Ulysse et Diomède ont peut-être volé une statue dans le temple, mais le vrai Palladion avait sûrement été très bien caché par les Troyens. Sans parler de cet autre indice extrêmement alléchant. Un des fragments épiques dit que le Palladion est « tombé du ciel », en cadeau à Dardanos, fondateur de Troie. Il se peut que cette expression soit métaphorique et qu'elle désigne un trésor extraordinaire, un présent des dieux. Mais il se peut aussi qu'elle ait été littérale.

— Je vois ! fit Rebecca, enthousiaste. « Tombé du ciel »… Une météorite !

Dillen la regarda.

— Ce ne serait pas la première fois qu'une météorite aurait été révérée.

— Donc, c'est ce que vous espérez trouver ici ? dit-elle. Génial.

— C'est juste une hypothèse. Mais j'ai peine à croire que l'objet le plus sacré de Troie, la plus riche cité du monde de l'âge du bronze, ait été une simple statuette de bois. Si, un millier d'années plus tard, les Romains avaient possédé le vrai Palladion, cela aurait été un objet extraordinaire, quelque chose que les gens seraient venus admirer avec vénération, quelque chose qui aurait eu un écho historique, comme la *menora*, le chandelier en or volé dans le Temple juif.

— Ulysse et Diomède sont entrés dans Troie grâce à un passage secret, marmonna Jeremy. Alors, c'est peut-être aussi le Palladion que recherche Maurice au bout du tunnel qu'il vient de découvrir.

Rebecca secoua la tête.

— Non. Il veut trouver des hiéroglyphes qui n'indiquent pas : « Agamemnon est passé ici » mais « Ramsès est passé ici ». Il tient à prouver que l'Égypte était la vraie superpuissance de l'Antiquité. C'est la seule raison pour laquelle il a accepté de quitter le désert pour participer à ces fouilles avec papa.

Dillen échangea un regard avec Jeremy, et les deux hommes sourirent.

— Ton père et Maurice se connaissent depuis un sacré bout de temps, dit Dillen. Ne sous-estime pas l'appât d'un trésor. Je me souviens de l'entretien que j'ai eu avec Maurice le jour où il a fait sa demande d'admission à l'université. Il avait apporté le catalogue de l'exposition Toutankhamon, celle qui a fait le tour du monde dans les années 1970, avec le célèbre masque mortuaire en or sur la couverture. Maurice en pleurait presque en me le montrant. J'ai su alors que je ne pouvais pas refuser sa candidature.

— Papa dit que chaque archéologue digne de ce nom veut découvrir un trésor, dit Rebecca. Selon lui, il peut passer sa carrière à se spécialiser sur un sujet aussi stérile et sec que les ossements, mais à moins qu'il n'ait ce feu en lui, il n'aura jamais la vision, la passion d'aller explorer un peu plus loin, de faire ce grand bond que seule permet l'imagination.

— Hmm, fit Dillen en souriant. Où ai-je déjà entendu ça ? Il me semble l'avoir dit à Jack et à Maurice au cours de leur premier exposé avec moi. Et qui me l'avait confié avant cela ?

Sir Leonard Woolley ou peut-être bien Sir Mortimer Wheeler ? Qui le tenaient de Sir Arthur Evans qui lui-même le tenait d'Heinrich Schliemann. C'est le fil qui unit tous les grands archéologues. Pas la science, pas les techniques, mais la passion, l'élan. La soif de découvrir.

— Et le goût du risque, dit Rebecca.

Jeremy fit un geste vers les ruines derrière eux.

— Le Palladion. Il pourrait être quelque part là-dedans ?

— Oui, fit Dillen. Le temple de Pallas devait se trouver tout près de l'endroit où nous sommes, même si je crains que la grande tranchée creusée par Schliemann ne l'ait dévasté. Mais les temples possédaient souvent des pièces souterraines cachées. C'est là qu'un objet aussi sacré que le Palladion devait être entreposé.

— Et si c'était le Palladion qu'Agamemnon était vraiment venu chercher ici ? dit Rebecca. Et si c'était la véritable cause de la guerre de Troie ? Pas Hélène, pas la passion pour une femme, mais la quête d'un trésor.

— C'était peut-être aussi ce que Schliemann désirait lui aussi, ajouta Jeremy. Et ne le trouvant pas ici, il est allé à Mycènes, où Agamemnon a pu le rapporter après avoir pillé et brûlé Troie.

— Les notes de Schliemann ne mentionnent nulle part le Palladion, dit Dillen. Jack m'a demandé d'y jeter un œil avant de venir. Mais Schliemann ne manquait pas d'imagination et, malgré son ego, était parfaitement capable de dissimuler de grandes découvertes. Il croyait profondément aux mythes. Imaginons qu'il ait vraiment été en quête du Palladion. Il se peut qu'il n'ait jamais écrit un mot à ce sujet. Il ne l'a peut-être dit qu'à sa femme, Sophia, et peut-être aussi à quelques amis proches. Schliemann était tout à fait prêt à jouer sa réputation avec des annonces grandioses et parfois excessives, mais il était aussi rusé, et cela aurait constitué un fabuleux trésor.

Un cri d'excitation retentit en bas, la voix d'un homme avec un accent allemand.

— James ! Rebecca ! Jeremy ! Descendez ! James, prenez votre appareil photo ! Nous avons trouvé une merveille !

— Ils sont encore loin du bout du tunnel, dit Rebecca. Je viens de les quitter. Ils ne faisaient que remuer des gravats. Qu'est-ce que ça pourrait bien être ?

— Peut-être que Maurice a trouvé son inscription égyptienne, dit Jeremy en se levant très vite. Et je n'ai pas encore vu ce tunnel.

Il s'immobilisa pour regarder la fresque représentant l'aède avec son instrument avant de se tourner vers la lyre de Dillen dans un coin de la tranchée.

— Votre lyre est vraiment impeccable, vous savez. Impeccable. C'est incroyable. Que disiez-vous tout à l'heure à propos de la tradition bardique ? Que vous aviez l'impression d'entendre de la musique ici. Je n'aurais pas dû me montrer aussi désinvolte. Il y a peut-être vraiment du Homère en vous.

Dillen le regarda, voulut dire quelque chose mais en fut incapable. Il baissa les yeux, clignant des paupières. De toute sa longue carrière universitaire, il n'avait jamais reçu un tel compliment. Quand il parla enfin, ce fut d'une voix enrouée.

— Je devrais commencer à ranger. Pour l'inspection du Herr Professor Hiebermeyer…

— Laissez tomber, dit Jeremy. On ne vous dénoncera pas.

Rebecca lui toucha la main en souriant avant de hocher la tête vers Dillen sans rien dire. Jeremy alla abaisser le film de plastique sur la fresque pendant qu'elle aidait Dillen à se relever. Tandis qu'il se penchait pour récupérer son appareil photo, une vive douleur lui traversa le genou et il grimaça. Il s'appuya un moment sur la jeune fille, sentant sa chaleur, sa vigueur.

Oui, l'archéologie a un prix. Que j'adore payer, pensa-t-il.

4

Londres, Angleterre, de nos jours

L'homme en grand manteau s'engagea dans la cour du British Museum, slalomant habilement entre les grappes de touristes et les flaques qui jonchaient le sol pavé comme autant de mares de mercure. Le crachin qui avait enveloppé Londres toute la matinée s'était transformé en pluie persistante. Il ouvrit son parapluie au moment où son téléphone sonna. Il répondit, tout en contemplant l'imposante façade du musée. Sa conversation fut très brève. Il referma le clapet, consulta sa montre et resta un moment immobile, les yeux rivés sur les sculptures couronnant les colonnes, les allégories de Sir Richard Westmacott dépeignant l'ascension de la civilisation avec la silhouette féminine en son centre tenant un globe doré et un sceptre.

L'homme ricana. Avec ce temps, la dorure semblait terne. Il méprisait tout cela, cette sottise néoclassique de premier ordre. Étudiant, il avait visité le temple de Priène en Turquie, qui avait inspiré Sir John Soane pour la conception du musée. Il avait vu de ses propres yeux la puissance qui se dégageait de l'ancienne architecture dans son environnement originel, la maîtrise de l'homme sur les éléments. Et à Linz, en Autriche, il avait retrouvé les plans du plus grand musée jamais conçu. Dessins en tête, il avait peuplé les galeries fantômes de toutes les œuvres d'art réunies pour la plus grande des causes. Ce musée-là servirait à magnifier la puissance du passé, à l'irradier, et non à l'emprisonner comme dans celui-ci. Un musée imaginé par le plus grand de tous les architectes. Un musée digne d'un Reich millénaire. Le Führermuseum.

Il gravit les marches menant au porche, referma son parapluie et le secoua avant de pénétrer dans le hall. Il salua plusieurs visages familiers, étudiants ou collègues, des visages vus à sa conférence de la veille. Un événement exaltant, l'apothéose d'une carrière où, moins de douze ans après sa sortie de l'université, il avait été le récipiendaire de la plus prestigieuse médaille de sa profession. Son étude sur l'architecture fasciste faisait désormais autorité. *Un avertissement de l'histoire*, l'avait-il titrée. Il appréciait l'ironie. Il n'avait jamais fait mystère de ses origines, son père membre des jeunesses hitlériennes, son grand-père officier SS. Il s'en était servi pour expliquer sa passion pour l'architecture nazie, un peu comme si ses recherches lui servaient à expier, à l'image de la culpabilité de l'Allemagne moderne qu'il méprisait tant. Il avait soutenu que le génie de Linz n'était pas celui d'Hitler, mais celui des architectes choisis pour dessiner les plans, pour construire à grande échelle le modèle se trouvant dans le bunker de Berlin et qui avait tant captivé Hitler pendant ses derniers jours.

Mais c'était un mensonge. Le Führer était bien le véritable génie, inspiré par le rêve qui lui avait permis de se hisser au-dessus de ceux qui l'avaient trahi, de ceux qui avaient perdu la guerre. Le musée était le piédestal de son apothéose, de son ascension au-delà de la condition de simple mortel. Rien ne l'avait davantage captivé dans ses ultimes moments, pas même la question juive. L'homme connaissait par cœur les mots du dernier testament d'Hitler, ses dernières volontés. « Je désire ardemment que ce legs soit dûment exécuté. » Un frisson le parcourut. Le moment était venu. Et c'était à lui qu'incombait cette tâche. La volonté du Führer serait accomplie.

Il tourna à gauche, traversant la salle de l'horloge et les galeries de l'Antiquité. Il jeta un coup d'œil au fond du couloir, au cœur même du musée avec ses colossales sculptures égyptiennes et assyriennes, pharaons, dieux-rois et lions à tête humaine et, devant cette masse de fragments épars, il ressentit un accès de rage contre ceux qui avaient arraché ces pièces aux monuments et aux palais qui leur donnaient tout leur sens. Il s'arrêta devant l'entrée de la galerie de l'âge du bronze grec et contempla de chaque côté les demi-colonnes de calcaire vert prélevées à l'entrée du trésor d'Atrée, la grande tombe circulaire située à l'extérieur de la citadelle de Mycènes en Grèce. Il posa la main sur l'une d'entre elles, touchant les motifs en zigzag sculptés. Là, au moins, il sentait un frisson du passé, comme si les colonnes gardaient encore un écho de leur dessein premier : protéger le caveau du trésor.

Il pénétra dans la salle, s'arrêtant un moment devant une vitrine présentant une saisissante collection de bijoux en or martelé, dont un magnifique gobelet muni d'une poignée, et des pierres précieuses telles que des améthystes d'Égypte et des lapis-lazulis d'Afghanistan. Dans la vitrine suivante se trouvait un assortiment assez quelconque de poteries provenant de Troie, l'une avec un visage grossier en relief, une autre portant encore une étiquette rédigée de la propre main d'Heinrich Schliemann. Ces poteries étaient les seuls artefacts présentés ici qui provenaient du célèbre site. L'homme réfléchit à la nature volage des découvertes : tant de grandes œuvres avaient été mises au jour, non pas à l'issue d'un patient travail scientifique, mais grâce à de simples coups de chance, souvent entourés de mystère. Schliemann avait creusé une grande tranchée au centre du tumulus de Troie et pendant des années, personne n'avait su ce qu'il avait découvert. Comme si la nature humaine – ce mélange d'avidité, de fourberie et d'égotisme – avait ajouté une couche supplémentaire aux couches archéologiques, qui nécessitait d'explorer les archives, les musées et les coffres-forts d'Europe, afin de comprendre la psychologie et les motivations d'hommes comme Schliemann pour que la vérité éclate. Cela avait été sa tâche. Et maintenant, elle arrivait à son terme. Les plus grands trésors seraient révélés, plus grands que tout ce que contenait cette galerie d'une pauvreté affligeante.

Il consulta de nouveau sa montre et se dirigea vers le dernier présentoir au-dessus duquel il se pencha pour examiner une grande poterie décorée. La peinture représentait un antique navire de guerre pourvu d'une double rangée de rames ; à ses côtés, on distinguait deux silhouettes grossières au corps triangulaire, un homme tenant une femme comme pour la conduire au bateau. Il jeta un coup d'œil à l'étiquette. Elle provenait de Thèbes, en Grèce, VIIIe siècle avant J.-C., à peu près à l'époque d'Homère, quatre siècles après la chute de Troie. Soudain, il vit un reflet dans la vitre. Quelqu'un se tenait derrière lui. *Voilà, c'est parti.* Une voix s'éleva, calme, mélodieuse, avec une touche d'accent français.

— Quand j'étais étudiant à Cambridge, j'ai assisté à la conférence d'un éminent linguiste, le professeur Dillen. Elle avait pour sujet : « Mythe et réalité d'Homère. » L'image peinte sur cette poterie lui servait d'argument central. L'artefact date de l'époque d'Homère. Mais est-ce bien le cas ? Homère aurait pu être antérieur. Et ces personnages, qui sont-ils ? Thésée et Ariane ou bien Pâris et Hélène ? Et s'agit-il d'un ancien vaisseau de guerre quelconque ou bien d'une galère de la guerre de Troie ? Où est la vérité ? Pourrons-nous jamais la découvrir ?

L'homme répondit calmement, les yeux toujours braqués droit devant lui.

— La double rangée de rames est un anachronisme. Les galères de l'âge du bronze n'en possédaient sans doute qu'une seule. Ayant fait partie de l'équipe d'aviron lors de mes études à Heidelberg, le sujet m'est assez familier. C'est un des élèves de Dillen, Howard, qui, en trouvant des fragments de navires de l'âge du bronze sur la plage de Troie, a paru le confirmer. Mais la question reste encore ouverte. Il faudrait que nous trouvions un navire bien préservé.

— Ils en trouveront peut-être un. Howard et son équipe sont de nouveau à Troie.

— Je sais. J'ai vu le journal ce matin.

— Bien. Vous vous tenez au courant. Et si nous marchions un peu, professeur Raitz ?

Raitz se retourna vers l'homme mince, barbu, âgé d'environ trente-cinq ans, aux yeux marron et aux traits sombres, élégamment vêtu d'un costume et d'une gabardine.

— Votre Excellence.

— Ne m'appelez pas ainsi. Inutile d'attirer l'attention. Saumerre suffira.

Il fit un geste, et ils se mirent à déambuler dans la salle, faisant mine d'étudier les artefacts.

— La fille d'Howard, annonça Raitz, se trouvait dans mon bureau à l'institut il y a quelques semaines. La galerie Howard avait un Dürer, offert à son grand-père après la guerre par un de ses amis qui l'avait acheté à une vente aux enchères en Suisse en 1945. La galerie avait découvert qu'il s'agissait d'une peinture volée – empruntée, devrais-je dire – par le *Reichsmarschall* Göring, dans un musée de Mainz. Il est de notoriété publique que je facilite le retour des œuvres d'art volées durant l'ancien Reich, et miss Howard est venue me trouver de la part de la galerie pour cette raison. Naturellement, ceux qui souhaitent rendre des œuvres à des propriétaires juifs reçoivent le conseil poli d'aller s'adresser ailleurs. Je ne m'occupe pas des réclamations privées, seulement des objets ayant appartenu à des institutions.

— Bien sûr. Nous connaissons votre réputation. C'est pourquoi je suis ici. Vous avez accès à toutes les réserves des musées d'Europe. Et nous savons pour Rebecca Howard.

Saumerre sortit un iPhone, et une photo apparut, représentant une jeune fille aux longs cheveux noirs, en jean et tee-shirt arborant le sigle USMC.

— Dix-sept ans, née à Naples d'Elizabeth d'Agostino. Celle-ci avait rompu avec Jack Howard neuf mois plus tôt, quand sa famille, appartenant à la mafia, l'a forcée à rentrer à Naples après ses études à Cambridge. Elle n'a rien dit à Howard à propos de l'enfant, faisant en sorte qu'elle soit élevée par des amis dans l'État de New York où Rebecca poursuit encore ses études. Howard a rencontré sa fille pour la première fois il y a moins de deux ans, peu après le meurtre de sa mère. Depuis, ils participent tous deux à un projet archéologique en Inde et en Asie centrale. C'est là qu'une équipe de plongée de la marine américaine lui a offert ce tee-shirt. Le père et la fille sont très proches. En fait, toute l'équipe l'apprécie énormément.

— Impressionnant travail de surveillance.

— En ce moment même, elle est à Troie. Mais elle doit revenir à Paris pour un voyage scolaire dans deux jours. Elle atterrit à Heathrow en provenance d'Istanbul demain à 11 h 35.

— Revenons-en à aujourd'hui, dit Raitz. Avez-vous apporté ce que vous aviez promis ?

Saumerre sortit une pochette à documents de sa veste. Il en défit la fermeture et l'entrouvrit juste assez pour que l'autre puisse apercevoir la couverture brune et les caractères rouges à demi effacés, tracés en écriture gothique.

Raitz tremblait d'excitation. Sa voix se fit rauque.

— Vous êtes certain de son authenticité ?

Saumerre le fixa un moment avant de s'exprimer d'une voix sourde.

— Je vais vous avouer un secret très déplaisant. Si nos projets venaient à être connus, cela pourrait détruire votre carrière. Et cela ferait plus que détruire la mienne. J'y gagnerais une balle dans la nuque.

— Je comprends, murmura Raitz en regardant autour d'eux pour vérifier que la galerie était vide. Vous avez ma parole.

— Vous savez ce que les médias racontent à mon sujet. Notre ambassade ne cesse de faire la une. Officiellement, je suis algérien. Mais ce que vous ignorez, c'est qu'un de mes grands-pères était français, de Marseille. Un petit gangster qui trempait dans des affaires de drogue, prostitution et racket. Arrêté par la police de Vichy à la fin de 1940 et déporté en Allemagne où il a fini cuisinier dans un petit camp de travail près de Belsen. Au cours des dernières semaines de la guerre, le lieu s'est retrouvé inondé de juifs qu'on ramenait d'Auschwitz. Dans le chaos ambiant, il a réussi à s'évader. Mais non sans avoir découvert ce qu'il se passait là-bas, la raison pour laquelle ce camp avait été construit. Et ce qui y était conservé.

— Des œuvres d'art volées ? murmura Raitz, le cœur battant. Celles que nous recherchons ?

— Et plus encore, dit Saumerre en l'entraînant de nouveau vers la vitrine présentant les artefacts troyens. (Il les étudia avec intérêt tandis qu'une classe d'écoliers passait près d'eux. Il attendit que les enfants aient tous disparu dans la galerie égyptienne pour reprendre la parole.) Il y a un autre secret. Notre secret de famille… Quand mon grand-père est revenu à Marseille, il a repris ses anciennes activités. Dans l'après-guerre, les opportunités ne manquaient pas. Ayant une femme algérienne, il a étendu ses activités à l'Afrique du

Nord. Peu après, a commencé la guerre d'indépendance d'Algérie et il a su aussi en profiter. Il est devenu multimillionnaire. Mon père a hérité de sa fortune.

Raitz le regarda.

— Et maintenant, c'est votre tour ?

— Pas si fort, s'il vous plaît, fit Saumerre en sortant un mouchoir de sa poche pour s'éponger le front. Peut-être en ai-je déjà trop dit.

— Vous avez ma parole : je n'en parlerai à personne.

Saumerre hésita avant d'acquiescer.

— Vous avez raison. Nous ne pouvons plus revenir en arrière désormais. Mais vous devez comprendre. J'ai toujours strictement séparé ma carrière politique de mes affaires.

— Quel était le secret de votre grand-père ? Qu'avait-il vu ? Que savait-il ?

— Avant de tout me révéler sur son lit de mort, il avait souvent fait des allusions qui ont enflammé mon imagination. Enfant, j'étais fasciné par les histoires de butins nazis perdus, cachés au fond de lacs, dans des bunkers ou dans des mines. À présent, je suis déterminé à suivre chaque piste, à retrouver tout ce qui peut l'être. Nous savons tous qu'il reste encore beaucoup à découvrir. La liste des œuvres d'art qui n'ont jamais été récupérées est très longue. Cela représente une fortune immense qui nous tend les bras.

— Attendez, dit Raitz, soudain réticent. Je croyais que vous partagiez mon rêve. Je ne fais pas cela pour l'argent.

Saumerre leva la main.

— Détendez-vous. Toutes les peintures seront à vous. Mais il s'agit néanmoins d'un arrangement : à vous les œuvres d'art, à nous le reste.

— Comment cela, le reste ?

Saumerre fit un geste vers le présentoir.

— Que savez-vous du trésor perdu de Schliemann ?

Raitz contempla les poteries.

— Lors de notre premier contact il y a deux semaines, vous m'avez demandé d'effectuer des recherches. Une partie de l'or récupéré à Troie a disparu pendant des années avant de réapparaître à Saint-Pétersbourg. C'est de notoriété publique. Mais demeure toujours l'incertitude concernant ce qu'il a découvert à Mycènes. Rien n'a jamais été prouvé.

— Sauf que nous, nous savons, dit Saumerre. Et ce sera notre part. Nous voulons l'or, les antiquités, ces objets uniques qui possèdent un immense pouvoir d'attraction quand il s'agit de conclure des contrats importants, qu'il s'agisse de ventes d'armes, de construction de pipelines, d'accords qui peuvent être signés avec des entreprises grâce à un petit geste de bonne volonté. À vrai dire, vous et moi avons beaucoup en commun. Je suis, moi aussi, un homme éduqué, un amoureux des arts. Un jour, nous devrions revenir ici pour discuter de ces merveilles… (D'un geste de la main, il balaya la pièce.) Il est peut-être regrettable que certains grands trésors culturels ne se retrouvent jamais dans un musée. Mais certains ont été perdus ou volés depuis si longtemps que leur disparition même fait désormais partie de notre culture. Le trésor de Schliemann, par exemple. Et regardez autour de vous. Les chefs-d'œuvre présents ici sont déjà trop nombreux pour que nous les comprenions. Quant à vous, mon ami, c'est notre prix. Il ne peut y avoir de compromis.

Raitz repensa au risque énorme qu'il prenait, à son excitation croissante. Le cœur battant, il hocha la tête.

— Marché conclu.

— Nous nous occuperons de votre sécurité. Ils se sont eux-mêmes baptisés les *Totenköpfe*, d'après les commandos de la mort nazis. Mais ce sont surtout des Russes. D'anciens militaires. Des mercenaires. Des gangsters se louant au plus offrant.

— Prêts à toutes les sales besognes.

— Ne vous inquiétez pas. Vous n'aurez pas à vous salir les mains.

— Il n'y aura pas de meurtre ? s'enquit Raitz avec anxiété.

Saumerre haussa un sourcil.

— Mon ami. Vous oubliez votre héritage. La raison de votre présence ici. (Il marqua une pause avant d'ajouter...) Comme je l'ai dit, vous n'avez pas à vous inquiéter.

— Ces *Totenköpfe*... Pourrons-nous les contrôler ?

— Ceux que vous verrez seront de simples employés. Leurs chefs sont unis dans leur allégeance commune à votre cause. Ils ont juré d'accomplir la volonté d'Hitler, l'ordre Néron : établir le Reich millénaire ou alors détruire l'Allemagne. Mais cela, bien sûr, n'est qu'un fantasme. Nous avons déjà eu affaire à eux en Europe de l'Est, et je puis vous assurer qu'ils sont tous prêts à abandonner l'idéologie si la pile de lingots est assez haute. Et, cette fois, elle sera plus haute que tout ce qu'ils auront jamais vu.

— Et si nous ne trouvons pas ce trésor ? Qui vont-ils tenir pour responsable ?

— Faire des affaires consiste à prendre des risques. Nous modifierons nos plans. Mais cela ne sera pas nécessaire.

— Y aura-t-il quelqu'un d'autre ?

— Vous serez assisté par un collègue. Par plusieurs, à vrai dire.

— Comment cela ?

— L'endroit où vous irez exigera sans doute une expertise technique. Peu possèdent le niveau de compétence requis.

— Ces « collègues » sont aussi vos employés ?

Saumerre regarda sa montre.

— Vous le saurez dans exactement vingt-quatre heures.

Il laissa passer un moment, scrutant la salle autour d'eux, avant de rouvrir sa veste pour en sortir le document.

— Et maintenant, l'objet de votre rêve. Le 29 avril 1945, Adolf Hitler a rédigé son ultime testament dans son bunker de Berlin. Nous savons que vous en avez souvent parlé à des sympathisants, à ce réseau d'amis que vous avez patiemment développé depuis des années, ces autres qui partagent votre passion. C'est ainsi que nous avons pu vous trouver. Nous cherchions un homme tel que vous.

— Continuez.

— Quand mon contact vous a dit de me rencontrer ici, le message ajoutait que je vous transmettrais ce dont vous aviez besoin pour réaliser votre rêve, pour créer le musée que le Führer désirait par-dessus tout, afin d'accomplir ses dernières volontés.

— Oui, oui, fit Raitz en saisissant le bras de Saumerre, les yeux brillants. Un musée secret en Bavière, dans ces montagnes qu'il aimait tant. Un lieu de pèlerinage, un point de ralliement pour tous ceux qui nourrissent encore le même rêve. Un Führermuseum, renaissant des cendres.

— Le document est authentique. Vous pouvez le soumettre à tous les tests qu'il vous plaira. Un chercheur de votre stature... Tous les laboratoires de Londres sont à votre disposition. Mais vous avez ma parole. Il a été dactylographié en double exemplaire dans le Führerbunker par Adolf Hitler lui-même, avant d'être confié à Martin Bormann. Il est daté du 4 avril 1945, moins de quatre semaines avant que le Führer ne s'ôte la vie. Une copie a été emportée vers la Hollande par courrier motocycliste. Elle n'a jamais été retrouvée. L'autre est partie quelque part près du camp de travail où se trouvait mon grand-père. Il l'a récupérée sur le cadavre d'un officier allemand et il a gardé le secret toute sa vie pour me le révéler seulement cette année, juste avant de mourir.

Saumerre sortit l'enveloppe, hésita, puis la tendit à Raitz qui la cacha très vite sous son pardessus.

— Elle contient ce à quoi vous tenez tant. Mais revenons-en à nos affaires. Quand nous vous avons contacté, nous vous avons demandé de vous renseigner sur ce svastika, le svastika inversé. Vous avez quelque chose pour nous ?

Raitz sortit un bout de papier de sa poche.

— Un ancien antiquaire hollandais. Devenu informateur pour la police. Rebecca Howard l'avait approché, en tant que spécialiste de Dürer. Quand Interpol m'a consulté, j'ai insisté pour qu'on m'envoie tous ces documents, de façon ultra-confidentielle. Je savais déjà que cet homme s'intéressait aux trésors de Schliemann. Je ne m'étais pas trompé. Il possédait des centaines de documents nazis. Un seul portait ce svastika inversé.

— Je dois savoir. Où est ce document ?

— Dans un coffre chez moi.

— Est-ce une carte ?

— C'est une sorte de plan, un itinéraire. Peut-être souterrain. Il se peut que le Hollandais en sache davantage. Il a disparu de la circulation.

— Donc, murmura Saumerre, j'avais bien raison. Quand mon grand-père m'a raconté son histoire, il m'a dit qu'il avait parlé à d'autres détenus juifs qui avaient travaillé sous terre. Dans une mine... Je le savais. Nos préparatifs n'ont pas été inutiles. Gardez précieusement ce document. Nous nous reverrons.

Saumerre allait partir mais Raitz le retint.

— Une question.

— Je vous écoute.

— Les nazis donnaient toujours un nom de code à leurs opérations. Comment ont-ils appelé celle-ci ?

— Regardez en haut de l'enveloppe.

Saumerre lui serra la main, rajusta sa gabardine et s'en fut. Raitz jeta un coup d'œil autour de lui avant de sortir la pochette et d'en extraire le document. Il lut l'inscription en lettres gothiques rouges qu'il avait entraperçue un peu plus tôt. Plus bas, se trouvait le svastika inversé, couleur platine. Et trois mots écrits juste en dessous. Il poussa une exclamation étouffée.

Das Agamemnon Code.

« Le code Agamemnon. »

Il resta un moment figé sur place, fasciné par le présentoir devant lui, mais au-delà des poteries, des joyaux, des épées brisées et des têtes de flèche, il ne voyait que ce qui l'avait un jour sidéré dans un autre musée, il y avait des années de cela à Athènes : le superbe masque doré qui avait été découvert, plus d'un siècle auparavant, dans un tombeau royal. Il repensait à ce qu'il avait songé à l'époque. Qu'avait vraiment vu Heinrich Schliemann quand il avait soulevé le masque d'Agamemnon ?

À ce moment-là, il n'avait pu que spéculer. Le rêve d'un étudiant. À présent, le rêve promettait de devenir réalité. À condition d'aller au bout du chemin dangereux sur lequel il s'était engagé, il inscrirait son nom dans l'histoire. Il rétablirait la gloire du Reich.

Il referma la sacoche et la cacha sous son pardessus, comme si c'était le plus grand trésor jamais mis au jour. Il osait à peine songer au paraphe qui devait se trouver au bas du document. Bientôt, il pourrait le toucher. Ce nom… La signature d'un homme dont la volonté serait accomplie.

Heil, mein Führer.

5

Au large de l'île de Ténédos, mer Égée

Quinze minutes après que Costas l'eut laissé sur le pont avant du *Seaquest II*, Jack pénétra dans la salle de conférences située au niveau inférieur et referma la porte derrière lui. Une trentaine de membres de l'équipage et du personnel scientifique étaient assis là sur des chaises en plastique face à une table sur laquelle se trouvaient un ordinateur portable et un vieux projecteur. Sur le mur était affichée une carte de l'amirauté britannique de la zone nord-est de la mer Égée, où leur position était marquée. Jack prit place devant la table. Assis à l'extrême gauche du premier rang, Costas discutait avec deux techniciens des submersibles, mais il s'interrompit dès qu'il l'aperçut. Juste en face de Jack, se trouvait le docteur Jacob Lanowski, spécialiste en images générées par ordinateur, un vrai petit génie, et la raison de cette réunion. Lanowski le fixait avec une angoisse visible à travers ses gros verres ronds. Il chassa une longue mèche de son front tout en tripotant ses notes et plusieurs feuilles translucides. Jack lui sourit avant de lever la main.

— Le capitaine Macalister me dit que nous avons vingt minutes avant que le navire soit complètement stabilisé au-dessus du site et que le pont d'amarrage soit prêt. Costas et moi effectuerons la plongée, mais il s'agit d'un travail d'équipe et chacun d'entre vous a son rôle à jouer.

Il se retourna pour braquer un pointeur laser sur la carte.

— J'ai organisé cette réunion pour que le docteur Lanowski nous fasse un compte rendu de bathymétrie et de sédimentologie. Mais certains d'entre vous viennent d'arriver et ne savent toujours pas ce que nous comptons faire ici.

Je veux donc prendre quelques minutes pour vous en parler. Par ailleurs, il existe un lien avec ce que vous dira le docteur Lanowski, un lien incroyable. Même moi, je n'en vois pas encore la portée.

Il adressa un signe d'encouragement à Lanowski qui se retourna vers les autres, un sourire timide aux lèvres… avant de lâcher tous ses papiers qui se dispersèrent par terre et de se jeter à genoux pour les récupérer. Costas leva les yeux au ciel. Jack se demanda, et ce n'était pas la première fois, si leur génie embarqué tiendrait le coup jusqu'à la fin de ce programme.

Il appuya sur une touche de l'ordinateur portable, fit apparaître une photo aérienne sur l'écran. Elle représentait des fouilles archéologiques en cours, une zone en plein air de vingt mètres sur dix entourée par des rangées de plants de tomates. Il braqua son rayon sur la seule silhouette visible assise au bord de la tranchée : un immense sombrero sur le crâne, une bouteille d'eau à la main, elle contemplait une tache sombre sur le sable.

— Certains d'entre vous reconnaissent peut-être notre estimé collègue, le docteur Kazantzakis, lors de sa toute première expérience en archéologie.

— Et qui a bien failli être sa dernière, intervint Costas, déclenchant quelques rires.

— C'était il y a quinze ans. Nous nous trouvions à environ un kilomètre au nord-ouest de Troie, enchaîna Jack. Nos premières fouilles ensemble, avec un budget ridicule. Bien avant l'IMU et le *Seaquest.* Mais ce que nous avons découvert ce jour-là a été le début de tout.

Il cliqua de nouveau et une image de synthèse en 3D apparut, reproduisant les Dardanelles et la plaine de Troie.

— Un paysan avait trouvé quelques poutres carbonisées en labourant son champ. Nous savions que le Scamandre avait envasé la plaine, et nos recherches ont permis de situer avec certitude l'emplacement de la plage de l'âge du bronze à cet endroit. De façon stupéfiante, il s'est avéré que ces poutres provenaient d'embarcations, de galères de guerre qui avaient brûlé sur le rivage. Nous n'en avons dégagé que quelques fragments mais assez pour effectuer une analyse au carbone 14, qui nous a donné une date remontant à environ 1200 avant J.-C., c'est-à-dire à l'époque exacte de la destruction de Troie. Et ce n'est pas tout. Sur cette photo, Costas croit qu'il ne regarde qu'une vulgaire tache, mais il se trompe. Cette tache sombre s'est révélée être un foyer à ciel ouvert. Il était rempli d'ossements brisés, de très grande taille. La carcasse entière d'un taureau. Un festin destiné à des héros. À la place de Costas s'était autrefois assis Achille. Achille, lui aussi, boudait, mais à cause d'une femme.

— Il avait plus de chance que moi, dit Costas.

Nouvel éclat de rire général. Jack leva la main.

— Cette découverte, cette incroyable connexion avec le passé, était absolument excitante. J'avais l'impression d'être Heinrich Schliemann sur les traces d'Agamemnon. Aujourd'hui, nous voilà de retour. Mais, cette fois-ci, nous ne sommes pas simplement à la recherche de fragments calcinés : il s'agit ici de l'épave entière d'une galère victime d'un naufrage. L'indice décisif ne nous a pas été fourni par les fouilles sur la plage, mais provient d'un endroit complètement inattendu. L'un des lieux les plus extraordinaires jamais découverts qui se trouve à plus de mille cinq cents kilomètres à l'ouest d'ici.

Le silence régnait dans la pièce. Tous étaient captivés. Jack cliqua de nouveau et l'image changea pour montrer un ancien manuscrit, couvert de plusieurs lignes d'une écriture précise, de nombreuses lettres étant visiblement du grec.

— Voilà ce qui a été trouvé il y a trois mois dans la bibliothèque perdue de l'empereur Claude à Herculanum où Jeremy Haverstock était en charge du travail de restauration. À mesure que chaque nouveau texte était déroulé et passé aux rayons X, une copie numérique était envoyée au professeur Dillen à Cambridge pour traduction. Cet extrait l'a laissé sans voix. Selon lui, il s'agit du plus important texte antique jamais découvert. Ni plus, ni moins. Un poème jusque-là inconnu d'Homère, contenant des détails sur la fin de Troie obtenus auprès d'un ou plusieurs témoins oculaires. Ce qui en fait une découverte absolument exceptionnelle pour quiconque s'intéresse à la guerre de Troie. Le professeur Dillen pense qu'il s'agit d'une partie perdue du cycle épique troyen intitulée l'*Ilioupersis*, ce qui veut dire le sac ou la destruction de Troie. Et cette image, en particulier, montre les vers qui m'ont vraiment fasciné.

Il sortit une feuille de papier pliée en quatre de sa poche et l'ouvrit.

— Voici la traduction qu'en a fait Dillen :

Regarde bien maintenant, loin là-bas en mer,
Venant de l'île de Ténédos
Le lion à la proue du navire du roi de Mycènes,
Mât dressé, voile tendue et gonflée.
Une sombre vague chantant avec force dans son sillage
Apporte des nouvelles de querelles
À Agamemnon, insouciant, opiniâtre dans son dessein et déterminé à la guerre.
Trop tard. Déjà je le sens. Le vent d'ouest forcit.

Jack leva les yeux. Tous les regards étaient rivés sur lui. Costas leva la main.

— Si c'est le navire que nous recherchons, je croyais que les galères ne pouvaient pas couler. Pas de cargaison, un ballast limité. Les galères disloquées se dispersent en épaves flottantes. C'est pour cela que nous en retrouvons si peu.

Jack acquiesça.

— Mais cette fois, c'est différent. Attendez d'entendre les deux vers suivants. Les vers qui m'ont mis en transe.

Il récita de mémoire.

Le navire, chargé de butin, alourdi par l'or
S'abîme avec trop de force dans le creux des vagues et disparaît.

Cette fois, il y eut une exclamation collective.

— « Alourdi par l'or », répéta un des hommes d'équipage, abasourdi. Qu'est-ce que cela veut dire au juste ? Que sommes-nous en train de rechercher ?

Jack consulta sa montre.

— Écoutons d'abord le docteur Lanowski.

Le matelot insista.

— Mais quelles sont nos chances ?

Jack dévisagea l'homme, un nouveau membre de l'équipe des submersibles.

— Si vous vous laissez guider par votre imagination, alors tout est envisageable. Il faut juste prendre le risque d'y croire. Pensez à ce lieu, à la guerre de Troie, à un naufrage d'Agamemnon... Se dire que tout cela a vraiment eu lieu exige de la foi, et cette foi, je l'ai. Je sais aussi que si je m'engage sur une fausse piste, l'un d'entre vous saura me prévenir. Nos chances ? Je pense qu'elles sont excellentes.

— Dit celui qu'on appelle « Jack le Veinard », murmura Costas.

Jack tapota sur sa montre.

— Revenons maintenant à la science.

Il fit un geste à l'intention de Lanowski avant d'aller s'installer aux côtés de Costas.

— C'est parti, chuchota ce dernier.

Lanowski se leva, posa son paquet de feuilles sur la table avant de considérer son public d'un regard fiévreux. Il s'éclaircit la gorge.

— Une analyse lithosismique détaillée du bassin égéen septentrional montre des structures de failles suivant un axe nord-est sud-ouest, la structure dominante semblant une extension de la faille nord-anatolienne. Celle qui court au nord de la Turquie et qui provoque tous ces tremblements de terre. (Il lança un regard par-dessus ses lunettes en s'épongeant le front avant de lâcher un petit sourire.) Vous me suivez ?

— J'ai rien compris, murmura Costas.

— Attends un peu, lui répondit Jack.

— « Vous me suivez ? » Qu'est-ce qu'il veut qu'on suive ?

— C'est de ma faute, fit Jack. Je lui ai dit de faire simple.

Lanowski s'éclaircit de nouveau la gorge et dirigea le pointeur laser vers l'écran.

— Voici une carte tectonique superposée à une carte bathymétrique. Comme vous pouvez le voir, nous nous trouvons au-dessus de la plaque continentale… Ici. (Il braqua le pointeur vers le bas.) La plate-forme ne présente aucune déformation interne significative, mais les pentes sur le bord sont sculptées par des failles marginales. À l'intérieur du bassin, des saillies verticales plus hautes se produisent sur des failles marginales bordant les horsts intermédiaires avec des grabens prononcés.

Costas flanqua un coup de coude à Jack.

— Ta-da ! chanta-t-il.

Lanowski lui lança un regard noir par-dessus ses lunettes avant de reprendre la parole sur un ton délibérément lent.

— Une anomalie angulaire se produit à l'intérieur de la séquence plio-pléistocène liée au soulèvement et au renversement des blocs néotectoniques et des charnières anticlinales.

— C'est évident, murmura Costas.

Jack leva la main.

— Jacob, voilà une présentation brillante de la situation. Ce que vous êtes en train de nous dire, c'est que nous ne nous trouvons pas ici au-dessus des structures de faille, mais que, non loin au nord-ouest, se trouve une zone active qui pourrait produire une instabilité localisée.

Lanowski parut ravi.

— C'est cela. Vous avez compris. L'architecture structurelle montre une zone complexe de glissements sur une ligne nord-est sud-ouest.

— Exactement, dit Jack très vite en voyant Lanowski rassembler quelques transparents. Des tremblements de terre. C'est bien cela. Des séismes. Et ce que nous voulons vraiment savoir, c'est s'il a pu s'en produire un en 1200 avant J.-C. Un séisme assez puissant pour provoquer le naufrage d'un navire ?

Lanowski leva un de ses transparents.

— J'ai ici toute une séquence modélisant les zones de glissement et de subduction. J'ai dû les dessiner à la main. C'était trop complexe pour l'ordinateur.

— « Trop complexe pour l'ordinateur... », chuchota Costas en se prenant la tête à deux mains.

Jack regarda autour de lui.

— Que ceux qui désirent descendre au laboratoire du docteur Lanowski pour mieux comprendre la situation se fassent connaître à la fin de la réunion, dit-il avant de se tourner vers leur génie. Pour le moment, il ne nous reste que cinq minutes. Je sais que vous mourez d'envie de nous la dire. Votre principale découverte. Celle qui vous fascine tant.

Tenant sa feuille couverte d'une masse impressionnante de gribouillis rouges, Lanowski parut méfiant pendant un moment avant de pousser un soupir résigné. Un clic sur l'ordinateur changea la carte affichée.

— D'accord. Voici une carte bathymétrique et topographique de la Troade, la péninsule de Troie. Vous voyez les Dardanelles au nord, bordées par la pointe sud de la péninsule de Gallipoli et à l'ouest la petite île de Ténédos avec notre position actuelle. J'aimerais que vous vous concentriez sur la plaine devant Troie, au nord-ouest, qu'Homère appelait la plaine d'Ilion. C'est le dépôt alluvial d'un fleuve nommé depuis l'Antiquité le Scamandre. Voici ce à quoi ressemblait cette plaine, selon nous, il y a trois mille ans.

Il cliqua de nouveau et l'image changea, montrant un rivage beaucoup plus proche de Troie, en forme de cuvette.

Jack braqua son propre pointeur sur ce rivage, proche de la citadelle.

— Le site de nos fouilles il y a quinze ans.

— Exact, dit Lanowski. Vous pourriez penser qu'il s'agit d'un port idéal, protégé et proche des murs de la forteresse, et vous vous tromperiez. Le véritable port de Troie se trouvait plusieurs kilomètres à l'ouest, sur la côte égéenne au sud de l'entrée des Dardanelles, ici.

Son pointeur montra l'endroit précis.

— Il y avait deux raisons à cela. *Primo*, la plaine alluviale du Scamandre s'ouvre sur les Dardanelles et non sur la mer Égée. Les navires en provenance de Grèce ou d'Égypte auraient eu bien du mal à remonter le courant qui sort du détroit. *Secundo*, les fonds auraient été très hauts, à peine deux mètres de profondeur. Trop peu pour un navire marchand chargé à bloc.

— Mais assez profonds pour une galère à rames, dit Jack.

— Et les galères à rames auraient pu facilement remonter les Dardanelles, ajouta Lanowski, butant sur les mots dans son excitation.

— Vous parlez de navires grecs, des navires d'Agamemnon ? demanda Costas.

— Gagné, dit Lanowski avec maladresse avant de laisser échapper un rire nerveux.

Ses mains tremblaient légèrement tandis qu'il fouillait dans ses notes.

— Vous désiriez un récapitulatif de sédimentologie. Le voici. (Il cliqua de nouveau sur le clavier. La carte resta affichée mais avec des couleurs et des textures différentes.) Les strates sédimentaires commencent en bas avec des turbidites et des calcaires de l'éocène, et continuent vers le haut avec des roches détritiques et andésitiques volcanoclastiques de l'oligocène jusqu'au début du miocène et se terminent par du grès à peine consolidé de la fin du miocène-pliocène. Chaque séquence de dépôt consiste en une sous-couche essentiellement parallèle et stratifiée et une surcouche oblique ou sigmoïde-oblique pro-grade. Cela va sans dire.

Costas se laissa aller contre son dossier et ferma les yeux. Dans la salle, régnait un silence effaré. Jack hocha la tête avec solennité.

— Ce que j'avais demandé au docteur Lanowski, c'était d'abord de nous expliquer les caractéristiques sédimentaires d'un possible site de naufrage et, ensuite, de nous présenter toute anomalie de la plaine de Troie qui pourrait être reliée à la fin de l'âge du bronze.

Il hocha la tête vers Lanowski.

— Jacob ? En termes simples, s'il vous plaît ?

Lanowski respira un bon coup.

— D'accord. La première question est facile. Sous notre position, se trouve une épaisse couche de limon déposée par le courant des Dardanelles. Inconvénient : une épave ancienne devrait être profondément enterrée. Avantage : elle pourrait être dans un état de conservation remarquable. Bien sûr, il faut compter avec toutes les variations de courant localisées, qui creusent le fond de la mer et peuvent exposer des strates enfouies depuis des millénaires. Cela pourrait expliquer la conservation exceptionnelle de l'épave byzantine que nous avons trouvée hier. Il y a aussi ici des tas de débris plus modernes, provenant surtout de la campagne de Gallipoli en 1915. Ces épaves plus récentes peuvent créer des sortes de barrages sous-marins, déviant les courants et révélant du coup des dépôts plus anciens. Ce pourrait être le cas ici.

— D'accord. Excellent. Et pour la plaine de Troie ?

— Je me base sur vos travaux d'il y a quinze ans. La plupart des échantillons de sédiments montrent exactement ce à quoi on s'attendait : des dépôts alluviaux venus des montagnes et des terrains voisins qui vont en s'accroissant avec la période grecque classique en raison de la déforestation. Mais ce qui est vraiment fascinant, c'est l'échantillon que vous avez prélevé sur la plage de l'âge du bronze. Une des plus étranges découvertes que vous ayez faites a été de comprendre que ces fragments de poutres de vaisseaux se trouvaient plus à l'intérieur des terres que leurs ancres de pierre. Voilà qui a vraiment piqué mon intérêt. Vous n'allez peut-être pas le croire, mais à Princeton et ensuite à Oxford, j'ai fait partie de l'équipe d'aviron et quand une trirème grecque reconstituée a été essayée à Athènes dans les années 1980, j'y suis allé comme volontaire. C'était il y a longtemps et je ne suis plus aussi en forme, mais je m'y connais un peu en matière de galères et sur la façon dont on les tire sur le sable. On ne procède jamais de cette manière.

Costas émit un petit sifflement. Jack, qui ignorait tout des aptitudes sportives de Lanowski, hocha la tête.

— Vous voulez dire qu'on rame le plus fort possible pour que l'élan la pousse sur le sable et qu'ensuite on sort l'ancre pour la planter devant ?

— Vous n'avez pas retrouvé assez de poutres pour que nous soyons certains de l'orientation, mais je suis prêt à parier que les navires que vous avez découverts étaient retournés, proue face à la mer. Comme s'ils avaient été soulevés, poussés vers la terre et avaient pivoté autour des chaînes qui les ancraient.

— Et la sédimentologie ? Que nous apprend-elle ?

— C'est fabuleux. Absolument fabuleux.

L'atmosphère dans la pièce devint soudain électrique. Tous les regards étaient fixés sur Lanowski qui semblait bouillir d'excitation.

— Je remercie le ciel pour le soin avec lequel vous avez pratiqué ces fouilles, Jack. En fait, c'est Costas qui a prélevé les échantillons. C'est son écriture sur les étiquetages. Je les ai retrouvés dans les archives, ils n'avaient pas été ouverts depuis.

— Je m'en souviens, dit Costas en fixant Lanowski avec intensité. Je les ai vus un matin après qu'il avait plu. Nous avions dégagé ce que nous pensions être le niveau de l'âge du bronze sur la plage. Il semblait strié, avec des lignes de sédiments remontant sur la plage, qui étaient plus denses que la sous-couche alluviale et qui retenaient plus longtemps les eaux de pluie.

— Gagné, répéta Lanowski avec plus de confiance cette fois. C'est dû au fait qu'il s'agissait de sédiments différents. Provenant du large et ayant été refoulés depuis le bassin égéen septentrional, le jour même où les navires ont été violemment rejetés vers les terres.

Il repoussa une nouvelle fois sa mèche de cheveux avant d'adresser un regard triomphant à Jack.

Une des océanographes assise au premier rang, une chercheuse turque qui avait travaillé en étroite collaboration avec Lanowski au laboratoire d'images de synthèse, leva la main.

— Ce serait donc votre hypothèse ? dit-elle. Un séisme se serait produit dans le bassin égéen, provoquant ces lignes de faille. Le séisme cause le naufrage du navire, comme le décrit le poème. Puis, ce même événement ou peut-être une réplique du séisme provoque une brusque montée des eaux dans les Dardanelles, qui déferlent sur le lagon où se trouve désormais la plaine de Troie. Les fonds sont peu profonds à cet endroit si bien que la vague inonde les terres, jusqu'aux murailles de Troie, et est assez puissante pour soulever certains navires échoués et les pousser en avant.

— Un tsunami, fit Costas.

Un murmure s'éleva dans la salle. Le capitaine Scott Macalister, le commandant canadien du navire, un homme cordial portant une tenue tropicale blanche, prit la parole.

— Phénomène intéressant : tsunamis et tremblements de terre sont souvent accompagnés de bouleversements météorologiques. Il y a un effet sur la pression atmosphérique, surtout en cas de nombreuses répliques. J'ai vu cela se produire dans le Pacifique. Donc, j'imagine une terrifiante tempête accompagnant le tsunami : des nuages noirs, le tonnerre et les éclairs, des vagues très hautes surmontées d'écume blanche.

— Des chevaux, marmonna Lanowski à mi-voix. Des chevaux.

— Quoi ? fit Jack.

Costas lui adressa un regard inquiet.

Une lueur étrange, presque folle, brillait dans les yeux de Lanowski. Il secoua la tête, éclata de rire avant de répéter :

— Des chevaux.

Jack le prit fermement par le coude pour le raccompagner à sa place avant de se tourner vers les autres.

— Voilà qui devrait nous suffire pour l'instant. Je tiens à vous remercier chaleureusement. Tout cela était fascinant. Il est temps de nous remuer.

Il gardait la main solidement posée sur l'épaule du « génie ».

— J'aimerais remercier tout particulièrement le docteur Lanowski. Il a fait d'une pierre deux coups. Grâce à lui, nous savons qu'il pourrait y avoir un ancien site de naufrage là-dessous, et comment les Grecs ont sans doute atteint les murs de Troie. Notre projet est donc double, en mer et sur terre, et cela grâce aux explications que vous venez de nous donner. C'était brillant. Merci.

— Bravo, ajouta Macalister quand tout le monde commença à quitter la salle.

Jack regarda Lanowski.

— Vous allez bien ?

— Je ne suis pas fou, vous savez, répliqua-t-il, le visage très pâle. J'ai étudié le grec ancien à l'école. C'est cela que je voulais vous expliquer. Les chevaux. *Ippoi.* C'est ainsi que les Grecs appelaient les vagues, l'écume, comme nous nous utilisons le terme moutons. Et c'est aussi ainsi qu'ils appelaient les navires : des « chevaux ».

— Des chevaux, répéta Jack en hochant doucement la tête.

— Des chevaux, poussés vers les murs de Troie, murmura de nouveau Lanowski.

Costas, qui avait récupéré son tas de feuilles, les lui mit en main et l'aida à se lever avant de le pousser en direction de la porte. Ils le suivirent des yeux, tandis qu'il s'éloignait d'un pas traînant, continuant à marmonner et à glousser.

Costas secoua la tête.

— Un génie, peut-être, mais cinglé. Tu t'es bien débrouillé avec lui.

— Peut-être pas si cinglé, répliqua Jack.

Des chevaux. Ces mots éveillaient quelque chose en lui sans qu'il arrive à mettre le doigt dessus. Cela avait un rapport avec Homère. Quelque chose qui était sans doute si évident que c'en était aveuglant. Il décida de laisser cela de côté pour le moment. Il se retourna vers Costas.

— Tu l'imagines en train de ramer ? demanda-t-il.

— Ne jamais se fier aux apparences. Je crois que je vais passer devant tout le monde pour écouter ses commentaires détaillés. Je reviens dans un moment. On a vingt minutes avant de s'équiper, et il y a encore quelques trucs qu'il faut que tu m'expliques.

6

Jack regarda Costas partir, puis poussa un long soupir. Sacrée réunion de préparation ! Il espérait ne pas se tromper. Chaque fois qu'il engageait son équipe dans une aventure de ce type, c'était un pari. Si le professeur Dillen avait été présent, il aurait sans doute calmé tout le monde. Ou peut-être pas : Jack se rappelait son excitation quand le professeur lui avait parlé de la découverte de l'*Ilioupersis,* comme si sa carrière venait de trouver son apothéose. Puis il se souvint de ce jour où Dillen l'avait pris à part à la fin de sa première année pour lui dire qu'il avait déjà vu quelques étudiants animés par la même passion, mais qu'aucun ne possédait la même capacité à entrer en empathie avec les hommes du passé, à comprendre ce qui les motivait, à allier sa propre quête aux leurs. Jack avait lui aussi perçu quelque chose chez Dillen… Ces heures innombrables qu'il passait à traduire et à analyser Homère : il ne s'agissait pas de déclamer des phrases issues du passé. C'était comme si Dillen était parvenu à se glisser dans l'imagination du poète et connaissait Homère de façon intime. Jack avait promis à Dillen qu'un jour ils combineraient leurs talents sur le terrain. Et il était maintenant certain d'une chose. Lui demander de quitter sa retraite pour qu'il se joigne à l'équipe de fouilles à Troie était l'une des meilleures choses qu'il ait jamais faites.

À travers la vitre maculée de sel, il contempla, au loin, la côte turque, les collines sablonneuses en partie masquées par l'écume. Ils étaient là, Dillen, Hiebermeyer et les autres, sur le site de Troie la fameuse, où faits et légende semblaient à jamais se narguer, parfois éclairés par une nouvelle découverte, par une vague lueur d'espoir, pour être aussitôt obscurcis par le doute et l'incertitude. Jack savait que parfois il valait mieux ne pas tenter de trop comprendre l'histoire, que la réalité des événements pouvait échapper même à ceux qui en avaient été les témoins. Mais Troie semblait exiger davantage. Il y avait une énigme ici, une vérité sur la condition humaine, qui attirait les chercheurs depuis plusieurs générations, depuis les balbutiements de l'archéologie. Jack se souvenait d'une des premières leçons de Dillen. L'histoire avait été faite par des individus, des personnes seules qui avaient pris des décisions. Ces artefacts pour lesquels il éprouvait une telle fascination étaient le moyen d'entrer dans leurs esprits. Et il savait que ce n'étaient pas des dieux qui avaient déclaré la guerre de Troie, mais des hommes. Et un homme plus que tout autre.

Cela faisait des semaines qu'il tentait de se mettre à la place d'Heinrich Schliemann, relisant toutes ses publications, visitant sa maison à Athènes, explorant les ruines de Mycènes, le site de son deuxième grand triomphe. Et il avait toujours senti une autre présence, dans l'ombre mais puissante, un géant parmi les hommes de l'âge du bronze dont Schliemann avait tenté de suivre la trace. C'était à Mycènes que Jack avait d'abord éprouvé cette sensation, alors qu'il était seul au milieu des ruines du palais, au bord du tombeau où Schliemann avait trouvé le célèbre masque, le regard tourné vers cette mer où le roi des rois avait pris la tête d'un millier de vaisseaux. Agamemnon aux larges épaules, pillard et destructeur, qui connaissait la guerre dans toute sa sanglante sauvagerie. Qu'avait vu Agamemnon ? Qu'avait-il fait ? Pourquoi était-il venu ici, à Troie, provoquer la guerre des guerres, la guerre qui avait oblitéré une civilisation, et ramené les hommes à une condition plus primitive ?

Un rayon de soleil s'engouffra par la porte ouverte alors que le navire changeait de position, lui cachant de nouveau le rivage. Si Dillen avait été présent et ne l'avait pas calmé, Rebecca s'en serait chargée. Elle était là-bas, elle aussi, apprenant les rudiments du métier avec Hiebermeyer. Et elle lui manquait. Deux ans à peine que sa mère était morte, qu'il veillait sur elle, et déjà ces années pendant lesquelles elle avait grandi sans lui semblaient lointaines. Il essayait de préserver le souvenir de sa mère, et ce n'était pas si difficile tant Rebecca lui rappelait Elizabeth, ses yeux noirs, sa vivacité, sa détermination. Mais il y avait aussi du Howard en elle. Dillen disait qu'il voyait la même lueur dans ses yeux, la même passion. Jack espérait qu'elle avait aussi hérité d'un peu de la chance des Howard

Costas réapparut sur le seuil. Il entra et referma la porte derrière lui.

— D'accord, Jack. On a un quart d'heure avant de s'équiper, fit-il en gagnant un des sièges du premier rang tout en montrant l'écran avec un sourire. Alors, de quoi est-il vraiment question ? Tu peux le dire à ton vieux copain Costas. Tous les autres sont partis. C'est quoi le scoop, mec ? Le trésor ?

Jack fit mine d'être outragé.

— Il n'y a pas de trésor. Juste des idées. Révéler le passé, tirer des leçons pour l'avenir.

— Ben, voyons.

— Ça ne te ressemble pas, cette façon de parler.

— J'apprends auprès de ta fille. C'est ce qu'elle m'a répondu quand je lui ai dit que tu allais ranger tes palmes et lui transmettre le flambeau.

— Elle n'a que dix-sept ans. Et nos plus grandes découvertes sont encore à venir.

— Parlons plutôt d'ici et maintenant. Je t'écoute… Le trésor.

Jack hésita.

— D'accord. Tu te souviens de ces morceaux de charbon, comme tu disais, qu'on a déterrés sur la plage, il y a quinze ans ? Les poutres provenant de ce navire antique ? Depuis, je rêve d'en trouver d'autres, pour prouver que les galères de l'âge du bronze étaient construites selon la même technique que celles des Grecs et des Romains, par assemblage de tenons et mortaises. Ce qui nous aiderait aussi à prouver la fiabilité des récits d'Homère. Si nous parvenons à établir que la technologie en vigueur à son époque, vers le VIIIe siècle avant J.-C., était déjà utilisée quatre cents ans plus tôt, à l'époque de la guerre de Troie, cela accroîtrait la probabilité que le récit de la guerre soit lui aussi véridique, qu'il ne s'agisse pas simplement de l'invention d'un poète. Plus nous réunirons de fils tels que celui-ci, plus nous approcherons de la vérité. Voilà donc ce que je veux : une épave avec assez de coque pour prouver que c'est une galère et non un navire marchand. Une bonne section de planches jointes. Et un peu de quille, pourquoi pas. La cerise sur le gâteau.

— Jack.

— Quoi ?

— Ne te fous pas de moi. Jack Howard ne décroche pas une bourse spéciale de cinq millions de dollars de l'IMU, ne passe pas quatre mois à ne parler de rien d'autre, ne réserve pas le *Seaquest II* pour un été entier et ne réunit pas la plus grande équipe d'experts que nous ayons jamais rassemblée pour retrouver quelques planches gonflées de flotte. Ce n'est pas crédible.

Jack poussa un soupir théâtral.

— Tu veux vraiment savoir ?

— À ton avis ?

Jack montra l'écran.

— C'est l'image suivante. Je n'ai pas voulu en parler à l'équipe de peur que quelqu'un n'alerte la presse. Ce projet fait déjà la une. Tous les chasseurs de trésors et tous les pillards de la planète nous tomberaient dessus.

— Je t'écoute.

— Bon, dans l'*Iliade,* Achille prête son armure à Patrocle, mais Hector le tue et s'en empare, en guise de trophée. Alors, la mère d'Achille, la nymphe Thétis, demande à Héphaïstos, dieu de la forge, d'en fabriquer une nouvelle pour son fils. La pièce centrale est un splendide bouclier, couvert d'images. Homère lui consacre près de deux cents lignes. C'est la première fois dans la littérature qu'un objet est décrit ainsi, comme une œuvre d'art. Plus tard, ce bouclier a captivé plusieurs auteurs classiques, comme Hésiode ou Virgile par exemple, mais aussi des écrivains modernes : W.H. Auden lui a dédié un poème.

Costas s'éclaircit la gorge.

— Oui, Auden fait parler Thétis des images qu'Héphaïstos a gravées sur le bouclier. Au lieu de cités magnifiques et de riches terres, il a créé « une nature artificielle et un ciel comme du plomb ».

Jack le dévisagea, surpris.

— Tu m'étonneras toujours.

— Mon prof d'anglais à New York. *Le Cercle des poètes disparus* et tout ça. Ça a dû se graver en moi pendant que je dessinais des sous-marins.

— Tu étais membre d'un cercle de poésie ? Toi ?

— Ne jamais sous-estimer un ingénieur, marmonna Costas, presque gêné.

— Est-ce que Jeremy, ton inséparable copain, est au courant ? fit Jack en sortant son portable. Il est ici à Troie. Ce serait une sacrée nouvelle pour lui.

Costas lui saisit le bras.

— Tu veux que le monde entier apprenne que le célèbre archéologue maritime Jack Howard a le mal de mer ?

Jack contempla son téléphone, soupira puis le rangea.

— Touché. Mais plus de petits secrets.

— Ce n'était pas un secret. Juste un talent caché.

Jack sourit, consulta sa montre et continua.

— La réaction de Jeremy pourrait te surprendre. Mais revenons-en à Auden. Il est parti en tant qu'observateur lors de la guerre sino-japonaise en 1938 et a travaillé ensuite pour le US Strategic Bombing Survey en Allemagne en 1945. Il a vu la réalité de la guerre. Pour lui, c'était une horreur qui anéantissait tout, qui neutralisait les images de vie, de lumière et de couleur. Une peinture inspirée des poèmes d'Auden serait monotone, grise, privée de l'or et de l'argent présents dans les descriptions d'Homère.

— Selon toi, à quoi ressemblait le bouclier ?

Jack tapota sur le clavier de l'ordinateur. La carte bathymétrique de Lanowski fut remplacée par un superbe bouclier circulaire dont la surface était divisée en cercles concentriques gravés de multiples scènes figuratives. Costas émit un petit sifflement.

— Ah, voilà ce que j'appelle un trésor !

— C'est ce à quoi il ressemblerait selon l'artiste italien Angelo Monticelli, dit Jack. Il a suivi la description d'Homère en exécutant l'image d'une divinité au milieu de cinq cercles de plus en plus grands : des représentations zoomorphiques de constellations auxquelles il a ajouté toutes ces vignettes reproduisant des scènes urbaines ou pastorales. Là, on distingue des personnages qui se servent d'instruments de musique. Ces scènes font plutôt penser à l'ère classique, postérieure à l'âge du bronze. Mais Monticelli a achevé ceci vers 1820, avant qu'on sache à quoi ressemblait l'art mycénien.

À cette époque, on croyait encore que le monde d'Homère n'était qu'un mythe. C'était plus d'un demi-siècle avant que Schliemann découvre Troie et Mycènes.

— Tu crois que Schliemann connaissait cette image ?

— Gamin en Allemagne, il était fasciné par une peinture se trouvant dans l'*Histoire universelle pour les enfants* de Georg Ludwig Jerrer, représentant Énée secourant son père, Anchise, pendant l'incendie de Troie. Schliemann n'était pas insensible à l'appât du gain. Il avait fait fortune en Amérique, lors de la ruée vers l'or, dans les années 1850. Ce n'est pourtant pas l'or qui l'a attiré à Troie et à Mycènes, mais sa fascination pour la puissance et la signification des artefacts, pour les gens qui les ont créés. Voilà pourquoi l'image du bouclier aurait pu le passionner. Et c'est pour cela que j'ai toujours eu l'impression de le comprendre. Malgré tous ses défauts. Cet homme a édifié un mythe à sa propre gloire et a labouré Troie comme un bulldozer. Dieu sait ce que sont devenues ses plus grandes découvertes, ce que sa femme, Sophia, et lui ont vraiment trouvé quand ils disparaissaient pour faire des fouilles seuls la nuit. Mais regarde ce qu'il a accompli. Il a fait découvrir au monde les merveilles de l'âge du bronze. Il a changé notre perception des mythes et de l'histoire. Cela, on ne peut le lui enlever. Je ne connais pas un seul archéologue de nos jours capable d'autant de courage et d'imagination.

— Ouais, marmonna Costas. Moi, j'en connais un.

Jack tapa de nouveau sur le clavier. Deux images s'affichèrent, l'une montrant une coupe dorée avec des scènes en relief, l'autre, plusieurs épées.

— Quand Monticelli a réalisé cette peinture, les seules images de l'Antiquité provenaient des arts grec et romain, c'est donc ce qu'il a utilisé. Ses personnages semblent inspirés de sculptures de personnages romains. Mais ces deux images sont, quant à elles, issues de l'art mycénien. À gauche, c'est le gobelet de Vaphio en Grèce, avec un merveilleux travail de l'or, montrant des scènes de chasse. Ces épées ont été retrouvées par Schliemann à Mycènes ; elles sont incrustées d'or et de nielle. Ces images suggèrent ce que l'on pourrait s'attendre à trouver sur ce bouclier, du bronze auquel s'ajoutent des incrustations et des reliefs en or. Mais elles nous disent plus que cela. Regarde le taureau sur le gobelet. C'est une scène d'action intense, puissante. Les représentations sur le bouclier de Monticelli sont de type classique : indolentes, posées, idéalisées. L'art mycénien avait quelque chose de plus vibrant. Même si ce bouclier était orné de scènes pastorales, d'images d'une vie paisible, elles auraient possédé un vrai dynamisme. Dans le monde de l'âge du bronze, la violence était sans doute ritualisée, symbolisée par les duels entre héros, mais cela restait de la violence et elle faisait partie de la vie de tous les jours. C'était un monde où les hommes ne passaient pas leurs loisirs dans un gymnasium ou dans des bains comme lors de la période classique, mais sortaient en plein air pour chasser et jouer, pour livrer des combats sanglants contre des sangliers, des taureaux ou même entre eux.

— Et qu'en est-il des images des hommes eux-mêmes ? s'enquit Costas. Existe-t-il des portraits datant de l'âge du bronze ? Des héros ou des rois ?

Jack hocha lentement la tête.

— Par une nuit d'orage en 1876, dans le cercle des tombes de Mycènes, Schliemann a trouvé ceci, dit-il en tapotant le clavier.

Sur l'écran apparut l'une des plus fabuleuses découvertes archéologiques de tous les temps : un masque doré reproduisant un visage anguleux, barbu, aux yeux mi-clos, insaisissables. L'image ultime du pouvoir royal, distant, impénétrable, mais indubitablement humain, pas l'image idéalisée d'un dieu.

— Le masque d'Agamemnon, murmura Costas. Mon grand-père m'a emmené le voir quand j'étais gamin. C'est quasiment un symbole national. La fierté du musée archéologique d'Athènes.

Jack fixait l'image, essayant, comme il l'avait déjà fait des milliers de fois, de voir au-delà de ces paupières tombantes, d'atteindre l'âme de l'homme derrière le masque.

— Selon l'*Iliade*, le bouclier d'Achille a été fabriqué pendant le siège de Troie, au cours de la neuvième année, alors que la chute de la cité était imminente. Un corps expéditionnaire qui était depuis si longtemps sur le terrain devait disposer de ses propres forgerons et armuriers, sans doute installés sur l'île de Ténédos. Quand Achille a eu besoin d'une nouvelle armure, il a envoyé ses ordres là-bas. Oublions Thétis la nymphe, et la forge au sommet de l'Olympe, et imaginons plutôt un Héphaïstos mortel dont le travail consiste à fournir aux héros tout le matériel nécessaire et pas simplement à réparer leurs casques ou leurs javelots. Cet ouvrier est un artiste capable de créer des armures qui doivent impressionner l'ennemi. Et regarde ce masque : les artistes mycéniens savaient réaliser des portraits.

— Tu sous-entends que les images sur le bouclier, les personnages reproduits, auraient pu être réels ? Il aurait pu s'agir de véritables portraits ?

— Au bout de neuf ans, tout le monde devait se connaître. Les images de leurs généraux se gravent dans l'esprit des soldats. Pense à Alexandre le Grand, à Henri V d'Angleterre, à Napoléon, au général Ulysses S. Grant. Nous savons tous à quoi ils ressemblaient. Pour les soldats de Troie, les visages de leurs capitaines devaient être aussi familiers que nous le sont maintenant ceux des acteurs d'Hollywood. Les héros n'étaient pas des personnages lointains reclus dans des tentes de commandement : ils vivaient tous les jours avec leurs hommes sur la plage, criant, se querellant, buvant, boudant ou s'amusant avec des putains, comme Homère le décrit. Alors, oui, les personnages représentés sur ce bouclier auraient pu être réels, de vrais héros. Et il aurait aussi pu y avoir le vrai portrait d'un vrai roi.

— « Un vrai roi », répéta Costas, montrant le masque en or. Et celui-là ? Tu crois que c'est vraiment Agamemnon ?

Jack hésita à peine.

— Je crois qu'Agamemnon a vraiment existé. Je pense que nous sommes en ce moment sur sa piste, ici et maintenant. Seul Agamemnon peut nous mener à la vérité sur la guerre de Troie.

— Et pour Jack Howard, le fait que ce bouclier serait un des plus grands trésors archéologiques jamais découverts ne compte pas, peut-être ?

Jack sourit.

— Cela ferait une bien belle pièce pour un nouveau musée archéologique à Troie, non ? Surtout si on y ajoute tout ce que Hiebermeyer, Dillen, Rebecca et Jeremy sont en train de découvrir. Trouver ce bouclier serait une belle récompense pour les Turcs qui nous ont permis d'effectuer ces fouilles.

— Et tu penses qu'il gît dans une épave au fond de la mer.

— Lors des jeux funéraires pour Achille, Homère dit que l'armure va au champion qui a remporté l'épreuve, le plus extraordinaire des héros. Mais dans les chapitres finaux, tous les héros étant morts, leurs trésors reviennent à Agamemnon. L'âge des héros, l'époque où un duel chevaleresque décidait de qui pouvait prétendre à l'armure d'un guerrier mort, est terminé. Agamemnon n'est plus un simple chef de coalition ; il est désormais le souverain absolu, le roi des rois. L'armure d'Achille aurait été un trophée de grand prestige pour lui. Si on ajoute à cela que tous ses trésors ont dû être chargés sur sa galère personnelle... Tu te souviens de la traduction de Dillen ? « Le navire, chargé de butin, alourdi par l'or. »

— Par toutes les vaches sacrées ! s'exclama Costas. Maintenant, je comprends.

— Un trésor, un gros.

— Qui nous ramène à l'époque des pirates, fit Costas en secouant la tête. Un trésor comme ça, on pourrait passer une vie à le chercher.

— Et c'est la raison pour laquelle je tenais à rester discret, dit Jack. Si la nouvelle se répand, tous les chasseurs de trésors vont nous fondre dessus, les bons, les brutes et les truands.

— Les trésors volés de Schliemann ont intéressé des tas de gens peu recommandables. Les nazis, par exemple.

— Que sais-tu à ce sujet ?

— Dillen m'en a parlé. Quand Rebecca a voulu rendre ce tableau qui se trouvait à la galerie Howard, celui que Göring avait barboté, Dillen se trouvait sur le campus de l'IMU et nous en avons discuté. Un de mes grands-oncles faisait partie des « Monuments », une unité de l'armée US chargée, entre autres, de récupérer les œuvres d'art volées aux familles juives en Grèce. Un des professeurs de Dillen participait lui aussi à la recherche des trésors perdus de Troie.

— Hugh Frazer, murmura Jack. Je savais que Frazer avait fait partie des forces spéciales pendant la guerre mais j'ignorais cela. Fascinant. Il va falloir que j'interroge Dillen.

— C'est un truc qui lui est subitement revenu à l'esprit. Un truc à propos d'un ami de Frazer, un autre gars, un officier britannique disparu. Ça avait aussi un rapport avec un camp de la mort.

— C'était un travail bien plus dangereux qu'on n'aurait pu l'imaginer. Les nazis ne se sont pas contentés de cacher des trésors ou des œuvres d'art dans ces planques. Ils y ont aussi dissimulé d'autres secrets, des armes par exemple, afin d'exécuter l'ordre Néron.

— L'ordre donné par Hitler de détruire le Reich.

— Et le monde avec, si possible.

Costas consulta sa montre.

— Pour le moment, on va se contenter du bouclier d'Achille. Et on n'en cause à personne ?

— Silence radio jusqu'à ce que l'on sache ce qu'il y a vraiment là en bas.

— D'accord. Pour l'instant, on cherche juste des bouts de bois au fond de l'eau. Mais entre toi et moi...

— Quoi ?

— Il s'agit bien d'une vraie chasse au trésor, pas vrai ? Tu peux bien me le dire. C'est grâce à ça que tu m'as convaincu d'entrer dans la danse. Tu as promis, il y a quinze ans, à Troie.

— Je croyais que tu ne t'intéressais qu'aux sous-marins. Et aux gadgets ultramodernes ?

— Des outils, c'est tout. Mais, en voyant ces images que tu viens de me montrer : le bouclier, le masque en or, je crois que j'ai finalement chopé la fièvre.

Jack poussa un profond soupir.

— D'accord. Pour faire plaisir à mon vieux copain de plongée. Il s'agit bien d'une chasse au trésor.

— Super.

— Je vais appeler Dillen et Hiebermeyer. Voir comment ils s'en sortent. Je dois aller les retrouver en hélico juste après la plongée. Et Rebecca aussi.

— Dis-lui que tonton Costas espère qu'elle sera capable de démonter un détendeur la prochaine fois qu'on se verra.

— Tonton Costas, marmonna Jack. *Tonton* Costas. Et puisque tu parles de détendeur, il est temps que tu descendes préparer notre matériel.

Un large sourire apparut sur le visage de Costas.

— Enfin !

Il se leva, récupéra ses affaires et, de sa curieuse démarche chaloupée, il se dirigea vers la porte. Jack jeta un coup d'œil vers l'image du bouclier d'Achille sur l'écran avant d'éteindre l'ordinateur. Une heure plus tôt à peine, il s'était réveillé en sursaut sur le pont. Le rêve dont il avait émergé était encore frais dans son esprit, la lumière crevant les profondeurs, le plus grand des trésors qui ne cessait de lui échapper. Il pensa à cet autre trésor, celui que Dillen aimerait tant trouver, l'artefact le plus sacré de Troie, le Palladion. Agamemnon, le roi derrière le masque en or, celui qui avait emporté le bouclier d'Achille, avait-il dérobé cela aussi, l'avait-il arraché aux flammes qui avaient ravagé Troie pour l'emporter dans sa citadelle à Mycènes ? Avait-il volé un autre trophée au prix de la destruction de toute une civilisation ? Était-ce cet autre trophée qu'avait recherché Schliemann ?

Il regarda Costas disparaître dans l'escalier menant aux ponts inférieurs. Soudain, les battements de son cœur s'accélérèrent, il ressentit l'afflux d'adrénaline qui l'inondait avant chaque plongée, avant chaque nouvelle possibilité d'effectuer une découverte qui pouvait changer l'histoire. Et cette fois, ce n'était pas un rêve. Cette fois, c'était vrai.

7

Jack planait, immobile, à dix mètres sous la surface de la mer Égée, un peu à l'écart de l'ombre immense créée par la coque du *Seaquest II.* Costas et lui avaient quitté le navire depuis le hangar interne, de façon à ne pas avoir à lutter contre la forte houle de cet après-midi-là, qui fonçait vers le rivage, vers Troie. Dans le navire, il distinguait les visages mouvants des membres de l'équipage penchés au-dessus des eaux plus calmes. Réunissant son pouce et son index, Jack adressa le signe « OK » à Costas qui lui répondit de la même manière. Il détailla une fois de plus l'équipement de son partenaire. Ils portaient des combinaisons étanches, renforcées au Kevlar avec un système de contrôle de flottabilité et de température par ordinateur, des casques recouvrant tout le visage dotés d'une radio. Ils avaient envisagé d'utiliser les Aquapod, les submersibles monoplaces qui faisaient la fierté de Costas, mais avaient préféré plonger en combi avec des recycleurs au dioxygène qu'ils portaient sur leurs dos dans des caissons jaunes et qui leur autorisaient une autonomie de vingt minutes à quatre-vingt-dix mètres de profondeur, un délai amplement suffisant pour la tâche prévue. Les combinaisons permettaient aussi une exploration de près, impossible avec les Aquapod. N'appréciant pas trop d'être enfermé, Jack avait toujours préféré plonger ainsi. Il se sentait parfaitement détendu, dans son élément, et très excité en songeant à ce qu'ils risquaient de découvrir dans les ténèbres qui les attendaient plus bas.

Il nagea vers Costas tout en vérifiant son équipement, contrôlant son manomètre. Après avoir grommelé contre sa décision de ne pas utiliser les Aquapod, Costas avait ressorti sa vieille combi, aussi heureux qu'un gamin avec sa boîte à jouets. Après des années d'utilisation, elle était à peine reconnaissable, grise et très abîmée. Il la portait au-dessus de son scaphandre, et ses multiples poches contenaient sa précieuse collection d'outils et de gadgets pour parer à toute éventualité. Jack jeta un coup d'œil à son ordinateur de plongée avant de lever les yeux vers le filin à la surface, tendu entre le bateau et une bouée, pratiquement juste au-dessus de lui. Cette ligne marquait l'endroit où ils devaient descendre pour éviter de se faire emporter par le courant en provenance des Dardanelles. Il tendit le bras, pouce vers le bas.

— On y va ?

— On y va. Vingt minutes d'autonomie, à partir de maintenant.

Costas se renversa et piqua vers les profondeurs. Chassant l'air de son scaphandre, Jack plongea derrière lui, tel un parachutiste en chute libre. Pendant les trente premiers mètres, l'eau était d'une clarté saisissante, légèrement teintée de rouge le long de la côte, à cause des algues peut-être, comme si la plage de Troie était encore imprégnée de sang. Quelque part sous eux, gisaient les résidus de plusieurs guerres, le legs rongé par la mer qui, pour Jack, évoquait de façon bien plus vivace la réalité des combats que les impeccables cimetières militaires et les champs de bataille soigneusement entretenus.

Il repensa à ce qu'ils avaient vu dans la salle des opérations quand le *Seaquest II* avait effectué son balayage sur site une heure plus tôt. Le vent étant moins violent que prévu, le capitaine Macalister avait décidé qu'ils avaient le temps d'un balayage au sonar avant la plongée. Quand le détecteur était passé au-dessus de l'épave byzantine, l'écran avait montré un fond de mer monotone, un lit de sable évoquant une succession de vagues. Puis un cri d'excitation avait retenti dans la pièce lorsqu'ils avaient distingué la forme très reconnaissable d'une autre épave, exactement à l'endroit où Jack avait cru voir quelque chose lors de sa précédente plongée. Les rigoles d'érosion dans le sable de part et d'autre de cette nouvelle épave accentuaient les dimensions de la coque : trente-cinq, quarante mètres de long peut-être, étroite – environ sept mètres – avec des lignes parallèles qui couraient en travers, évoquant un bâti. On ne distinguait aucun des signes distinctifs d'une épave antique, les rangées d'amphores et de blocs de pierre aperçus sur l'épave byzantine, un navire bien plus large celui-là, comme il se devait pour un bateau marchand. Mais le pouls de Jack s'était accéléré quand il avait distingué une vague forme globuleuse au centre de la coque. S'agissait-il d'une ancienne *pithos,* un gros récipient de poterie ? La citadelle de Troie était jonchée de fragments de *pithoi.* Jack avait toujours pensé que les galères de l'Antiquité devaient en être munies, afin de transporter l'eau potable nécessaire aux bancs de rameurs. Pouvait-il s'agir d'une galère ? Une galère de l'âge du bronze, le vaisseau mentionné dans le poème ? Pouvait-il s'agir du navire d'Agamemnon ?

En dépit de son euphorie initiale, il n'y croyait pas trop. Il avait contemplé l'image sur l'écran pendant quinze bonnes minutes, tandis que le bâtiment effectuait un nouveau passage pour un scan à haute résolution. Les premières lignes d'une image plus détaillée s'étaient affichées. Elles montraient les restes en décomposition d'un navire métallique datant d'un siècle tout au plus. Les lignes transversales qu'il avait prises pour des poutres étaient les restes de la carcasse en métal après que le pont de bois avait pourri. La forme globulaire restait à peine visible, dissimulée par un enchevêtrement de débris métalliques, mais semblait au bon endroit pour une chaudière.

Jack n'avait pas tardé à comprendre pourquoi son instinct ne l'avait pas trahi. Les rigoles d'érosion s'étaient clairement formées au moment où le vaisseau avait touché le fond. Cette épave n'avait jamais été enfouie pour être ensuite révélée par un quelconque changement dû aux courants sous-marins. Ainsi exposée, une coque antique en bois n'aurait pas survécu si longtemps. Seuls des restes enterrés sous le fond de la mer auraient pu subsister, mais ils auraient été indétectables au sonar. C'était le plus grand sujet d'inquiétude de Jack. Les poteries et les blocs de pierre byzantins étaient visibles car ils étaient faits de matériaux durables, pouvant résister à l'érosion des fonds marins. Mais il n'avait aucune certitude que de tels matériaux aient été présents à bord d'une ancienne galère ; les *pithoi* étaient pure conjecture de sa part. Personne n'avait encore jamais retrouvé une galère intacte datant de l'âge du bronze.

Et ses craintes ne s'arrêtaient pas là : les sédiments pouvaient se révéler trop meubles, trop aérés pour permettre la survie de poutres même enterrées. L'analyse de Lanowski montrait que des épaves pouvaient très facilement être enfouies sous des dépôts sédimentaires mais laissait aussi entrevoir une grande instabilité de ces mêmes dépôts. Les couches anaérobies encore intactes risquaient d'être trop profondes et trop anciennes pour une épave de l'âge du bronze. Maintenant qu'ils savaient que celle qui se trouvait en bas n'avait qu'un intérêt limité, ces rigoles d'érosion devenaient l'objectif principal de la plongée. Elles leur donnaient une chance d'examiner une section de sédiments à découvert sur une profondeur d'un ou deux mètres dans le lit de la mer. Ce qu'ils mettraient au jour pouvait devenir l'élément central de l'expédition. Si c'étaient des sédiments gris anaérobies, ils auraient une chance de trouver une épave. Sinon, la froide logique de la science indiquait que c'était peine perdue.

Jack scrutait les profondeurs, guettant les premiers signes indiquant le fond. La froide logique de la science n'avait guère anticipé quelques-unes des plus grandes découvertes archéologiques. Elle n'avait pas prévu la découverte de la tombe de Toutankhamon par Howard Carter. Elle n'avait pas prévu la découverte de Troie et de la Mycènes d'Agamemnon par Heinrich Schliemann. Schliemann avait été porté par un rêve, par un puissant instinct. Tout comme Jack. Il y avait quelque chose ici. Quelque chose qu'il avait ressenti hier quand il avait aperçu cette forme au fond de la mer. À vrai dire, il n'effectuait pas cette plongée pour récupérer un échantillon de sédiment. N'importe quel membre de l'équipe aurait pu s'en charger. Il plongeait en raison de ce qu'il avait éprouvé hier, quand il avait cru discerner cette chose au bord de l'épave byzantine. Le sonar avait montré ce dont il s'agissait : la coque qui rouillait là en bas, une coque qui n'avait rien d'antique. Pourtant, il y avait autre chose, il en était certain, quelque chose qui défiait la froide logique de la science. Rien de plus qu'une présence fantomatique, une empreinte. Mais il fallait qu'il aille voir par lui-même, pour s'assurer que son instinct ne le trompait pas, qu'il ne prenait pas ses désirs pour la réalité.

La voix de Costas craqua dans l'écouteur.

— Profondeur : quarante mètres. Confirmation. Terminé.

Jack regarda l'écran à LED à l'intérieur de son casque puis Costas, dix mètres plus bas.

— Confirmé. Terminé.

— C'est quoi, à ton avis ? Un dragueur de mines de la Première Guerre mondiale ?

Jack tripota le bouton de contrôle sur le côté de son casque pour compenser la fréquence suraiguë de la voix de Costas, provoquée par la présence accrue d'hélium dans leur mélange respiratoire.

— C'est l'avis de Macalister. L'état de rouille du métal laisse supposer qu'il s'agit d'une épave vieille de quatre-vingt-dix à cent ans. Ce qui nous ramène à l'époque de la bataille des Dardanelles.

— Macalister dispose d'une base de données, non ? J'ai vu sa carte des épaves de l'amirauté.

— Il a fait un relevé de toutes les épaves connues de cette bataille. Mais, selon lui, les archives sont très incomplètes en ce qui concerne les petits bâtiments, surtout du côté turc. Il y avait des canonnières, des torpilleurs, des dirigeables effectuant des repérages pour l'artillerie, des péniches, des mini-sous-marins, certains utilisés pour débarquer des hommes chargés de missions de sabotage. Pour tous ces vaisseaux, l'approche des Dardanelles était suicidaire, un sacré défi. Les Turcs n'avaient pas d'avions et les Britanniques ne se servaient des leurs que pour des missions de reconnaissance, mais les canons ne manquaient pas de chaque côté : les batteries anglaises sur l'île de Ténédos, les turques sur le continent, notamment dans la baie de Beşik, le port de l'ancienne Troie… L'endroit où nous nous trouvons maintenant était à portée de tir.

— Il devait y avoir des mines.

— Il y en avait surtout dans le détroit, où les mouilleurs de mines turcs opéraient avec moins de risques, mais quelques commandants audacieux ont pu tenter d'en poser jusqu'ici. Les commandants des mouilleurs étaient les héros des Turcs, à l'image des sous-mariniers et des pilotes de chasse. C'étaient ceux qui repoussaient toujours les limites. Voilà pourquoi Macalister pense qu'il s'agit soit d'un mouilleur soit d'un dragueur de mines. Les Britanniques se servaient de chalutiers reconvertis pour draguer les mines, des navires de cette taille environ. Les équipages civils n'avaient pas trop de mal à faire la transition, mais leurs bateaux de pêche avaient un tirant d'eau trop important pour ce travail. Les accidents étaient fréquents. Ils heurtaient des mines posées juste sous la surface.

— Soixante-dix mètres. On y est presque.

L'eau autour d'eux était à présent d'un indigo très sombre, tirant sur le noir un peu plus bas. Jack roula sur lui-même pour regarder vers le haut. Il discernait à peine la coque du *Seaquest II*, mais ne voyait déjà plus le scintillement du soleil sur l'eau. Il se retourna et aperçut subitement le sable marbré du fond de la mer à une quinzaine de mètres encore. Il alluma sa lampe frontale, effrayant un banc de poissons qui fila à toute allure.

— C'est bon signe, dit-il. Un banc comme celui-ci signifie en général la présence d'un récif ou d'une épave.

— Gagné, dit Costas.

Jack distinguait à présent les rides sur le sable. Il régla l'angle de sa lampe et il la vit enfin : une masse de métal rouillé de cinq ou six mètres de haut, logée dans une profonde rigole d'érosion. Tandis que leurs deux rayons convergeaient vers l'épave, le bleu sombre se transforma en rouges et jaunes vifs, une couche d'anémones et d'autres végétaux marins s'étant incrustée sur la corrosion. À l'endroit où la structure s'était récemment brisée, la rouille était exposée. Jack était toujours étonné de la vitesse à laquelle les navires en métal se dégradaient sous l'eau, la plupart d'entre eux disparaîtraient bien plus vite que les épaves en bois de l'Antiquité préservées dans des sédiments anoxiques au fond de la mer.

Il chercha à s'orienter. C'était une chose de découvrir une épave sur l'écran d'un sonar dans une timonerie et une autre d'essayer de la comprendre sous l'eau, sous un angle différent et dans de piètres conditions d'éclairage. Ce qui s'offrait à leur vue était un amas confus de superstructure et de vie marine mais il se rendit compte qu'ils étaient arrivés derrière la poupe du navire. Ils contemplaient l'endroit où le rouf s'était effondré, ne laissant intactes que quelques poutres. À l'évidence, le bâtiment avait coulé à la verticale avant de basculer vers bâbord, la paroi de la rigole longeant le tribord juste devant Jack. En éclairant la poupe, il se rendit compte que les dégâts n'étaient pas simplement dus à la rouille.

— Ça fait un sacré trou, murmura-t-il.

Costas nagea dans la direction de son rayon, jetant un coup d'œil sous le métal tordu du pont, montrant les étrésillons parallèles qui traversaient le navire et qu'ils avaient vus sur l'image sonar.

— On dirait que toute la poupe a éclaté, dit-il. Un dragueur traînant une mine qui explose accidentellement. Sur un bâtiment de cette taille, l'onde de choc produite par cent ou deux cents kilos d'explosif a dû tuer tout l'équipage sur le coup.

Jack fit pivoter sa lampe vers la droite, le long du flanc tribord exposé. La partie la plus profonde de la rigole était dans l'ombre sous les restes corrodés de la quille.

— Je crois que j'ai trouvé ce que nous cherchions. Je vais descendre dans cette rigole pour récupérer un échantillon de sédiments. (Il regarda l'écran sur son casque.) On a douze minutes si on ne veut pas passer l'après-midi en chambre de décompression. Et je n'y tiens pas.

— Bien reçu. Je fais une reco rapide à l'intérieur.

— Sois prudent. Ça ne doit pas être très stable. Certaines de ces poutres doivent être complètement rouillées et ne tiennent que par concrétion. Et souviens-toi, il s'agit aussi d'un tombeau sous-marin. N'insiste pas trop.

— Bien reçu. Onze minutes.

Jack passa au-dessus des restes du pont arrière, essayant de déchiffrer le fouillis d'éléments structurels qui étaient tombés depuis le rouf et le bastingage tribord. Les teintes rouges et jaunes ajoutaient à la confusion. Il éteignit sa lampe, préférant se contenter du bleu nuit plus uniforme. Il était conscient de la présence de Costas, qui nageait sous le pont au-dessous de lui, en direction de ce qui avait dû être la salle des machines. Le rayon de sa lampe perçait parfois à travers les trous et les fissures. Jack descendit jusqu'à quelques centimètres au-dessus d'une épaisse poutre qui courait le long du pont sur au moins dix mètres, depuis un point sombre situé sous le rouf jusqu'à l'endroit derrière lui où elle avait été tordue vers le haut par la force de l'explosion. Elle était bien préservée, un acier de bonne qualité sans doute. Il s'arrêta pour l'observer. Elle avait quelque chose de curieux qui semblait déplacé ici. Il mit un moment avant de comprendre : en fait, il s'agissait d'un rail, utilisé à l'évidence pour déplacer un objet de grande taille sur le pont. Il tendit la main. Un contact très léger suffit à soulever un nuage d'oxyde rouge. Il retira sa main. Il avait déjà vu ça.

Deux jours plus tôt, Macalister l'avait emmené visiter les champs de bataille de la campagne de Gallipoli en 1915 et ils avaient fini leur tournée au musée naval de Çanakkale. La pièce majeure était une réplique du célèbre mouilleur de mines turc, le *Nusret*, qui avait coulé à lui seul trois cuirassés alliés dans les Dardanelles. Voilà où il avait déjà vu ça. Deux rails parallèles sur le pont arrière. D'un coup de palmes, il se propulsa à deux mètres sur la gauche, essayant de percer le nuage rouge qu'il avait provoqué en tâtant prudemment le pont. Il ne tarda pas à sentir quelque chose. Gagné. C'était un autre rail, situé exactement à la bonne distance du premier. Il s'écarta, remontant au-dessus de la colonne de fumée rouge. Il contempla les deux rails, en direction du rouf effondré et aperçut une forme sombre, vaguement ovale, juste au-dessus de l'endroit où le rayon de la lampe de Costas scintillait par intermittence. Il se figea. Cette forme, ce qu'il avait pris un instant pour un *pithos*, n'était pas une chaudière. C'était autre chose.

— Costas.

— Jack.

— Il faut que tu sortes de là.

— Deux minutes.

— Costas, écoute-moi. Ce n'est pas un dragueur. Je viens de trouver des rails sur le pont. C'est un mouilleur de mines. Et il y en a encore une dans le magasin. Cette forme sur le sonar qui m'a mis dans tous mes états. Juste au-dessus de toi.

— Du calme.

— Comment ça, « du calme » ?

— Je sais. C'est une Mark VI allemande. Une mine de contact. Je n'en avais encore jamais vu. Sous l'eau et encore en état, je veux dire. Selon Macalister, la plupart des mines posées par les Turcs leur ont été fournies par les Allemands. Le truc, c'est de savoir de quel type de détonateur elle est équipée. J'aimerais y voir un peu mieux. Y a plein de saloperies qui me bouchent la vue.

Un choc sourd retentit, suivi par un autre. Le cœur de Jack manqua un battement.

— Costas, dis-moi que tu n'es pas en train de faire ce que je crois que tu fais.

— On a de la chance. J'suis tête en bas mais le nez juste devant une des cornes. Tu sais, ces espèces de pointes qui hérissent une mine de contact ?

La voix de Costas semblait étrangement étranglée.

— Je sais ce que c'est, dit Jack. C'est pour ça que ça s'appelle des mines de contact. Tu touches la corne et la mine explose. « Le nez juste devant », ça veut dire à quelle distance au juste ?

— Disons, dix ou quinze centimètres.

Il y eut un autre choc et Jack crut que cette fois son cœur s'était arrêté pour de bon. Costas émit un bruit bizarre avant de reprendre la parole.

— Pfouuu… Tu peux vraiment te calmer maintenant.

Me calmer ?

— Ouais. Te calmer. Je sais de quel type il s'agit. Les premières cornes contenaient une fiole de verre remplie de peroxyde d'hydrogène, entourée de perchlorate de potassium et de sucre. Quand la fiole était brisée, l'acide mettait le feu au sucre et la mine explosait. Les modèles suivants étaient équipés d'une pile acide-plomb, l'acide coulant dans la pile la chargeait, ce qui déclenchait la mise à feu. Je suis à peu près sûr que c'est ce que nous avons ici. Heureusement, parce qu'avec les plus anciennes, on ne peut pas faire grand-chose. Mais, avec celles-ci, si on trouve l'endroit où se trouve la pile dans la mine, on peut percer un trou dans l'enveloppe et l'inonder, ce qui la neutralise.

— Ou tu peux la rater et creuser directement dans l'explosif. Bonne idée.

Une voix intervint sur leur radio.

— Ici, Macalister. Désolé de me glisser dans votre petite conversation. Kazantzakis, sortez de là. J'enlève le *Seaquest* d'ici sur-le-champ. Je répète, sortez de là. Ne touchez *pas* à cette mine.

Le vrombissement des hélices jumelles du navire emplit la mer. Jack injecta un peu d'air dans son compensateur de flottabilité et s'éleva de quelques mètres au-dessus de l'épave, de façon à voir l'énorme trou dans la coque et l'enchevêtrement de métal effondré là où avaient dû se trouver le rouf et la cheminée.

— Problème, fit Costas.

Le cœur de Jack lui joua de nouveau un mauvais tour.

— Quoi encore ?

— Je viens de dégazer.

— Seigneur.

Jack serra les dents. Une colonne de bulles jaillit des fentes dans le métal rouillé. Leurs recycleurs étaient en circuit semi-fermé, ce qui signifiait que de temps à autre ils expulsaient automatiquement le gaz carbonique accumulé. Un mécanisme permettait de stocker le gaz sous une pression plus forte avant d'être éjecté mais ils ne l'avaient pas activé. Leur plan de plongée ne prévoyait pas de désamorcer une mine. Jack braqua sa lampe sur la superstructure pour guetter les premières bulles. Elles furent bientôt suivies par un véritable geyser, une explosion de bulles enveloppant le métal corrodé. Le pire était en train de se produire. La colonne argentée se colora de rouge, tandis que les bulles rongeant le métal libéraient un nuage de rouille. Il se prépara. Il y eut une sorte d'embardée et il vit la mine glisser lentement sur sa rampe de métal. Il compta les secondes. Combien de temps avant que la pile se charge ? Cinq secondes ? Dix ? Plus longtemps, le navire ennemi serait trop loin. C'était comme cela que ça se passait en temps de guerre. Mais pas maintenant. Il ferma les yeux. Vingt secondes. Vingt-cinq. Trente.

La radio craqua.

— À trois centimètres près, ce truc a failli m'arracher mon casque, dit Costas.

— Au nom du ciel, sors de là.

— La chance est encore une fois avec nous, dit Costas. La mine s'est arrêtée sur deux poutrelles d'acier. Elle s'est bien bloquée dans le métal, je vois la surface brillante sous la corrosion. Elle ne bougera plus. Et aucune corne n'a fait contact. On ne risque rien.

— Rien ? s'insurgea Jack. Tu parles.

— Ici Macalister. Je dirais que les caissons étanches de cette mine sont inondés. Il va falloir y fixer des sacs de ballast pour la traîner vers la surface et ensuite la faire exploser à distance. Je répète : la faire exploser, Kazantzakis. C'est un boulot pour une équipe spécialisée de la marine turque. Ces gars ont une sacrée expérience dans les Dardanelles. Et ça nous attirerait leurs bonnes grâces. Ils pourraient même proroger notre autorisation. Je répète donc, ce n'est *pas* à nous de nous en charger. C'est bien compris ? Terminé.

— Compris, dit Jack. T'as entendu, Costas ? Pas la désamorcer. La faire sauter.

— Compris.

Les palmes de Costas apparurent à travers le grand trou dans la coque, bientôt suivies par son corps. Il remonta jusqu'à Jack, sa combinaison à peine reconnaissable sous la couche de boue et de rouille.

— Je n'ai encore jamais désamorcé une mine allemande de la Première Guerre mondiale. J'avais bien envie de mettre une de ces cornes sur ma cheminée, à côté de mes autres trophées.

— Tu n'aurais pas tenté le coup, quand même ?

Costas fouilla dans une de ses poches pour en sortir un outil enrobé de caoutchouc. Il le jeta vers le haut et l'engin muni d'une longue mèche en titane décrivit de lents cercles dans l'eau avant de retomber dans sa main.

— Fonctions multiples. Six tailles de forets différents.

— Mais avant ça, tu aurais constaté à quel point c'est bon d'être en vie. À quel point je tiens à rester en vie. Sans parler de Rebecca.

Costas joua encore avec l'engin avant de le ranger.

— Compris, dit-il en tapant sa visière. Six minutes. Tu as ton échantillon ?

— J'y vais. Maintenant que ta petite diversion est terminée.

— Fini de rigoler, fit Costas en remontant de plusieurs mètres. Je m'occupe juste du décompte. Rien d'autre.

— Bien reçu. Terminé.

Jack redescendit le long du côté tribord de la carcasse. Le sable était à gros grains, sans doute apporté par le courant des Dardanelles, comme l'avait dit Lanowski, peut-être même depuis le Scamandre et la plaine de Troie elle-même. Il braqua sa torche vers la base de la rigole. Une poutre saillait sous la coque de métal. Soudain, Jack oublia la mine. C'était du bois, noirci à la poix, ce qui lui donnait cet aspect lustré. Il s'allongea sur le sable, la visière de son casque à quelques centimètres de la poutre. Elle ne présentait qu'une très faible érosion, juste quelques trous de vers près du sommet. Il était clair qu'elle était restée enterrée jusqu'à très récemment, jusqu'à ce que la rigole d'érosion ne la révèle Il regarda la base de la paroi de la rigole, puis le fond de la mer · Le sommet de la poutre se trouvait au même niveau. Ce qui avait émergé davantage avait été rongé avant de disparaître mais il était possible que le reste de la poutre soit encore enterré, intact. Enfoui avant que le mouilleur de mines ne sombre. Il fixa la poutre. Enfouie très longtemps avant. Jack se rendait compte qu'il se livrait déjà à une folle hypothèse. Il venait de trouver une autre épave. Beaucoup plus ancienne.

Il repensa aux fragments carbonisés que Costas et lui avaient découverts sur la plage de Troie quinze ans auparavant, une petite section de bordages avec trois bouts de carcasse qui y étaient encore reliés. Il se souvenait de la distance entre les carcasses, environ vingt centimètres. Il posa la main gauche sur la poutre à l'endroit où elle émergeait du lit puis amena la droite à une vingtaine de centimètres. Il dut remuer la couche de sédiments et quelques secondes plus tard, le bout noirci d'une autre poutre apparut. Son pouls s'accéléra. Deux carcasses, séparées par la même distance que sur celles que Costas et lui avaient dégagées. Il fouilla entre les carcasses, se servant de ses deux mains, soulevant un petit nuage de sable et de vase qui resta en suspension pendant quelques secondes. Il enfonça son visage dans ce brouillard visqueux. Gagné. Pas de simples carcasses, mais des bordages. Il tâta la partie supérieure de la planche la plus proche et trouva le joint qui la rattachait à la suivante. Il déplaça ses doigts jusqu'à ce qu'il sente deux bosses, une sur chaque planche, à égale distance du joint. Il n'y avait pas le moindre doute. C'était des tenons en bois, insérés à coups de masse dans les planches. Dans son excitation, il avait du mal à contrôler sa respiration. Il s'agissait bien d'une coque antique. Les planches étaient jointes bord à bord avec des mortaises et des tenons, une technique utilisée en charpenterie de marine depuis l'âge du bronze. Mais comment être sûr que celles-ci étaient aussi anciennes ? Pouvait-il même s'imaginer qu'elles dataient de l'époque de la guerre de Troie ?

Il leva les yeux et vit la silhouette de Costas à une dizaine de mètres au-dessus de lui, se découpant dans la lumière diffuse en provenance de la surface. Il consulta son ordinateur. Plus que trois minutes. Il remonta d'un mètre environ avant de baisser une nouvelle fois les yeux. Son balayage avec la main avait révélé quelque chose reposant sur le bordage où étaient fixées les poutres qui émergeaient sous la coque du mouilleur de mines. Il redescendit et fouilla énergiquement, chassant les sédiments sans trop de précaution. Il n'avait pas le temps de se montrer méticuleux. Ce qu'il découvrirait maintenant pouvait décider du sort de cette campagne de fouilles. Il s'immobilisa pour laisser le nuage retomber. L'objet était là, intact, à moitié enfoui dans le lit de la mer.

Son cœur s'emballa. Incroyable. C'était une ancienne coupe en poterie, superbement préservée : une *kylix*, un artefact grec parfaitement reconnaissable, avec un pied surmonté d'un large bol évasé à la manière d'une coupe de champagne et muni de petites poignées verticales de chaque côté. Jack la contempla, tandis qu'il se revoyait au musée archéologique de Çanakkale en compagnie de Macalister. Cette coupe était mycénienne. La forme, les détails du pied et des poignées ne laissaient aucun doute. La partie du bol exposée au-dessus du sable était décorée d'un motif marin, une pieuvre magnifiquement peinte qui étreignait toute la coupe, d'une teinte rouge encore radieuse. Les *kylix* mycéniennes dataient de la fin de l'âge du bronze, entre le XVe et le XIIe siècle avant J.-C. Le style de décoration permettait une datation un peu plus précise, vers le XIIIe ou le début du XIIe. Il osait à peine y croire : l'époque de la guerre de Troie.

Il fallait réfléchir et vite. Des poteries mycéniennes avaient déjà été découvertes à Troie mais elles étaient rares, probablement des objets de grande valeur pour l'époque. Cette coupe pouvait avoir fait partie d'une cargaison, apportée par un marchand avant la guerre, quand Troie était une grande place commerciale. Mais cela lui semblait peu plausible. Ces poutres n'étaient pas celles d'un navire marchand, mais d'une galère. Un vaisseau de guerre. La coupe avait dû appartenir à quelqu'un à bord. Pas à un membre d'équipage, ni même au capitaine. Ils auraient utilisé des bols, des louches pour puiser l'eau dans les cuves. Si les marins avaient de tout temps aimé le vin, ils le buvaient sans trop de manières. Une coupe pareille aurait été bien trop délicate pour un usage à bord. Celle d'un passager, donc, un passager de marque. Un noble mycénien, ayant armé une galère pour Troie ? Selon l'*Iliade*, les nobles, les princes guerriers, emportaient leurs biens les plus précieux avec eux, tous leurs *accoutrements*[2] pour de plantureux festins. Ils aimaient étaler leurs richesses.

2. En français dans le texte (N.D.T.).

Des princes guerriers. Jack savait où tout cela le menait, mais il osait à peine se le formuler. Il déplaça encore un peu de sédiments pour voir s'il pouvait récupérer la coupe en un seul morceau. Il attendit que le nuage retombe.

Et il les vit.

D'abord une lettre, puis une autre. Un mot, peint sous le rebord de la coupe. Un mot en ancien grec. Il fixa, fasciné, la lettre « A » penchée sur le côté, dans son antique écriture phénicienne, comme Dillen lui en avait montré dans l'*Ilioupersis*. Incroyable. Des lettres en grec ancien sur une coupe mycénienne du XIIIe siècle. C'était la preuve ultime, sans l'ombre d'un doute. Cela démontrait que les Grecs de l'âge du bronze, les Grecs de l'époque des héros, avaient commencé à se servir de l'alphabet plusieurs siècles plus tôt qu'on ne l'avait cru jusqu'ici, exactement comme Dillen le soutenait. Jack était ébranlé. Dillen avait donc eu raison à propos de l'*Ilioupersis*. Il était possible qu'il ait été écrit par un aède qui avait réellement été témoin des événements à Troie. Jack était soudain impatient de le lui dire. Il pensait à toutes ces heures passées avec lui quand il était étudiant. Le lexique du linéaire B – l'écriture utilisée par les Mycéniens, l'autre écriture – avait plusieurs mots pour « chef », pour « roi ». L'un, *basileus*, le terme utilisé par les Grecs de la période classique, se rencontrait rarement. Un autre plus commun, *lawagetas*, signifiait « chef », « prince d'une citadelle », « d'une cité-État ». Dans l'*Iliade* d'Homère, les hommes qui fournissaient des troupes, des hommes comme Achille, Ajax, Nestor ou Ulysse étaient appelés ainsi. Mais il y avait un autre mot, plus rare, celui qu'il contemplait en ce moment même : *wanax*. Il désignait le chef de plusieurs cités-États, un chef parmi les chefs, celui qui était élu en période de péril. Le *wanax* était le plus grand de tous, plus grand que le plus grand des héros, un homme dont le pouvoir rivalisait avec celui des dieux. Celui qui manie le puissant sceptre. Un roi des rois.

Jack enfonça délicatement sa main dans le sable, autour du rebord de la coupe, l'effleurant pour la première fois, en proie à cette excitation qui déferlait en lui à chaque fois qu'il touchait un artefact qui avait échappé à tout contact humain depuis des millénaires. Il pensa au caractère sacré de cet endroit, au fait qu'il s'agissait d'un cimetière de guerre. Le cimetière de deux guerres. Mais cette coupe méritait d'être de nouveau brandie en plein soleil, pour achever ce voyage qu'une catastrophe avait fait avorter il y a trois mille ans ; brandie au-dessus des murs de Troie comme le grand roi l'aurait sûrement fait. Jack voulait l'apporter là où Dillen travaillait à ce moment-là, sur le plus haut bastion de la citadelle dominant la plaine d'Ilion, pour qu'ils puissent partager ensemble ce triomphe de l'archéologie, s'émerveiller d'une découverte qui non seulement donnait à Dillen la preuve que le grec de l'*Ilioupersis* était le grec d'Agamemnon, mais aussi leur faisait accomplir un pas de géant vers la réalité de ce grand roi et de sa guerre qui avait mis un terme à toutes les guerres.

— Jack. (C'était la voix de Costas.) C'est l'heure. On rentre. Tout de suite.

— Bien reçu.

Jack extirpa la coupe de sa gangue de sable et la souleva, contemplant les sédiments qui chutaient comme une cascade argentée. Elle était intacte, une de ses plus belles découvertes. Il envoya de l'air dans son gilet de stabilisation et s'éleva lentement, enveloppé d'un chapelet de bulles, expulsées automatiquement par sa combinaison à mesure que la pression extérieure décroissait. Le capteur maintenait sa flottabilité juste au-dessus du point neutre. Il savait qu'il se passait la même chose avec les bulles de gaz dans son système sanguin et il consulta son ordinateur de plongée pour vérifier sa remontée. Il leva les yeux vers Costas avant de les baisser de nouveau vers l'épave. Le rayon de sa lampe se reflétait sur les particules soulevées quand il avait quitté le fond et il l'éteignit, fermant les yeux pour ajuster plus rapidement sa vision à la pénombre. Quand il les rouvrit quelques secondes plus tard, en voyant distinctement le contour du mouilleur de mines, il imagina une autre épave, l'antique navire de vingt ou trente mètres de long qui gisait sous la coque en métal.

Il fixa l'endroit où il avait trouvé la coupe, en plissant les paupières pour essayer de mieux voir. Il y avait autre chose là en bas, juste devant les bordages, là où les poutres auraient dû s'effiler vers la proue du bâtiment. Il n'avait pas pu le voir depuis la rigole d'érosion, et sur l'image sonar, cela aurait ressemblé à un élément brisé de la structure du mouilleur de mines. Il appuya sur le bouton lui permettant de prendre le contrôle manuel de son gilet et chassa de l'air. Sa remontée s'arrêta aussitôt. Il continuait à regarder vers le bas. Pas le moindre doute. C'était exactement sur le bon alignement, exactement au bon endroit, jaillissant du sable juste au-delà du bord extérieur de la rigole. La proue du navire. De forme incurvée, comme il se devait, mais pas seulement. Se laissait-il emporter par son imagination ? Il se trouvait désormais à plus de vingt mètres du fond et tout s'estompait. Soudain, une image s'imposa dans son esprit : celle de la fameuse porte de pierre à Mycènes, la capitale d'Agamemnon. Deux lionnes, dressées, faisant face à une colonne. Il plissa de nouveau les paupières. Était-ce la même forme ? Celle d'un lion ou d'une lionne ? La figure de proue du navire d'Agamemnon ? Ou bien son esprit, jouant avec son désir, lui faisait-il voir des choses qui n'existaient pas, comme tant d'autres qui avaient voulu découvrir les preuves de la réalité de la guerre de Troie ?

— Jack. Tu es encore à soixante-dix mètres. Il va falloir faire un arrêt de sécurité à trente mètres.

Jack ferma les yeux avant de les rouvrir et de réactiver le programme de remontée.

— Bien reçu. Je jetais juste un dernier coup d'œil.

— Le *Seaquest II* est parti mais Macalister nous envoie un Zodiac. J'entends le moteur.

— Bien reçu, dit Jack.

Sous ses palmes, la pénombre bleutée masquait l'épave. Il leva les yeux et la coupe, la tenant à deux mains, comme un roi avait dû le faire autrefois, un roi célébrant ses héros, Achille, Ajax, Patrocle et les autres. La forme de la coupe se détachait dans le halo provenant de la surface, tout comme elle avait dû se découper, en un autre temps, à contre-jour sous le soleil, tenue par un roi qui avait mené un millier de vaisseaux à Troie. Cela pouvait-il être vrai ? Jack sentit un tremblement le gagner, et la coupe lui parut soudain d'une délicatesse irréelle, un fantasme de l'histoire, comme une feuille d'automne qui se désintégrerait au moindre contact. Il se souvint de son rêve ce matin-là sur le pont du *Seaquest II*. C'était une épée qu'il avait tenue entre ses mains. Mais cela n'avait été qu'un rêve. Désormais, il n'était plus question d'archéologie : il tenait cette coupe comme Agamemnon l'avait peut-être autrefois tenue. C'était réel.

Il vit Costas à quelques mètres au-dessus de lui.

— Tu ne vas pas le croire, dit-il.

— Tu deviens subitement silencieux à la fin de la première plongée sur une nouvelle épave et disparais dans un trou au fond de la mer. Je me disais bien que t'avais trouvé quelque chose. Et je vois ce que t'as dans les mains. Oui, ça me paraît assez incroyable.

— Et si je te disais que nous sommes sur la piste du plus grand trésor sous-marin jamais découvert ?

— De l'or ?

Jack arriva au niveau de son ami.

— Non, pas de l'or. Quelque chose de beaucoup plus précieux. Un mot. Un mot dans une langue ancienne. Un mot qui nous permet de croire à la réalité de la guerre de Troie, à la réalité de l'épave qui se trouve là en bas. La deuxième épave.

— Le navire d'Agamemnon ? Le naufrage évoqué dans le texte de Dillen ?

— Le navire d'Agamemnon avec son lion à la proue. J'ai vu les poutres, Costas. Pas juste des formes dans l'obscurité. De vraies poutres. Je les ai touchées. Et la coupe est mycénienne.

— Donc, on va redescendre là en bas ? Désamorcer la mine ? Je veux dire, pour récupérer le fabuleux trésor ? Le bouclier d'Achille ?

— Tu peux y compter.

Costas donna un coup de poing dans l'eau.

— Oui !

8

— Mais c'est quoi, ça ?

Jeremy Haverstock se tenait au milieu de l'ancien passage conduisant sous Troie, fixant avec des yeux écarquillés la paroi effondrée, constituée de gravats et de terre, qu'il était en train de fouiller. Il avait peine à y croire. Les arrachant à Dillen, Hiebermeyer les avait mis au travail, Rebecca et lui, dans cette profonde tranchée à ciel ouvert. Cela faisait trois heures à peine qu'il était à Troie et il tombait sur *ça*. Il en chancelait. Sa truelle lui échappa des mains. Rebecca s'arrêta de brosser et vint à ses côtés avant de lâcher à son tour une exclamation de surprise. Le soleil de cette fin d'après-midi projetait des ombres étranges sur les murs, mais il ne pouvait y avoir le moindre doute. Jeremy tendit la main pour effleurer sa découverte.

— Incroyable, murmura-t-il. Cette forme. Ça semble égyptien.

— C'est fantastique, fit Rebecca qui leva le bras sans oser toucher. Et un peu effrayant.

Malgré la chaleur, elle frissonna.

Le rayon d'une lampe frontale précéda Dillen qui surgit de la zone encore inexplorée à une dizaine de mètres devant eux, là où les parois inclinées se rétrécissaient tandis que le passage s'enfonçait dans le flanc de l'ancien tumulus de la citadelle.

— Où est Maurice ? demanda Jeremy d'une voix rauque en contemplant toujours le mur.

— Il joue les Schliemann, répondit Dillen en levant les yeux vers une paire de corbeaux volant au-dessus d'eux. Il creuse tout seul au bout de la galerie. Jack a foncé le voir en descendant de l'hélicoptère. Vous avez vu quand il est passé ? Cette grosse bosse dans sa sacoche ? Il paraît qu'il a quelque chose d'incroyable à me montrer qui, il y a une heure encore, gisait au fond de la mer. Mais il a dit qu'il fallait attendre le bon moment. Je lui ai répondu qu'à ce jeu-là on pouvait être deux. Que moi aussi, j'avais quelque chose à lui faire voir. On a pris rendez-vous sur mon site en haut des remparts après le souper. Je sens que ça va être épique.

Il n'avait toujours pas vu la découverte que les deux jeunes gens venaient de faire.

— Maurice doit venir admirer ça, dit Jeremy. Et Jack aussi. Sur-le-champ.

— Admirer quoi ?

— Soyez prudent, James, dit Rebecca. On vous observe.

Dillen se tourna vers elle, perplexe.

— Que veux-tu dire ?

— Devant Jeremy.

Dillen suivit leurs regards vers la paroi avant de se figer, les yeux ronds.

— Seigneur !

Un immense œil sculpté les fixait. On aurait dit celui d'un aigle, en amande. Jeremy sortit enfin de sa transe pour retirer un bout de terre compressé et, soudain, tout un pan de débris conglomérés se détacha, révélant un immense visage de pierre. Ils le fixèrent avec ahurissement. Le visage faisait à peu près deux mètres de haut sur un de large et était couronné par un casque conique, craquelé et brisé au sommet.

— C'est sûrement l'image d'un roi, s'exclama Jeremy.

— Pas un roi grec, marmonna Dillen. C'est un roi d'Orient, avec ce casque conique et ces yeux. Les rois mycéniens, comme Agamemnon par exemple, étaient des mortels, premiers entre les hommes. Nous n'avons aucune statue les représentant. Mais celui-ci est différent. C'est un dieu-roi, plus qu'un simple mortel, à la façon orientale.

Il s'approcha de la sculpture avant d'enchaîner :

— Tout-puissant, peut-être guerrier autrefois, mais là, c'est l'image d'un roi bienveillant, je dirais. Pas quelqu'un qui écorche ses ennemis vivants. Quelqu'un qui croyait en la paix, du moins à l'époque où cette statue a été faite.

— Un adversaire d'Agamemnon ? proposa alors Jeremy avec fièvre. Priam, le roi de Troie ?

Dillen n'était pas moins excité que le jeune homme.

— C'est possible. Priam est un des rares personnages de l'*Iliade* à propos duquel nous disposons d'autres sources. Les tablettes d'argile des Hittites – le puissant empire à l'est de Troie – mentionnent un Piyama-Radu régnant dans cette région. Un nom qui pourrait facilement se traduire par Priam. Les Hittites voyaient en Piyama-Radu un renégat qui avait établi son propre royaume indépendant et qu'ils associaient plutôt aux Ahhiyawas, les Achéens, le terme hittite pour Mycéniens. Selon moi, tout cela concorde de façon très convaincante. Le Priam d'Homère est un ancien guerrier, puissant certes, mais c'est un roi de paix, pas un roi de guerre. Il avait tissé de bonnes relations avec les Mycéniens avant l'arrivée d'Agamemnon. Il avait trouvé un moyen de rompre avec la longue tradition guerrière des Hittites pour s'intégrer à la grande civilisation égéenne ; ses fils sont même devenus des héros, des champions, dans la tradition grecque. D'une certaine manière, je retrouve tout cela dans ce visage, dit-il pensivement en observant la face de pierre. Mais il faudrait une inscription pour en être certain. Et une datation de cette sculpture la situant au XIIIe siècle avant J.-C.

Rebecca brossa délicatement l'énorme nez, attendant que la poussière retombe avant de l'examiner.

— Il y a une chose que je peux vous dire dès maintenant. Au cours de ma première visite ce matin, Maurice m'a fait un exposé de cinq minutes sur les matériaux de construction. C'est la première chose à savoir, selon lui, quand on se retrouve sur un site. Cette pierre n'est pas du calcaire local, celui qu'on a utilisé pour dresser les murs de la citadelle. Regardez la surface. C'est du granit. Identique à celui que j'ai vu au British Museum. Celui des statues des pharaons. C'est sûrement du granit égyptien.

Dillen plissa les yeux.

— Seigneur Dieu, tu as absolument raison. Du granit rouge égyptien, à Troie.

— Comment a-t-il pu arriver jusqu'ici ? s'enquit Jeremy.

— Nous savons que les Égyptiens transportaient leurs obélisques et d'énormes blocs de pierre sur le Nil, répondit Dillen. S'ils pouvaient les faire naviguer sur un fleuve, alors pourquoi pas en mer ? Les Égyptiens commerçaient avec Troie. Pour un peuple qui a construit les pyramides, décharger quelques blocs de granit dans la baie de Beşik et les traîner sur quelques kilomètres sur la plaine d'Ilion ne devait pas être un problème.

— Mais ça ne représente pas un pharaon, dit Jeremy.

Dillen secoua la tête.

— Non. C'est de la pierre égyptienne et très probablement l'œuvre d'un sculpteur égyptien. Les Troyens ne fabriquaient pas cette sorte de chose. Il n'y a aucune tradition de sculpture monumentale ici. Ils ont donc importé la pierre et le sculpteur. Les détails, la forme de ces yeux semblent égyptiens. Mais c'est un roi local. Je suis prêt à jouer ma carrière là-dessus. Un roi de Troie.

— Et je crois qu'on va peut-être savoir de qui il s'agissait, dit Jeremy en s'accroupissant. Regardez. La sculpture est intégrée au mur. Elle n'a pas été réalisée avant ou après. Les blocs de calcaire de la paroi ont été façonnés pour l'encadrer parfaitement. Voyez la découpe, l'inclinaison de la paroi, ces renfoncements verticaux. Voilà pourquoi Maurice était si excité par ce passage. Il est construit de la même manière que votre site sur la citadelle, James. Tout cela est contemporain. La même technique de construction que les remparts de Troie VII. Si la Troie de la guerre de Troie a bien existé, alors c'est celle-ci. Et s'il y a jamais eu un roi Priam, alors ce doit être lui. Je le sens.

— Waouh ! fit Rebecca. Il faut en parler à Maurice. Et vite.

— James !

Le cri avait surgi du passage devant eux, là où les murs n'avaient pas encore été dégagés et disparaissaient encore largement sous la terre et les gravats. Rebecca et Jeremy échangèrent un regard avant de suivre Dillen. Accroupi, Jack éclairait avec sa torche les décombres qui bloquaient encore le bout de la galerie. Il aperçut Jeremy et Rebecca.

— Vous avez fini votre journée ?

— Vous devriez venir voir ce qu'on a trouvé. Maurice et toi. Quelque chose qui sort littéralement du mur.

Jack braqua le rayon de sa lampe.

— Tu veux dire, comme ça ?

Rebecca et Jeremy s'agenouillèrent à ses côtés. Le bout du passage, qu'on n'avait pas encore dégagé, était obstrué par de la terre et des éboulis étayés par des planches mises en place par l'équipe de fouilles. Jack leur montrait la base de l'éboulis. Un trou d'environ un mètre de diamètre y avait été creusé. Pour l'heure, celui-ci était entièrement, ou presque, bouché par quelque chose. Jack braquait résolument sa torche sur la chose.

— Pas sûr que vous ayez vraiment envie de voir ça, dit-il.

La chose était munie de jambes, de chaussures de marche et d'un short kaki bien rempli, qu'ils connaissaient tous.

— Oh, mon Dieu, dit Rebecca en souriant. Je vois ce que tu veux dire.

Un bruit d'éboulement retentit, bientôt suivi par un retentissant :

— *Sheiße !*

— Qu'est-ce qu'il fabrique ? demanda Rebecca.

— Il pense que nous sommes à peine à cinq mètres de l'extrémité du passage, répondit Jack. Le radar à pénétration de sol a révélé une poche vide contre la paroi gauche. Elle est profondément enterrée mais les gravats compactés ont peut-être empêché la terre de la remplir. Il a creusé pour voir.

— C'est prudent ? remarqua Rebecca d'un air dubitatif.

— Maurice a survécu à l'effondrement de plusieurs pyramides, répliqua Jack, goguenard, avant de braquer sa torche vers le sommet du trou. Cette pierre fait office d'étai. Je lui ai dit de ne pas s'aventurer plus loin.

— Tu veux dire que tu lui as dit de nous montrer ses fesses ? fit Rebecca, espiègle.

— Ce n'est pas tout à fait ainsi que je me suis exprimé.

Les bruits de pioche et de raclement se multipliaient, entrecoupés de grognements et de jurons.

— *Mein Gott.*

Jack s'avança.

— Maurice ! Qu'y a-t-il ?

Hiebermeyer toussa violemment, ce qui produisit un vacarme comparable à un petit tremblement de terre.

— Incroyable. Je vois un mur. Juste quelques centimètres carrés. Mais il porte une inscription. J'en suis certain, Jack.

Nouvelle toux.

— Une inscription à Troie, reprit Hiebermeyer. La première jamais retrouvée.

Le sol trembla pour de bon et une pluie de poussière s'échappa du trou. Le corps d'Hiebermeyer s'affaissa, comme aplati. Jack se tourna aussitôt vers Jeremy.

— Je le savais. Je le savais ! Aide-moi. Vite.

Il tendit sa torche à Rebecca pour saisir la jambe gauche d'Hiebermeyer, tandis que Jeremy s'emparait de la droite.

— Maurice ! Ça va ? Tu m'entends ?

Une quinte de toux et des obscénités lui répondirent.

— Ça va. Lâchez-moi. J'y suis presque.

— Pas question.

Ils tirèrent et Jack grimaça.

— Où est-ce que j'ai déjà fait ça ? À Stonehenge, avec l'école. Maurice s'était retrouvé coincé la tête la première dans un trou. Exactement comme aujourd'hui. Il croyait avoir vu un chat égyptien momifié. En fait, c'était un lapin mort depuis très, très longtemps.

Il tira plus fort.

— Avec lui, tout, *tout,* est égyptien.

Un dernier effort conjoint, et la tête d'Hiebermeyer apparut, couverte de poussière. Ils le traînèrent à l'écart du trou. Puis il roula sur lui-même, toussa pendant un bon moment avant de s'agenouiller, tremblant et haletant. Il enleva ses lunettes pour fixer Jack, les yeux brillant de ferveur.

— Là-dedans, dit-il, le doigt tendu. Là-dedans.

— Quoi ?

— Une inscription gravée dans la pierre ! Je n'en ai vu qu'un tout petit bout mais j'en suis sûr. Absolument sûr.

— Tu l'as déjà dit, répliqua Jack avant d'hésiter. Tu es sûr de quoi, au fait ?

— Ce sont des hiéroglyphes. Des hiéroglyphes, Jack. Un symbole, une ânkh égyptienne.

— Oh ! s'exclama Rebecca. Vous devriez venir voir ce que nous avons trouvé.

Jack leva la main.

— Dans un moment.

Hiebermeyer se releva en chancelant, se dépoussiéra vigoureusement et remonta son short avant de fixer un regard triomphant sur Jack. Il fut soudain pris d'une violente quinte de toux et, à cet instant précis, la pierre qui étayait le trou dans lequel il s'était glissé s'effondra. Il se retourna vers l'orifice, poussa un juron et leva les mains comme pour invoquer les dieux.

— Il va falloir des jours pour rouvrir ça. Des jours ! Et notre permis de fouilles se termine dans une semaine.

Jack lui flanqua une tape dans le dos, soulevant un nouveau nuage de poussière.

— Tu ferais bien de te grouiller, alors. Des hiéroglyphes ? Tu en es sûr ? Ce ne serait pas, par hasard, un autre lapin momifié ?

Hiebermeyer le toisa, narines frémissantes face à l'outrage. Jack leva une main apaisante.

— D'accord, d'accord.

Il se tourna vers l'éboulis, réfléchissant à toute allure. Des hiéroglyphes ? Maurice lui avait fait un rapide exposé sur l'état des fouilles quand Costas et lui avaient débarqué de l'hélicoptère une demi-heure plus tôt, après un séjour heureusement bref en chambre de décompression. Jack avait été étonné de voir les parois du passage dégagées sur près de quinze mètres. Elles s'allongeaient en hauteur à mesure que le couloir s'enfonçait au cœur du tumulus. Les murs étaient typiques de l'âge du bronze troyen, s'incurvant légèrement vers l'intérieur à leur sommet. Ce qui était déjà fascinant. Mais c'était la conception elle-même du passage qui était vraiment extraordinaire. Elle était en tout point similaire à l'entrée du grand tombeau à l'extérieur de la citadelle de Mycènes, le « trésor d'Atrée ». Était-ce ce que Maurice avait trouvé ? Une tombe à coupole ? Une grande chambre funéraire royale sous Troie ? Mais cela ne tenait pas debout. S'il s'agissait bien d'un tombeau, comment une dynastie troyenne pouvait-elle être enterrée au milieu d'inscriptions égyptiennes ?

Hiebermeyer louchait vers lui.

— Je sais ce que tu penses.

— Je pense que j'ai une épave à explorer et que tu as, toi aussi, quelque chose de fantastique ici.

— Jackpot, dit Jeremy. C'est le mot que Costas a employé. On a touché le jackpot.

— Je sais ce que tu penses vraiment, insista Hiebermeyer.

— Je me demande juste si Schliemann est déjà venu ici. Comment aurait-il pu rater quelque chose comme ça ?

Hiebermeyer prit un air pensif. Il fixa les décombres, essuyant la crasse qui lui maculait le visage.

— Avec toute cette terre et cette maçonnerie effondrées, c'est très difficile de le savoir. On dirait une importante couche de destruction. Datant de la fin de l'âge du bronze, sans aucun doute. Très proche de la guerre de Troie. Et cela semble délibéré, peut-être pour créer une plate-forme afin de construire autre chose au-dessus.

— Ou pour cacher ce qui se trouve au bout de ce passage, ajouta Rebecca.

Hiebermeyer plissa les yeux avant d'éternuer.

— Il y a peut-être eu des fouilles au XIXe siècle. S'il s'agissait d'une couche étagée de stratigraphie, nous pourrions facilement le savoir. Mais en raison du dépôt de destruction, il est difficile de voir la preuve d'une perturbation. Ce qui est étrange, d'ailleurs. S'il y a eu perturbation, elle a été délibérément cachée par la suite.

— C'est peut-être ce qui s'est passé, renchérit Rebecca. Schliemann a peut-être dissimulé ce qu'il avait découvert.

— En attendant, j'ai trouvé ceci.

Hiebermeyer se détourna pour se moucher entre ses doigts, chassant la morve au bout de son nez avant de sortir une poignée de poussière de la poche de sa chemise. Nichée au beau milieu, se trouvait une bague. Il récupéra une gourde toute cabossée dans une autre de ses poches, en dévissa le bouchon avec ses dents pour laver la bague sous l'eau avant de la passer à Jack. Jeremy et Rebecca se rapprochèrent pour regarder. Elle poussa un petit cri de surprise.

— C'est de l'or.

— Cette bague était près du mur avec l'inscription.

— Et elle est moderne, bien sûr, murmura Jack en l'étudiant.

Hiebermeyer acquiesça.

— Une chevalière, peut-être de la fin du XIXe. Mon grand-père en portait une. Mon grand-père américain, du côté de ma mère. C'était la mode à l'époque, pour les hommes fortunés.

— Mais comment une chevalière victorienne a-t-elle pu arriver là en bas ? murmura Rebecca.

— Beaucoup de gens riches sont venus à Troie, invités par Schliemann : ses amis. L'un d'entre eux a peut-être perdu cette bague dans le tumulus. Vous avez vu comment les gravats et la terre peuvent bouger. La bague s'est peut-être frayé un chemin sous terre grâce aux espaces entre les pierres, atteignant la base du passage.

Rebecca lui adressa un regard dubitatif.

— Ou alors quelqu'un est déjà allé dans ce passage.

Hiebermeyer fit la moue.

— On aurait pu creuser et descendre avant de reboucher soigneusement le passage pour donner l'impression qu'il était resté intact. Mais seul un archéologue en aurait été capable.

Quelqu'un connaissant le site sur le bout des doigts et qui aurait su comment rendre son camouflage convaincant. Je crois Schliemann et Sophia tout à fait capables d'une telle supercherie. À un détail près. Je n'imagine pas Schliemann, le fanfaron *par excellence*[3], trouver un tel passage et ne pas le révéler au monde. Il a envoyé des télégrammes à ses amis, à Gladstone, le Premier Ministre anglais, à Bismarck en Allemagne et à tous les autres puissants qu'il courtisait. Il était incapable de garder le silence sur ses découvertes.

— Peut-être que tout ce battage n'était qu'une comédie soigneusement calculée, murmura Jack. Tu sais ce que je pense de Schliemann. Il était beaucoup plus complexe qu'on ne le croit.

— Tu veux dire, pour persuader les gens qu'il ne cachait absolument rien de ses trouvailles, alors qu'il en gardait certaines secrètes ? fit lentement Rebecca.

— Nous savons avec certitude qu'il a dissimulé une partie de l'or que Sophie et lui ont trouvé à Troie, le soi-disant trésor de Priam, dit Jeremy. Il l'a envoyé clandestinement en Allemagne. Ce qui confirmerait le point de vue de Jack.

Celui-ci fixait la bague.

— Il y a un dessin là-dessus, des armoiries. Un griffon à double tête, à l'intérieur d'un bouclier. Très allemand, fit-il avant d'observer une pause, le front plissé. Je suis sûr de l'avoir déjà vu.

— Les armoiries de Schliemann ? suggéra Jeremy.

— Non. Pas de Schliemann. J'étais étudiant à l'époque. Il y a longtemps. Je suis tombé dessus dans une bibliothèque, je crois. Il faut que je réfléchisse.

Hiebermeyer se tourna vers l'orifice du tunnel de nouveau bouché.

---

3. En français dans le texte (N.D.T.).

— Et il faut creuser, creuser, creuser. C'est la seule façon de résoudre ce mystère. Il est grand temps que Troie nous donne des réponses.

— Et tu es bien celui à qui elle les doit, fit Jack en lui claquant l'épaule, faisant exploser un nuage de poussière au-dessus d'eux.

Les deux hommes éternuèrent violemment, avant de se regarder et d'éclater d'un rire convulsif que ni l'un ni l'autre ne pouvaient maîtriser. Une délivrance nécessaire, Jack le savait, après toute cette tension accumulée. Rebecca, Jeremy et Dillen les observaient, goguenards. Contemplant Hiebermeyer, la silhouette crasseuse de son copain d'école, ses lunettes de guingois, Jack savoura l'instant. *Il n'y a rien de mieux que ça, ou presque.* Il se redressa en s'essuyant les yeux.

— Et maintenant, dit-il en consultant sa montre, à table. Costas nous attend à la maison des fouilles. En train de siroter un gin tonic bien mérité, j'espère. Notre excellent chef d'équipe turc et sa femme ont préparé un festin digne du roi Priam.

— Puisque vous en parlez, intervint Jeremy. De Priam, je veux dire.

— Oui ?

— Ce n'est pas sûr, prévint Rebecca. Mais c'est possible.

— Oui ? répéta Jack.

— Nous avons, nous aussi, trouvé quelque chose.

Jack les fixa tous les deux.

— Oui, bien sûr. Je n'avais pas oublié. Aucune chance. Maurice, ils ont fait une découverte à l'endroit où tu les as envoyés creuser. Allons-y, c'est sur le chemin de la sortie… (Il récupéra précautionneusement sa sacoche kaki avant de se tourner vers Dillen.) Il semble que les révélations ne manquent pas aujourd'hui. Montre-nous, Jeremy.

Deux heures plus tard, Jack sortit sur la véranda du bungalow qui servait de quartier général aux fouilles d'Hiebermeyer, l'endroit même où avait séjourné Schliemann près d'un siècle et demi plus tôt. Costas et Jeremy le suivaient et ils rejoignirent Rebecca et Dillen assis tous deux sur une balancelle dans le jardin, le tumulus de l'ancienne citadelle les toisant au-dessus des arbres. Rebecca se laissait bercer en chantonnant tandis que Dillen tripotait sa pipe, un paquet de tabac encore intact sur ses cuisses. Les nouveaux venus s'installèrent sur des chaises de jardin face à eux. La journée avait été longue et Jack se sentit soudain fatigué, vidé par la plongée et la décompression. Il s'était brièvement éclipsé avec Maurice avant le plat principal pour aller jeter un nouveau coup d'œil à la sculpture dans le mur du passage et elle avait été le sujet d'une intense discussion pendant le reste du dîner. Ils avaient tous fait des découvertes extraordinaires aujourd'hui et ce n'était sans doute pas terminé. Jack n'avait pas encore parlé de la coupe à Dillen. Il réservait cela pour plus tard, à un moment spécial où il serait seul avec son vieux mentor.

Il fixa un instant le coucher de soleil au-delà du tumulus de Troie avant de se tourner vers Rebecca en souriant. Elle tenait un livre ancien, d'environ treize centimètres sur cinq, avec des lettres dorées à moitié effacées sur la tranche.

— Je le reconnais, dit Jack à Dillen. C'est votre vieille édition de Pope, n'est-ce pas ?

Dillen coinça sa pipe entre ses dents en hochant la tête.

— L'*Iliade* d'Homère, traduite par Alexander Pope au début du XVIIIe siècle. Cette édition a été publiée en 1806.

— Elle se trouvait toujours sur votre bureau à Cambridge.

— C'est trop cool, murmura Rebecca, ouvrant et refermant avec soin la couverture avant de caresser du bout des doigts le cuir usé. Le professeur Dillen vient de me la donner.

J'ai l'impression d'être une vraie collectionneuse maintenant. Papa, ajouta-t-elle à l'intention de Dillen, m'a offert *A Journey to the Source to the River Oxus* de John Wood pour mon anniversaire. Nous envisageons d'y retourner, vous savez, en Afghanistan, pour la rechercher.

— Quand la guerre sera terminée, murmura Jack.

— Tu es quelqu'un de rare, Rebecca, dit Costas. La seule fille de dix-sept ans que je connaisse qui collectionne des bouquins anciens.

Jack sourit à son ami.

— Et tu es le seul ingénieur que je connaisse capable de citer Auden.

Costas prit un air horrifié.

— Jack ! Tu avais juré !

Jeremy le dévisageait avec stupeur.

— Vous ? De la poésie ? C'est pas possible !

Costas émit un grognement.

— Tu vois ? Ma crédibilité est démolie.

— Non. Pas du tout, protesta Jeremy. Auden était le sujet d'un de mes examens à Stanford. Avant de choisir la paléolinguistique, je dissertais sur l'imagerie homérique chez Auden.

Costas, qui jouait avec une clé à écrous, la fit tourner entre ses doigts. Il dévisagea Jeremy.

— J'ai repensé à Auden quand nous sommes arrivés ici cet après-midi, et que Jack photographiait les fouilles. Tu vois ce que je veux dire ?

— Bien sûr, fit Jeremy avec enthousiasme. À propos de l'œil du corbeau et l'œil de l'appareil, regardant le monde d'Homère et non le nôtre.

— Et la terre plus puissante que les dieux et les hommes et qui reste impassible, indifférente.

Jeremy acquiesça.

— Le poème a été publié en 1952 mais avait été écrit en mémoire d'un ami mort en avril 1945, au cours des dernières semaines de la Seconde Guerre mondiale. C'est celui que j'ai le plus étudié, avec *Le Bouclier d'Achille.*

— C'est drôle. Jack et moi, nous en parlions justement, dit Costas. À bord du *Seaquest II,* avant notre plongée.

Jeremy jeta un regard à Jack.

— Vraiment ? Nous l'avions évoqué ensemble à Oxford il y a plusieurs mois, quand James et lui sont venus nous voir à propos de l'*Ilioupersis,* juste après que nous l'avions découvert, Maria et moi.

— Jack, fit Costas d'un air menaçant. Tu savais que Jeremy connaissait Auden.

— Je t'avais bien dit que tu serais surpris.

Rebecca rouvrit le vieux livre et examina le frontispice.

— Voilà ce que j'aime vraiment, murmura-t-elle. Les livres qui ont été annotés, où on trouve les traces des précédents lecteurs. Ça les rend encore plus vivants.

Dillen remua sur son siège et porta de nouveau sa pipe éteinte à sa bouche.

— J'allais te le demander, dit-il. Tu veux bien nous lire l'inscription ?

Rebecca pencha le livre pour trouver la meilleure lumière. Jack eut le temps d'y jeter un œil, de se souvenir. L'encre était effacée mais l'écriture restait ample, élégante.

« Pour Hugh, avec amour et affection de la part de Peter. En souvenir de notre été à Mycènes, 1938. »

Jack regarda Dillen.

— C'est Hugh Frazer, votre ancien professeur ?

— Oui. Et Peter Mayne, un ami de Hugh à Oxford. Ils ont tous les deux fait des études classiques avant de se lancer dans l'expédition à Mycènes juste avant la guerre. Ils étaient très proches.

— Très, *très*, proches, dit Rebecca en regardant une nouvelle fois l'inscription.

— Ils étaient fous d'Homère, de son monde de dieux et de héros, d'oliveraies et d'amoureux arcadiens. Je pense que c'était très innocent. Mais la guerre a tout changé.

— Bien sûr, murmura Rebecca. De jeunes hommes en 1939. Tout comme les jeunes hommes de 1915, ici à Gallipoli.

— Ils sont devenus militaires, officiers, dit Dillen en mâchouillant sa pipe. Je ne sais pas grand-chose, à vrai dire. Ils se sont tous les deux retrouvés dans des unités commandos, mais j'ignore ce qui est arrivé à Peter. Hugh n'en parlait jamais. Il a été un des premiers à pénétrer dans le camp de Belsen, il a donc vu le pire. Quand j'étais écolier dans les années 1950, on ne parlait pas de ces choses avec les anciens combattants. Des hommes comme Hugh qui avaient trouvé un moyen de survivre mentalement après l'horreur voulaient juste continuer à vivre. Peut-être qu'il accepterait de parler maintenant. Les défenses tombent avec le grand âge, le traumatisme s'estompe. On dit que raconter peut aider.

— Où est-il ? demanda Costas.

— Hugh ? Il vit dans un appartement à Bristol, le même que quand j'étais enfant là-bas. Mes parents ont été tués dans un bombardement allemand pendant le Blitz et il m'a recueilli. Il est fragile mais parfaitement alerte. Je lui rends visite deux ou trois fois par an. Je comptais aller le voir bientôt.

— Son ami Peter a peut-être été tué, dit Rebecca en fixant toujours l'inscription.

— La seule fois où il a évoqué son sort, c'est quand il m'a offert ce petit livre après l'obtention de mon diplôme, il y a près de cinquante ans maintenant. Il a dit que Mayne avait été grièvement blessé, à Cassino, je crois. Et je pense que les blessures n'étaient pas simplement physiques. Après cela, il est entré dans une unité chargée de la récupération des œuvres d'art volées par les nazis. Curieusement, c'est Costas qui a réveillé ces souvenirs, il y a quelques semaines, quand je me trouvais sur le campus de l'IMU, et que vous preniez des dispositions pour renvoyer cette peinture de la galerie Howard en Allemagne.

— Nous parlions de mon oncle, dit Costas. Celui qui travaillait au service des Monuments de l'US Army.

Dillen approuva. Il regarda sa pipe un moment avant de s'éclaircir la gorge.

— Il y a autre chose. Quelque chose à quoi je pense souvent, surtout ici à Troie. Je n'en ai jamais parlé mais c'est le lieu idéal pour le faire.

— Je vous en prie, dit Jack.

Dillen tapa le fourneau de sa pipe contre le bras de la balancelle avant de reprendre la parole.

— Quelque chose que Hugh nous a dit à l'école pendant un cours de grec. C'était ma première année là-bas, j'avais douze ans. Il nous racontait l'histoire d'Heinrich Schliemann et de la découverte de Troie. Je m'en souviens comme si c'était hier. Il était assis sur le rebord de son bureau, passionné. Gesticulant. Nous étions complètement fascinés. Les années 1950 étaient une décennie assez déprimante, avec les privations dues à la guerre et la menace nucléaire. Le passé lointain semblait bien plus riche que l'avenir. Hugh était persuadé que la guerre de Troie avait bien eu lieu, il en était même absolument persuadé. Et soudain, en pleine classe, il nous annonce qu'il va nous révéler un secret, un vrai, une information classifiée de l'armée, vous imaginez ? Pendant la guerre, il avait appris l'existence du plus incroyable des trésors, quelque chose que Schliemann avait trouvé et caché et que les nazis avaient volé. Il n'a rien dit de plus. Il nous a fait jurer de ne jamais en parler. C'est devenu entre nous une sorte de mythe. Nous étions une demi-douzaine mais je suis le seul à avoir continué le grec. Je n'ai jamais su avec certitude si cette histoire était réelle ou bien s'il cherchait à nous inspirer, si c'était une façon de nous faire aimer le grec. Je n'avais pas envie de faire éclater cette bulle, de découvrir que ce n'était que de la fiction. C'est pourquoi je n'ai plus jamais évoqué le sujet avec lui. Je veux encore y croire. C'était un professeur qui savait vous motiver.

— Il n'est pas le seul, murmura Jack.

Rebecca referma le livre, le serrant un moment entre ses deux mains.

— J'adorerais le rencontrer.

— Il a toujours beaucoup aimé ton père, dit Dillen. La première fois que je lui ai présenté Jack, il n'était pas beaucoup plus âgé que toi maintenant.

— Bon, fit soudain Rebecca d'un ton très sérieux en regardant son père. Le professeur Dillen et moi devons retourner à Londres demain. Il a une conférence à la fin de la semaine et j'ai mon voyage scolaire en France. Nous sommes tous les deux libres pendant tout l'après-midi. Et si nous faisions un petit tour à Bristol ? J'y suis déjà allée, au fait, à une journée portes ouvertes de l'université. J'ai bien envie de m'inscrire là-bas. Tu ne le savais pas encore. Eh bien, voilà, maintenant, c'est fait. Ce n'est qu'à une heure et demie de train de Londres.

Sa pipe entre les dents, Dillen dévisageait Jack d'un air narquois. Celui-ci leva les yeux au ciel.

— Quand cette gamine a quelque chose en tête… fit-il.

Dillen pointa sa pipe.

— Qu'est-ce que tu disais à propos de Hugh ? « Il n'est pas le seul » ?

Jack sourit avant de retrouver son sérieux.

— S'il y a une chance que cette histoire soit vraie, alors cela concerne aussi l'archéologie de cet endroit. Il faut essayer d'en savoir plus. Mais seulement si Hugh veut bien nous en parler.

— Je pense qu'il acceptera. Et inutile de prendre des gants. Malgré les traumatismes qu'ils ont subis, les gars comme lui sont durs comme la pierre. N'oubliez pas ce qu'ils ont vu, ce qu'ils ont fait, ce qu'ils ont vécu. Il nous dira exactement ce qu'il veut bien nous dire.

— C'est reparti, soupira Costas. Panique générale à bord. Je pense qu'il vaudrait mieux rester concentrés. Sur l'archéologie. Sur la plongée.

— Il faut aussi explorer toutes les voies, dit Jack.

— Je veux juste lui parler, déclara Rebecca avec calme. Peut-être de Peter, s'il est d'accord.

— Je vais en toucher deux mots à Ben, notre responsable de la sécurité, dit Jack. Macalister et lui viennent d'entrer en contact avec les Turcs pour qu'ils envoient une équipe de démineurs sur cette épave demain. Dès qu'ils auront terminé, nous pourrons de nouveau plonger, Costas. Je veux qu'on renfloue le mouilleur de mines et qu'on commence les fouilles sur la vieille coque au plus tôt. Si tu peux préparer les Aquapod, nous serons dans l'eau demain après-midi. Avec la marine turque dans le coin, je pense que nous n'avons pas grand-chose à craindre pour la sécurité du *Seaquest II.* Ben ou un de ses gars pourra t'accompagner, Rebecca.

— Papa, fit-elle, exaspérée. Je ne suis plus une petite fille. J'ai dix-sept ans. Je n'ai pas besoin d'un chaperon.

Jack hésita.

— Tu te rappelles la réaction de Ben quand tu as organisé toute seule le rapatriement de cette œuvre d'art volée par les nazis ? Les gangsters ne manquent pas dans ce monde. Le marché noir de l'art et des antiquités est florissant.

— Papa, je vais rendre visite à un vieil homme à Bristol. Et James sera avec moi.

Jack la regarda, secouant la tête, avant de se tourner vers Dillen.

— Nous en reparlerons.

— Bien. Donc, tu es d'accord. Nous irons voir Hugh. Merci, papa. Et je veillerai sur le professeur Dillen, ne t'inquiète pas.

Hiebermeyer surgit de la salle des fouilles, portant un support en Plexiglas sur lequel était collé un plan de Troie. Il était toujours maculé de poussière et ses yeux brillaient.

— Tu as un résultat ? s'enquit Jack.

— Tu n'imagines pas. *Wundervoll*, fit-il avant de se tourner vers les autres. Jack et moi sommes retournés voir cette sculpture pendant le dîner, parce que je voulais en prendre des photographies. Je les ai envoyées par e-mail à l'institut à Alexandrie. J'ai une brillante étudiante là-bas qui s'est spécialisée dans les sculptures du Nouveau Royaume d'Égypte. Elle est capable de repérer la main d'un artiste en particulier. Elle a immédiatement su qui était celui-ci. Elle l'appelle Seth IV. Elle a vu ses œuvres à Thèbes. Ce qui est très excitant car trois de ses quatre autres sculptures connues représentent des officiels de la XIXe dynastie, vers la fin du XIIIe siècle avant J.-C. Et la quatrième est encore mieux : c'est une statue de Ousermaâtrê-Sétepenrê, mieux connu sous le nom de Ramsès le Grand, mort en 1213 avant J.-C. Elle a été retrouvée récemment.

— Génial ! s'exclama Jeremy. Priam aurait donc été contemporain de Ramsès. Et cet artiste, Seth IV, reçoit pour commande de sculpter le grand roi de Troie et vient ici avec sa pierre. Ça colle, non ?

— Nous allons faire un scan au laser et comparer les données avec les autres statues. C'est aussi fiable que des empreintes digitales. Mais cette fille possède un œil extraordinaire. On peut lui faire confiance.

Jack montra le plan.

— Qu'est-ce que tu as ?

Hiebermeyer le posa au sol entre eux et s'agenouilla.

— Regardez là. Nous avons suffisamment creusé le passage pour pouvoir faire une projection des parois à l'intérieur. Je suis convaincu qu'il mène à une chambre circulaire ou à une tombe, fit-il en posant le doigt sur le centre du plan. Je positionne le radar à pénétration de sol pile-poil ici à la première heure demain matin. Et j'ai récupéré ce qu'il nous faut pour traverser les éboulis restants. Je fais venir une équipe de spécialistes de l'institut en Égypte. Ils ont l'expérience des fouilles dans les pyramides et les tombeaux monumentaux. De vrais archéologues, *eux*. Et Aysha vient aussi. C'est ma meilleure experte en hiéroglyphes.

— Et c'est aussi ta *femme*, dit Rebecca.

— On parle de science, Rebecca, de *science*. Je parle de rassembler la meilleure équipe possible d'archéologues. Point.

— D'après papa, l'archéologie n'est pas une science. Selon lui, il s'agit d'une compréhension émotionnelle du passé. C'est une question de passion. De ta propre passion, Maurice. Aysha m'a dit qu'elle veut des enfants. Ce serait l'endroit idéal pour vous y mettre, tu ne trouves pas ? Le professeur Dillen et moi ne serons plus là. Tu as la maison des fouilles pour toi tout seul. Jeremy peut aller camper dans son sac de couchage dans les ruines, n'est-ce pas, Jeremy ? Qu'en penses-tu, Hiemy ?

Hiebermeyer resta silencieux un moment, comme s'il réfléchissait sérieusement à cette proposition. Puis il dévisagea Rebecca.

— Voilà ce que pense Hiemy. Tu te rappelles qu'il a proposé à Rebecca le poste d'assistant sur site à la nécropole des momies l'été prochain ? Hiemy pense que si l'excellente suggestion de Rebecca se réalise, alors elle risque de changer d'affectation. Elle pourrait être embauchée comme baby-sitter.

Rebecca parut terrifiée.

— Non !

Jack se mordit les lèvres pour ne pas sourire. Il s'éclaircit la gorge.

— Des hiéroglyphes, murmura-t-il, encore dubitatif. Tu es sûr que c'est bien ce que tu as vu dans ce tunnel, Maurice ?

Hiebermeyer le défia du regard.

— Tu es certain d'avoir vu une proue en forme de lion mycénien au fond de l'eau ?

Rebecca se tourna vers Dillen.

— Papa a parié avec Maurice qu'il va trouver le bouclier d'Achille avant que Maurice ne trouve le Palladion.

— Une équipe d'experts venue d'Égypte, marmonna Jack en grattant sa barbe de trois jours. C'est un avantage injuste. Il faut augmenter les enjeux. Une caisse de whisky, pas juste une bouteille. Et James choisit le malt. C'est pour lui après tout.

— Marché conclu, dit Hiebermeyer.

Costas se leva, fit tourner sa clé, consulta sa montre et regarda Jeremy.

— Ce qui me fait penser : j'ai un Aquapod à préparer. L'hélico attend. Tu viens m'aider ?

— Enfin un peu d'action. C'est pas trop tôt.

Dillen se leva à son tour.

— Et il faut que je retourne à ma tranchée. Pour nettoyer.

Hiebermeyer s'essuya le front, y laissant une traînée de crasse comme une peinture de guerre.

— Absolument, professeur, dit-il en souriant. Inspection dans une demi-heure.

9

James Dillen se dirigeait vers l'allée de poussière qui entourait le site de Troie, le séparant de la plaine humide qui semblait lécher les pieds de la citadelle. Sur cette terre, les tomates étaient partout : en rangées de plants luxuriants ou alors tombées des chariots et écrasées, des fruits bien mûrs suintant dans les mares stagnantes au bord des champs. Il repensa aux mots utilisés par ce soldat pour qualifier cette plaine quand les Français avaient arrêté les Turcs devant les Dardanelles en 1915 : *un marais sanglant*[4]. En ce lieu, les eaux sombres du passé semblaient toujours prêtes à refaire surface, comme si à quitter le chemin on risquait de se faire engloutir ; circuler ici exigeait de connaître le réseau de fossés d'irrigation et de digues utilisés par ces paysans qu'on apercevait parfois au loin, tels des charognards cherchant leur pitance après la bataille.

Dillen s'arrêta un instant pour regarder vers le large. Le soleil se couchait sur la mer Égée, dans une immense traînée orange qui se teignait en rouge sombre vers l'est. L'ancien décor de la guerre était bien visible : la plaine d'Ilion, le Scamandre sous la ligne basse des arbres, juste devant l'ancien rivage, à une portée de flèche de là où il se trouvait maintenant. De l'autre côté des Dardanelles, il apercevait le cap Helles, la pointe la plus occidentale de la péninsule de Gallipoli, dominée par la tour blanche du mémorial aux morts britanniques de 1915. Deux soirs plus tôt, sur le *Seaquest II,* quand il était monté sur le pont avec Jack, ils

4. En français dans le texte (N.D.T.).

avaient contemplé la mer phosphorescente devant ces plages où tant de jeunes hommes avaient trouvé la mort. C'était comme si leurs fantômes dansaient encore sur les flots, à la façon dont leurs cadavres avaient autrefois dansé, ballottés par les vagues. Désormais, la même côte rougeoyait dans le soleil couchant ; au-dessus, les ravines et les goulets brillaient d'un blanc immaculé, là où la couche d'ossements humains était trop épaisse pour nourrir une vie nouvelle. La mort continuait à ronger ces lieux. Derrière lui, le tumulus de Troie était verdoyant, riche en végétation, mais lui aussi semblait éventré par l'histoire, un endroit où ne résonneraient plus les bruits de pieds qui courent, les rires des enfants, emportés à jamais dans le vortex d'une guerre vieille de trois mille ans.

Il ferma les yeux, savourant le silence, le calme surnaturel qui succédait au vent de l'après-midi. Puis un tracteur diesel s'ébroua et un âne se mit à braire. Il se claqua le bras, y laissant une tache sanguinolente. Les moustiques semblaient éviter la citadelle, ce qui était une raison suffisante pour s'y rendre sur-le-champ. Il quitta le chemin pour pénétrer dans la tranchée de Schliemann et grimpa jusqu'à son lieu de fouilles, bien plus haut, sur un tertre herbeux qui marquait l'extrémité nord de l'antique cité. Il se hissa avec peine sur le plancher de fortune et entra dans la demeure de l'âge du bronze, s'immobilisant, comme il le faisait toujours, pour prendre le temps de se souvenir de l'endroit où il se trouvait, de ce lieu qui était resté enfoui pendant trois millénaires : une demeure dont les derniers habitants avaient nourri le grand feu qui brûlait au-dessus de ces murs et qui avaient vu les Mycéniens déferler sur la plaine en contrebas dans une vague destructrice, apportant viols, incendies et morts.

Ce qu'il avait dit à Jeremy un peu plus tôt était trop facile, trop désinvolte. La guerre de Troie n'avait pas été un choc de civilisations, l'Orient contre l'Occident. Troie était, en fait, un précurseur pour toute l'humanité, le pire dont les hommes sont capables. Depuis son promontoire, il contempla la plaine au nord-est. L'obscurité enveloppait la péninsule de Gallipoli, étouffant les dernières lueurs du crépuscule. Ces ténèbres annonçaient l'orage qui se préparait depuis des heures. Au loin, des éclairs zébraient l'horizon, révélant la masse caverneuse des nuages. Un grondement retentit, peut-être le tonnerre ou alors les réacteurs d'un de ces avions de chasse qui ne cessaient de survoler les lieux, difficile à dire. La guerre n'était jamais loin ici. Il repensa à l'odeur qu'il avait sentie un peu plus tôt, l'odeur d'un ancien feu dans ce foyer près du mur.

Il leva les yeux vers les ombres de deux oiseaux volant vers l'ouest, fuyant l'orage, leurs ailes battant l'air encore immobile. Oui, il allait pleuvoir, mais cela ne l'empêcherait pas de rester ici pour attendre Jack. Il rangea son appareil photo dans son étui et s'assit pour masser ses genoux douloureux. Au bout d'un moment, il n'y tint plus et souleva le film de plastique qui recouvrait le mur pour révéler l'extraordinaire fresque du joueur de lyre. Il l'examina, encore bouleversé par sa découverte. Le musicien semblait être un observateur qui, tout comme il venait de le faire, scrutait la plaine sombre, cette plaine insensible au cours de l'histoire : la terre mère d'Auden, immuable, tandis que les dieux et les hommes venaient et mouraient.

La musique de la lyre. Dillen pensa au bouclier d'Achille, dont Jack lui avait parlé avec tant de passion à bord du *Seaquest II.* Avant de remonter sur le pont, Dillen avait lu la description des scènes pastorales qui le décoraient, selon Homère : « Et, parmi elles, un garçon jouait une douce musique sur une lyre aux notes claires, accompagnant avec grâce la chanson de Lindos. » La scène était un moment clé de l'*Iliade* : l'ordre ancien était sur le point de disparaître, l'âge des héros allait prendre fin. La musique de la lyre, la musique de l'enfant, passait de la mélodie à la lamentation, de la joie au désespoir. Le bouclier lui-même était une métaphore du livre : un ornement certes, mais qui cachait en lui une réalité connue du poète, la terrible réalité de la guerre, le malheur de la guerre.

Et puis, il y avait l'*Ilioupersis*, ce texte extraordinaire qu'ils venaient de découvrir et qu'il n'avait pas encore fini de traduire. Pour la première fois depuis trois mille ans, on allait savoir ce qui s'était réellement passé ici : une vérité que l'aède avait enregistrée avant de la dissimuler, peut-être parce que le message de son poème était trop insupportable, trop impitoyable, révélateur de trop de désolation. Dillen se tourna de nouveau vers la plaine d'Ilion, vers Gallipoli. Mais avait-il eu raison ? Que se serait-il passé si on avait lu son poème, si on avait entendu son avertissement, si on avait su ce dont les hommes sont capables quand ils ne sont plus retenus par les dieux, l'honneur ou l'esprit chevaleresque ? Comment les jeunes hommes de 1914 et de 1939 auraient-ils envisagé la bataille si, au lieu d'être marqués par les duels héroïques, par les exploits d'Achille et d'Hector, ils avaient deviné l'horreur absolue et avaient eu la certitude de l'apocalypse imminente ? Auraient-ils encore eu envie de se battre ? La guerre, la guerre totale sans honneur et sans gloire aurait-elle pu s'éteindre depuis des millénaires, aurait-elle pu s'éteindre ici même, sous les murs rongés d'ombre de Troie ?

Il alla chercher sa propre lyre dans un coin de la pièce, avant de revenir s'asseoir au même endroit. Il l'équilibra sur son genou droit, comme le musicien de la peinture, la tenant d'une main tout en allumant sa lampe torche de l'autre pour la braquer sur la fresque. Il voulait étudier la position des mains du joueur, le copier exactement. Il bougea légèrement et le rayon de sa lampe balaya le bas du socle où les flèches de bronze étaient encore fichées dans le sol. Un détail attira son regard. Un peu plus tôt, il avait remarqué que la terre se craquelait sous le soleil et maintenant il se rendait compte qu'une partie s'était écroulée. Il avait fait une erreur en ne la recouvrant pas. Abandonnant son instrument, il s'approcha. Pour la première fois, il distinguait la partie inférieure du socle. Quelque chose était apparu. Son cœur se mit à cogner. Une inscription. Il discernait les symboles, peints en rouge sur le fond sombre. Il manipula sa torche pour obtenir un rayon plus puissant et la braqua de nouveau.

Pas le moindre doute. C'était incroyable. Du linéaire B mycénien, l'écriture utilisée pour transcrire le grec à l'âge du bronze, la langue des guerriers venus assiéger Troie. La langue d'Achille. La langue d'Agamemnon.

Il savait la déchiffrer. À vrai dire, il connaissait par cœur le syllabaire du linéaire B. Il l'avait étudié toute sa vie. Le premier signe était une simple barre verticale, terminée par un empattement, un serif, qui représentait le son « O ». Le deuxième, numéro 13 de son syllabaire, était comme un « V », signifiant « ME ». Le troisième ressemblait à la lettre en minuscule « t », signifiant « RO ». Le quatrième, numéro 49, n'avait encore jamais été traduit. Ce n'était pas une syllabe, on le savait, mais un idéogramme : une forme à bâtonnets avec quatre longues jambes, une queue fournie et un haut cou incurvé qui évoquait un cheval mais n'en était pas un. Il plissa les lèvres, agacé. Pourquoi fallait-il que ce soit celui-là ? Le numéro 49 le frustrait depuis des années. Il savait qu'il ne désignait pas un « cheval », car celui-ci avait son propre idéogramme. Il le fixa puis son regard remonta lentement vers la fresque. Encore une fois, quelque chose lui parut curieux et il écarta la torche de façon à éclairer à la fois l'inscription et la peinture pour les comparer. La lyre peinte possédait quatre cordes et une petite saillie au-dessus du chevalet, près du visage du joueur, sans doute pour l'accorder. À l'avant, l'instrument était orné d'une extension incurvée, comme la proue d'un navire. Dillen ferma les yeux pendant une seconde. Bien sûr ! Comment avait-il pu être aussi aveugle ? Le 49 était l'idéogramme de la lyre.

Il considéra de nouveau l'inscription : **O** + **ME** + **RO** + lyre. Il respirait à peine, le cerveau fonctionnant à toute allure. Il s'agissait probablement d'un « O » aspiré, donc « HO ». *Homeros*. Il murmura le mot. C'était l'absence la plus notoire du lexique du grec mycénien, celle qui avait rendu perplexes tant de linguistes, le mot qu'ils avaient cherché en vain, ne trouvant pas l'idéogramme qui le désignait. Le mot désignant un barde. Des images affluèrent dans l'esprit de Dillen, des images issues de l'*Iliade* et de l'*Odyssée* : Tirésias, le sage aveugle, Thétis qui défiait les dieux, Calchas, fils de Thestor, le devin au serpent. Soudain, assis seul ici, il éprouvait un sentiment de certitude, d'intense proximité. Voilà qui était Homère. Voilà ce qu'Homère signifiait. Le barde immortel. Homère était tous ceux-là. Tous étaient Homère. Homère voulait dire « barde ». Dillen pensa à Jack.

— Eh bien, que je sois damné, murmura-t-il. Que je sois damné !

Au bout de toute une vie, il y était enfin arrivé.

Il avait trouvé Homère.

Frissonnant, il prit une longue inspiration, puis ramassa sa lyre qu'il cala contre son épaule, la paume des mains sur les cordes, sentant leurs vibrations silencieuses, provoquées par le mouvement de ses mains ou bien par un souffle de vent fugitif ou encore par le passage de ces oiseaux. Il songea à la conversation qu'ils venaient d'avoir, à propos de Hugh, son vieux professeur. Et, devant l'image du joueur de lyre, devant ce symbole à la forme si particulière, un autre souvenir lui revint soudain : un jour, il était tombé sur un croquis à moitié terminé dans un des carnets de Hugh, avec cette inscription : *La Fille à la harpe.* C'était un carnet qui contenait d'autres dessins faits pendant la guerre et il avait compris que celui-ci avait un rapport avec le camp de concentration. Les éléments de décor, les vêtements que portait la fille, sa tête rasée. Il l'interrogerait à ce sujet aussi, quand il lui rendrait visite avec Rebecca. Il poussa la lyre vers son genou, contemplant l'extraordinaire inscription sur le mur. Il était prêt à rester là toute la nuit sans jamais cesser de la fixer, de peur qu'elle ne disparaisse s'il la quittait des yeux, ne serait-ce que quelques secondes. De peur que ces symboles à moitié effacés ne s'évanouissent de nouveau dans l'incertitude troyenne. Il songea à son appareil photo, mais y renonça, craignant que le flash lui-même n'efface l'image. Il repensa aux métaphores d'Auden, à l'œil de l'objectif sur la bataille et à celui du corbeau sur la cheminée du four crématoire. Un autre barde, lui aussi, témoin d'une guerre qu'il avait cherché à saisir.

Des bruits de pas retentirent sur le chemin, et il entendit les voix de Jack et Hiebermeyer, ainsi que celle de Rebecca, fredonnant. C'était l'heure de l'inspection. Il posa sa lyre et la recouvrit, puis rangea rapidement ses outils avant de poser sa lampe sur un mur, braquée sur l'inscription. Il leva les yeux. Le ciel était sombre maintenant, l'orage grondait à l'est. Les premières gouttes de pluie commençaient à tomber sur le mur, soulignant le contraste entre les lettres rouges et la peinture sombre de l'arrière-plan.

Jack apparut, portant sa vieille sacoche kaki.

— Rebecca et Maurice se sont arrêtés en route. Il voulait lui montrer à quel point la tranchée de Schliemann était proche du passage qui, selon lui, mène à une chambre mortuaire. Nous sommes tranquilles pour quelques minutes.

Il se glissa dans la tranchée, s'éclaircit la gorge en posant la main sur sa sacoche.

— James. Concernant les plus anciennes inscriptions en alphabet grec jamais retrouvées… j'ai quelque chose à vous montrer. Mais, d'abord, pour nous préparer…

Il sortit une bouteille de vin turc qu'il déboucha à l'aide de son canif avant de produire deux gobelets en plastique qu'il posa sur le revêtement de pierre. Il les remplit copieusement.

— Nous ne pouvons pas utiliser ce que j'ai trouvé. C'est un peu trop précieux. Mais ce moment appelle une célébration. Vous allez comprendre.

Dillen regarda la sacoche. Il savait depuis plusieurs heures que Jack avait fait une découverte dans l'épave qu'il était impatient de lui faire partager, attendant juste le bon moment.

— Jack, répondit-il. À propos du fait qu'on n'ait jamais retrouvé une inscription en linéaire B à Troie… J'ai, moi aussi, quelque chose à te montrer.

Il fit un signe de tête en direction du joueur de lyre. Jack suivit son regard et s'approcha de la fresque. Il s'agenouilla.

— Bon sang, que je sois damné, murmura-t-il.

— Tu te rappelles mes leçons, malgré les années ? Sur le syllabaire ?

— En tout cas, je n'ai pas oublié celui-ci, le symbole qui ressemble à un cheval, marmonna Jack. Le numéro 49. J'en ai fait le sujet d'un de mes essais pour un examen. Un idéogramme, mais qui ne veut pas dire cheval. Tout le monde bute sur ce satané signe.

Sans rien dire, Dillen braqua la torche sur le joueur de lyre avant de ramener le rayon sur l'inscription. Jack resta silencieux un moment.

— Que je sois damné, répéta-t-il. Bien sûr, c'est une lyre !

Il examina les trois autres symboles, et Dillen vit qu'il se rappelait, qu'il les déchiffrait. Soudain, Jack poussa une petite exclamation de surprise avant de se retourner vers lui, sidéré. On aurait dit qu'il avait de nouveau dix-huit ans. Dillen hocha la tête pour confirmer ses déductions.

— Incroyable, murmura Jack. Cela veut dire « Homère ». Homère, le barde de l'âge du bronze.

— Homère qui était assis là, comme ce joueur de lyre, et qui a été témoin de la chute de Troie, ajouta Dillen.

Jack prit la main de son vieux professeur et la serra avec chaleur.

— Félicitations. Toutes mes félicitations ! Vous voir découvrir cela est un grand moment. Un des plus grands moments de ma vie. Vous avez trouvé Homère !

Tout comme Jack, Dillen contemplait l'inscription. Elle était bien réelle. Et le poème secret du barde, sa plus grande œuvre, ne serait pas perdu. Maintenant, il comprenait ce qui attirait Jack sur le terrain encore et encore, la quête de trésors disparus, la possibilité de faire de fantastiques découvertes. Ce jour avait été le plus exaltant de toute son existence. Les deux hommes fixaient toujours le mur, silencieux, jusqu'à ce que finalement Jack ouvre sa sacoche.

— Et maintenant, ceci.

Dillen le prit par l'épaule. Il entendait Rebecca qui chantait en remontant le sentier.

— Je crois savoir ce que dirait Costas, fit-il en souriant. Il dirait : « La partie commence. »

Jack prit une profonde inspiration avant de regarder les nuages noirs au-dessus de leurs têtes. De grosses gouttes s'écrasaient autour d'eux.

— Je me demande quel sera le prix à payer.

— Que veux-tu dire ?

— Je pense à la raison qui a incité Homère à ne pas révéler la vérité sur ce qui s'est vraiment passé ici. Ce qui l'a poussé à écrire l'*Ilioupersis* puis à le cacher. Pourquoi il valait mieux dissimuler la vérité.

Dillen secoua la tête.

— Il est trop tard pour renoncer. J'ai déjà bien avancé dans ma traduction. Jeremy m'a apporté la dernière série de vers aujourd'hui. Et nous procédons de la même manière sur ce site. Nous enlevons des couches pour en révéler un peu plus à chaque fois. Nous ne pouvons plus revenir en arrière. Songe à Gallipoli, à tous ces jeunes hommes de 1915. Il n'est jamais bon de cacher la vérité. Si tout cela concerne la vérité de la guerre, eh bien, qu'il en soit ainsi. Si Homère l'avait révélée il y a trois mille ans, ces jeunes hommes ne seraient peut-être pas allés se faire tuer avec des rêves de gloire dans le cœur… et pense à la génération suivante, vingt-cinq ans plus tard, sur les champs de bataille d'Europe et d'Asie. Nous leur devons bien ça.

— Oui, vous avez raison, acquiesça Jack. Et peut-être que le prix que nous aurons à payer ne sera que labeur et sueur. Maurice, lui, a déjà pris sa décision. Il va creuser, encore et encore. Tout comme Schliemann.

Il sourit et se retourna au moment où Maurice et Rebecca apparaissaient. À leur tour, ils suivirent le rayon de la lampe sur le mur. Jack servit deux nouveaux gobelets. La pluie se mêlait au vin. Il se décida enfin à sortir de sa sacoche le paquet enveloppé dans du papier bulle. Avec un soin infini, il découvrit la superbe poterie encore humide de son séjour au fond de la mer. Le regard brillant d'excitation, il s'adressa à Dillen.

— Je ne peux plus tourner le dos à Troie. Vous l'avez dit, la partie commence ! Vous êtes prêts à voir ce que je vais vous montrer ? Maurice ? Rebecca ?

Dillen prit le temps de tourner son visage vers le ciel noir, savourant la sensation de la pluie sur sa peau. Jack se leva pour contempler la plaine obscure, tout comme Priam avait dû le faire, imagina Dillen. Priam, le roi qui aimait la paix, gardien de la prospérité qui n'avait qu'amour et chaleur dans son cœur. Mais aussi comme Agamemnon, l'impitoyable vainqueur, l'avait fait. Jack se retourna, révélant la coupe. Dillen la contempla avec stupeur. Il vit l'inscription, le mot unique, *wanax*, « roi ». C'était incroyable. Mais quel roi ? Tenant la coupe entre ses mains, Jack la brandit dans le ciel nocturne, avant de la reposer délicatement sur le sol devant la fresque du joueur de lyre. Il offrit des gobelets à Maurice et à Rebecca avant de lever le sien.

— Ces machins en plastique ne sont peut-être pas dignes d'un roi, mais tout ça vaut bien un toast.

DEUXIÈME PARTIE

10

Basse-Saxe, Allemagne, 16 avril 1945

La Jeep cahotait et rebondissait sur la route crevée de trous d'obus en direction de la dense forêt de pins visible à quelques kilomètres. À la place du passager, le major Peter Mayne se retenait au rebord du pare-brise, grimaçant quand un nid-de-poule réveillait la douleur de sa vieille blessure à l'épaule. La guerre avait été longue et il était mort de fatigue. Neuf années devant les murailles de Troie. C'était la première fois depuis des mois qu'Homère lui revenait en mémoire, des vers en ancien grec qu'il avait adoré lire autrefois, sur les rives de l'Isis à Oxford avec Hugh, puis à flanc de montagne pour ce glorieux dernier été en Grèce au-dessus des ruines de Mycènes, la citadelle d'Agamemnon.

Par cette lugubre matinée printanière, il s'était pris, l'espace d'un instant, pour un guerrier fonçant dans son char sur la plaine d'Ilion vers les remparts de Troie derrière lesquels se dissimulaient le gros de l'armée adverse et le fameux butin. Mais il n'était pas un héros, et ces champs et ces fossés désolés étaient un no man's land où les dieux n'avaient plus cours, où la force d'un seul homme n'était rien. La fin de la guerre semblait si proche désormais, il aurait dû en frémir de soulagement. Toutefois il sentait ici une présence sinistre, une horreur qu'ils n'avaient pas encore affrontée, comme si les flammes de Troie pouvaient encore tous les consumer. Homère lui était revenu parce qu'il croyait non seulement à la réalité derrière le mythe mais aussi à la vérité que ces mots cachaient. La vérité de la guerre. Il l'avait vue de ses propres yeux... et ses mains étaient couvertes de sang. Il regarda autour de lui, soudain mal à l'aise, songeant à ce qu'on lui avait dit à propos de cet endroit avant leur départ ce matin. La vérité de la guerre. Il croyait la connaître.

Pendant que son chauffeur, le caporal Lewes, conduisait, il scruta le terrain, fouillant chaque fossé, chaque ondulation des champs qui les entouraient, chaque endroit où un tireur isolé pouvait se dissimuler, observant la zone comme cinq années de combats le lui avaient enseigné. Il vérifia la présence de la carabine américaine M1 accrochée au-dessus du tableau de bord, toucha le Webley dans son étui de ceinture. Ils se trouvaient à près de huit kilomètres derrière les lignes ennemies. Huit kilomètres... Le commandant de région allemand avait accepté un cessez-le-feu et leur avait promis que la route serait sûre. Derrière eux, le gros de la 2e armée britannique avançait inexorablement de village en village, luttant contre des hommes qui défendaient leur patrie. Bientôt la résistance organisée s'effondrerait. C'est là que résidait le danger. Les ordres des commandants de région deviendraient caducs. L'ennemi pouvait être n'importe où : des vieillards avec des roquettes Panzerfaust s'imaginant encore en pleine Première Guerre mondiale, des gosses des *Hitlerjugend* portant des uniformes trop grands pour eux et se croyant immortels, quelques durs à cuire de la Wehrmacht et des SS qui avaient réussi à échapper au carnage depuis le débarquement en Normandie. Des soldats qui réagissaient par réflexe – tout comme lui le ferait – et dont l'unique obsession était de tuer l'ennemi.

Une main lui toucha l'épaule. Il se retourna à moitié, ne saisissant pas les mots prononcés avec un accent américain.

— Parlez plus fort, cria-t-il pour dominer le rugissement de la Jeep. Je suis sourd de l'oreille droite. Un obus.

— Je disais qu'ici la guerre semble déjà finie.

— N'y comptez pas trop, répliqua Mayne, le regard fixé devant lui.

Ils venaient de rattraper un camion lourdement chargé avec l'insigne de la Croix-Rouge et se traînaient à quinze misérables kilomètres par heure. Il pianota impatiemment contre la portière. À cette vitesse, ils étaient plus vulnérables face à un tireur embusqué. Lewes sentit sa nervosité.

— Je ne vais pas tarder à doubler, chef. La route s'élargit dans quelques centaines de mètres.

Mayne grogna avant de se retourner une nouvelle fois vers l'occupant du siège arrière. Ils l'avaient embarqué au check-point et il avait aussitôt demandé à voir le dessin, la raison de leur présence ici. Il l'avait étudié pendant quelques secondes avant de le lui rendre sans le moindre commentaire. À ce stade, Mayne avait préféré ne pas l'interroger. Il prenait part à des opérations de renseignements depuis assez longtemps pour connaître la musique ; sans compter qu'il n'était pas, lui non plus, dénué d'arrière-pensées. Le colonel Woolley ne cessait de le leur répéter. Ils étaient dans le même camp, ils partageaient les mêmes objectifs, mais ils opéraient chacun selon leurs méthodes, et parfois il valait mieux tâter le terrain en aveugle par soi-même plutôt que de demander aux autres de vous prêter un projecteur. Donc, il commencerait par tâter le terrain. L'Américain était plus vieux, un homme d'âge mûr, portant l'impeccable uniforme de lieutenant-colonel de l'US Army. Sans son arme de service, on aurait pu croire qu'il sortait tout droit de l'échoppe d'un tailleur londonien.

— Vous avez souvent été au combat ? demanda-t-il, sceptique.

L'homme avait un regard perspicace

— Je ne suis officier qu'à titre honorifique. Je suis arrivé hier d'Angleterre en avion. Avant la guerre, j'enseignais l'histoire de l'art à l'institut Courtauld, grâce à un congé sabbatique de Yale. Ma famille étant d'origine allemande, je me suis porté volontaire pour travailler au service des programmes pour les travailleurs allemands de la BBC, au département de guerre psychologique. Quand les Américains sont entrés en guerre, j'ai été transféré à la section des monuments, beaux-arts et archives, le MFAA. Ils ont décidé que nous devions être rattachés à l'armée pour nous donner un peu plus d'influence. Nous avons commencé à préparer cela avant le jour J. Au fait, je m'appelle Stein. David Stein.

Il lui tendit la main au-dessus du siège mais Mayne se contenta de le saluer de la tête. Faire l'effort de se tordre le bras droit était trop douloureux. Et ses yeux étaient rivés sur la paire de chasseurs-bombardiers Typhoon de la RAF qui venaient d'apparaître, volant en rase-mottes derrière eux. Pendant un terrible moment, il crut qu'ils avaient été pris pour cible. L'étoile blanche sur le capot de la Jeep leur était invisible mais il pria le ciel pour que les pilotes aperçoivent la croix rouge peinte à l'arrière du camion. Leurs opérations derrière les lignes ennemies étant secrètes, le Tactical Air Command n'en était jamais informé. C'était un des risques. Les deux appareils rugirent au-dessus de leurs têtes, leurs immenses entrées d'air sous les capots moteurs pareilles à deux gueules de lions affamés, avant de virer sur l'aile sans lâcher leurs roquettes. Mayne ferma les yeux un moment et serra les poings pour faire cesser ses tremblements. C'était de pire en pire. Il avait réussi à les dissimuler à Hugh quand il l'avait vu au QG. Mais combien de temps encore parviendrait-il à se contrôler ? Stein porta sa main en visière sur son front pour suivre les avions jusqu'à ce qu'ils disparaissent au loin, en direction d'une colonne de fumée, là où la bataille faisait rage.

— C'est bien d'avoir une couverture aérienne, cria-t-il avant de regarder Mayne et de montrer les rubans sur sa tunique. Et vous ? J'ai rarement vu un chercheur avec la Military Cross.

— Je ne suis pas chercheur. Je suis soldat.

De nouveau, Mayne se retint fermement tandis que la Jeep bondissait en avant, déboîtant pour doubler le camion. Lewes écrasa la pédale de l'accélérateur pour foncer sur la route désormais en bien meilleur état.

— J'étais à Oxford avant la guerre, ajouta-t-il, toujours en criant. J'ai rejoint l'infanterie. Je suis arrivé en France juste à temps pour Dunkerque. Ensuite, ça a été la 8e armée en Afrique du Nord, d'El-Alamein à Tunis, et l'Italie pour finir. Quand un obus m'a eu à Cassino, j'étais le dernier officier survivant de mon bataillon originel. Lewes, ici, était mon ordonnance. On m'a finalement déclaré bon pour le service et nous nous sommes tous les deux portés volontaires pour l'Intelligence Corps, opérations de renseignements sur le terrain. Ils avaient besoin de soldats expérimentés, pas de chercheurs.

— Commando 30, lut Stein sur les galons de Mayne. On dirait une unité de combat.

— Unité d'assaut commando 30. Nous sommes une unité multi-armes, armée de terre, marine, Royal Marines. Nous opérons devant le front à la recherche de renseignements tactiques. Tout ce qui pourrait avoir de la valeur : codes, chiffres, carnets de commandes, ce genre de chose. Maintenant que les

Alliés occupent le terrain, il s'agit surtout de renseignements techniques et scientifiques. En gros, tout ce sur quoi nous pouvons mettre la main. Tout ce que les Allemands chercheraient à détruire, ou qui pourrait tomber entre de mauvaises mains.

— Quels sont vos ordres pour cette opération ?

— Nous cherchons la fille qui a fait ce dessin dans ce camp. C'est top secret, comme d'habitude. Tout ce que je sais provient d'une rencontre fortuite avec un vieil ami au QG du 8e corps d'armée ce matin, un officier du Special Air Service. Les SAS étaient en opération de reconnaissance dans le secteur. Mon ami quittait le QG du renseignement au moment où j'y entrais, et il était pressé, nous n'avons eu qu'une minute. Il savait qu'on allait me briefer. C'est lui qui a pris le dessin à cette fille. Il n'était pas censé en parler mais il pensait qu'un certain détail pourrait m'intéresser.

Mayne s'interrompit. C'était bien plus qu'un détail. C'était quelque chose qu'ils avaient tous deux reconnu. Quelque chose qui les avait excités au plus haut point. Mais il n'allait pas raconter ça à cet officier américain inconnu.

— Lui et moi, nous faisions tous les deux de l'archéologie avant la guerre, et cela pourrait avoir un rapport, des antiquités volées peut-être. Une fois que j'ai su que nous allions être rejoints par un officier de la MFAA, vous en l'occurrence, ça m'a paru encore plus plausible. C'est tout ce que je sais.

— J'ai cru comprendre que nous ne disposerons que d'une fenêtre de temps très étroite : ce matin.

— J'ai été briefé juste avant qu'on passe vous prendre. Une fois que le cessez-le-feu local aura expiré, le QG pense que la 2e division de marine allemande va se regrouper derrière cette forêt pour lancer une dernière offensive. Ce ne sont que des marins de la *Kriegsmarine* réaffectés mais ils ont posé pas mal de problèmes à la 11e division blindée au sud de Brême. Ce qui montre la valeur de leur formation d'infanterie, même dans la marine. Ils vont être en grosse infériorité numérique mais ils pourraient nous donner du fil à retordre. Nous ne tenons pas à ce que se reproduise ce qui s'est passé en février dans la Reichswald, ou bien ce que les Américains ont connu dans la forêt de Hürtgen lors de la bataille des Ardennes. Nous avons donc prévu un bombardement massif de la RAF pour laminer tout le secteur ouest de la forêt. À moins que nous n'ayons une très bonne raison de lui demander un délai, le commandement l'a programmé dans trente-six heures. Le camp ne sera pas touché, contrairement à la forêt. Mais tout renseignement nouveau à propos d'un éventuel mouvement des troupes ennemies pourrait tout changer. Les SAS sont sur le terrain. Si des Allemands ont déjà infiltré la forêt, alors il faudra évacuer tout le monde et vite, y compris le camp. La RAF détruira tout. Nous devons nous y préparer.

— Vous avez déjà pris part à des opérations comme celle-ci ? Je veux dire, dans un de ces endroits ?

— Il y a une semaine, le caporal Lewes et moi avons été les premiers soldats alliés à pénétrer dans une prison nazie près de Snell. Salles de torture, guillotines. Pour des prisonniers politiques, essentiellement. C'était plutôt vilain, n'est-ce pas, Jock ?

— Ça fait comprendre pourquoi on se bat, chef, répondit Lewes.

Mayne se tourna de nouveau vers Stein.

— J'imagine que vous savez ce qui se passe ici ? Je ne parle pas des prisons. Ça, c'est sinistre mais prévisible. Je parle des camps.

— Quand j'étais à la BBC, nous avons diffusé les rapports des Soviétiques sur Majdanek, le camp que l'Armée rouge a libéré en juillet dernier en Pologne. Tout l'État nazi était fondé sur le travail forcé, l'esclavage. Dans l'industrie, les fabriques de munitions, et Dieu sait quoi encore. D'immenses camps de travail et des camps satellites installés près de certaines usines et installations. Les photos aériennes de celui vers lequel nous nous dirigeons aujourd'hui montrent une ouverture dans la forêt de la taille d'un terrain de football avec une rangée de baraquements et de cabanes. On ne voit rien dans les bois environnants, mais ils y ont peut-être caché un bunker ou des installations souterraines. Les nazis ont volé des quantités astronomiques d'œuvres d'art et d'antiquités qu'ils ont dissimulées. Cet endroit pourrait être une de leurs cachettes. C'est pour cela que je suis ici.

— Le travail forcé n'est pas ce qu'il y a eu de pire, loin de là, dit Mayne, criant de nouveau tandis que Lewes rétrogradait avant de contourner un nid-de-poule. Mon ami des SAS s'est retrouvé dans un camp près de Bergen il y a deux jours, un coin qui s'appelle Belsen. Un peu plus haut sur cette route. Il a vu des scènes effroyables, des cadavres partout. Il dit que les survivants ont été amenés là à marche forcée depuis ces autres camps en Pologne pour travailler au déblayage des villes bombardées. Mais, une fois que les Alliés ont franchi le Rhin et sont entrés en Allemagne, les prisonniers ont juste été entassés dans ces camps. Ils ont souffert de famine généralisée, de maladies. Je voulais vous prévenir. Nous risquons de voir des scènes semblables aujourd'hui.

— Ce camion que nous suivions contenait sans doute un chargement de fournitures médicales, répondit Stein. Cela fait plusieurs années maintenant que les organisations s'occupant des personnes déplacées se préparent à faire face à un problème de réfugiés. Elles y parviendront.

— Espérons-le.

Mayne se tourna de nouveau vers la route devant eux. Le grondement d'artillerie en provenance du front avait diminué et était maintenant couvert par le rugissement de la Jeep. La ligne des arbres ne se trouvait plus qu'à un ou deux kilomètres, mais paraissait toujours un lointain mirage. Ils traversaient une zone désertée et stérile, un paysage lugubre, monotone, qui semblait s'étendre à l'infini. Soudain, il souhaita que cela continue ainsi. Il voulait la monotonie. Il voulait l'oubli. Il avait désespérément besoin de sommeil. Comme souvent ces derniers temps, il éprouvait une sensation de vide dans le ventre. Il savait que c'étaient ses nerfs, la peur de ce que chaque instant pouvait lui réserver, la peur que pour lui la guerre ne s'arrête jamais. Comme si, d'instinct, il savait que l'horreur serait toujours à venir. À la différence de la plupart de ses compagnons et amis, il avait survécu à cinq années de guerre. Il avait appris à se fier à son instinct, à croire en lui. Et c'était bien ça, le problème.

Il posa la main sur la poche de poitrine de sa tunique, celle qui contenait son carnet de notes, les passages d'Homère qu'il avait soigneusement transcrits cet après-midi-là avec Hugh, sur la montagne au-dessus de Mycènes. Au cours de l'été 1938, à la fin de sa deuxième année à l'université. Ils avaient dévalé la pente jusqu'au cercle de tombes avant de s'asseoir pour lire le compte rendu fait par Heinrich Schliemann de sa découverte du masque d'Agamemnon. Il se souvenait de la flamme qui s'était allumée en lui. Ensuite, il avait eu cette conversation avec le vieux contremaître qui avait connu Schliemann, qui avait vu ce qui s'était passé cette nuit-là quand Schliemann et Sophia étaient remontés en cachette à la citadelle, quand ils avaient découvert le masque. Cela avait été son secret avec Hugh, leur pacte. Après leurs études, ils effectueraient des recherches, ils découvriraient ce que Schliemann avait caché. Ils travailleraient en équipe. Il serait l'archéologue et l'explorateur sur le terrain tandis que Hugh resterait en bibliothèque, fouillant, recherchant et l'envoyant sans cesse sur de nouvelles pistes. Mais, par-dessus tout, ils résoudraient le mystère de cette nuit extraordinaire à Mycènes.

Tout cela avait paru appartenir à une autre vie… jusqu'à ce matin au QG, jusqu'à ces quelques instants fugitifs passés avec Hugh. Ce dessin, réalisé par la fille dans le camp. Hugh le lui avait décrit, mais cette description ne lui avait pas suffi. Juste avant le briefing, il avait déplié la feuille de papier pour y jeter un coup d'œil tandis que Lewes faisait le plein de la Jeep. Ce pouvait être une coïncidence. Ce symbole était loin d'être rare par ici. Mais pas dans ce sens. Et pas avec ces couleurs. Exactement comme l'avait décrit le contremaître. Il se souvenait du visage de Hugh, congestionné, fiévreux. Au point qu'il s'était demandé s'il n'était pas victime d'une nouvelle attaque de malaria. Il s'était aussi demandé à quoi ressemblait son propre visage. Tout à coup, il avait eu envie de pleurer, il avait eu envie d'en être capable. Ils s'étaient dévisagés, soudain surexcités, oubliant la guerre pendant quelques secondes. C'était possible. Et voilà que Stein suggérait que ce camp pouvait contenir un bunker secret. Mayne se retourna, malgré sa douleur à l'épaule.

— Juste par curiosité : est-ce que vous, les gars du MFAA, avez déjà retrouvé des antiquités volées ? Le trésor d'Heinrich Schliemann, par exemple ? Avant la guerre, j'étais fasciné par Troie.

Stein le regarda.

— Que dites-vous ?

— Le trésor de Schliemann. Le trésor du roi Priam, à Troie. Et tout ce que Schliemann et sa femme auraient pu cacher de leurs découvertes dans les tombeaux royaux de Mycènes.

— Que savez-vous à ce sujet ? demanda vivement Stein.

— J'ai travaillé sur des fouilles à Mycènes juste avant la guerre. Avec la British School of Archaeology d'Athènes. Après Oxford, je voulais devenir archéologue. Toutes sortes de rumeurs circulaient à propos de ce que Schliemann avait rapporté en douce en Allemagne.

— Je connais les rumeurs, mais je ne sais rien de plus.

Mayne émit un grognement. Le trésor du roi Priam. La dernière fois qu'il avait pensé aux écrits d'Homère, c'était pendant sa permission à Naples, un an auparavant, pendant sa convalescence, alors qu'il était assis près des fumerolles d'Averne, la célèbre entrée du monde souterrain. Il avait tenu à voir l'endroit où le héros troyen, Énée, était descendu aux Enfers et en était revenu. Mais la guerre n'avait pas tardé à reprendre ses droits. Peut-être qu'aujourd'hui ces vers l'aideraient à combler le sentiment de vide qu'il éprouvait. La chute de Troie semblait de nouveau avoir lieu sous ses yeux, comme elle semblait se produire depuis la nuit des temps. Il avait été témoin de scènes abominables, il avait vu la mort faucher sans discrimination hommes, femmes et enfants. Il l'avait même donnée. Homère pouvait l'aider à trouver un sens à l'horreur qui déferlait sur le monde. Ou peut-être qu'Homère lui paraîtrait insipide, dépassé, avec ses digressions sur les héros, l'honneur et la fierté. Il prit une profonde inspiration. Lewes lui jeta un coup d'œil avant de montrer la route devant eux.

— Devant, chef. Le barrage.

Lewes savait qu'il était à la limite.

— Oui.

Mayne se redressa. Ils arrivaient à un carrefour avec une autre route parallèle à la lisière des arbres, à environ un kilomètre. Celle sur laquelle ils se trouvaient continuait tout droit vers la forêt qui semblait voilée par une sorte de brume qui bloquait les rayons du soleil matinal. Voilà pourquoi l'endroit était si sombre, si menaçant. On avait dû faire un feu quelque part à l'intérieur des bois. Ils arrivèrent au carrefour. Quatre Jeep bloquaient le passage, avec des mitrailleuses Bren montées sur pied couvrant chaque axe de route. Une grande toile arborant l'étoile blanche des Alliés avait été étendue sur le champ adjacent. Le commandement aérien n'était peut-être pas au courant des opérations de renseignements, mais il avait été averti de la reddition du camp. Deux douzaines de soldats avaient pris position à couvert dans les fossés, armes prêtes. Mayne distingua les galons du 66e régiment antiaérien, une unité d'artillerie qui servait d'infanterie de réserve depuis la destruction de la Luftwaffe quelques semaines plus tôt.

Lewes arrêta le véhicule et coupa le moteur. Mayne sauta à terre pour rejoindre d'un pas vif un groupe d'officiers. L'apercevant, un homme se détacha. Il portait des bottes de caoutchouc et une sorte de combinaison vaguement blanche sur son uniforme. De taille moyenne, la peau cireuse et une tignasse blonde.

— Major Mayne ? demanda-t-il avec un accent écossais.

Il semblait terriblement jeune. Mayne acquiesça. L'homme parut soulagé.

— Bien. Je suis le responsable médical. Je suis censé vous accompagner.

Il se retourna alors que le camion de la Croix-Rouge arrivait. Étrangement, cette vision parut le chagriner. Il interpella l'un des officiers.

— Capitaine Hamilton. Il va falloir dissimuler cette croix avant qu'il aille plus loin.

Puis, s'adressant à Mayne :

— Je suis prêt. Il faut y aller tout de suite. Le camion pourra nous suivre.

Mayne fit un signe à Lewes, qui se tenait près de la Jeep et avait allumé une cigarette. Le caporal approuva, éteignit avec soin son mégot qu'il rempocha avant de grimper à bord et de lancer le moteur.

— Vous avez combien d'hommes sur place ? demanda Mayne au jeune Écossais.

— Trois infirmiers militaires et six civils des Nations unies, du service d'aide aux réfugiés. Nous sommes arrivés hier après-midi. Vous avez entendu parler de l'autre camp, un peu plus haut sur la route ? Un endroit nommé Belsen. Il a été libéré hier aussi. Ils ne pouvaient pas nous accorder plus de monde. À Belsen, il y en a des dizaines de milliers. Ici, deux mille cinq cents peut-être, dont quatre cents encore en vie. Demain matin, ce chiffre sera réduit de moitié. Au fait, je m'appelle Cameron.

— Deux mille cinq cents personnes ?

— Vous n'avez encore jamais été dans un de ces endroits ?

— Pas comme celui-ci.

— Il y a deux jours, j'étais étudiant en dernière année de médecine au Guy's Hospital de Londres. Ils ont demandé des volontaires et nous avons aussitôt été envoyés ici. J'ai découvert que deux jours pouvaient être très longs à la guerre.

Mayne ne dit rien mais se rassit dans la Jeep. Pour la première fois, il s'autorisa à réfléchir vraiment au lieu où ils se rendaient. La sensation de vide revint dans son ventre. Cameron s'installa à l'arrière, près de Stein qui le salua de la tête. Lewes lâcha un petit cri de surprise en grimaçant.

— Merde. C'est quoi cette puanteur ?

— C'est moi, j'en ai peur, dit Cameron. Sur mes vêtements. Mes cheveux. Je ne la sens même plus.

Stein se détourna, la main sur le visage.

— Dieu du ciel, mais c'est quoi ?

— Excréments, chair en décomposition, haillons brûlés, odeurs corporelles. De la sueur, de la bonne vieille sueur. C'est ça, cette odeur acide un peu chaude.

Mayne s'adressa à Lewes.

— Un peu de courant d'air ne nous ferait pas de mal.

— Oui, chef.

Lewes embraya et la Jeep bondit sur l'étroite route pavée en direction des arbres. L'odeur émanant de Cameron disparut brièvement, mais bientôt l'air lui-même en fut saturé, une terrible puanteur s'élevant de l'endroit vers lequel ils roulaient. Mayne leva les yeux vers le voile gris au-dessus des arbres et aperçut des volutes de fumée. Il ne s'était pas trompé. Il y avait bien un feu, et ils s'en rapprochaient. Il eut du mal à ravaler sa salive.

— Pourquoi masquer la croix rouge sur le camion ? demanda-t-il à Cameron.

— Ce sigle les terrifie. Les gens ici. Les docteurs et les infirmiers SS l'arboraient quand ils effectuaient leurs expérimentations médicales. Et ils s'en servaient pour faire croire aux nouveaux arrivants qu'on allait les soigner quand ils descendaient des trains alors qu'en fait ils les expédiaient dans des chambres à gaz.

— Des chambres à gaz ?

— Vous vous rappelez du rapport des Soviétiques sur Majdanek, le camp en Pologne qu'ils ont libéré l'an dernier ?

— Le colonel Stein et moi venons d'en parler.

Cameron hésita.

— La plupart des juifs qui sont ici viennent d'un autre camp qui s'appelle Auschwitz. Ils ont un numéro tatoué sur le poignet. Ils ont été évacués à marche forcée vers l'ouest quand les Russes sont entrés en Pologne. Le bombardement allié de Dresde semble les avoir sauvés des chambres à gaz. On voulait les utiliser pour déblayer les ruines. Mais, à mesure que la machinerie nazie s'effondrait, ils ont été purement et simplement entassés et abandonnés dans des camps. Certains de ces camps étaient des *Konzentrazionslager*, comme Belsen. D'autres, des camps satellites, des *Arbeitslager*. Comme celui-ci, semble-t-il. Au début, c'était une sorte de camp de travail forestier, dans lequel étaient enfermés des prisonniers de guerre soviétiques. Ce que vous allez voir tient du meurtre de masse, rien de moins, un abominable crime contre l'humanité. Mais ce n'était pas un camp d'extermination. À condition, bien sûr, de ne pas tenir compte des exécutions sommaires quotidiennes, des expérimentations médicales et de toutes les formes de bestialité auxquelles se livraient les gardes SS sur ces gens.

— Comment ont-ils fait pour survivre à cet autre camp, Auschwitz ?

— Ils parlent tous de la rampe, du terminus de la voie ferrée. C'est là que les Allemands effectuaient une sorte de sélection. Après cela, c'est comme si tout avait été supprimé de leur mémoire. Mais les survivants qui se sont retrouvés ici avaient été affectés au travail forcé, vivant dans un camp à côté des chambres à gaz. Des esclaves pour les usines d'armement, de munitions, ou de je ne sais quoi. Certains travaillaient sous terre dans une mine de sel reconvertie en atelier d'assemblage de moteurs d'avions. On dirait l'enfer de Dante. Un puits infernal. Mais pas aussi terrible que l'enfer en surface. Le camp a dû être immense. Et les chambres à gaz… Nous sommes en train de parler de centaines de milliers de morts, voire plus. Hommes, femmes, enfants. Et pas simplement à Auschwitz. Il y avait plusieurs autres camps semblables. Ils les appelaient des *Todesmühlen*.

— Des usines de mort, murmura Stein. Mon Dieu.

— Ce que vous êtes sur le point de voir… (Cameron baissa les yeux, cherchant ses mots.) C'est comme si l'Europe avait été frappée par un gigantesque météore. Je veux dire, les juifs d'Europe. Ce que nous voyons ici ressemble aux résidus autour du cratère d'impact, comme des détritus expulsés par le souffle. Tout le reste a été pulvérisé, détruit, sans laisser de traces.

Mayne essayait de rester concentré.

— Dans le camp… celui où nous allons. Quelle est la marche à suivre ?

— Notre priorité, c'est de les traiter au DDT, pour tuer les poux. Les poux transportent le typhus. Nous les aspergeons et nous les frottons, dans une sorte de lessiveuse humaine. L'étape suivante est un hôpital de fortune. Les cabanes sont trop crasseuses, indescriptibles. Nous allons les brûler. Le camion de la Croix-Rouge doit contenir des tentes de l'armée et des lits pliants.

— Vous allez les installer loin du camp ?

Cameron secoua la tête.

— À moins qu'on ne nous donne l'ordre d'évacuer, tout le monde reste à l'intérieur. L'horrible vérité est qu'on ne peut pas les libérer. En raison du risque de propagation du typhus. Déjà, certains de ceux qui étaient en meilleure santé se sont échappés et vivent à la dure dans la forêt. Il faut que nous les récupérions pour les désinfecter.

— Et la nourriture ?

— Les premières troupes arrivées ici hier leur ont donné tout ce qu'elles avaient. Des rations standard de l'armée britannique, du porc en conserve plein de graisse. Déjà pas très comestible en temps normal. Les soldats ont fabriqué une sorte de soupe. Cela partait d'une bonne intention, mais chez certains détenus, cela a provoqué des diarrhées qui les ont tués en quelques heures. La seule chose qui ait marché, c'est le thé. On en fait des litres et des litres. Le camion apporte aussi une mixture testée lors des famines au Bengale – du sucre, du lait en poudre, de la farine, du sel et de l'eau. Mais, pour beaucoup, il sera trop tard. Même les victimes plus saines – le petit nombre qui peut encore avaler des aliments solides – sont un problème. Ils cachent la moitié de la nourriture que nous leur donnons. Qui pourrit et provoque une autre menace sanitaire. Ils n'arrivent pas à croire qu'on veut les nourrir. Ils font des réserves pour quand les gardes reviendront et que le cauchemar recommencera. Je ne devrais pas le dire, mais ils sont comme des animaux, cachant de la nourriture et se querellant pour se l'arracher. Il n'y a plus de moralité ici. Ils sont bien au-delà de ça. Telle est la guerre, mon ami. Pas sur les champs de bataille, mais ici. Voilà ce que fait la guerre.

Il se couvrit les yeux avec sa main.

— Je suis désolé, conclut-il d'une voix rauque. C'est la première fois que je tente de décrire ce que j'ai vu.

Howard désigna le camion de la Croix-Rouge qui les suivait.

— Et les soins médicaux ?

Cameron s'éclaircit la gorge.

— Acide nicotinique et sulfaguanidine pour les diarrhées. Les cas bénins, en tout cas. Pour ceux qui auront des lits dans notre hôpital de fortune, nous essaierons des hydrolysats de protéines par gouttes nasales. Il y a un problème avec les piqûres. La vue d'une aiguille les terrifie. Ils ont vu des docteurs nazis injecter de l'essence à des mourants pour que leurs corps brûlent plus facilement. Juste quelques battements de cœur avant que ça ne les tue, assez pour faire circuler l'essence. Une mort atroce. Les autres ont dû entendre leurs hurlements, chaque jour.

— Seigneur, murmura Mayne.

Stein se tourna vers Cameron.

— Nous ne sommes pas du personnel médical. Vous le savez. Nous sommes ici pour découvrir ce qu'on y faisait. Je ne parle pas des personnes venues d'Auschwitz, mais des travailleurs forcés qui se trouvaient ici à l'origine. Ce qui se passait dans cette forêt. Pourquoi les nazis avaient besoin d'eux. Pourrons-nous leur parler ?

— Bien sûr. Beaucoup d'entre eux étaient des gens éduqués. *Sont* des gens éduqués. Nous devons sans cesse nous en souvenir. *Sont,* pas *étaient.* Ce sont toujours des êtres humains. Ce que je veux dire... Mon Dieu...

Cameron ferma les yeux et se passa de nouveau la main sur le visage. Mayne remarqua qu'elle tremblait, comme la sienne. Le camion se rapprochait derrière eux, et Lewes accéléra légèrement. Mayne pouvait à présent distinguer chaque arbre séparément. Cameron rouvrit les yeux.

— On le voit chez les enfants, les adolescents, ceux qui avaient huit, neuf ou dix ans quand ils ont été pris, qui étaient déjà assez âgés pour manifester des talents d'artiste, de poète, de musicien, de linguiste. Des gosses arrachés à leur existence mais qui ont quand même vécu l'enfance, cette période de la vie où chaque jour semble interminable. Et ici, des jours interminables de peur et d'angoisse. Pourtant, certains ont préservé des fragments de leur passé, avant l'horreur. Comme une bouée. Les patients victimes d'un traumatisme qu'on nous montrait à l'école de médecine, par exemple des soldats ayant survécu à l'explosion d'un obus, restaient souvent obsédés par un seul événement, une seule expérience choquante. Avec ces enfants, c'est comme si l'événement choquant était trop fort, mais qu'ils étaient capables de l'enfouir sous un souvenir vivace de bonheur, un souvenir assez puissant pour les arracher à l'abomination. Les paroles d'une chanson qu'ils répètent encore et encore, ou alors une image qu'ils dessinent sans cesse, ou bien une phrase dans une langue étrangère qu'ils avaient autrefois apprise. Mais cela ne concerne que quelques-uns. La plupart ont été trop traumatisés et nous ne pouvons plus leur venir en aide.

— Nous cherchons une fille, dit Stein. Une adolescente.

— Une fille qui a fait un dessin, ajouta Mayne.

— Il est plutôt inhabituel, renchérit Stein, et a été exécuté avec beaucoup de précision.

— Nous donnons des crayons aux enfants, dit Cameron. Un dessin ? Ça pourrait être n'importe quoi. Pas nécessairement quelque chose qu'elle a vu ici, mais peut-être, comme je viens de vous le dire, une fixation issue de son passé, avant l'horreur. Je ferai tout mon possible en tout cas. Il y a une infirmière qui pourrait nous aider.

La Jeep avançait toujours. La forêt les toisait à présent, menaçante, comme les remparts d'une sombre citadelle. Comme les murs plongés dans l'ombre de Troie. Mayne jeta un coup d'œil à Cameron derrière lui qui fixait le vide. C'était un regard qu'il connaissait, celui de ces jeunes officiers qui avaient survécu à leur première expérience au combat, un regard où se mêlaient le choc, l'épuisement, une peur refoulée et un sentiment de responsabilité impossible à assumer, après avoir été forcés de désigner en quelques secondes qui vivrait et qui mourrait. Seulement ici, cela n'avait rien à voir avec le très ancien rite de passage du soldat. Ici, il s'agissait de quelque chose qui n'avait absolument aucun précédent dans leur expérience, la littérature de guerre avec laquelle ils avaient grandi ou les récits de leurs pères qui avaient pourtant expérimenté le pire que l'humanité avait à offrir sur les champs de bataille de la Première Guerre mondiale, à Gallipoli par exemple. Comme si la Grande Guerre, celle qui devait mettre un terme à toutes les guerres, n'avait été qu'un prélude.

Mayne se souvint d'un tableau aperçu dans un château de Normandie en ruine, un tableau réalisé après la guerre franco-prussienne de 1870 et représentant le vainqueur, Otto von Bismarck, et le vaincu, Napoléon III, signant la cession de l'Alsace et de la Lorraine à l'Allemagne. D'un trait de plume, ils avaient brisé l'équilibre qui préservait la paix en Europe depuis Waterloo. L'horreur qui les attendait ici était-elle le résultat de cette soirée, soixante-quinze ans plus tôt, après la bataille de Sedan ? Ou bien, tout cela avait-il commencé trois millénaires auparavant quand les hommes s'étaient débarrassés des héros et des champions pour s'adonner à la guerre totale ? Comment l'humanité avait-elle pu laisser cela se produire ?

— Arrêtez-vous ici, dit Cameron en tapotant l'épaule de Lewes.

Ils s'immobilisèrent devant une trouée dans les arbres. La route s'enfonçait dans la forêt. Des rouleaux de barbelés avaient été déployés de part et d'autre d'un portail en fer forgé, dans lequel on avait imbriqué quelques branches coupées et des filets de camouflage. Elle était flanquée d'une guérite de sentinelle dissimulée elle aussi, et vide. Une pancarte était accrochée au portail. Elle arborait des lettres rouges à moitié effacées sur fond blanc : ***ACHTUNG ! SEUCHENGEFAHR ZUTRITT VERBOTEN !***

— « Attention ! Danger d'épidémie. Défense d'entrer ! » traduisit Stein.

— Ces pancartes entourent tout le périmètre, dit Cameron. Elles datent de bien avant ces dernières semaines, quand le typhus s'est déclaré. Les nazis ne voulaient vraiment voir personne traîner par ici. Ce qui est étrange pour un simple camp de travail, mais peut-être que les SS ne tenaient pas à ce que la population locale découvre le traitement qu'ils infligeaient à ces gens.

— Ou comment ils les utilisaient, marmonna Stein.

Mayne regarda autour de lui. Il n'y avait personne d'autre. Le silence semblait surnaturel, l'odeur était toujours aussi immonde. Puis il vit… un tas de guenilles accrochées aux barbelés à une dizaine de mètres de la route, comme s'il avait été chassé là par un ouragan. Une boule de chiffons, vraiment, d'où émergeaient des mains osseuses agrippant les croisillons, des pieds crasseux qui pendaient. Il fixa cette scène avec une fascination horrifiée. Son cœur battait trop fort. Comment ceci pouvait-il être encore choquant après tout ce qu'il avait connu ? Il avait tué. Il était endurci. Il pouvait supporter ça. Il serra très fort son siège avec ses mains pour les empêcher de trembler et détourna les yeux.

Cameron fouilla dans sa poche pour en sortir un petit livre noir : une bible. Il la contempla sans l'ouvrir.

— Jérémie 2, verset 6, dit-il lentement : « Une terre de désert et de fosses, une terre de sécheresse à l'ombre de la mort, une terre que nul homme n'a traversée, et où nul n'a jamais vécu. »

Il leva les yeux vers le portail, paupières plissées.

— L'aumônier qui accompagnait les soldats au barrage me l'a donnée, juste avant votre arrivée. Il a vu dans quel état j'étais. Il pensait que cela pourrait m'aider.

Il secoua la tête puis tendit la main au-dessus de la portière pour laisser tomber le livre.

Il donna des clés à Lewes. Le caporal quitta la voiture pour aller déverrouiller le portail, écartant suffisamment les portes pour permettre au camion de passer derrière eux. Mayne se raidit et fixa de nouveau le cadavre pendu aux barbelés. Soudain, un rayon de soleil l'illumina et, pendant une seconde, on aurait dit qu'il brûlait, une torche humaine. Une torche sur les remparts de Troie. Puis la lumière disparut, et il regarda droit devant lui, à travers le portail, scrutant le tunnel sombre sous les arbres. Pendant un instant, il fut de retour près de la baie de Naples, à Averne, cherchant le sulfureux passage par lequel Énée était descendu aux Enfers, ignorant s'il pourrait revenir.

Cet endroit n'avait été qu'une fiction, un mythe.

Maintenant, il traversait vraiment les portes de l'enfer

11

Suivie de près par le camion de la Croix-Rouge, la Jeep franchit le portail pour s'engager dans l'allée qui s'enfonçait dans la forêt de pins. Mayne essayait de se préparer à ce qui les attendait. La puanteur était indescriptible. Deux cents mètres plus loin, les arbres disparurent soudain pour céder la place à une clairière qui faisait environ la taille d'un terrain de football et dans laquelle se dressaient des baraquements en bois qui se prolongeaient jusqu'à l'autre extrémité. De là, partait à angle droit une rangée de cabanes qui se perdaient dans la brume et la fumée. L'allée traversait la clairière pour s'effacer derrière les constructions vers la droite. Deux soldats britanniques munis de fusils, un mouchoir blanc noué autour du visage, montaient la garde à l'endroit où l'allée croisait les cabanes. Mayne aperçut d'autres silhouettes qui semblaient tourner en rond, comme au ralenti. De la fumée s'élevait de plusieurs endroits au-delà des cabanes, et c'était elle qui formait ce voile gris au-dessus de la forêt. Dans l'air paisible du matin, ce miasme planait au-dessus du camp, accablant, masquant le ciel. Ils roulaient au pas dans un paysage désolé, dénaturé, morbide, où il ne subsistait que des tons pastel de vert, de bleu et de brun : les couleurs de la décomposition. Des couleurs qui semblaient émaner de l'odeur. C'était un paysage de mort.

Ils passèrent devant un homme assis contre une souche d'arbre, un bras tendu reposant sur son genou, comme pour mendier. Il portait les restes loqueteux d'un uniforme rayé marron et bleu. Les cheveux rasés et le visage émacié : la peau d'un jaune grisâtre tendue sur les os, les yeux profondément enfoncés. Fasciné, Mayne le dévisagea un moment avant de se rendre compte que les orbites étaient vides. Les globes oculaires avaient disparu. L'homme était mort depuis longtemps. Mayne comprit alors ce qu'étaient les autres tas de haillons qui jonchaient la clairière ici et là. La Jeep passa devant les sentinelles et tourna à droite, avant de s'arrêter devant d'autres soldats qui leur tournaient le dos, fusil à la main, baïonnette au canon.

Lewes coupa le moteur. Soudain, le silence s'abattit sur eux, seulement brisé par une succession de chocs mats. Au-delà du cordon de soldats, Mayne découvrit d'autres personnes rassemblées à l'arrière d'un camion débâché.

À gauche, une grande fosse, de la taille d'une piscine, avait été creusée dans le sol. Elle était déjà à moitié remplie d'un grotesque enchevêtrement de cadavres, la plupart nus, certains encore vêtus – si on pouvait dire cela – de loques. Un amas de membres squelettiques et de têtes ratatinées... des centaines. Deux hommes en vareuse arborant l'insigne SS étaient en train d'y jeter un corps, l'un tenant les chevilles décharnées, l'autre les poignets, la tête rasée roulant de façon indolente. Un autre SS se tenait dans la fosse et un autre encore sur le camion, poussant les cadavres afin qu'on les emporte. Un peu à l'écart, se trouvait un groupe de personnes correctement habillées, des hommes, des femmes et des enfants, à l'évidence des gens de la région amenés ici pour assister à cette inhumation. Les adultes semblaient impassibles, ou alors trop choqués pour réagir. Une petite fille pleurait. Mayne et Cameron quittèrent la Jeep. Lewes ralluma son mégot et prit une longue bouffée. Son regard croisa celui du soldat le plus proche. Du pouce, il montra sa baïonnette puis les SS.

— Vous attendez quoi pour les embrocher, ces fumiers ?

Les yeux du soldat étaient vides. Sa peau semblait avoir pris la teinte grise de l'endroit.

— Plus tard. T'inquiète pas pour ça.

Mayne s'éclaircit la gorge, essayant de contrôler sa nausée. Il se tourna vers Cameron. Sa propre voix lui parut étouffée, lointaine.

— Ces SS, les gardes. Comment diable ont-ils survécu ?

— Nous avons été stupéfaits de découvrir qu'il y en avait encore ici et qu'ils voulaient se rendre. Mais ils sont arrogants. Ils ne semblent pas avoir conscience des crimes qu'ils ont commis. Complètement endoctrinés. Pour eux, les juifs, les Slaves ne sont que des animaux, et ils ne comprennent pas que nous ne les voyons pas ainsi, nous aussi. Ils sont même fiers d'en avoir gardé certains en vie, de riches juifs pour lesquels Hitler voulait exiger une rançon de leur famille à l'étranger. Comme tous les gangsters, les nazis sont tout à fait capables de faire passer les profits avant l'idéologie. Nous avons même attrapé le commandant du camp, un *SS-Untersturmführer.* Il passera devant la justice. Il est important que nous ne les tuions pas tous. Il y en a d'autres qui se cachent dans la forêt, traqués par les détenus les moins faibles, ceux qui ne sont arrivés que durant les derniers jours. C'est une sorte de no man's land effrayant là-bas, comme si le mal qui infeste ce camp s'y était répandu. Ils en veulent particulièrement aux *SS-Helferinnen,* les auxiliaires féminines. Une des femmes encore en fuite est la *Lagerführerin,* la chef de camp. Elle semble avoir été particulièrement odieuse. Ils pensent qu'elle se cache dans les bois. S'ils la trouvent, ils la mettront en pièces.

— Je ne peux pas dire que je le leur reprocherai, marmonna Mayne en regardant autour de lui.

— Je préférerais qu'ils laissent tomber. Je dois empêcher la propagation du typhus. Il faut qu'ils regagnent le camp pour que nous les désinfections. Si la maladie se répand dans la population locale et touche ensuite les troupes alliées, cela pourrait considérablement gêner l'effort de guerre.

Il montra les SS.

— Et il y a un autre facteur. Accomplir cette besogne fait partie de leur plan. Plus ils montrent d'enthousiasme à nous aider, moins nous aurons envie de nous venger. C'est ce qu'ils s'imaginent. Et ils ont probablement raison. À chaque heure qui passe, l'horreur s'intègre à notre paysage familier, on s'y habitue presque. C'est terrible de dire une chose pareille, mais c'est vrai. C'est notre propre stratégie de survie mentale. On débranche les émotions. On devient hébétés, insensibles, tout comme eux. Et ils savent que c'est un terrible soulagement pour nous de les laisser se charger de ce travail abominable.

Mayne contempla la scène, sidéré, regardant les SS répéter encore et encore les mêmes gestes odieux. C'était comme une image médiévale de l'enfer, comme une de ces punitions infligées aux damnés, celles où ils reproduisent la même tâche à l'infini, tel Tantale ou Sisyphe. Sauf que ces SS n'étaient pas tourmentés par ce qu'ils faisaient. Ils semblaient presque en retirer du plaisir. Il déglutit péniblement, la gorge obstruée. Il savait que c'était à cause de la puanteur, pourtant il ne la sentait plus, comme si elle avait rongé son odorat. Soudain, il se rendit compte qu'il tremblait violemment et tenait à peine debout. Il se força à prendre du recul par rapport à la scène. Avant la guerre, il s'était essayé à la peinture. Il pensa à la manière dont il pourrait cadrer cette image, comment parvenir à rendre sa propre réaction. Il vit un corps nu voler dans les airs, une femme, les bras tendus devant elle comme un plongeur dans une piscine. Sauf que la femme était morte et que la piscine était une fosse remplie de cadavres en décomposition. Mayne secoua la tête. Ici, l'art comme métaphore, l'art comme suggestion, n'avait pas sa place. Ici, il ne pouvait y avoir que la réalité. La réalité nue, sans fard. Il se tourna vers Cameron.

— A-t-on pris des photos de tout ceci ?

Cameron secoua la tête.

— Ce camp est top secret, jusqu'à ce que vous, les gars du renseignement, leviez l'embargo. Seuls les militaires et le personnel médical essentiel sont autorisés à venir ici. Amener ces civils comme témoins était compréhensible, mais c'est un fardeau supplémentaire. J'avais prévenu notre commandant, en vain, il avait déjà pris sa décision. En raison des risques de typhus, ils devront être mis en quarantaine, probablement jusqu'à la fin de la guerre. Mais cette horreur est enregistrée, si c'est ce à quoi vous pensez. Le service cinématographique des armées se trouve à Belsen. Venez. Je n'ai pas beaucoup de temps. Il faut que je supervise la montée des tentes-hôpital.

Mayne et Lewes le suivirent. Stein était toujours dans la Jeep, livide, s'essuyant la bouche après avoir vomi. Il descendit avec peine du véhicule pour se joindre à eux. Ils se dirigèrent vers l'autre rangée de baraquements, derrière la fosse. Ici, le sol était jonché de petits tas de haillons fumants, tellement imprégnés de graisse humaine qu'ils brûlaient comme des bûchers funéraires. En passant devant l'entrée de la première baraque, Mayne s'arrêta pour jeter un coup d'œil à l'intérieur. Il lui fallut un moment pour percer la pénombre. Il n'entendait que le bourdonnement des mouches. L'air était fétide, poisseux. Il avait complètement perdu le sens de l'odorat. Il essaya de ne pas tenir compte de ces conditions sordides, de se souvenir de ce qu'avait dit Cameron. *Ce sont des êtres humains.* Le corps le plus proche était nu, un homme, la peau comme du parchemin, décolorée par la crasse. Il gisait sur le dos, l'abdomen grotesquement creux, comme s'il avait été éviscéré, comme si l'ouragan qui avait projeté l'autre homme contre les barbelés avait soufflé ses entrailles. Ses bras étaient tendus, touchant deux autres cadavres repliés sur eux-mêmes, tournés dans des directions opposées. Au-delà, Mayne ne voyait rien, sinon l'obscurité. Du coup, les corps lui paraissaient presque lumineux, comme dans une peinture du Christ sur la Croix au milieu des deux voleurs. Pris de nausée, il chancela. Ce n'était pas une image d'expiation. Ces personnes n'étaient pas mortes pour racheter les péchés de l'humanité. Elles étaient mortes de façon horrible parce que le monde avait permis que cela arrive. Il serra les poings. Telle était la réalité. La réalité nue.

Il quitta le seuil du baraquement pour rejoindre les autres, qui l'attendaient un peu plus loin. Lewes lui offrit une cigarette mais il secoua la tête. Stein se tourna vers Cameron.

— Nous savons que vous avez du travail. Mais, avant de continuer, y a-t-il autre chose que vous puissiez nous dire ? À propos de ce qui se passait dans ce camp ?

Cameron fixa le sol un moment avant de lever les yeux. Mayne remarqua qu'ils étaient injectés de sang. Il nota sa pâleur. Cameron tendit le bras vers une sorte de monticule long et bas à l'autre bout de la clairière, à la lisière de la forêt.

— C'est là-bas qu'ils ont enterré les prisonniers soviétiques en 1941. Des centaines, utilisés comme travailleurs forcés pour bâtir ce camp, avant d'être abattus.

— C'était il y a quatre ans, murmura Mayne. Vous avez dit que la plupart des juifs ne sont arrivés d'Auschwitz qu'au cours des derniers mois. Que s'est-il passé entre-temps ?

Cameron prit une longue inspiration.

— D'accord. Autant que ce soit moi qui vous le dise. L'officier de renseignements du régiment aurait dû s'en charger mais j'ignore où il est et je n'ai pas le temps de me mettre à sa recherche. De toute manière, il n'en sait pas davantage. On vient de le muter ici, il est arrivé en même temps que moi. Un gars qui parle couramment le français et baragouine l'italien. L'armée s'est trompée en l'affectant ici. Comme souvent. Quand nous sommes arrivés, il a interrogé le commandant du camp, le *SS-Untersturmführer.* J'étais présent, en qualité de témoin. J'étais aussi le seul qui parlait l'allemand. Je lui ai dit que je pouvais lui consacrer dix minutes, pas plus. Des gens mouraient pendant ce temps-là. Je suis censé être médecin. *Médecin.*

Accablé, Cameron se massa le front.

— D'accord, dit Mayne, continuez.

— Le commandant nous a dit qu'il s'agissait d'un camp de travail, un *Arbeitslager,* se limitant à des tâches de déforestation. Il y a des pistes qui s'enfoncent dans la forêt et, selon lui, elles étaient utilisées par les équipes de travail. Les opérations de coupage du bois se seraient arrêtées l'an dernier, et après cela, le camp aurait simplement été utilisé pour recueillir des juifs riches, ceux qu'Hitler comptait utiliser comme monnaie d'échange avec les Alliés. Selon le commandant, les nazis étaient sincèrement convaincus jusqu'à très récemment qu'ils pourraient utiliser les juifs de cette façon, ne renonçant à cette idée que quand les Alliés ont franchi le Rhin. Dieu sait quels autres plans désespérés ils ont pu concevoir.

— C'est justement ce qui nous intéresse, dit Mayne. Tout ce que vous pourrez nous dire nous sera utile.

Cameron acquiesça.

— Selon le *SS-Untersturmführer,* c'est la raison pour laquelle ce camp n'a « abrité » qu'un petit nombre de détenus en relativement bonne santé : d'abord, de jeunes hommes sélectionnés pour travailler dans la forêt, puis les membres de ces riches familles juives, que l'on nourrissait et que l'on soignait. Il prétendait n'être arrivé qu'il y a six semaines en remplacement de l'ancien commandant. Son travail consistait à se débarrasser des détenus et à fermer le camp.

— Se débarrasser ? répéta Mayne.

— Oui. Inutile de vous faire un dessin. Mais nous n'avions pas le temps d'insister là-dessus. Nous voulions le faire parler, pas l'inciter à se taire. Il rendra des comptes à son procès.

— Bon, et ensuite ?

— Il a dit qu'ils n'étaient pas du tout préparés à l'afflux de juifs envoyés ici depuis la Pologne, et qu'ils n'avaient aucun moyen de s'occuper d'eux. Mais c'est à prendre avec des pincettes. Il semblait disposer d'une équipe complète de SS aguerris, dont par exemple cette femme chef de camp. Si le chaos a régné ici, ça n'a été que durant la dernière semaine. Avant cela, ils semblaient tout à fait capables de faire régner un régime systématique de brutalités et de sadisme.

— Son histoire semble plausible, dit lentement Mayne. Mais pas si l'on songe au secret extrême qui entourait cet endroit, à ces pancartes avertissant d'un risque d'épidémie.

— Oui, dit Cameron. Et ce n'est pas tout. J'ai parlé à un détenu qui prétendait être le seul survivant du camp initial, un homme qui servait de cuisinier aux SS. Un ancien chef de restaurant, apparemment bon dans sa partie. Il était ici depuis au moins 1942. C'était une sorte de criminel de droit commun, un Français de Marseille, pas juif. Un personnage peu ragoûtant, si vous voulez mon avis. Selon lui, quand ce nouveau commandant est arrivé, les SS ont abattu tous les détenus qui restaient encore dans le camp, les déshabillant et les jetant dans une fosse derrière celle des Russes. Avec ce nouveau commandant et ses gardes, ses talents de cuisinier ne lui servaient à rien, prétendait-il. Ils ne lui auraient conféré aucun statut spécial, alors il a survécu en se cachant dans les baraquements et en se mêlant à la masse des arrivants d'Auschwitz, se faisant passer pour un juif. Ils étaient censés rester en vie un moment pour travailler au déblayage des villes bombardées, déblayage qui n'a pas eu lieu. C'était un de ceux qui se portaient le mieux quand nous sommes arrivés, et il est venu tout de suite me trouver, sans doute parce qu'il préférait s'adresser à un médecin qu'à un militaire.

— Pourquoi tenait-il tant à vous parler ? demanda Stein.

— Les autres détenus savaient qu'il n'était pas juif. Ils se méfiaient de lui. Et lui craignait qu'ils le dénoncent. Il voulait nous prouver qu'il n'était pas un ancien SS se cachant parmi les détenus. Il pensait aussi que, puisqu'il n'était pas juif, nous lui offririons un traitement préférentiel. Un antisémite. Je crains d'avoir été assez désagréable avec lui.

— Où est-il à présent ?

— Quand je l'ai mis en bout de liste d'attente pour les soins, il a disparu. Dans la forêt, probablement. Il prétendait venir de Marseille, arrêté par la police de Vichy qui l'a remis à la Gestapo. Un gangster, sans doute. Un individu assez peu reluisant. Je ne pense pas que nous le retrouverons un jour.

— Mais que vous a-t-il dit ? À propos du camp ?

— Avant que je ne l'envoie balader, il était très désireux de plaire. Selon lui, les prisonniers soviétiques en 1941 n'ont pas été simplement utilisés pour dégager cette clairière et bâtir ce camp. Ils ont aussi construit quelque chose au fond de la forêt, quelque chose nécessitant d'énormes quantités de béton. C'est devenu un endroit qu'ils craignaient. À l'époque de l'arrivée de notre Français, la rumeur disait que personne n'en ressortait vivant. De temps à autre, un camion apparaissait de nuit à l'entrée du camp avec une escorte motocyclette de la Gestapo avant d'emprunter une piste s'enfonçant dans les bois. Une fois, il a vu le camion s'embourber. On a fait sortir les gens qui se trouvaient à l'intérieur, les plus jeunes, en bonne santé, des hommes et des femmes, certains avec l'étoile de David, mais pas seulement : il y avait aussi des

Slaves et des gens de type mongol – sans doute des prisonniers soviétiques venus d'Asie centrale –, des blonds nordiques aussi, peut-être de Norvège et du Danemark occupés, des Méditerranéens au teint plus sombre et des Nord-Africains comme ceux qu'il avait connus à Marseille : peut-être des soldats des colonies françaises.

— Comme si les nazis avaient sélectionné des représentants de toutes les races qu'ils ont rencontrées, murmura Mayne.

Cameron hocha la tête.

— Les camions disparaissaient dans la forêt et, quelques jours plus tard, il y avait de l'activité dans une grande fosse creusée derrière celle contenant les Soviétiques abattus. Notre Français disait qu'il devait s'agir d'une fosse commune en raison des grandes quantités de chaux qu'on y déversait. D'immenses quantités de chaux, apparemment, bien plus qu'il n'en faudrait à moins que les cadavres ne présentent un grand risque d'infection.

— D'infection ? demanda Mayne. Quel genre d'infection ?

— Je n'en sais rien. Je repousse le moment d'y penser. Mais il faudra bien que je le fasse. Notre homme disait aussi qu'un SS avec lequel il s'était lié d'amitié en cuisine lui a raconté une histoire à propos d'un garde qui avait perdu patience avec les juifs transportant la chaux. Le garde leur a dit que s'ils ne travaillaient pas mieux, il les enverrait dans le *Geherer* situé dans la forêt et qu'ils y connaîtraient le même sort que les autres. La Gestapo qui, apparemment, surveillait ce camp en permanence, a eu vent de cette menace. Le lendemain, le garde a été arrêté et on ne l'a plus jamais revu. Ce qui se passait dans cette forêt était de toute évidence top secret.

— *Geherer*, murmura Stein. Ça signifie « bunker », « entrepôt ».

Soudain, Mayne fut pris d'une violente envie de vomir. Son odorat lui était revenu. Il avait l'impression que la puanteur lui emplissait l'estomac. Il déglutit péniblement.

— *Geherer.* Un bunker. Un endroit où on pourrait stocker des œuvres d'art. C'est ce que vous soupçonniez, Stein ? Mais comment accorder du crédit à cette histoire ? Les gens qu'il a vus n'étaient peut-être que des travailleurs, des hommes jeunes et en bonne condition.

— Et aussi des femmes, corrigea Cameron.

Stein se tourna vers eux.

— Il y a deux semaines, la 8e division d'infanterie américaine est tombée sur une mine de plomb à Siegen, près d'Aix-la-Chapelle. Dedans, ils ont trouvé une immense cache de trésors artistiques, des tableaux de maîtres anciens, Rembrandt, Rubens, Van Dyck, ainsi que des artefacts d'une valeur inestimable, dont la couronne de Charlemagne. Aux objets précieux issus de cathédrales environnantes afin de les préserver de la guerre s'ajoutaient beaucoup d'œuvres issues des pillages des nazis. C'est ce que recherchait la section des monuments, des beaux-arts et des archives. Ça a été une percée décisive pour nous. La raison pour laquelle j'ai été envoyé ici en urgence. Nous pensons qu'il existe un grand nombre de caches semblables, des douzaines, des centaines, dans des mines ou ailleurs, par exemple des bunkers.

— En quoi cet endroit pourrait-il avoir un lien avec la dissimulation d'œuvres d'art ? Avec toute cette horreur ? demanda Cameron en désignant le camp.

— À cause de l'idéologie qui sous-tend tout cela, dit Stein d'un ton lugubre. Le pillage, la destruction, tout cela fait partie de la même idéologie, du programme de haine nazi. En 1907, la candidature d'Hitler à l'Académie des beaux-arts de Vienne a été rejetée. Il dessinait correctement mais manquait d'imagination. Deux des académiciens étaient juifs. Hitler ne l'a jamais oublié, pas plus que l'art moderne pour lequel il n'avait aucun talent. Dès son arrivée au pouvoir, il n'a cessé de le vilipender, de le ridiculiser, de le détruire. Ou bien de le vendre à l'étranger. Selon lui, l'art devait être nettoyé. Ceci – ce que nous voyons autour de nous, cette horreur – était sa toile ultime. Une idéologie absolutiste. Un réalisme absolu.

Mayne regarda Stein.

— Des antiquités ?

— Tout à l'heure, vous m'avez interrogé à propos du trésor de Schliemann, répondit Stein en le considérant d'un regard voilé. Je ne vous ai pas répondu. Mais, maintenant, je pense que je vous dois une explication. Heinrich Himmler dirigeait un service, l'*Ahnenerbe*, le département de l'héritage culturel. Avant la guerre, ils ont monté des expéditions un peu partout dans le monde pour rechercher des traces de racines aryennes, prouvant l'origine de la race des maîtres. En Europe, ils fouillaient des sites dont ils croyaient qu'ils révéleraient l'héroïque passé germain. Ils étaient obsédés par les rois, les chefs qui semblaient posséder les caractéristiques que les nazis admirent par-dessus tout, la puissance, la férocité absolus. Les empereurs romains ont été une grande source d'inspiration pour eux. Mais ils sont aussi remontés plus loin dans le passé, à la recherche des rois semi-mythiques de la haute Antiquité. N'importe quel artefact associé à ces rois légendaires possédait une valeur immense à leurs yeux. Ils étaient prêts à tout pour se les approprier, pour glorifier leurs héros.

— Vous êtes en train de dire que n'importe quel objet issu du trésor de Schliemann aurait eu un immense cachet aux yeux des nazis.

— Immense, acquiesça Stein.

— Il est temps que nous montrions ce dessin à Cameron, dit Mayne en sortant un bout de papier de la poche de sa tunique.

La feuille avait été arrachée à un carnet de commandes allemand, avec un en-tête en caractères gothiques. Elle semblait si fine, si diaphane, que le gris du ciel donnait au dessin qui la recouvrait une sorte de profondeur, comme s'il avait été en trois dimensions. Les lignes étaient précises, au crayon. Au centre, les esquisses simples et gaiement colorées représentaient une femme et un homme vêtu d'un costume. Entre eux, une petite fille leur donnant la main. Sous les adultes, deux mots : « Mama » et « Papa ». Mais c'était l'objet dessiné au-dessus de la tête de l'enfant qui était extraordinaire. Il était doré, lumineux avec un intérieur argenté, et la petite fille le contemplait.

— Bon Dieu ! marmonna Cameron. C'est une croix gammée. Mais inversée. Et ces couleurs… Pourquoi un enfant juif dessinerait-il ceci ?

Mayne regarda Stein, puis Cameron.

— Nous présumons que c'est une chose qu'elle a vue. Comme vous le disiez tout à l'heure. Une chose associée à un traumatisme. Nous pensons que cela a un lien avec le bunker qui se trouve ici.

Cameron les dévisagea.

— L'avez-vous déjà vu quelque part, ce symbole ?

— Nous ne savons pas ce qu'il signifie, répondit rapidement Stein. Pas encore. Mais il nous a déjà été décrit de façon très précise. Par un officiel nazi de haut rang durant son interrogatoire. Les détails sont top secret, et cet officiel n'est plus en vie. Ce qui vous donne une idée de la gravité de cette histoire.

Mayne fixait Stein, l'esprit en ébullition. Il connaissait ce symbole… Devait-il le lui dire ? Lui parler de ce trésor que le vieux contremaître avait vu sous le masque d'Agamemnon ? Un trésor qui était devenu un symbole dans l'Allemagne nazie. Stein avait évoqué la ferveur des nazis pour les anciens rois mythiques, pour les racines aryennes, et tout le monde connaissait leur fétichisme des symboles et du secret, des codes et des décrets. Était-ce ce qui s'était passé ? D'une manière ou d'une autre, quelqu'un avait trouvé cet artefact, symbole d'Agamemnon, symbole de Troie, rapporté en secret par Schliemann en Allemagne. On en avait fait un symbole de haine, de quelque horreur cachée que Stein avait les plus grandes peines du monde à évoquer, ou bien dont il ne savait rien. Il était soudain impératif qu'ils en apprennent davantage. Mayne se tourna vers Cameron.

— Où pouvons-nous trouver la fille qui a fait ce dessin, si elle est encore en vie ?

— Dans cette cabane, dit Cameron en la désignant. C'est là que sont les enfants, la *Kinderbaracke*. Une infirmière de la Croix-Rouge s'occupe d'eux.

Il leur fit contourner la bâtisse pour les conduire vers un alignement de brancards disposés à l'opposé du camp, le plus loin possible des cadavres et de l'abomination. Sur chacun d'entre eux était allongée une petite silhouette sous une couverture. Deux soldats anglais avec des fusils Sten à l'épaule étaient accroupis parmi les enfants et leur donnaient à boire. Une femme se releva près d'un des brancards, remonta avec délicatesse la couverture pour cacher le visage et resta un moment tête baissée. Elle portait une combinaison, des guêtres et des bottes en caoutchouc, comme Cameron, ainsi qu'un foulard sur les cheveux. Les entendant approcher, elle se tourna vers eux.

— Helen, dit Cameron en lui désignant les deux officiers et Lewes. Juste quelques questions. Nous ne vous retiendrons pas longtemps.

Elle aussi avait l'air fatigué, ou plutôt accablé. Elle hocha la tête, mais ne s'approcha pas, se détournant de l'enfant mort pour soulever la tête de son voisin et verser un peu d'eau dans sa bouche ouverte. Elle montra l'avant-bras décharné.

— C'est le tatouage d'Auschwitz, dit-elle. Ils l'ont tous. Leurs parents sont morts, assassinés par les nazis, dans les ghettos polonais, à Cracovie, Varsovie ou bien dans les camps. Selon les détenus adultes auxquels nous avons parlé, presque tous les enfants qui arrivaient à Auschwitz étaient gazés sur-le-champ. Ceux-ci ont survécu à la sélection. Certains sont hollandais, enfants des juifs qui travaillaient dans le commerce du diamant, gardés en vie par les nazis en vue d'obtenir une rançon. D'autres sont arrivés à Auschwitz avant la construction des chambres à gaz et se sont rendus utiles dans le camp. Ils ont aussi survécu, je ne sais comment, à la marche forcée qui les a conduits ici il y a quelques mois. Nous les avons installés le plus loin possible des baraquements, pour éviter les risques de contamination du typhus.

Mayne montra le dessin.

— Savez-vous qui a fait ceci ?

Elle regarda le bout de papier.

— Plusieurs d'entre eux ont fait des dessins semblables. C'est la première chose qu'ils dessinent quand nous leur donnons des crayons. Leurs parents. Parfois sur la rampe d'Auschwitz, où les docteurs nazis les séparaient. C'est comme si... (Elle s'interrompit, tout comme Cameron, ne trouvant pas les mots.) C'est comme si ce moment restait à jamais en eux, figé dans le temps, comme si tout ce qui était arrivé par la suite n'était qu'un cauchemar. Ils veulent se réveiller et revenir en arrière. Alors, ils dessinent la dernière image qu'ils ont de leurs parents. Comme si leur libération leur avait permis de retrouver une image de bonheur cachée pendant si longtemps. Ça devient une idée fixe pour eux, ils ne voient plus rien d'autre… (Elle regarda de nouveau le dessin.) Oui, la fille à la harpe. Elle est là-bas.

Ils suivirent son regard. À une cinquantaine de mètres au beau milieu de la clairière, ils virent une silhouette assise sur une chaise, leur tournant le dos. Mayne distingua sa tête rasée et son cou maigre. Elle portait une chemise de l'armée trop grande pour elle, sans doute donnée par les soldats, mais elle était pieds nus. Les mains sur les genoux, elle restait complètement immobile, le regard fixé devant elle.

— Elle a à peu près dix-sept ans, dit l'infirmière. Selon les autres, elle a survécu à Auschwitz car elle travaillait dans un endroit appelé le Bloc 12. C'était une esclave sexuelle, pour les SS et les détenus privilégiés. Un peu avant notre arrivée ici, la *Lagerführerin* l'a découverte et l'a conduite une nuit dans la forêt avec plusieurs de ses gardes. Je n'ai pas la force de vous dire ce qu'ils lui ont fait. Après la reddition du camp, plusieurs détenus qui traquaient les gardes l'ont retrouvée dans la forêt et l'ont ramenée ici. Depuis, elle n'a pas prononcé un seul mot. Elle a juste fait ce dessin. Plusieurs à vrai dire, presque tous identiques, mais celui-ci est le seul avec ce svastika. Curieux… Il est inversé, il tourne dans l'autre sens. Ils ont tellement vu ce symbole atroce qu'il a dû se graver en eux. Qui peut dire pourquoi elle a éprouvé le besoin de le reproduire.

— Ce dessin a été récupéré par une patrouille de SAS qui se trouvait ici hier, dit Mayne. Leur officier l'a rapporté au QG.

— Je sais. C'est moi qui le lui ai donné. Un certain capitaine Frazer, Hugh Frazer. Ils ont abattu plusieurs gardes et un officier allemand qui leur avaient tiré dessus. Après cela, le capitaine Frazer est resté un moment avec moi. Il voulait m'aider avec les enfants. Il a passé un long moment ici, assis au bord du lit à regarder la fille à la harpe. C'était étrange. Un peu comme s'il... avait trouvé la paix, à rester là avec elle. C'est drôle de voir quelqu'un comme lui, un homme qui, l'instant d'avant, venait de tuer et qui, soudain, reste juste assis là, complètement brisé. Ça ne vous ferait pas de mal, à vous les gars, de pleurer un peu. Dieu sait si j'en ai envie, moi aussi, après avoir passé seulement vingt-quatre heures ici.

Mayne sentit une boule douloureuse dans sa gorge. Hugh.

— Frazer est un ami. Je l'ai vu au QG. Il aurait bien besoin d'un peu de repos.

Elle hocha la tête.

— La malaria. J'étais en Inde avant. Beaucoup de ceux qui revenaient de Birmanie l'avaient attrapée. On apprend vite à repérer les symptômes.

— Nous l'avons tous les deux contractée en Égypte. Il y a longtemps.

— Que fait-elle maintenant, assise là-bas toute seule ? intervint Stein.

— Les autres disent qu'avant de servir de prostituée elle avait survécu à la sélection car ses parents avaient dit aux SS qu'elle savait jouer de la harpe. Les nazis avaient monté un orchestre au camp, la *Lagerkapelle.* Beaucoup de juifs étant des musiciens accomplis, les nazis les obligeaient à jouer. Du classique, mais aussi de la musique folklorique ou bien du jazz moderne, des chansons comme *« I Can't Give You Anything But Love »*, vous la connaissez ? C'était une de mes préférées, à moi aussi. Cela servait à calmer les arrivants lors de la sélection. Certains ici en fredonnent parfois des passages, ou alors des paroles de la prière du Shabbat en yiddish. Mais ils sont si angoissés, si désespérés. J'aimerais qu'il y ait de la musique ici. Avec ces feux atroces que nous devons allumer pour brûler les vêtements, il n'y a même plus d'oiseaux. C'est la mort partout. (Elle s'interrompit un instant avant de se reprendre et de montrer la fille d'un petit geste de la tête.) Vous avez aperçu les Allemands du coin que les soldats ont amenés ici afin qu'ils voient tout ça ? J'ai demandé si l'un d'entre eux avait une harpe et un maître d'école m'en a apporté une. Elle est assise devant l'instrument en ce moment.

Mayne se tourna de nouveau et distingua enfin la harpe. Soudain pris de vertige, il chancela légèrement, le sifflement qu'il entendait depuis Cassino résonnant dans son crâne. Lewes le rejoignit discrètement.

— Chef, dit-il en lui prenant le bras.

Mayne ferma les yeux, les rouvrit.

— Je vais bien, Jock, dit-il. Merci.

Lewes battit en retraite, mais sans le quitter des yeux. Mayne essaya de se concentrer sur la fille, comme s'il était au bord de la mer et elle un point fixe à l'horizon. Il se força à penser en peintre, cherchant un cadre pour la scène, essayant d'imaginer comment il la rendrait. C'était inutile. Réalisme absolu. *Fille avec une harpe.*

Stein s'avança.

— Il faut que nous l'interrogions.

— Pas si elle refuse de parler, dit Mayne.

— Que voulez-vous lui demander ? intervint l'infirmière.

Mayne montra le dessin.

— Cet objet : le svastika inversé…

— J'ai déjà essayé de parler de ses dessins avec elle. Il y a parfois d'autres objets à la place de cette croix gammée, des fleurs par exemple. Elle ne cessait de montrer la forêt. Je pense qu'elle a vu quelque chose là où on l'a emmenée. Ou peut-être l'a-t-elle juste imaginé, pendant qu'elle était aux mains de ces monstres. Je ne sais pas.

— Elle n'a rien dit ? demanda Mayne.

— Pas un mot. Aucun des détenus n'a entendu le son de sa voix, même à Auschwitz. Elle n'a probablement plus aucune famille en ce monde, personne qui la connaissait avant. Nous ignorons son nom.

Mayne échangea un regard avec Stein.

— D'accord. Nous allons la laisser tranquille.

— Oui, renchérit Stein. Et il est temps de faire un petit tour dans les bois.

Mayne se tourna vers Lewes qui fumait une cigarette un peu à l'écart. Il replia le dessin qu'il lui tendit.

— Rapportez ça au QG. Dites au colonel Woolley que je veux des renforts ici le plus vite possible. Il nous faut aussi un chien, le sergent Parker et ses gars de la démolition pour faire sauter des portes, les trucs habituels. Et quelques MP.

Il consulta sa montre avant d'enchaîner :

— On se retrouve à ce premier poste de sentinelle devant les baraquements dans, disons, quatre heures, à 17 h 30. Compris ?

— Oui, chef.

Lewes lâcha sa cigarette, l'écrasa par terre et rangea le dessin dans sa poche de poitrine. Puis il se mit au garde-à-vous et effectua un salut. Mayne le lui rendit mais Lewes ne broncha pas, restant figé sur place, droit comme un « i ». Mayne esquissa un sourire las et posa la main sur l'épaule de son ordonnance.

— Je vais bien, Jock. Ne vous inquiétez pas. Et Stein ici présent veillera sur moi. Allez-y et prenez soin de vous, d'accord ? Disposez.

— Bien, chef.

Lewes tourna les talons et s'en fut. Mayne se tourna vers l'infirmière.

— Merci, Helen. Et… merci d'avoir laissé Hugh, le capitaine Frazer… vous aider.

Soudain, lui aussi avait du mal à trouver ses mots.

— Je sais, dit-elle en lui touchant le bras, je sais comment vous, les gars qui en avez tellement bavé, veillez les uns sur les autres.

Elle retourna vers les brancards.

— Et nous ferions mieux de vous laisser faire votre travail, dit Mayne à Cameron.

— Je vous conduis à l'entrée de la forêt, dit celui-ci.

Il les précéda jusqu'à ce qui avait dû être une ancienne piste cavalière. Un portail était ouvert au milieu des barbelés.

— Nous le laissons ainsi pour permettre aux détenus qui sont partis de revenir au camp, s'ils le désirent. Ceux qui sont trop épuisés et qui auront compris que la plupart des gardes sont déjà loin. Mais, reprit-il en secouant la tête, cette forêt reste dangereuse. Il y a encore des SS là-dedans, j'en suis certain. À votre place, je n'aurais aucune envie d'y mettre les pieds.

Mayne s'agenouilla. La piste avait certainement été très utilisée mais il ne discerna aucune trace de roues.

— S'il y a une installation dans ces bois, ce n'est sûrement pas la route principale qui y mène.

— Ils n'auraient pas fait passer la route principale par le camp, dit Stein. Il y en a sûrement une autre, sans doute de l'autre côté de la forêt, pour les camions transportant les matériaux de construction et ce qu'ils stockaient là-bas, quoi que cela puisse être. Les photos aériennes ne sont pas assez précises, mais il est facile de dissimuler une piste dans une forêt. Tout cela concorde avec l'idée d'une installation top secret.

Cameron se tourna vers eux.

— Bonne chance, alors. Je ne vous serrerai pas la main, dit-il avant de regarder sa montre. Il se peut que je ne vous revoie pas. Vous devez savoir, j'imagine, que l'on compte bombarder cette forêt, pour empêcher les Allemands de s'y replier après la levée du cessez-le-feu. C'est de cela que je parlais avec ces officiers au barrage tout à l'heure.

— Oui, dit Mayne. Dans un peu moins de trente-six heures.

— Cela ne devrait pas affecter vos activités mais vous ignorez sans doute que nous déplacerons peut-être le camp. Le commandant de l'unité de combat antiaérien a vu à Brême les dégâts que provoque un raid nocturne d'un millier de Lancaster. Ça anéantit tout, sans distinction. Les prévisions météo ont changé elles aussi, le temps pourrait se gâter pendant plusieurs jours, auquel cas les avions éclaireurs devront se contenter de délimiter la lisière ouest de la forêt. Il serait trop dangereux pour nous de rester ici. D'une certaine manière, c'est un soulagement. Plus tôt cet endroit sera rayé de la carte, mieux cela vaudra. D'ici demain, le typhus aura tué la moitié des détenus encore en vie. Ça peut paraître odieux, mais nous attendons avant de les déplacer, afin de ne transporter que ceux pour lesquels il reste vraiment un peu d'espoir. Des camions les amèneront à l'hôpital de campagne monté près de Belsen. Les cadavres laissés ici seront tous enterrés dans une tranchée creusée au bulldozer. Puis nous mettrons le feu aux baraquements. Après ça, la RAF pourra lâcher un millier de bombes sur cet endroit, si ça lui chante. Ce sera comme si ce camp n'avait jamais existé.

— Et ces gens ? dit Stein. Je veux dire ceux qui se remettent, physiquement.

Cameron ouvrit la bouche pour répondre avant de s'interrompre. Il prit une longue inspiration. Sa voix tremblait.

— Hier, juste avant que nous arrivions, un des officiers britanniques a donné son revolver à un des détenus pour qu'il abatte un des gardes. L'homme a aussitôt retourné l'arme contre lui et s'est suicidé. Il avait demandé des nouvelles de son fils, un gamin qu'on lui avait arraché sur la rampe d'Auschwitz et qui a été gazé. L'homme le savait, il l'avait vu de ses propres yeux, mais il avait été incapable de le comprendre. C'est cela la véritable horreur. Ce qui se passe quand ils commencent à se souvenir. Comme s'ils émergeaient d'un épouvantable cauchemar pour se rendre compte que c'était la réalité. Je ne sais pas si ce que je fais ici est bien. Si nous parvenons à soigner leur corps, mais qu'ils sont incapables de vivre avec ça, nous ne faisons que prolonger leur torture.

Ils regardèrent Cameron s'éloigner, sa silhouette se détachant dans la lumière lugubre des rayons de soleil filtrés par le miasme ambiant. Puis, ils s'enfoncèrent dans la forêt. Ils passèrent près du corps bouffi d'un officier allemand, son uniforme déchiré, ses bottes disparues. Il était de la Luftwaffe, l'armée de l'air, pas un SS. Ce devait être l'officier qui avait tiré sur Hugh et ses hommes. Songeant aux avertissements de Cameron à propos des SS qui pouvaient encore rôder dans ces bois, Mayne dégrafa le rabat de son holster. Stein l'imita, dégainant son propre colt automatique. Il éjecta le chargeur, vérifia qu'il était plein, le remit en place et fit monter une balle dans la chambre. Mayne l'observa sans rien dire, puis ils se remirent en route sur la piste en terre sous les arbres. Les pins plantés de chaque côté cédaient peu à peu la place à des arbres à feuilles caduques, d'immenses chênes formant une canopée qui aurait sans mal dissimulé une route à toute reconnaissance aérienne.

— Les photos de la RAF montrent environ trois kilomètres de végétation touffue dans cette direction, murmura Stein. Si le bunker est caché au milieu de cette zone, nous devrions marcher environ vingt minutes, une demi-heure.

— Cela vous dérange-t-il ? Nous pourrions attendre les renforts.

— Non. C'est maintenant ou jamais. J'ai un pressentiment. Il pourrait y avoir plus en jeu que des œuvres d'art perdues. Beaucoup plus.

— Et vous devriez savoir que nous poursuivons tous les deux le même but ici. Mon unité n'est pas une simple unité de reconnaissance tactique. Je n'avais pas entendu parler de l'interrogatoire du nazi que vous avez mentionné, mais dès que ce dessin est apparu, mon colonel au QG a annulé ma mission prévue pour m'envoyer ici sur-le-champ. C'est en raison de cette précipitation que nous ne disposons pas des renforts habituels. Notre travail ne consiste pas seulement à empêcher que certaines choses tombent entre de mauvaises mains. Il consiste à empêcher que la guerre se termine de la façon voulue par Hitler.

— D'accord. On travaille en équipe. Plus de cachotteries à partir de maintenant.

— Marché conclu, dit Mayne en sortant son revolver. Finissons-en.

12

Ils progressaient en silence, chacun d'un côté de la piste, levant parfois les bras pour se protéger des orties. Arme à la main, Mayne était prêt à tirer. Soudain, les branchages s'agitèrent et une femme surgit. Elle trébucha sur le chemin avant de se tourner vers eux, chancelante. Malgré son chignon, elle était échevelée, le visage griffé et contusionné. Elle portait un pardessus, sale mais en bon état. Elle était robuste, bien nourrie. Ce n'était pas une détenue.

Elle s'approcha d'eux, regardant autour d'elle comme une bête traquée, avant de fixer Mayne, s'attardant sur les insignes de son unité, sur sa tenue de campagne et sur ses galons. Elle avait des yeux porcins. Elle eut un petit sourire avant de commencer à marmonner fiévreusement.

— Anglais, *ja* ? demanda-t-elle avec un accent à couper au couteau.

Mayne acquiesça, sans cesser de la tenir en joue.

Son sourire s'élargit, et elle frappa dans ses mains, s'approchant encore pour lui saisir le bras. Son haleine sentait la nourriture, la viande, une odeur immonde ici, obscène. Il la repoussa sans ménagement. Cela ne parut pas la troubler.

— Officier anglais ? Merci, *mein Gott*, vous êtes venus. Vous allez me sauver de cette pourriture, de ces *Juden*. Je sais ce que vous, les Anglais, vous pensez vraiment. Vous ne me croyez pas ? Regardez, je ne suis pas l'une d'entre eux.

Après un nouveau regard furtif autour d'elle, elle écarta les pans de son pardessus pour montrer sa tunique des *SS-Totenkopfverbände*. Une garde. Soudain, Mayne comprit qui elle était. La *Lagerführerin*, la chef de camp. Celle qui s'était enfuie dans la forêt. Celle qui y avait emmené la fille. Elle saisit les revers de son uniforme pour exhiber la tête de mort qui lui servait d'insigne. Puis elle tendit les deux mains devant elle, comme si elle venait de démontrer son bon droit. Elle souriait d'une façon grotesque, s'adressant de la même manière à Stein.

— *Ja ? Ja ?*

Mayne lui tira une balle dans le ventre. Elle recula sous l'impact avant de tomber à genoux, l'air choquée, surprise. Une bulle de sang jaillit de sa bouche, et elle émit un terrible gargouillement. Il tira de nouveau, dans la tête cette fois. Elle tomba en arrière, les genoux tordus. Le projectile lui avait fait sauter la calotte crânienne, des fragments d'os et de cervelle jonchaient le sol. Du sang jaillit de la blessure par à-coups pendant deux ou trois secondes. Puis cela s'arrêta. Elle gisait, immobile, un œil ouvert, l'autre fermé. Les détonations avaient été étrangement sourdes comme si les miasmes qui pesaient sur cet endroit les avaient étouffées. À moins que ce ne soit la forêt. Mayne ouvrit son revolver pour remplacer les deux cartouches utilisées. Il referma son arme, les yeux fixés sur le corps.

— Curieux. C'est la première fois que je vois du sang ici.

Stein contemplait le cadavre. Il se tourna vers lui.

— Je suis juif, vous savez.

— Je m'en doutais. Votre nom.

Ils se remirent en route. Les arbres étaient plus hauts maintenant, la canopée plus épaisse, bloquant les rayons du soleil. De chaque côté de la piste, les branches de pins les plus basses étaient mortes, dénudées, leur donnant l'illusion de pouvoir percer la pénombre. C'était un étrange effet d'optique, déconcertant. Ils ne percevaient aucun signe de vie mais Mayne sentait que ces bois étaient encore peuplés. Il regrettait de ne pas pouvoir mieux entendre, d'avoir un corps aussi abîmé. Dans les guerres du passé, il aurait déjà été mort, un guerrier ayant accompli son devoir avec gloire sur le champ de bataille et parti avec les honneurs. Il avait l'impression de bénéficier d'un sursis et que ces mots – gloire, honneur – étaient creux. Ils n'avaient eu de sens qu'autrefois, quand il était une version innocente de lui-même, encore vierge de tout combat, avant de saisir ce qu'Homère avait vraiment voulu dire, avant de comprendre ce que faisaient vraiment les héros.

L'image de la femme qu'il venait d'abattre s'imposa à lui, avec ce sang qui giclait. Elle ne signifiait rien pour lui. Il se demanda si, comme Homère qui n'avait pas décrit la chute de Troie, il serait capable de taire ce qui ne pouvait être mis en mots. Cet endroit, cette abomination indescriptibles. À la fin de cette guerre, ils provoqueraient une paralysie de l'imagination. La fin de cette guerre… plus il croyait s'en approcher, plus elle semblait s'éloigner.

— Nous y sommes, je crois.

Stein s'était immobilisé. Ils venaient d'atteindre un carrefour : la piste en croisait une autre sur laquelle des traces de pneus étaient clairement visibles. Il sortit une boussole de sa poche.

— Celle-ci va d'est en ouest, ce qui confirme mon idée d'une autre route pénétrant dans la forêt… (Il leva les yeux avant de conclure.) … et complètement invisible depuis le ciel.

Ils tournèrent à droite. Au bout d'une centaine de mètres, ils découvrirent que le sol de la forêt avait été creusé. La piste s'y enfonçait graduellement. Ils continuèrent jusqu'à un surplomb créé par des troncs d'arbres géants disposés de façon à former une sorte de toit avec juste assez de hauteur pour permettre le passage de camions. Mayne scruta la gueule noire de ce tunnel.

— On dirait une rampe d'accès à un bunker souterrain. Imaginez le nombre d'arbres qu'il a fallu arracher et ensuite replanter pour tout dissimuler. Ces prisonniers soviétiques n'ont pas chômé. Regardez, ils ont même noué des câbles au sommet de certains arbres pour les obliger à se courber vers l'intérieur de façon à ce que, vue du ciel, la forêt paraisse compacte.

Ils s'avancèrent avec prudence sous les poutres. Une dizaine de mètres plus loin, ils arrivèrent, comme prévu, devant la façade grise d'un mur de béton. Au milieu de la paroi, se découpait une porte de métal noire munie de deux énormes loquets. Mayne tenta en vain de les ouvrir.

— Rien à faire. Il faut attendre mes sapeurs qui feront sauter ces trucs.

Stein essaya à son tour, sans plus de résultat.

— À quelle heure Lewes sera-t-il de retour ?

Mayne consulta sa montre.

— 17 h 30 au camp. Dans près de trois heures. Nous pouvons soit rester un peu ici, soit retourner là-bas. Mais je ne suis pas sûr d'avoir envie de l'attendre dans la puanteur du camp.

Ils se regardèrent et, sans un mot, s'assirent, dos à la porte. Mayne sortit ses cigarettes, avant de changer d'avis. La nicotine lui aurait fait du bien mais la fumée lui aurait trop rappelé celle des feux du camp. Il se demanda s'il fumerait de nouveau un jour. Il rangea le paquet, rouvrit son revolver pour vérifier encore une fois qu'il était bien chargé avant de se tourner vers Stein.

— Cette histoire de monuments et de beaux-arts, c'est une façade, n'est-ce pas ? Vous l'avez plus ou moins laissé entendre. De toute manière, je n'ai jamais vraiment cru que l'art pouvait être une priorité. J'étais là quand ils ont bombardé les monastères à Cassino. Et regardez ce qu'ils ont fait à Dresde. Cette guerre n'épargne rien. J'ai vu aussi comment vous manipulez votre arme. Vous êtes un soldat et pas qu'à titre honorifique.

Stein resta silencieux un moment avant de prendre la parole d'une voix calme.

— Le MFAA existe vraiment. Et nous sommes tous des experts, passionnés par l'art. Mais vous avez raison. J'ai suivi l'entraînement des forces spéciales. Ils avaient besoin de gens comme nous. Des chercheurs, des historiens d'art, des archéologues, des gens qui ont l'œil, capables de repérer certains détails, de trouver des indices, et qui ne craignent pas de travailler sur le terrain. Pas des scientifiques de laboratoire. Ceux-ci viendront plus tard.

— Des scientifiques ? Pourquoi ?

Stein le dévisagea.

— La guerre touche peut-être à sa fin. Cette guerre. Mais il se pourrait qu'elle ne soit qu'un début. Nous savons que les nazis tentaient de développer des superbombes utilisant la fission nucléaire. Nous sommes persuadés qu'ils n'en étaient encore qu'au stade des esquisses sur des tables à dessin et que la campagne de bombardement alliée a réduit tous leurs efforts à néant. Mais il y a une autre menace, plus terrifiante encore. Ne vous êtes-vous jamais demandé pourquoi Hitler n'a pas utilisé d'armes chimiques ou biologiques sur le champ de bataille ? Sûrement pas pour des raisons éthiques. Pensez à ce que nous venons de découvrir... à ce camp. Ces gens n'ont aucune éthique. (Il secoua la tête avant d'enchaîner.) La raison est simple : les nazis ne cherchaient pas d'armes *tactiques,* mais *stratégiques.* Pas des armes de guerre mais des armes de destruction massive. Et pire encore que ça. Une arme d'apocalypse.

— Une arme d'apocalypse ? Qu'est-ce que cela peut bien vouloir dire ?

— Avec la fin si proche, on ne peut écarter l'éventualité d'un ultime ordre fanatique. Rappelez-vous du discours d'Hitler à Nuremberg en 1938. Soit un Reich de mille ans, soit la fin de l'Allemagne. Dans sa bouche, la fin de l'Allemagne signifiait la fin du monde. Hitler a passé un pacte de suicide avec son propre peuple. Si jamais le moment venait, si jamais ses armées étaient proches de l'annihilation, il fallait trouver un moyen de déchaîner l'Armageddon. Nous savons, grâce à l'officiel nazi que nous avons interrogé, que le signal était la traversée du Rhin par les Alliés. À partir de là, il était évident que les nazis ne pourraient jamais gagner la guerre. Un petit nombre d'hommes ont été sélectionnés : ils doivent être prêts à déclencher l'enfer au moment où Hitler le décidera. Nous craignons que ce moment ne soit très proche.

Mayne cogna sur la porte de métal.

— Et vous croyez que ça se passera ici ?

— Nous pensons que les caches d'œuvres d'art volées, par exemple dans des bunkers comme celui-ci, pourraient aussi abriter des installations de recherche. Les plus secrètes de toutes, dissimulées avec toute l'ingéniosité dont sont capables les nazis, y compris vis-à-vis de leurs propres compatriotes. La recherche nucléaire nécessite des installations complexes, beaucoup d'espace. Pour des armes biologiques, il suffit d'un simple laboratoire.

Soudain, Mayne sentit quelque chose de froid se répandre dans son ventre.

— Bon Dieu. Et d'une réserve de cobayes humains. Ces gens dont le Français a parlé à Cameron, amenés ici en camion par les nazis.

— Voilà pourquoi ce camp était aussi une couverture plausible. Personne ne risquait d'être surpris de voir des convois de prisonniers y entrer et ne jamais en ressortir.

— Alors, que faisons-nous ? murmura Mayne. On peut demander l'annulation du raid de la RAF et au QG d'envoyer une brigade, histoire de nettoyer cette forêt de tous les SS qui s'y trouvent encore.

Stein secoua la tête.

— Cette mission doit rester top secret. Les fanatiques nazis ne sont pas la seule menace.

Mayne réfléchit.

— Les Soviétiques ?

— Nos services de renseignements sont infestés d'espions, des gens qui étaient des sympathisants communistes avant la guerre. D'ailleurs, beaucoup d'entre eux viennent d'Oxford ou de Cambridge. Je prends un risque en vous parlant. Vous pourriez très bien en faire partie.

Mayne ricana.

— C'est vrai, j'ai été idéaliste, et mon monde idéal à moi se situait trois mille ans en arrière, c'était celui d'Homère. Mais vous avez raison. Beaucoup de mes amis à l'université étaient communistes. Et, puisque nous en sommes à jouer les délateurs, je pourrais aussi prononcer les noms de quelques fameux historiens d'art, y compris au Courtauld.

— Exactement. Je pourrais moi aussi citer quelques très grands noms du monde de l'art. Garder ces gens en place, les manipuler, fait partie d'une stratégie complexe instaurée pour l'après-guerre. C'est là que le MFAA entre en jeu. Nous sommes des chercheurs, pas des généraux ou des politiciens. Nous voulons faire tout notre possible pour mettre un terme à cette guerre, mais notre but n'est pas de trouver des armes que nous pourrions utiliser contre les nazis. Notre but est d'empêcher que de telles armes soient un jour utilisées. L'idée est la suivante : soit tout le monde les a, soit personne. Si les deux camps du nouveau monde issu de cette guerre disposent d'armes abominables, aucun des deux n'osera les utiliser. C'est le pari que nous faisons. Nos gars de la prospective appellent cela l'équilibre de la terreur. Si tout se déroule comme prévu, ce sera l'expression clé de la nouvelle guerre qui nous attend après celle-ci, une guerre sans conflit. C'est tout ce que nous pouvons faire pour espérer recréer la *détente*[5] qui a régné en Europe pendant quelques décennies après la défaite de Napoléon, avant que la guerre franco-prussienne ne fasse pencher la balance et ne déclenche le processus qui nous a conduits à ça.

— Donc, comme les Alliés, les Soviétiques disposeront de la technologie nucléaire, murmura Mayne, le regard fixé sur la forêt.

Stein acquiesça, agitant son pistolet.

— Mais une arme biologique, c'est une tout autre histoire. Tout ce dont vous avez besoin, c'est d'un tube à essais. Dans un monde fragmenté, beaucoup d'acteurs de moindre importance pourraient devenir effroyablement dangereux : groupes fascistes résurgents, religieux extrémistes comme les wahhabites du Moyen-Orient. Un nouveau foyer juif en Palestine pourrait constituer un point de focalisation. Notre arrivée a peut-être sauvé ces gens au camp aujourd'hui mais c'est du sort de leurs enfants que je parle. Du sort de tous les enfants.

Mayne consulta de nouveau sa montre avant de lever les yeux, scrutant les arbres, penchant la tête pour écouter avec sa bonne oreille.

— D'accord, dit-il. De quoi exactement sommes-nous en train de parler ?

— Vous vous souvenez de 1918 ?

— Que voulez-vous dire ?

5. En français dans le texte (N.D.T.).

— Que s'est-il passé ?

— Eh bien, c'est la fin de la Grande Guerre et… l'année de ma naissance.

— Et aussi celle de l'épidémie de grippe espagnole.

— Oui, bien sûr. Elle a tué ma mère. J'avais quelques mois à peine. (Il se tourna soudain vers Stein, le ventre de plus en plus glacé, avant de contempler l'épaisse porte en métal.) Vous n'êtes pas sérieux, ajouta-t-il d'une voix rauque. Ils n'ont pas pu faire ça. Ce serait du suicide.

— Je suis parfaitement sérieux, répondit Stein à mi-voix. Les nazis sont capables de tout. La grippe espagnole a été la pire épidémie de toute l'histoire de l'humanité. Nos scientifiques ont tout tenté pour la comprendre. Voici en quoi elle était si terrifiante : normalement, la plupart des décès dus à une grippe touchent les personnes dont le système immunitaire est déjà affaibli, c'est-à-dire les vieux, les enfants, les malades. En 1918, c'était différent. La plupart des victimes étaient de jeunes adultes en bonne santé. Je suis assez âgé pour m'en souvenir. C'était comme si le virus incitait le système immunitaire à s'autodétruire. Plus les gens étaient robustes, plus ils étaient décimés. À l'époque, tant de jeunes adultes avaient été tués à la guerre que l'épidémie n'a semblé être qu'un simple prolongement. Mais la grippe espagnole a touché au moins un tiers de la population mondiale. Elle a probablement tué cinquante millions de personnes. Cinquante millions. C'est plus de cinq fois le nombre de soldats tués au combat pendant la Grande Guerre.

Mayne déglutit avec peine.

— Et vous croyez que les nazis ont fait des expériences sur ça ?

— L'alerte a été donnée après la libération de Paris. À cette époque-là, la plupart des juifs français avaient déjà été déportés, mais il restait encore sur place quelques travailleurs forcés. L'un d'entre eux a raconté une histoire très étrange aux Américains. En 1941, un petit groupe de juifs a dû accompagner deux docteurs SS au cimetière du Père-Lachaise. Ils ont exhumé une demi-douzaine de cadavres. Les docteurs savaient ce qu'ils recherchaient. Toutes ces tombes contenaient les restes de personnes mortes en 1918. C'étaient des gens aisés, tous enterrés dans des cercueils doublés de plomb.

— Ce qui veut dire que les cadavres avaient peu souffert ? Qu'on pouvait encore y retrouver des traces du virus ?

Stein plissa les lèvres.

— Les cercueils ont été récupérés mais aucun d'entre eux n'a été ouvert sur place. Ils ont tous été immédiatement emportés dans des camions. Les travailleurs juifs ont été abattus sur les tombes ouvertes. Notre homme s'est échappé par miracle. Toute la Gestapo de Paris a reçu l'ordre de le retrouver. Il a réussi à s'en sortir. Si on peut dire. Il est à présent en quarantaine, en isolement total en Angleterre.

Mayne recommençait à avoir des nausées.

— Et vous pensez que c'est ici, dans ce lieu où nous sommes à présent, qu'ils ont transporté ces cadavres ?

— Il se passait quelque chose ici. Rappelez-vous. Il ne faut pas énormément de place. Juste quelques chambres froides pour stocker les corps, des incubateurs et un laboratoire de biologie basique. Le genre d'arme dont nous parlons est invisible.

— Et je me souviens aussi de ce qu'a dit Cameron. Ils disposaient ici d'une réserve de jeunes gens en bonne santé pour leurs expérimentations.

— Voilà tout ce que je sais avec certitude : Hitler a planifié cela très tôt, avant la guerre. Soit un Reich millénaire, soit rien. Nous sommes sans doute maintenant à quelques jours de la chute du Reich. Si des savants nazis sont parvenus à isoler le virus de la grippe espagnole, à le cultiver, à le faire muter sous une forme encore plus pernicieuse – Dieu nous en préserve –, alors on a désigné quelqu'un pour le répandre. Et cette personne pourrait déjà être ici, en train d'attendre. Vous avez vu à quel point les SS peuvent être fanatiques. Et ce ne sont pas les remords qui vont les retenir. Ils n'obéissent qu'aux ordres de leur Führer. J'ai vu de mes propres yeux les effets de l'épidémie de 1918. Des cours entières remplies de jeunes gens crevant de pneumonie, hurlant tandis que leur système immunitaire leur dévorait le cerveau. Le monde était devenu fou. Même H.G. Wells n'aurait pu imaginer une chose pareille. Et maintenant, dans cette guerre, à Belsen, à Auschwitz, nous découvrons ce dont ces gens sont capables. Il n'y a aucune limite. Avec un virus comme celui de la grippe espagnole infectant délibérément le monde, et toute la froide efficacité de la planification nazie, il n'y aura pas de miracle cette fois. Ce sera la mort et l'horreur partout.

Mayne ferma les paupières. Un monde devenu fou. Soudain, une idée terrible lui vint. La guerre dans le nord-ouest de l'Europe depuis le débarquement en Normandie avait duré bien plus longtemps que quiconque ne l'avait prévu. Malgré des forces très nettement supérieures, les Alliés avaient progressé très lentement. Il y avait eu de longues périodes de stagnation, des hésitations qui avaient freiné l'avancée des armées. Il osait à peine y penser. Cette lenteur avait-elle été délibérée ? Les services de renseignements alliés avaient-ils forcé les généraux à ralentir le rythme, afin de permettre à leurs agents sur le terrain de trouver cette horreur, cette arme d'apocalypse, avant que les troupes ne pénètrent en territoire allemand et qu'Hitler ne donne l'ordre ultime ? Il fixa Stein dans les yeux.

— Vous croyez que le svastika inversé est le symbole secret ?

— Nous pensons qu'il s'agit d'un code d'activation. Nous avons capturé un officier de haut rang de la Wehrmacht, l'un des rares qui aient eu connaissance de ce plan, et il a fini par parler. Il ne savait pas grand-chose en fait, mais le peu qu'il a dit nous a suffi. L'ordre a été envoyé du Führerbunker à Berlin au moment où les Britanniques et les Américains ont traversé le Rhin, lors de l'opération Plunder, le 23 mars. C'était il y a trois semaines. Ils ont sûrement pris des mesures afin de s'assurer qu'il serait bien exécuté, ce qui signifie que plusieurs individus, trois ou quatre sans doute, vont converger vers le lieu où est cachée cette arme. Sur le nombre, un de leurs agents arrivera bien à passer... c'est ce qu'ils espèrent en tout cas.

— Ensuite, il lui faudra une sorte d'ordre final. Sûrement codé. Quelque chose qui le fera passer à l'acte.

— La nouvelle de la mort d'Hitler. De son suicide.

— Comment s'appelait ce code ?

— L'officier a fini par nous le dire. *Das Agamemnon Code.*

— Le code Agamemnon, répéta Mayne. Mon Dieu. Je le savais.

— Comment ça ?

— Agamemnon... répéta Mayne. Je sais d'où provient ce symbole. C'est un emblème, un artefact antique. L'un des plus stupéfiants jamais retrouvés.

— À Mycènes. Oui, nous le savons. Nous ne connaissons pas les détails de sa découverte qui n'ont guère d'importance à nos yeux. Mais l'homme que nous avons interrogé nous a dit qu'il provenait de Mycènes et qu'il a été conservé en secret dans la demeure de Schliemann à Neubukow dans le Mecklembourg-Schwerin. Les officiers de l'*Ahnenerbe* l'ont trouvé quand ils sont allés là-bas sur l'ordre direct d'Heinrich Himmler. Tout ce qui provenait de Troie les fascinait en raison de l'imagerie liée au svastika. Himmler avait effectué quelques recherches. Il pensait que le svastika doré était le Palladion, le symbole perdu de Troie. Il était fait d'or et d'un matériau extraterrestre, provenant d'une météorite tombée sur Troie à l'époque de la préhistoire. Ils l'ont emporté en secret dans le château SS du Wewelsburg, où ils l'ont conservé avec la plus grande ferveur. Ce devait être la pièce centrale du Führermuseum de Linz, un autre fantasme nazi. Nous ignorons où il se trouve actuellement. Mais, à un moment quelconque, il a été détourné de son utilisation initiale pour devenir le symbole de l'ordre d'apocalypse. Le code Agamemnon.

Mayne resta silencieux un moment.

— Juste une question. Quand ce nazi a-t-il été interrogé ? Quand avez-vous su que la traversée du Rhin serait le signal ?

— Peu après la libération de Paris. En août 1944.

— Seigneur… Août 1944. Vous êtes donc à sa recherche depuis plus de huit mois.

— Tout comme vous. Vous l'ignoriez mais vous étiez vous aussi à sa recherche. Vous l'avez dit vous-même dans la Jeep tout à l'heure. Regardez combien d'unités opèrent en avant du front. La vôtre, l'UA 30. La mienne, le MFAA. Après le débarquement, tous les agents des renseignements britanniques ont été réaffectés à la découverte des secrets nazis. Mais peu d'entre eux savaient pourquoi. À vrai dire, si le plan des nazis se réalise, très peu de gens le sauront. Ceux qui sont au courant emporteront leur savoir dans la tombe. Nous l'emporterons tous dans la tombe. Il se trouve que je suis l'un des rares à être dans la confidence. Je vous en parle car nous sommes très proches de la vérité ici, plus proches que nous ne l'avons jamais été. Mais le temps nous est compté. Hitler ne tiendra plus très longtemps. Ce qui m'effraie, c'est que les agents censés déclencher cette abomination pourraient être tentés d'agir au plus vite, par peur d'être découverts... si j'ai bien raison à propos de cet endroit.

— Un gros « si », commenta Mayne.

Il n'avait pu se résoudre à poser la question. Savoir ne lui ferait aucun bien. Cela dépassait presque l'imagination. Il pensa aux terribles ravages de la guerre depuis le Débarquement, tous les amis qu'il avait perdus, tous ces hommes qu'il avait lui-même tués et, pour finir, ce camp, tous ces morts, la fille à la harpe, ce qui lui était arrivé dans cette forêt. Tout cela avait-il été le prix à payer pour qu'eux deux arrivent presque par hasard devant cette porte, aujourd'hui ? Il chassa cette idée de son esprit. Il respira un bon coup et regarda sa montre.

— Je crois que j'ai besoin d'un bon bol d'air. Retournons là-bas. Lewes devrait être en train de quitter le QG maintenant. Le connaissant, il sera en avance. Il n'aime pas me laisser seul.

Il y eut un froissement dans les feuillages derrière eux. Mayne fit volte-face, revolver braqué. Un homme apparut, les bras levés au-dessus de la tête. Il portait l'uniforme rayé des détenus. Le crâne grossièrement rasé, il était maigre, les yeux profondément enfoncés dans les orbites.

— *Jude*, dit-il d'une voix cassée, se désignant d'une main, et gesticulant de l'autre vers l'arme de Mayne.

Il retroussa sa manche gauche pour montrer un tatouage ressemblant à celui que l'infirmière leur avait montré sur l'enfant d'Auschwitz. Celui-ci semblait très récent. La zone était à vif, enflammée. Stein posa la main sur l'épaule de Mayne et celui-ci baissa son arme.

— *Shalom aleichem*, dit Stein.

— *Aleichem shalom*, répondit l'inconnu avec une gratitude pathétique.

Stein se mit à lui parler en yiddish, posant de brèves questions auxquelles l'autre répondait aussitôt de façon très volubile, montrant à plusieurs reprises la structure derrière eux puis un endroit plus bas sur le flanc de la construction. Finalement, Stein dut lever la main pour le faire taire.

— Je pense qu'il est sincère. Il dit être un juif hongrois.

— Il y avait des fascistes hongrois parmi les Waffen SS que nous avons capturés à Cassino, murmura Mayne, l'index toujours sur la détente. Pas des juifs, bien sûr, mais certains d'entre eux connaissaient assez le yiddish pour tenter de se faire passer pour juifs.

— Il parle le yiddish hongrois sans le moindre accent. Je le sais parce que la famille de ma mère est originaire d'Autriche, à la frontière hongroise.

Mayne plissa les lèvres.

— Qu'est-ce qu'il vous a dit ?

— Qu'il faisait partie du dernier convoi de juifs hongrois déportés de Budapest à Auschwitz, à la fin de l'année dernière. Il a été sélectionné pour faire partie de ce qu'il appelle les *Zondercommandos*. Des aides juifs qui enlevaient les cadavres des chambres à gaz avant de les brûler.

— Il vous a dit ça ?

— C'est pour cela que je le crois sincère. Pourquoi nous raconter ça s'il voulait nous mentir ?

— Peut-être pour rendre son histoire plus convaincante. Continuez.

— Il a été choisi avec plusieurs autres et amené ici il y a à peu près trois mois. Selon lui, les nazis ne cessaient d'envoyer au camp de petits groupes de jeunes hommes en bonne santé. C'est exactement ce que Cameron nous a dit. On les gardait à l'écart des autres. Ils étaient bien nourris jusqu'à ce qu'on les conduise ici, dans ce bâtiment. Aucun d'entre eux n'en est ressorti vivant. Les cadavres n'ont jamais été renvoyés au crématoire du camp mais ont été enterrés dans une fosse remplie de chaux à la lisière de la forêt, par des hommes portant des combinaisons protectrices et des masques à gaz.

— Il a pu nous écouter. Cela paraît confirmer des expérimentations sur des humains. C'est exactement ce que nous voulions entendre.

Stein paraissait incertain.

— Il dit ne pas parler anglais. Regardez-le. Il ne comprend pas un mot de ce que nous disons. Lui et plusieurs autres se seraient évadés dans la forêt il y a cinq jours. Ils traquent et tuent tous les SS qu'ils retrouvent. C'est aussi ce que Cameron nous a dit.

— Bizarre qu'ils n'aient pas eu cette femme, la *Lagerführerin.* Son déguisement ne pouvait pas tromper grand monde.

— Je lui en ai parlé. Apparemment, elle n'aurait fui le camp qu'hier, quand nos troupes sont arrivées. Mais cet homme et ses camarades ne tenaient pas à prendre de risques supplémentaires. Une fois que le camp a été libéré, ils cherchaient juste à survivre. Ils savaient qu'elle finirait par se faire prendre, précisément parce qu'elle n'avait pas fait beaucoup d'effort pour se déguiser. Il dit que les autres et lui attendaient juste que des soldats alliés comme nous arrivent afin de montrer au monde cet endroit. Je lui ai annoncé que la forêt allait être bombardée, qu'il fallait la quitter. Ça l'a bouleversé. Vous l'avez vu. Il est devenu très pâle. Il dit qu'il faut absolument que nous voyions ce qui se trouve à l'intérieur de ce bunker. Il a les clés. Ils les ont prises sur le cadavre d'un SS. Il connaît un moyen d'entrer.

— Vous voulez parler de l'endroit qu'il montrait ?

— Après ce coin. Derrière ces rondins. Apparemment, c'est par là qu'ils sortaient les cadavres.

Soudain, la vieille blessure à l'épaule de Mayne se réveilla. Il eut l'impression qu'un couteau lui fouillait la chair, mais il resta impassible et montra la direction du camp avec son revolver.

— D'accord. Nous n'avons pas de temps à perdre. Lewes devrait bientôt être de retour. Dites-lui de nous montrer le chemin. Vite.

Stein s'adressa à l'homme en yiddish. Celui-ci baissa enfin les mains et hocha la tête avec enthousiasme avant de foncer vers le coin du bunker à cinq mètres de là. Mayne et Stein le suivirent, se baissant pour passer sous un autre enchevêtrement de poutres qui dissimulaient en partie une deuxième rampe d'accès descendant vers l'édifice en béton, environ trois mètres sous le niveau du sol. Elle était assez large pour qu'un petit camion l'emprunte. Devant le bunker, une autre pile de rondins cachait l'entrée.

L'homme se mit en devoir de les enlever, un par un, travaillant avec aisance. Mayne repensa à ce qu'il leur avait dit. Sa force physique semblait plausible. Dans les camps de la mort, seuls les travailleurs les plus efficaces étaient maintenus en vie, et la besogne de cet homme à Auschwitz consistait à déplacer des cadavres. Pourtant, son corps noueux dissimulait une robustesse remarquable pour quelqu'un qui avait si peu mangé depuis des semaines. À moins que l'excitation du moment ne décuple ses forces. Mayne garda son revolver en main, mais le baissa. L'homme enleva le dernier rondin, révélant une porte métallique, plus petite que celle qu'ils connaissaient déjà. Il se redressa, s'essuyant le front avant de produire une clé attachée à une chaîne à son cou. Il l'inséra dans l'énorme cadenas. Celui-ci s'ouvrit, et il l'enleva, le posant à terre. Il poussa le battant vers l'intérieur, avant de tendre la main pour manœuvrer un interrupteur. De la lumière jaillit tandis qu'il parlait très vite en yiddish à Stein.

— Il dit, expliqua ce dernier, que l'endroit dispose de son propre générateur mais, après le bombardement allié des centrales hydroélectriques, ils ont en plus installé quelques batteries de sous-marins. Elles produisent assez de jus pour permettre le fonctionnement des équipements de base pendant des années, des décennies. Ils avaient apparemment besoin de déshumidificateurs mais pas seulement.

Mayne regarda à l'intérieur.

— Je me demande quel était le reste de l'équipement, murmura-t-il. Des déshumidificateurs, je comprends. Ce doit être assez humide là-dedans. Ce qui pose un problème pour le stockage.

Il suivit Stein et l'homme dans un couloir mal éclairé long d'une dizaine de mètres.

À chaque extrémité, se trouvait une guérite vitrée, des postes de sécurité à l'évidence. Il examina celle de l'entrée. Tout semblait encore en place, le téléphone sur son combiné, le matériel de bureau parfaitement rangé, comme si l'endroit avait été abandonné avec précipitation. L'homme reprit la parole. Stein se tourna vers Mayne.

— Il semble que les SS ne soient partis d'ici qu'il y a quelques jours, quand ils ont appris l'imminente reddition du camp. Notre homme dit que ses camarades et lui attendaient dans les bois et leur ont tendu une embuscade. Cet endroit était équipé pour soutenir un siège. C'est ici que ses amis et lui ont trouvé de quoi se nourrir.

Ils atteignirent l'autre bout du couloir. Dans la deuxième guérite, se trouvait une mitrailleuse MG-42 sur un trépied, la carcasse encore luisante d'huile. S'y insérait une bande de cartouches qui tombait en s'enroulant sur elle-même, tel un étrange serpent. Un fracas métallique retentit et Mayne, alarmé, se retourna, revolver braqué. La porte s'était refermée. L'homme parla très vite à Stein qui saisit le bras de Mayne.

— Ne vous inquiétez pas. Il dit qu'elle est munie d'un ressort et qu'elle s'est refermée toute seule. Les nazis ne tenaient pas à ce que quiconque s'aventure ici.

Mayne se sentait mal à l'aise dans cet espace confiné. Il avait l'impression de pénétrer dans les Enfers, d'avoir franchi un seuil au-delà duquel tout retour était impossible.

— Bon, allons-y et finissons-en.

Une porte verrouillée leur barrait le passage. L'homme produisit une autre clé. La nouvelle salle était déjà éclairée, des ampoules nues pendant à des fils accrochés au plafond très haut. C'était une pièce caverneuse, avec des murs en demi-cylindre comme une de ces huttes en tôle ondulée utilisées par l'armée. Les armatures métalliques dans le béton étaient clairement apparentes. Cet endroit était de toute évidence conçu pour résister à un bombardement. Mayne songea à la station du métro londonien où il s'était réfugié pendant un raid allemand au début de la guerre. À cette différence qu'ici ce n'étaient pas des gens qui s'entassaient mais des caisses de transport en bois, alignées les unes à côté des autres, comme des cercueils dans une crypte, ne laissant qu'un étroit passage menant à une autre porte à l'extrémité de la salle. L'homme s'y était déjà engagé, leur faisant signe de le suivre. Mayne et Stein ne bougèrent pas, fascinés par les caisses.

— C'est bien ce que je crois ? murmura Mayne.

— Il n'y a qu'un moyen de le savoir.

Mayne troqua son revolver pour le poignard de commando qu'il gardait dans son dos à sa ceinture. Il glissa la lame sous le couvercle de la caisse la plus proche et le fit sauter. Ce qui se trouvait à l'intérieur avait été soigneusement protégé avec de la paille et du papier froissé. Il les écarta. Les deux hommes poussèrent une exclamation de surprise.

— Des tableaux ! s'exclama Mayne.

— Je le savais ! Il faut qu'en j'en voie un, dit Stein. Que je m'assure que ce sont bien des toiles de maîtres. Ensuite, nous pourrons continuer.

Mayne extirpa un des cadres avec précaution et le posa sur la caisse avant de déchirer la feuille de papier qui protégeait la toile. Stein retint son souffle.

— Merveilleux, dit-il en chaussant une paire de lunettes et en braquant le rayon de sa lampe torche sur le tableau. Le *Portrait d'un jeune homme,* de Raphaël. Volé au musée Czartoryski de Cracovie en Pologne, sur ordre de Göring. (Il enleva ses lunettes pour regarder la salle autour d'eux.) C'est un véritable trésor qui est caché ici.

Les yeux fixés sur la peinture, Mayne secoua la tête, incrédule. Il connaissait bien ce portrait. Avant la guerre, il en avait offert une reproduction à Hugh, qu'il avait lui-même accrochée au-dessus de sa cheminée à Oxford. Ils avaient partagé une bouteille de vin en l'admirant, avant de sortir faire une balade au bord de l'Isis, le bras de la Tamise qui traversait la ville. Une journée parfaite en tout point. Il se demanda où était Hugh en ce moment. Il l'avait trouvé en mauvaise santé. Il espérait qu'il n'était pas en train de traquer des Allemands dans cette forêt avec son unité des SAS, mais qu'on l'avait envoyé à l'écart du front. La fin de la guerre était si proche maintenant. Hugh devait survivre. Soudain, Mayne se rendit compte qu'il était en train de pleurer, ici, au beau milieu de ce bunker. Il s'essuya les yeux en frissonnant. *Mon Dieu, je vous en prie, faites que Hugh survive.*

L'homme leur cria quelque chose en yiddish. Il semblait énervé maintenant. Stein l'écouta avant de traduire pour Mayne.

— Il dit que cela n'est que le début. Qu'il y a plus, beaucoup plus. Il veut que nous allions voir derrière cette porte.

Stein plongea un moment son regard dans celui du jeune homme du portrait avant de secouer la tête. Avec un large sourire, il se remit en marche. S'apprêtant à le suivre, Mayne replaça le papier qui protégeait la toile. Soudain, il repéra une caisse déjà ouverte le long du mur. Il se faufila jusqu'à elle. Elle était éclairée par une ampoule nue. Il saisit le rebord du bout des doigts et regarda à l'intérieur.

Il l'avait trouvé.

Il était là, niché dans la paille, en partie emballé dans un vieux bout de toile, comme s'il avait été transporté ici récemment et déballé en hâte. Il était tel que l'avait décrit le vieux contremaître de Schliemann. C'était bien un svastika, un symbole d'horreur, mais très différent. Celui-ci était issu d'un autre monde, un monde que Mayne avait quitté six ans auparavant. Il entendit de nouveau le tintement dans sa tête, mais cette fois il lui parut plus distant, comme le fracas d'armes au loin, comme celui dont il entendait l'écho autrefois et qui le transportait à l'âge des héros. Pendant un bref instant, il fut de retour sur la colline dominant Mycènes, se demandant ce qui avait poussé le roi des rois à se lancer dans cette folle expédition, à conduire son armée à Troie. Maintenant il voyait ce que Schliemann avait vu. Le trésor le plus fantastique jamais retrouvé. Et il se souvint du dessin de la fille, de la fille à la harpe, assise là-bas dans ce paysage de désolation. Elle l'avait vu elle aussi. Ils avaient dû le sortir pour parader quand elle avait été amenée ici.

— Mayne, il va ouvrir la porte.

La voix de Stein résonnait étrangement entre ces murs.

Mayne se retourna pour le chercher du regard. Son esprit était en ébullition. Il vit Stein et l'homme debout près de la porte au bout de la salle. Une autre porte, une autre salle. Il se passait autre chose ici. Et si les œuvres d'art, ce trésor, n'étaient qu'une façade ? Stein avait peut-être raison.

Il les rejoignit, se faufilant de nouveau parmi les caisses.

— Vous avez trouvé votre Raphaël, mais laissez-moi vous dire ce que j'ai découvert.

— Ça peut attendre. Ceci est plus important.

La porte était en métal. À mi-hauteur, se trouvait un autre svastika, de la taille d'une assiette, gravé en creux dans l'acier, dans un cercle. Il était incliné sur le côté, en forme de X. Mayne comprit qu'il s'agissait d'une sorte de serrure et qu'elle avait été ouverte. Elle était magnétique, réalisa-t-il, en sentant l'attraction de sa montre à son poignet. Ce svastika était exactement de la même forme et de la même taille que celui qu'il venait de voir dans la caisse. Lui aussi tournait dans le sens inverse des aiguilles d'une montre.

Au-dessus, se trouvait une petite fenêtre teintée, comme un hublot. Il faisait sombre de l'autre côté mais Mayne discerna une sorte de mousse verdâtre sur le rebord interne de la fenêtre, comme des algues. Les déshumidificateurs de cette pièce avaient peut-être cessé de fonctionner. Stein se trouvait à sa droite, l'homme à sa gauche. Celui-ci leva le bras droit pour tirer le verrou supérieur de la porte. À cet instant, la manche de sa tunique glissa, révélant un autre tatouage sur son avant-bras qui se prolongeait vers son biceps. Mayne le fixa. Celui-ci était plus ancien que le numéro d'Auschwitz. Il en avait déjà vu de semblables, sur des soldats capturés en Italie, avec leur groupe sanguin écrit de cette manière sur la peau.

Il se figea. Seuls les SS se tatouaient ainsi.

En un éclair, l'homme comprit ce qu'avait aperçu Mayne. Il se jeta sur lui, lui tordant le bras dans le dos et le poussant violemment contre la porte. Mayne entendit un déclic sous son oreille droite et sentit le contact froid de l'acier sur sa nuque. C'était son mauvais côté, celui où il était sourd. Il n'aurait jamais dû rengainer son revolver. Il ne cessait de le répéter à ses hommes. *Il suffit d'une seule erreur.* La pression glacée disparut et une détonation assourdissante retentit. Il sentit quelque chose de chaud et humide lui éclabousser le visage tandis que Stein s'effondrait. L'homme le lâcha enfin et la main de Mayne tomba instinctivement vers la garde de son poignard. Puis le canon, brûlant maintenant, se posa de nouveau sur sa nuque.

— Ton ami *Jude* est mort, siffla une voix tout près de son oreille.

Il s'exprimait en anglais mais Mayne l'entendait à peine à cause du tintement qui se déchaînait dans son crâne.

— Tu vois ? Ils ne nous échapperont jamais. Et maintenant, je vais déclencher l'enfer. Cette guerre ne fait que commencer. *Heil Hitler.*

Mayne sentit le canon s'enfoncer dans sa nuque et vit l'autre main de son assaillant pousser le second verrou. Subrepticement, il dégaina son poignard, le retourna, lame vers le haut, la tenant à plat contre son dos. L'homme donna un coup de pied dans la porte qui bougea à peine.

— *Raus !* gronda-t-il en s'écrasant contre lui pour le pousser à l'intérieur. *Schnell !* Tu voulais savoir ce qui se passe ici. Ton vœu va être exaucé.

Une lumière jaillit dans la pièce. Mayne regarda à travers le hublot.

Il vit une horreur pour laquelle il n'y avait pas de mot.

La porte s'ouvrit, les déséquilibrant légèrement. Il en profita pour frapper, plongeant son poignard dans le cœur du SS. Un coup de feu retentit. Ils tombèrent ensemble.

Les ténèbres.

TROISIÈME PARTIE

Hoar.

13

Bristol, Angleterre, de nos jours

Rebecca Howard enleva son petit sac à dos devant la porte de l'appartement et rajusta sa polaire en attendant Dillen. Celui-ci gravit la dernière marche et lui sourit. Leur avion en provenance de Turquie avait atterri à Heathrow très tôt ce matin, et ils avaient pris le train à Paddington pour Bristol. Dans le taxi, il avait appelé Jack à bord du *Seaquest II* pour lui annoncer leur arrivée et confirmer qu'il comptait bien raccompagner Rebecca à son hôtel à Londres le soir même, où elle retrouverait son groupe pour son voyage à Paris. Frissonnant, il enfonça les mains dans les poches de sa veste. La maison faisait partie d'une rangée de vieilles villas derrière Royal York Crescent, bénéficiant d'une situation magnifique dominant la ville et les gorges de l'Avon, mais exposée aux vents d'ouest en provenance de l'Atlantique. Pour une fois, il ne pleuvait pas. Cette journée de juin promettait d'être fraîche et néanmoins splendide.

C'était la fatigue qui le rendait si sensible au froid. Il avait hâte de retrouver la chaleur de ces lieux et de savourer une tasse de chocolat chaud sur le canapé défoncé en face du poêle, parmi les odeurs familières de livres anciens et de vêtements qui séchaient. Après la mort de ses parents lors du

Blitz alors qu'il n'avait que cinq ans, Hugh l'avait pris sous son aile au pensionnat avant de le recueillir ici. Dillen n'avait pas été le seul dans ce cas : il avait grandi avec plusieurs autres jeunes garçons, formant une espèce de famille élargie. Chaque fois qu'il montait cet escalier, il avait l'impression de rentrer chez lui, de revenir de l'université pour les vacances, impatient de raconter ce qu'il avait vu et fait, de parler de ses nouveaux amis. Il regarda Rebecca, songeant aux cinquante années qui les séparaient. Trente ans auparavant, il avait effectué le même pèlerinage avec son père.

Elle montra les marches.

— Il laisse toujours la porte d'en bas ouverte ?

— Il héberge des jeunes, dit Dillen. Depuis toujours. Quand j'étais gamin, c'étaient, comme moi, des élèves de Clifton College ou bien de l'école de filles de Bath. Des orphelins de guerre qui n'avaient plus de famille. Nous occupions les autres chambres de l'étage, ces portes que tu vois là-bas. Aujourd'hui, il ratisse plus large. Des gosses des rues. Vas-y, frappe. Il nous attend.

Elle lui obéit. Une voix étouffée retentit à l'intérieur.

— Entrez !

Penché sur la plaque électrique disposée devant le poêle à gaz, Hugh leur tournait le dos. Il régnait une chaleur délicieuse, exactement comme dans le souvenir de Dillen. La pièce, l'ancienne chambre à coucher d'une demeure victorienne, était vaste avec une fenêtre à volets donnant sur un jardin à peine entretenu dont les grands arbres cachaient les maisons d'en face. Le centre était occupé par le vieux canapé-lit replié, derrière lequel étaient empilés draps et couvertures. La vieille table en chêne était le seul cadeau que Hugh avait accepté de l'école à sa retraite : elle était balafrée de graffitis gravés par des générations de gamins à qui il avait enseigné le grec et le latin. Les murs disparaissaient derrière les livres, des milliers de livres, dans des cartons ou bien en piles branlantes. Les rares espaces libres étaient ornés de vieilles reproductions et de dessins.

Rien n'avait changé, constata Dillen. Sur le manteau de la cheminée, trônait toujours *La Porte des lionnes à Mycènes* d'Edward Dodwell, exécuté en 1821, qui avait tellement enfiévré son imagination d'enfant. Juste à côté, un cliché en noir et blanc datant de la Seconde Guerre mondiale montrait un beau jeune homme bronzé, adossé nonchalamment au capot d'une Jeep, le sable du désert en arrière-plan, ses lunettes pendant autour du cou, un holster accroché à son short, souriant à l'objectif. Il portait un ersatz d'uniforme qui lui donnait un air d'écolier mais il émanait de lui une confiance digne d'un vétéran. C'était l'image d'un homme qui avait été forcé de grandir vite, qui avait été endurci très tôt. Au bas du cliché, se trouvaient une signature à moitié effacée et des mots qui, eux, restaient parfaitement lisibles : *Peter, Égypte, 1941.* Ils étaient de la même écriture que la dédicace figurant sur la traduction de Pope offerte à Rebecca la veille.

Hugh enleva la casserole de la plaque pour verser son contenu dans trois mugs qu'il touilla avec soin, observant sa décoction un moment avant de se retourner enfin vers eux.

— Timing impeccable, dit-il en fixant Rebecca avec intensité. C'est un art délicat, vous savez. Si vous étiez arrivés quelques secondes plus tard, c'était raté.

Sa diction précise, si caractéristique de l'éducation des années 1930, était adoucie par les restes d'un accent dû à une enfance passée dans le sud-ouest de l'Angleterre. Il portait un pantalon en velours côtelé, très usé par endroits, un pull couleur avoine avec des trous aux coudes et un foulard de soie effiloché autour du cou. Son épaisse chevelure blanche était soigneusement coiffée en arrière, et il était rasé de près. Dillen le trouvait d'une beauté saisissante, et il semblait ne rien avoir perdu de sa vigueur malgré ses quatre-vingt-douze ans.

Rebecca hocha poliment la tête.

— Mon père m'a parlé de votre chocolat chaud. Selon lui, il n'y en a pas de meilleur au monde.

Hugh lui rendit son sourire.

— Acceptez mes excuses. Je me suis montré impoli. Mais je ne pouvais pas abandonner ma casserole, ajouta-t-il en leur tendant deux mugs. Bonjour, Rebecca. Ton père m'a aussi beaucoup parlé de toi. Salut, James. Je n'arrive pas à croire ce que tu m'as dit au téléphone. C'est merveilleux ! Cette coupe dans cette épave portant ce mot. Vous pensez vraiment qu'il pourrait s'agir d'Agamemnon ? Et la fresque représentant le joueur de lyre avec cette inscription, *Homeros.* C'est stupéfiant ! Et cela ne fait que rendre notre projet de traduction plus urgent.

Rebecca accepta le chocolat en serrant la main de Hugh. Dillen l'imita.

— Bonjour à vous aussi, Hugh, répondit-il chaleureusement. (Du menton, il désigna les papiers et manuscrits empilés sur la table.) Comment va la guerre ? reprit-il.

Hugh suivit son regard et poussa un long soupir. Le troisième mug en main, il se tenait dos à la cheminée, jambes écartées.

— La guerre avance lentement. Beaucoup trop, à mon goût. Ce sont ces satanés chants cypriens du cycle troyen. Je n'arrive pas à me décider, à savoir si c'est du Homère authentique ou pas. Il y a du Homère en eux, aucun doute là-dessus. Mais s'agit-il de son œuvre ou bien d'un pastiche plus tardif de certains fragments qui auraient survécu jusqu'à l'époque hellénistique et qu'on aurait rassemblés pour leur donner un air plus plausible ? Je sèche complètement. Aveu que je peux vous faire, mais pas à mon éditeur des Presses universitaires. Je mène un véritable siège, James, et il aurait bien besoin d'un cheval de Troie.

— Alors, je serai peut-être votre Ulysse, répondit Dillen en sortant une grande enveloppe de sa sacoche d'ordinateur portable. Comme promis, ajouta-t-il en la posant sur la table parmi les manuscrits.

— Tu es sûr que c'est ce que tu veux ?

— Plus que jamais, dit Dillen en se tournant vers Rebecca. J'ai demandé à Hugh de m'aider à traduire l'*Ilioupersis.* Après cette semaine passée avec ton père et Maurice, je suis convaincu que ce texte peut nous offrir bien plus qu'un indice sur un naufrage. Il pourrait nous servir de guide pour toutes les fouilles que nous sommes en train de mener là-bas. Mais, en raison de mon travail sur le terrain, il me faudrait plus d'un mois pour achever la traduction. Jeremy est trop occupé et il ne maîtrise pas assez le grec ancien. Avec Hugh, nous pouvons terminer en une semaine, dix jours peut-être.

— C'est à peu près le temps que papa compte rester là-bas, dit Rebecca.

— Si peu que cela ? murmura Hugh.

— Oui, répondit Dillen. Aussi bien pour les fouilles en mer que pour celles d'Hiebermeyer sur terre. Les Turcs ont prévu d'importantes manœuvres navales dans le secteur. Il faudra avoir plié bagage début août. L'opération de l'IMU va devoir être conduite avec une précision toute militaire. Un vieux soldat comme vous ne leur serait pas de trop là-bas au front, mais je crains que le QG ne vous ait affecté au décryptage.

— *Plus ça change*[6]... C'était déjà pareil à l'époque. Je faisais un peu trop le malin. Du coup, ils me considéraient comme

6. En français dans le texte (N.D.T.).

un puits de science alors que je préférais me battre. Mais Jack saura se débrouiller. Les guerres ont besoin d'hommes jeunes, pas de vieux croulants comme moi. Et l'*Iliouspersis*... Ce sera merveilleux de me plonger dans Homère. Le vrai, cette fois.

— Vous pensez donc que j'ai raison ?

— Sur ces vers que tu m'as envoyés ? Absolument.

— Excellent ! s'exclama Dillen en reposant sa tasse pour se frotter les mains. Dès que j'aurai raccompagné Rebecca à Londres, je reviendrai ici et nous nous mettrons au travail.

— Vous n'êtes pas *obligé* de me raccompagner, protesta-t-elle. Je peux me débrouiller seule. Parfois, ajouta-t-elle en regardant Hugh, ils me traitent comme une gamine qui débarque tout droit de son pensionnat.

— J'ai donné ma parole à Jack, dit Dillen. Et un gars de la sécurité de l'IMU nous attendra à l'hôtel. C'est décidé.

Elle leva les yeux au ciel.

— De la sécurité ? Oh, s'il vous plaît !

— Des problèmes ? demanda Hugh à Dillen.

— Simple précaution. Rebecca a été mêlée au rapatriement de ce Dürer de la galerie Howard, vous vous rappelez ? Un tableau volé par les nazis. Elle a un peu exagéré en s'occupant de ça toute seule et en passant un marché avec un individu assez louche à Amsterdam. Jack a piqué une crise quand il l'a appris.

Rebecca fixait le vide d'un air de défi.

— Il n'était pas si louche. Il s'appelait Marcus Brandeis. Et ce n'était pas un gangster. Je savais très bien qu'il nous aidait parce qu'il avait besoin de protection et non parce que sa conscience le tourmentait. Il lui était juste plus facile de parler à quelqu'un comme moi. Et ça a été plutôt utile de transformer un célèbre trafiquant d'art en indic.

— Tu oublies de mentionner tous les vrais gangsters qui se sont lancés à vos trousses, ajouta Dillen. Tous ces truands qui voulaient sa peau et leurs armées de gros bras néonazis et russes.

Hugh sourit à Rebecca.

— Tel père, telle fille. Jack a peut-être un peu trop tendance à se voir quand il te regarde.

— Et il pense aussi à ce qui est arrivé à ma mère à Naples, répondit Rebecca avec calme.

Hugh lui toucha le bras.

— Bien sûr, dit-il en l'attirant vers le canapé. Assieds-toi, s'il te plaît.

Elle se débarrassa de sa polaire et s'installa. Dillen prit place à ses côtés tandis que Hugh ajustait la température du poêle.

— J'espère que la chaleur ne vous dérange pas trop. C'est ma faiblesse. Depuis la guerre. L'hiver 1944 dans les Ardennes. Trop de nuits à la belle étoile. Une fois que vous savez ce qu'est le froid, la chaleur devient le bien le plus précieux.

— C'est parfait, assura Rebecca. On se sent chez soi.

— C'est à peu près ce qu'a dit James la première fois qu'il a passé la nuit ici dans mon vieux sac de couchage de l'armée au milieu du couloir avec les autres gosses.

Dillen but une gorgée de son chocolat, tripotant la pipe qui était dans sa poche. Il se tourna vers Hugh.

— À propos de sécurité : Jack pense que les fouilles de l'IMU à Troie sont susceptibles d'éveiller la curiosité de pas mal d'individus peu recommandables, des revendeurs, des trafiquants d'antiquités, comme l'ami de Rebecca à Amsterdam. Tout le monde connaît sa réputation. On sait qu'il s'attaque aux grandes questions et qu'il ne s'arrête jamais avant d'avoir retourné toutes les pierres. L'avantage de bénéficier de ressources virtuellement illimitées.

— J'en déduis qu'Ephram n'a pas été touché par la récession ?

— Ephram ? Loin de là. Il n'arrête pas d'injecter de l'argent dans l'IMU. Il vient juste d'accepter de financer le projet de bibliothèque à Herculanum.

Hugh se tourna vers Rebecca.

— Ephram Jacobovitch était un de mes derniers élèves avant que je prenne ma retraite. Je l'ai adressé à James à Cambridge. Je savais qu'il allait faire fortune. Chez certains, c'est le genre de chose que l'on devine. J'ai tout fait pour nourrir sa fascination pour l'Antiquité, pour le pousser à étudier l'archéologie à l'université, ça plutôt que les ordinateurs. De toute façon, il savait déjà tout ce qu'il y avait à savoir sur les ordinateurs. Et voilà le résultat.

— Ce doit être une grande fierté pour vous, dit Rebecca.

— Il y a eu une époque où j'ai, moi-même, failli devenir archéologue, dit Hugh en jetant un regard vers la cheminée. Avec un ami à moi. C'était il y a bien longtemps. Cela n'a pas pu se faire, mais toute cette histoire avec l'IMU et ton père, c'est un peu comme si mon rêve se réalisait. À propos de Jack, fit-il en se tournant vers Dillen, tu disais ?

— Il est persuadé qu'une partie du trésor de Schliemann est encore cachée quelque part, en Europe sans doute. Il n'en a d'ailleurs jamais fait mystère. Vous vous souvenez du documentaire qu'il a réalisé pour la télé l'an dernier ? Il pense que l'or qui est apparu à Moscou en 1993 n'en est qu'une petite partie, que Schliemann avait en secret expédié d'autres trouvailles en Allemagne, et que certaines d'entre elles ont échoué entre les mains des nazis.

— Tu es en train de dire que vous seriez surveillés ?

— Jack s'inquiète des risques de kidnapping et d'extorsion, dit Dillen. Des problèmes de plus en plus fréquents en Europe, ces derniers temps. Et, bien sûr, Rebecca serait une cible idéale.

Celle-ci haussa les épaules avec impatience.

— Je n'ai besoin de personne, d'accord ? À chaque fois que je suis à bord du *Seaquest II,* Ben me donne des cours d'autodéfense. Il m'a même appris à me servir d'une arme. Il paraît que je suis très douée avec le Beretta de papa.

— Je n'en doute pas, dit Hugh en lui adressant un regard sévère avant de se tourner vers Dillen. Maintenant, passons à l'autre raison de votre présence ici. Tu m'as dit au téléphone que vous aviez fait des recherches dans les papiers de Schliemann.

— On a juste écumé la surface. Schliemann était un prodigieux correspondant. Vous vous souvenez de Jeremy Haverstock ? L'assistant américain de Maria à l'institut de paléographie ? Je vous en ai parlé tout à l'heure. Lui et moi avons travaillé sur les écrits de Schliemann depuis l'époque de ses premières fouilles à Troie en 1871 jusqu'à sa dernière visite sur place en 1890. C'était fascinant, et Jack avait raison d'affirmer qu'un chasseur de trésors digne de ce nom laisse toujours des indices pour les futurs explorateurs et qu'il faut adopter sa façon de penser. Mais, le plus révélateur, c'est ce que nous n'avons *pas* trouvé. Schliemann souffrait d'un besoin quasi insurmontable de présenter ses découvertes au monde. À Troie, le trésor de Priam ; à Mycènes, le masque d'Agamemnon. Il a annoncé ces deux trouvailles à grand renfort de publicité. Son nom s'est étalé à la une de tous les journaux et il adorait ça. Sauf que quelque chose ne colle pas. À Troie comme à Mycènes, il est parti de façon brusque, au moment de sa plus grande avancée, alors qu'il aurait dû rester et fouiller encore davantage. Après avoir découvert le masque à Mycènes, il s'est lancé dans quinze années d'explorations en Grèce, en Italie et en Égypte, pour poursuivre des rêves insensés. Comme si, obéissant à son ego, il avait perdu son objectif de vue.

Hugh hocha la tête.

— J'étais à Mycènes, le dernier été avant la guerre, tu te rappelles ? À faire des fouilles avec la British School. Je me souviens de m'être assis à flanc de colline pour contempler ce site magnifique en me demandant comment il était possible qu'un archéologue comme Schliemann n'ait pas achevé son travail. J'ai toujours pensé que c'était autre chose qui le motivait, quelque chose qui lui a fait tourner le dos à l'or et aux autres trésors dont il savait qu'ils devaient être encore là, comme s'il avait déjà trouvé ce qu'il cherchait, quelque chose qui l'a incité à poursuivre sa quête obsessionnelle ailleurs, une quête dont nous ignorons tout.

Dillen pinça les lèvres.

— Il aurait dû faire mention de cette quête quelque part dans ses papiers, et elle n'y est nulle part. Il y a comme un vide. Il n'aurait dû parler que de cela et pourtant il ne l'a pas fait. Toutes ces raisons curieuses qu'il a données pour ses autres expéditions. Retrouver la tombe d'Alexandre le Grand en Égypte ? J'ai du mal à le croire. Pourquoi quelqu'un sur le point de révéler la vérité sur la guerre de Troie, la plus grande découverte de toute l'archéologie, change-t-il soudain d'avis pour se lancer dans une direction complètement différente ? Je suis convaincu qu'il était sur une piste dont seuls Sophia et lui connaissaient l'existence, une piste qui commençait et se terminait à Troie.

Hugh quitta la cheminée pour s'asseoir face à eux sur le vieux fauteuil en cuir fatigué, posant sa tasse sur le sol.

— Quelle est la vraie raison de ta visite, James ? Tu aurais pu m'envoyer le texte par mail, dit-il avant de jeter un coup d'œil à Rebecca. Et une Howard ne fait pas de visite mondaine en plein milieu d'une campagne de fouilles. Surtout quand elle est aussi productive que celle-ci.

Dillen fit un geste vers la table.

— Votre autre projet. Celui que je vous ai encouragé à démarrer. Ces pages que je vois là, avec le sigle des Archives nationales. Tous ces journaux intimes tenus par des soldats britanniques pendant la guerre que vous avez fait scanner.

— C'est donc ça. Je m'en suis douté dès que tu as commencé à parler de Schliemann. C'est à cause de cette histoire que j'ai racontée lorsque tu as commencé à étudier avec moi. C'est bien cela, n'est-ce pas ? Cette découverte que j'avais faite pendant la guerre, un indice menant au plus grand trésor jamais dissimulé ?

— Et dont vous ne m'avez plus jamais reparlé.

— Je pensais qu'avec le temps tu aurais oublié ou alors que tu croyais que je tentais juste de convaincre une bande de gamins turbulents de s'intéresser au latin et au grec. J'ai longtemps regretté d'avoir été si bavard. Je voulais oublier la guerre. Et j'ai essayé... pendant plus de soixante ans. Mais j'imagine que plus on vieillit, plus les défenses tombent. Et tout est de nouveau là, comme si c'était hier.

Rebecca ouvrit son sac à dos pour en sortir un objet enveloppé dans un pull. Elle le déplia avec soin pour en extraire la copie de l'*Iliade* d'Homère traduit par Alexander Pope que Dillen lui avait offerte la veille. Elle tendit l'ouvrage à Hugh qui le contempla un moment avant de passer doucement la paume sur la couverture.

— C'est bon de le revoir. Quand te l'ai-je donné, James ? Pour ton diplôme, c'est ça ?

— Bien sûr, fit Dillen en souriant.

— J'ai vu la dédicace, dit lentement Rebecca.

— Ah... et tu veux savoir qui est Peter.

— Il est lié à cette histoire, n'est-ce pas ? Dans l'avion, James m'a parlé d'un dessin qu'il a trouvé : *La Fille à la harpe.*

— *La Fille à la harpe,* murmura Hugh. Comment es-tu au courant ?

— J'ai deviné, dit Dillen. Une fois, quand j'étais gamin, vous m'avez laissé me servir d'un de vos carnets de dessins et, sur l'une des pages, il y avait ces mots écrits au crayon sous l'un d'entre eux. Vous aviez essayé de les gommer. « La Fille à la harpe. » Vous aviez entamé un croquis, un portrait d'elle peut-être, avant d'abandonner. J'ai compris que cela avait un rapport avec la guerre. J'avais vu votre réaction chaque fois que vous entendiez une harpe et je savais que vous aviez fait partie des premiers soldats à pénétrer dans Bergen-Belsen. C'était facile.

— Elle ne se trouvait pas à Belsen mais dans un autre camp, plus petit, non loin de là, dit Hugh avec calme.

Quand il ramassa son mug, Dillen vit que sa main tremblait. Il se demanda s'ils avaient raison de l'interroger ainsi, mais Hugh reprit très vite la parole.

— Les gardes n'étaient plus là. On avait fait en sorte qu'ils n'y soient plus, mes gars et moi. Nous étions sur place avant même l'arrivée du gros des troupes, mais il y avait déjà un contingent de la Croix-Rouge avec une infirmière qui s'occupait des gosses. Elle s'appelait Helen. Je me souviens encore d'elle. Elle avait demandé à un civil allemand qui vivait dans le coin de rapporter une harpe. Et puis, il y avait la fille, assise là avec son instrument, au milieu de toute cette mort et de cette désolation. Bien des années plus tard, j'ai voulu faire son portrait. J'ai eu tort, c'est Peter qui aurait dû s'en charger. C'était lui, l'artiste, pas moi. Je ne suis pas parvenu à l'achever. C'était une erreur. Je croyais que ça m'aiderait mais je me trompais.

— Vous avez mentionné les Ardennes, dit gentiment Rebecca. Vous avez donc participé à la fameuse bataille ? Nous l'avons étudiée à l'école. James m'a dit que vous étiez dans les SAS.

Hugh fixa le poêle un moment avant de se tourner vers elle, le regard glacé.

— Ça n'avait rien de glorieux, crois-moi. Toute cette légende qu'on entretient, c'est ridicule. À l'époque, personne ne connaissait les SAS. Ce qui était, bien sûr, le but recherché. J'ai toujours trouvé cet acronyme un peu idiot. Special Air Service. Nous n'avions rien d'aérien. Le seul saut en parachute que j'aie jamais effectué, c'est depuis une tour d'entraînement dans le désert. Notre véritable boulot consistait à aller derrière les lignes ennemies pour tuer. En Afrique du Nord, nous nous infiltrions la nuit sur des terrains d'aviation pour faire sauter des baraquements dans lesquels dormaient des soldats. En France, avant le jour J, nous poignardions et étranglions. En Allemagne, après la traversée du Rhin, nous tendions des embuscades aux survivants des SS et de la Wehrmacht, à des vieux qui s'étaient engagés dans le *Volkssturm* ou à des gamins des jeunesses hitlériennes. Certains avaient douze ans à peine. Nous ne faisions pas de prisonniers, sauf si nous en avions reçu l'ordre. Nous rendions coup pour coup.

— L'ordre anti-commando d'Hitler, murmura Dillen.

— Oui. Tous les commandos alliés capturés étaient exécutés. J'ai perdu presque tout mon groupe – ma patrouille – de cette façon, en France. Ils n'auraient jamais dû se rendre. J'aurais dû mieux leur enfoncer ça dans le crâne. Des nouveaux, pour la plupart, qui étaient avec nous depuis peu. Je me suis toujours senti coupable d'avoir survécu. Parfois, avant de les exécuter, ils les refilaient d'abord à la Gestapo. C'est pour cette raison que nous sommes allés à Belsen puis à cet autre camp. Nous cherchions un de nos gars. Nous ne l'avons pas trouvé, par contre, nous sommes tombés sur quelques SS qui voulaient se rendre. On ne leur en a pas laissé le temps. C'est là que j'ai rencontré la fille à la harpe. Elle avait fait un dessin, que j'ai vu, et dans lequel il y avait quelque chose d'extraordinaire. J'ai demandé à Helen si je pouvais le prendre. La fille en avait fait d'autres, mais aucun ne comportant cette image. Le service d'espionnage au QG était très intéressé, lui aussi. C'est aussi la dernière fois que j'ai vu Peter.

— Il était dans les SAS, lui aussi ? demanda Rebecca.

Hugh secoua la tête.

— Au début de la guerre, nous avons servi ensemble en Afrique du Nord, dans le Long Range Desert Group, dit-il avec un geste vers la cheminée. C'est là que j'ai pris cette photo. Quand le LRDG a perdu de son utilité, il est retourné dans son bataillon d'infanterie, et je me suis porté volontaire pour les SAS. Mais, après sa blessure en Italie, Peter a changé d'affectation. Un autre acronyme idiot pour une unité coriace, UA 30, l'unité d'assaut numéro 30.

— J'en ai entendu parler, dit Rebecca. Je n'ai cessé de tomber sur elle quand je faisais des recherches sur cette toile, sur les œuvres d'art volées par les nazis. Elle opérait derrière leurs lignes, elle aussi ? Pas pour préparer des embuscades mais pour collecter des renseignements. Elle a parfois fait équipe avec le service des monuments et des beaux-arts américain, le MFAA.

— Oui, dit Hugh. Et c'est ce qui s'est passé ce jour-là. C'est moi qui avais fourni le renseignement. J'avais récupéré le dessin dans une sorte de satellite de Belsen, un petit camp de travail dans la forêt. Nous soupçonnions qu'il pouvait se tramer quelque chose dans cette forêt et j'en ai informé le QG du 8e corps qui avait organisé un cessez-le-feu pour procéder à l'évacuation du camp. Par le plus grand des hasards, l'unité de Peter opérait dans le secteur, et il a été envoyé là-bas avec son chauffeur et un officier américain, un gars des Monuments. Bien sûr, ces missions clandestines ne concernaient pas uniquement des œuvres d'art volées. Des secrets bien plus sinistres pouvaient avoir été dissimulés sur ces sites. Nous savions désormais ce dont les nazis étaient capables. Nous avions entendu parler des camps de la mort dans l'Est. Auschwitz, Treblinka, Sobibor… Nous connaissions l'utilisation qu'ils faisaient du zyklon B… Un pesticide, bon Dieu. Ce que je redoutais le plus, c'étaient les maladies, les épidémies. Ce qu'ils avaient peut-être concocté, les dégâts qu'ils pouvaient encore provoquer.

— Et ce qui pouvait encore être caché, dit Dillen.

— Absolument, répondit Hugh. C'était ça, l'horreur. L'Europe en 1945 était comme une immense caverne d'Ali Baba. Bunkers enterrés, mines abandonnées, abritant entre autres des œuvres d'art. Mais, ainsi que tu le disais à propos des journaux de Schliemann, James, c'est comme s'il y avait un vide. Avec les tableaux et les sculptures, nous savions lesquels manquaient. Nous connaissions leurs noms.

Il montra une vieille reproduction au-dessus de la cheminée.

— Le *Portrait d'un jeune homme* de Raphaël qui se trouvait à Cracovie. Je l'avais déjà dans ma chambre à Oxford, avant la guerre. Un cadeau de Peter, à vrai dire. Une des dizaines de toiles dont nous savons qu'elles ont disparu. Nous sommes au courant, alors imaginez tout ce que nous ne savons pas. Et je ne suis pas en train de parler d'art ou d'antiquités mais de ce que la Seconde Guerre mondiale pourrait nous avoir légué de plus terrifiant. Où cela pourrait se trouver et qui pourrait se l'approprier. Pour certains d'entre nous, pour moi, cette guerre gronde toujours, pas seulement parce que je n'arrive pas à la chasser de ma tête, mais parce que, pour moi, elle n'est toujours pas terminée. J'ai le sentiment qu'une gigantesque bombe dont on n'a jamais arrêté le compte à rebours se trouve encore enfouie sous l'Europe.

— Dites-nous ce qui est arrivé à Peter, dit Dillen. Ce dernier jour.

Un silence, puis Hugh prit la parole :

— Je n'étais pas en très grande forme ce matin-là. Une crise de malaria, que nous avions tous les deux contractée en Égypte. Généralement, cela ne durait que quelques heures, des frissons et des bouffées de chaleur, mais cela suffisait à me poser des problèmes sur le terrain. L'infirmière du camp, Helen, avait compris que je n'allais pas bien mais je ne voulais rien lui demander, pas là, pas dans ce camp avec tous ces pauvres gosses qui étaient en train de mourir et qui avaient besoin d'elle à chaque seconde. Plus tard, quand je suis retourné au QG, l'officier médical m'a fait passer une visite et j'ai été temporairement relevé de mes fonctions pour être réaffecté à la base. Quelle plaie. Il n'y a rien de pire que d'être arraché à ses gars. Mais je n'avais pas le choix. Au moins, ils m'ont laissé garder le contact avec nos agents en me confiant la responsabilité de récupérer les effets de tous ceux qui étaient tombés derrière les lignes ennemies. C'était un travail assez important, au cas où il y aurait eu quoi que ce soit que les Allemands auraient pu utiliser, ou alors un renseignement quelconque que nos gars cherchaient à obtenir. Quelques heures après le départ de Peter pour le camp, un avion de reconnaissance a repéré une Jeep renversée sur le bas-côté de la route. Un simple accident, dû à un nid-de-poule. C'était la voiture de Peter, mais nous n'avons retrouvé sur place que le corps de son chauffeur, le caporal Lewes qui semblait être en train de revenir au QG. J'ai été surpris de constater qu'il avait dans sa poche le dessin de la jeune fille. Je savais que le colonel responsable de l'UA 30 l'avait transmis à Peter après que je l'avais donné au QG ce matin-là. Je l'avais d'ailleurs moi-même montré à Peter.

— Et c'est la dernière fois que vous l'avez vu ? demanda Rebecca.

— Nous n'avons eu que quelques secondes au milieu d'une tente de commandement grouillante de monde, avec une batterie d'obusiers qui tirait tout près. Difficile de se dire grand-chose et plus encore d'entendre ce qu'on se disait. Mais ça n'avait pas grande importance. Il y avait de l'exaltation dans son regard, et c'est ce dont je me souviens. Il était assez amoché lui aussi, mais inutile de parler de ça. C'est le dessin qui vous intéresse. Peter ne s'en serait jamais séparé à la légère, j'en suis certain, mais Lewes était son ordonnance. Il a donc pu le lui confier. Il existe souvent une relation très forte entre un officier et son ordonnance. Un lien non dit.

— Et vous ? Étiez-vous proche de quelqu'un, vous aussi ? demanda Rebecca.

— Moi ?

Hugh s'interrompit, surpris.

— Bon Dieu, non ! Pas à l'époque. Ce n'était plus comme avant la guerre quand nous étions romantiques. Naïfs, au point d'être impatients d'aller nous battre, de connaître cette fraternité entre soldats dont nous avions tant entendu parler. C'est fou… si peu de temps après la Grande Guerre. Une seule génération semble suffire pour que les hommes oublient. Comme si la guerre faisait partie de notre nature, comme si notre biologie avait trouvé le moyen de nous rendre amnésiques pour que nous recommencions encore et encore. C'est le général Lee, pendant la guerre de Sécession aux États-Unis, qui a dit : « Remercions Dieu que la guerre soit si laide, sinon on s'y habituerait. » À cette différence que les civils pendant la guerre de Sécession avaient vu et subi l'horreur qui les entourait. Nous avions tous connu de terribles pertes pendant la Grande Guerre, des pères et des oncles tués, mais peu d'entre nous avaient assisté au carnage. Avaient vu la mort et les mourants.

— Quand vous dites nous, vous voulez dire Peter et vous, dit Rebecca.

Hugh baissa la tête.

— Nous étions un petit groupe très uni, à l'université. Mais oui, Peter était mon meilleur ami.

Dillen se pencha en avant.

— Le caporal Lewes, pourquoi était-il en train de revenir au QG ?

— J'ai présumé qu'ils avaient trouvé quelque chose dans ce camp, ou peut-être dans la forêt. Peter avait sans doute envoyé Lewes chercher les renforts habituels : des tireurs d'élite, des sapeurs pour forcer les entrées des bâtiments, un expert en déminage, ce genre de chose. Son unité était assez impressionnante et elle connaissait son travail.

— Quelqu'un a-t-il essayé de prévenir Peter à propos de ce qui était arrivé à Lewes ? Vous, peut-être ?

— J'ai voulu le faire. J'ai désespérément voulu le faire. Tout est si embrouillé. J'y ai tellement repensé. Je crois que la malaria m'obscurcissait vraiment l'esprit. J'avais une Jeep et j'ai voulu m'y rendre moi-même. Nous n'avions pas de radio, bien sûr. Les événements nous ont pris de court. Le QG avait peur que les Allemands profitent du cessez-le-feu pour infiltrer les bois et y installer des défenses et des pièges. Nous savions tous ce qui était arrivé aux Américains dans la forêt de Hürtgen, une bataille cauchemardesque. Il n'était pas question de laisser cela se reproduire. Nous étions déjà informés que les restes de la 2e division d'infanterie de marine allemande se regroupaient derrière la forêt, avec des survivants d'un bataillon de Panzer SS et des grenadiers de la 1re Panzer. Des troupes aguerries qui se battraient jusqu'à la mort. Ils ne devaient guère être plus de sept ou huit cents, mais cela aurait suffi.

— La forêt de Teutberg en l'an IX de l'ère chrétienne, les légions de Varus, murmura Dillen. Trois excellentes légions romaines complètement décimées par les Germains. Dans la même forêt, j'imagine, en Haute-Saxe. Elle semblait vous obséder, vous ne cessiez d'en parler en classe.

— Maintenant, tu sais pourquoi, dit Hugh. Le problème était que la route prévue pour notre avancée la traversait, à l'ouest. Nous ne pouvions pas l'éviter, ou alors au prix d'un grand retard. Nous *devions* passer par là. Le cessez-le-feu durait juste assez pour consolider nos lignes et faire remonter les renforts pour lancer une grande offensive. C'était la priorité pour le QG, quoi que disent les services de renseignements. Parfois, ceux-ci auraient préféré que nous nous arrêtions pour leur permettre d'en découvrir le plus possible avant que les nazis ne détruisent tout. Nous savions qu'une immense guerre secrète se déroulait, mais sans en connaître les détails. À vrai dire, nous en ignorions l'essentiel. Nous étions juste des soldats qui voulaient gagner la guerre. Garder notre élan ne signifiait pas seulement atteindre Berlin avant les Russes. Nous avions tous une terrible appréhension de ce que les Allemands pouvaient encore nous réserver. Nous nous souvenions du discours d'Hitler à Nuremberg avant la guerre. Sa volonté du « tout ou rien ». Il avait déjà lâché ses V2 sur Londres. Vous n'imaginez pas à quel point c'était terrifiant. À l'époque, nous n'étions pas au courant de leurs recherches sur les armes nucléaires, mais des fusées V1 avec des gaz mortels ou des charges biologiques auraient suffi. Voilà pourquoi nous nous battions avec une telle énergie. Voilà pourquoi nos bombes ont laminé leurs villes. Voilà pourquoi nous tuions l'ennemi jusqu'au dernier. Nous livrions une lutte désespérée pour l'humanité, une bataille contre l'apocalypse annoncée.

— Vous n'avez donc jamais retrouvé Peter, dit Dillen.

Hugh serra les mâchoires puis secoua la tête.

— Quand Peter et Lewes ont quitté le QG pour le camp, le cessez-le-feu ne devait durer que trente-six heures. Un raid de la RAF était prévu sur la forêt à 5 heures la nuit suivante. Mais au moment où nous récupérions le corps de Lewes, une patrouille des SAS est arrivée sur la route, mes propres hommes. Ils avaient bivouaqué à l'autre extrémité des bois et avaient repéré des troupes allemandes qui s'y infiltraient, avec des roquettes antichars *Panzerfaust* et ce qui ressemblait à des charges de démolition, sans doute pour abattre des arbres en travers de la route. Ce qui confirmait les craintes de QG. Du coup, tout l'horaire a été chamboulé. De toute manière, la décision d'évacuer le camp avait déjà été prise et cela a été fait en quelques heures à peine. Le raid de la RAF a été avancé. Quinze cents tonnes de bombes explosives et incendiaires. Le camp a été oblitéré. La forêt a brûlé pendant des semaines, une véritable tempête de feu. Les unités allemandes qui s'y étaient cachées ont cessé d'exister. Mais la route était dégagée pour notre avancée. Le QG avait obtenu le résultat qu'il désirait. Probablement, des centaines, peut-être des milliers de soldats alliés épargnés.

— Mais aucun signe de Peter ou de cet Américain, dit Rebecca.

— J'en suis seul responsable. C'est moi qui ai transmis au QG le renseignement sur les infiltrations de troupes allemandes. J'aurais pu décider de trier les effets de Lewes d'abord. Une heure de plus et il aurait été trop tard pour reprogrammer le raid. Cela aurait pu donner à Peter, s'il était toujours en vie, le temps de s'en tirer. Mais je suis allé tout droit au QG. C'est ça, le pire. Je suis responsable de sa mort. Cinq ans à la déjouer sur le champ de bataille, et c'est une initiative de ma part qui le tue. Toute ma vie, j'ai essayé de ne pas y penser, mais c'est impossible.

Il se prit la tête entre les mains tandis qu'un effroyable frisson l'ébranlait. Rebecca posa une main sur les siennes. Il se redressa pour la regarder, les yeux rouges. Il inspira avec difficulté et s'essuya le visage avec un mouchoir.

— Je suis navré, dit-il, la voix rauque. C'est stupide. Embarrassant. Cela ne me ressemble pas. De toute manière, tout ça, c'est du passé, n'est-ce pas ?

— Peter était peut-être déjà mort, dit Dillen, si cette forêt était infestée de soldats et de SS. C'est peut-être pour cette raison que Lewes revenait seul.

— Et il ne vous aurait jamais pardonné de ne pas avoir transmis ce renseignement sur-le-champ, ajouta Rebecca. D'après ce que vous dites, c'était le genre de gars qui aurait fait passer la vie de tous ces hommes avant la sienne, tous ces soldats qui seraient morts dans cette forêt si les Allemands avaient eu le temps de s'y installer.

— Qu'est-il arrivé au dessin ? demanda Dillen.

Hugh cligna des paupières, s'essuya de nouveau les yeux et s'éclaircit la gorge.

— Je l'ai mis dans ma poche. Dès que j'ai passé le renseignement, tout a été très vite. Le QG a été démonté et déménagé aussitôt. Je savais que le destin de Peter était scellé mais je n'y pensais pas vraiment. J'avais passé l'info sans réfléchir. C'était mon devoir absolu. Et j'étais vraiment dans un sale état. Soudain, la malaria a pris le dessus. J'ai fait un malaise. Mon souvenir suivant, c'est mon réveil dans un hôpital en France, trois semaines plus tard, en entendant les cloches d'une église. La guerre était terminée.

— Et vous avez toujours le dessin ? demanda Rebecca à mi-voix.

— Il a été soigneusement joint à mes effets, dit Hugh. Oui, je l'ai toujours. Là-bas, sur mon bureau.

— Pouvons-nous le voir ?

Hugh fit un geste vers la table. Rebecca se leva. Elle montra une feuille de papier jaunie à côté de l'écran de l'ordinateur et il acquiesça. Elle la prit avec précaution, la fixa un moment avant de se tourner vers Dillen, les yeux humides.

— Ces deux personnes qui la tiennent par la main, ce sont ses parents. J'en suis certaine…

Dillen se leva à son tour pour la prendre par l'épaule. Elle renifla en adressant un regard d'excuse à Hugh.

— C'est moi qui suis stupide, maintenant. Pardonnez-moi. C'est juste que… j'ai grandi sans mon père. Ma mère m'avait envoyée en Amérique chez des parents adoptifs pour m'éloigner de la mafia et je faisais souvent des dessins comme celui-ci. Dans lesquels nous étions tous les trois réunis, nous tenant par la main.

Hugh regarda par la fenêtre, perdu dans ses pensées.

— Elle avait à peu près dix-sept ans à l'époque où je l'ai vue, mais ceci ressemble plutôt à un dessin d'enfant, de petite fille. Après la guerre, j'ai découvert que la plupart des gosses qui avaient survécu à Auschwitz avaient vu leurs parents sélectionnés sur la rampe dès leur arrivée pour être aussitôt gazés. Ces enfants ont été épargnés pour diverses raisons. Cette fille faisait, paraît-il, partie de l'orchestre d'Auschwitz. Pire encore, il y avait un bordel là-bas. Mais les dessins tels que celui-ci préservaient le dernier souvenir qu'ils gardaient de leurs parents, comme s'ils étaient encore enfants. Comme si leur monde, leur vie s'étaient arrêtés à cet instant sur la rampe.

Dillen se pencha pour examiner la feuille.

— C'est étrange, dit-il. Un svastika inversé. Elle l'a placé juste au-dessus d'elle en le colorant d'or et d'argent.

Rebecca avait une boule douloureuse dans la gorge.

— Une croix gammée ? En quoi est-ce étrange ? Dans ce camp, il devait y en avoir partout.

— La dernière fois que j'ai vu Peter, dit Hugh, la dernière fois que je lui ai parlé, c'était dans cette tente du QG, quand je lui ai tendu ce dessin. Nous avons découvert en même temps ce svastika inversé. Et cela nous a mis tous les deux dans un état d'excitation intense. C'est ainsi que j'essaie de me souvenir de lui. Pour comprendre la raison de notre excitation, je dois vous parler d'une autre découverte extraordinaire faite à Mycènes.

— À Mycènes ? *s*'exclama Rebecca.

— Avant la guerre. Quand Peter et moi y effectuions des fouilles.

— Quand il a écrit la dédicace de ce livre...

— Par rapport à tout ce que je viens de vous raconter, cela se passait dans une autre vie, mais ce que je m'apprête à vous dire est peut-être la clé de tout le mystère. La clé qui permettra non seulement de comprendre Troie, mais aussi d'ouvrir la porte menant à une terrifiante découverte. Vous me suivez ?

Dillen hocha la tête, regarda sa montre et se leva.

— Avant cela, il faut que je passe un coup de fil à Jack.

— Vous vous sentez bien ? demanda Rebecca à Hugh en posant la main sur son bras. Ce doit être très difficile pour vous. N'êtes-vous pas fatigué ?

— Après toutes ces années de silence, le moment est venu de parler, dit Hugh. Et puis ce coup de fil va me donner le temps de préparer un autre chocolat.

— Embrassez papa pour moi, dit Rebecca à Dillen. Et tous les autres.

— Je n'y manquerai pas, dit Dillen en ouvrant la porte. Un quart d'heure.

Hugh se pencha sur le poêle.

— Ni plus, ni moins. Ta tasse sera prête à ton retour.

14

Dillen poussa la porte de l'appartement de Hugh en rempochant son téléphone. Il venait d'avoir Jack qui s'apprêtait à plonger, malgré une incertitude sur l'état des Aquapod. Le programme avait été retardé de quelques heures pour permettre à un dragueur de mines turc avec, à son bord, une équipe de plongeurs spécialisés, de récupérer la mine dans l'épave. Mustafa, l'homme de liaison de l'IMU, était lui aussi arrivé et les négociations avec le commandant turc pour le persuader qu'il valait mieux renflouer la mine plutôt que de la faire exploser sur place avaient été délicates. Il refusait que ses hommes se trouvent dans l'eau pendant qu'on déplaçait la bombe, ce que Jack pouvait parfaitement comprendre. Il l'avait conduit dans la salle de conférences pour lui montrer une reproduction du *Bouclier d'Achille* de Monticelli. Costas avait achevé de le convaincre en offrant aux plongeurs une visite de l'équipement embarqué sur le *Seaquest II* afin d'envisager les autres options possibles. Finalement, deux d'entre eux étaient descendus pour attacher des ballons de renflouage à la mine, mais la remontée à la surface avait été, de fait, effectuée par l'engin que l'IMU commandait à distance.

L'opération se déroulait au moment même où ils se parlaient au téléphone, Jack debout sur le pont la décrivant à Dillen. Le dragueur de mines, qui possédait des protections anti-explosion, était resté sur site tandis que le *Seaquest II* s'était éloigné à deux milles au sud de Ténédos sur l'insistance du capitaine Macalister. Par ailleurs, l'électronique d'un des Aquapod semblait défaillante. Dillen, sentant la tension dans la voix de Jack, était content de ne pas être sur place. Il y avait cependant au moins une bonne nouvelle : Hiebermeyer avait trouvé quelque chose dans le passage souterrain. Jack rappellerait en fin de journée pour le tenir au courant. D'ici là, Dillen aurait de son côté entendu le récit de Hugh. Pour l'instant, il avait préféré ne pas parler du mystérieux svastika et de son lien avec Mycènes. Ce soir, Jack et Costas auraient effectué leur plongée et, si les soucis d'équipement étaient réglés, cet après-midi promettait d'être, lui aussi, riche en éléments nouveaux.

Dillen hésita un instant avant d'entrer dans la pièce. Il ignorait ce que les prochains jours lui réservaient. Cela dépendait beaucoup de ce que Hugh allait leur révéler maintenant. Comme prévu, il reviendrait après avoir raccompagné Rebecca à Londres pour entamer la traduction avec lui, mais aussi et surtout pour définir ce qu'il convenait de faire. En Turquie, la pression pour obtenir un résultat était déjà forte, compte tenu de l'imminence des manœuvres militaires, mais il sentait qu'un nouvel angle d'attaque allait s'ouvrir ici même, dans cet appartement. Jack et son équipe étant occupés sur le terrain, c'était à lui qu'il reviendrait de s'en charger. Et il lui faudrait prendre de l'avance. La nouvelle qu'ils suivaient une autre piste, non plus à Troie mais dans le monde interlope de l'Europe contemporaine, ne tarderait pas à se répandre.

Quand il retrouva sa place, Hugh lui tendit un autre mug fumant.

— Tu l'as eu ?

— Oui.

— Bien. Ils plongent ?

Dillen regarda sa montre.

— C'est prévu pour 14 h 30, heure locale. Ils pensent utiliser les sous-marins monoplaces, les Aquapod.

— Sacré bon sang ! Si seulement j'étais plus jeune. Il y a quelques années, Jack m'a fait enfiler une combinaison dans la piscine de l'IMU, et c'était extraordinaire. Au moins, il me tient informé grâce à cet engin...

Il montra l'ordinateur disparaissant sous des monceaux de papiers sur le bureau.

— Vidéo en temps réel, expliqua-t-il. Mais pas cette fois, on dirait.

— Papa a décrété le black-out, expliqua Rebecca. On pourrait nous espionner. Mais je suis sûre qu'il vous mettra dans le coup dès qu'il n'y aura plus aucun risque.

— Vous voulez vous reposer un peu avant de commencer ? proposa Dillen.

— Bon Dieu, non. Allons-y.

— Mycènes, donc.

Hugh se pencha en avant.

— L'été 1938. Un des contremaîtres du chantier de fouilles avait connu Schliemann. Le bonhomme était frêle et cabossé de partout, trop rongé par l'arthrite pour manier une pelle. C'était le vieux, une sorte d'aîné du camp. Mais, quand il était gamin, en 1868, il avait été le premier à montrer le tumulus d'Hissarlik à Schliemann. C'était fascinant de l'entendre raconter ça. Schliemann n'a pas découvert Troie. Et Frank Calvert, le consul britannique qui l'a conduit sur le site, non plus. Les gens de la région savaient depuis toujours. Un clan du village d'Hissarlik prétendait même être les descendants d'Hector, le prince troyen. Schliemann connaissait la force des légendes locales et, bien sûr, il était convaincu que le mythe recelait un fond de vérité. Et il connaissait aussi la puissance des rêves d'enfant. C'était ainsi que sa propre quête avait commencé, quand, petit garçon en Allemagne, il rêvait de Troie. Aussi, la première chose qu'il a faite en arrivant là-bas a été d'aller voir les enfants. Il leur a offert des richesses qui dépassaient leur imagination, leur promettant de leur donner accès au monde comme, autrefois, ce même monde lui avait été rendu accessible. Et le gamin qui allait devenir ce vieillard arthritique a mordu à l'hameçon.

— Et par la suite, il a suivi Schliemann à Mycènes ? demanda Rebecca.

— Oui. Son père était un marin grec que sa mère avait rencontré tout près de là, à Çanakkale, le bonhomme pouvait aussi bien passer pour un Turc que pour un Grec. Schliemann a tenu parole et a fait de lui son *protégé*[7], en quelque sorte, lui apprenant à lire et à écrire, lui enseignant l'allemand et l'anglais, lui montrant tout ce qui lui avait permis d'obtenir gloire et fortune. Sauf que le gamin ne nourrissait pas les mêmes ambitions : il a préféré rester aux côtés de son mentor. Après la mort du grand homme, il n'a jamais dépassé le stade de contremaître, se mettant au service des archéologues allemands ou anglais qui ont pris la suite de Schliemann. Mais ce qu'il nous a raconté était fascinant. Schliemann et Sophia ont bien effectué des fouilles secrètes à Troie. Et, selon notre homme, les autorités ottomanes étaient au courant.

— Les Ottomans auraient fait semblant de ne pas savoir ? s'étonna Dillen.

— C'était plus que cela. À Hissarlik, le vizir local a menacé de révéler la paternité grecque du garçon s'il ne le tenait pas informé des agissements de Schliemann. C'est pour cette raison que cet homme nous a parlé, toutes ces années après, quand il se savait proche de la mort. Toute sa vie, il a eu le sentiment d'avoir trahi la confiance de son bienfaiteur. Il voulait soulager sa conscience. Mais revenons-en à

7. En français dans le texte (N.D.T.).

Schliemann. En véritable homme de spectacle, il était trop obsédé par son propre prestige pour envisager qu'on puisse se servir de lui. Sa célébrité mondiale en faisait un formidable outil pour des régimes aspirant à améliorer leur image. La cour à Constantinople dans les années 1870 était, certes, en pleine décomposition, mais elle restait encore et toujours un nid d'intrigues. Les Ottomans ont été ravis de disposer d'un moyen de pression sur Schliemann : le plus grand archéologue de tous les temps leur avait volé un trésor qu'il avait fait sortir en secret du pays. Ils étaient aussi très conscients de leur mauvaise réputation : l'ami de Schliemann, le Premier Ministre anglais, Gladstone, se montrait particulièrement acerbe envers eux. Sans s'en douter, Schliemann est devenu un pion dans le monde des relations internationales. Les Grecs lui ont permis de fouiller à Mycènes afin de pouvoir rivaliser avec les Trucs. Ils voulaient leur propre part du mythe de la guerre de Troie et bénéficier eux aussi de son immense prestige. En coulisse, ils jouaient le même jeu que les Turcs.

— Vous voulez dire que Schliemann a aussi effectué des fouilles secrètes à Mycènes ? fit Rebecca.

Hugh se pencha en avant et sa voix se fit plus sourde.

— Une nuit, en 1876, après plusieurs journées de pluies torrentielles, juste avant que le chantier ne ferme pour la saison, Schliemann et Sophia ont renvoyé les gardiens, saoulé à mort l'inspecteur grec des antiquités, l'*ephor*, et sont remontés en secret à la citadelle. Du moins, le croyaient-ils. L'*ephor* n'était pas si ivre. Il a ordonné à notre garçon, devenu un adolescent, qui espionnait désormais pour le compte des Grecs, de les suivre. C'était apparemment toujours facile de repérer Schliemann la nuit à Mycènes car il aimait se tenir, tel Agamemnon, aux endroits les plus élevés, le regard tourné vers la mer. Le gamin a vu Sophia et Schliemann prendre leurs outils puis descendre dans le puits de la tombe royale, l'endroit même où, quelques jours plus tard, Schliemann allait « découvrir » le masque d'Agamemnon.

— Le garçon a vu ça ? murmura Rebecca.

— Oui. Plus tard, presque quinze ans après, il a surpris Schliemann et Sophia en faire autant à Troie : fouiller en secret, nuit après nuit. Schliemann aurait dû se douter qu'on le surveillait. Et peut-être le savait-il. Peut-être cela faisait-il partie de son jeu. Une fois, quand le garçon était encore un enfant et qu'il observait les travaux de la grande tranchée, Schliemann l'a taquiné en lui disant qu'il n'était pas un descendant d'Hector mais plutôt d'Homère lui-même, à rester perché là, à tout contempler comme un ancien barde. Curieusement, les Grecs disaient quelque chose de similaire. L'*ephor* prétendait que Schliemann était un poète et que Sophia était sa muse. Selon lui, les Grecs avaient toujours eu un faible pour les poètes étrangers qui venaient s'installer chez eux, comme Byron, et c'était la raison pour laquelle ils toléraient Schliemann. Tu te souviens, James, quand tu étais gamin et que je te récitais pour la première fois des passages de l'*Iliade* et de l'*Odyssée*, je t'ai dit que nous étions des poètes nous aussi et qu'un jour tu monterais sur les remparts de Troie, que tu verrais les fantômes de tous les héros, que tu entendrais le cri de guerre d'Agamemnon ?

— Oui, murmura Dillen, oui, je m'en souviens. Vous auriez dû me voir à Troie hier. Mais continuez l'histoire du garçon...

— C'est là où ça devient vraiment extraordinaire. À Mycènes, cette nuit-là, il a vu Schliemann et Sophia émerger du tombeau. Quand il les a crus assez loin, il est descendu à son tour. Il a trouvé le masque d'Agamemnon et il l'a soulevé. Vous imaginez ? Un jeune garçon tout seul, découvrant cela. Soudain, il a entendu des voix en haut. Il a vite remis le masque en place et s'est caché au fond du puits, à l'intérieur d'une autre tombe. Schliemann et Sophia sont revenus et ils rapportaient quelque chose. Il les a entendus creuser, travailler avec acharnement pendant une bonne demi-heure. Puis ils sont repartis, pour de bon cette fois. Il a attendu très longtemps avant d'oser sortir de sa cachette et il a découvert ce qu'ils avaient fait. De nouveau, il a soulevé le masque pour découvrir quelque chose qui n'y était pas la première fois : un squelette humain. Voilà ce que Schliemann et Sophia avaient transporté jusqu'au tombeau : un squelette qu'ils ont placé sous le masque.

— Ah, fit Dillen, voilà qui explique tout. Le mystérieux squelette difforme. Schliemann en parle dans son livre.

— Il était apparemment en très mauvais état, reprit Hugh. Mais le garçon a reconnu le crâne défoncé. Il provenait d'un cimetière de l'âge du bronze que l'équipe avait mis au jour à l'extérieur des murs de la cité, juste en dessous de la Porte des Lionnes, puis avait abandonné quand Schliemann s'était rendu compte qu'il s'agissait de simples tombes et non de sépultures royales.

— Mais pourquoi a-t-il fait une chose pareille ? dit Rebecca. Transférer un squelette dans la tombe d'Agamemnon ?

Hugh leva la main.

— Nous y reviendrons. D'abord, retournons à Troie quatorze ans plus tard. Nuit après nuit, notre homme a vu Schliemann et Sophia disparaître dans les fouilles de l'ancienne citadelle afin d'y travailler seuls et en secret, comme ils l'avaient fait en 1871 avant de découvrir le trésor de Priam, tout près de la grande tranchée. Sauf que, cette fois, ils se montraient beaucoup plus discrets, se concentrant sur une zone qui, à ce jour, n'a pas encore été explorée. La dernière fois qu'il les a vus creuser, c'était le soir, après la fin du second congrès de Troie qui a eu lieu sur le site en 1890. Quelques heures plus tôt, Schliemann avait été trouver le garçon, devenu un homme à présent. Il était resté assis avec lui pendant plusieurs minutes où il avait paru vouloir se confier. Il lui a dit qu'il avait toujours su que le « trésor de Priam » était antérieur d'un millier d'années à la Troie homérique mais qu'il ne l'admettrait que lors de ce congrès.

— Ce qu'il a fait, murmura Dillen. C'est dans les archives.

— Oui, dit Hugh. Mais il ne s'agissait pas d'un acte d'humilité. Pas de la part de Schliemann. Il a affirmé à notre homme que son erreur de datation avait été volontaire, afin de faire croire à la découverte d'un trésor grandiose. En fait, il cherchait à détourner l'attention de la vraie révélation, celle que Sophia et lui avaient commencé à percevoir en 1871. Ce n'était qu'alors, en 1890, après toutes ses autres découvertes à Mycènes et un peu partout à travers le monde antique, que le moment était venu de retourner à Troie achever les fouilles et dévoiler cette splendeur. Cette même nuit, Sophia a allumé une allée de petites bougies depuis l'entrée du site jusqu'au tunnel dans le périmètre ouest. C'était typique de Schliemann, ce genre de mise en scène très théâtrale. Et notre contremaître n'a pas tardé à en comprendre la raison. Après le départ de tous les délégués au congrès, trois hommes sont arrivés. Des personnages visiblement très importants, voyageant incognito. Il n'a pas pu voir le visage de deux d'entre eux et il était trop éloigné pour entendre ce qui se disait. Mais il a reconnu le troisième.

— Qui était-ce ? demanda Dillen.

— Schliemann rentrait souvent en Amérique pour gérer ses affaires, un véritable empire et, en une occasion, il avait emmené son protégé avec lui. À Washington, ils avaient séjourné chez un de ses bienfaiteurs, qui l'avait soutenu à ses débuts, lors de la ruée vers l'or en Californie. Depuis, les deux hommes étaient liés par une amitié sincère et profonde. Ce bienfaiteur s'appelait George Frisbie Hoar.

— George Hoar ! s'exclama Dillen. Bon Dieu ! Oui, c'est évident. Hoar était un passionné de l'Antiquité, membre bienfaiteur de la Smithsonian Institution et du musée Peabody à Harvard. Mais il était plus que cela. Bien plus. Il a été l'un des plus éminents hommes politiques des États-Unis de la seconde moitié du XIXe siècle. Ce qui explique pourquoi Schliemann l'avait tant courtisé. Hoar était une voix de modération et d'humanisme, célèbre pour avoir prévenu des dangers d'un impérialisme américain, adversaire acharné de toute guerre menée à l'étranger. En 1890, il était sénateur depuis des années, et très respecté. Si vous vouliez vous attirer les bonnes grâces du plus important politicien américain de l'époque, mieux valait choisir Hoar à tout président en exercice.

Hugh se pencha pour saisir un lourd volume relié qui était posé sur le bureau, et il le tendit à Rebecca. La couverture était ornée d'une gravure en relief stylisée, une tête de taureau dorée, les cornes dressées.

— C'est le compte rendu de Schliemann sur ses fouilles à Mycènes où il décrit le masque d'Agamemnon, expliqua-t-il. Je possédais déjà cet exemplaire en 1938 et je viens de le relire pour la première fois depuis des années. Je me souviens de ton père s'y plongeant lors de sa première visite ici. Ses yeux se sont mis à briller quand il a lu la partie concernant le masque. Maintenant, jetez un coup d'œil à l'intérieur de la couverture.

Rebecca ouvrit le livre avec déférence. Dillen se pencha pour regarder par-dessus son épaule et vit un blason au-dessus du mot « HOAR » imprimé en lettres gothiques.

— C'est une pure coïncidence, vraiment stupéfiante, mais cela arrive parfois, dit Hugh. J'avais acheté cet ouvrage lors d'un voyage à New York en 1937, avant que Peter et moi nous rendions en Grèce. Certains ouvrages de la bibliothèque Hoar étaient en vente et je cherchais à développer la mienne. J'avais hérité d'un peu d'argent que j'ai dépensé dans des livres.

— C'est lui ! s'exclama soudain Rebecca.

— Quoi donc ? demanda Dillen.

— Ce blason ! Le griffon à double tête ! Vous vous souvenez de la chevalière en or, celle qu'Hiebermeyer a trouvée dans le passage hier ? Papa disait avoir déjà vu cet emblème quelque part. C'était ici !

— Bon sang, murmura Dillen, je crois bien que tu as raison. Hier après-midi, alors qu'il creusait dans un tunnel, Maurice a trouvé une chevalière victorienne portant exactement ce même motif. Nous pensions qu'elle avait été perdue par un des invités très spéciaux de Schliemann.

— Et maintenant nous savons lequel, enchaîna Rebecca.

— Un tunnel, vous dites, murmura Hugh en fixant Dillen. Je me suis tenu au courant des fouilles ces dernières années. Est-ce que vous parlez du tunnel de canalisation qu'ils ont trouvé dans la partie sud-ouest du site, menant à la source ?

Dillen secoua la tête.

— J'allais vous en parler, autant le faire tout de suite. C'est extraordinaire. Ces derniers jours, Maurice a découvert un passage sous la citadelle homérique, une profonde tranchée, aux parois incurvées vers l'intérieur, dont la maçonnerie est identique aux murs de la cité. Ce tunnel de canalisation le rejoint peut-être. Nous ne savons pas ce qu'il y a au bout, Maurice n'y est pas encore. Mais nous pensons que cela devrait conduire à une sorte de porte monumentale donnant accès à un lieu situé non pas *dans* mais *sous* la citadelle. Des *stelae,* des stèles, ornaient les murs, certaines portant des inscriptions. Maurice pense même avoir vu des hiéroglyphes. Et il y a aussi une colossale tête de roi sculptée, comme un gardien de porte. Ce sont Rebecca et Jeremy qui l'ont trouvée.

Hugh le fixait toujours puis il fouilla sur son bureau pour s'emparer d'un vieux carnet de croquis. Il le tint un moment, perdu dans ses pensées, avant de l'ouvrir et de le feuilleter jusqu'à un dessin au pastel couvrant une double page.

— Tu veux dire, comme ceci ?

Dillen laissa échapper une exclamation de surprise. Le croquis montrait une porte en tout point semblable à celle qu'il venait de décrire, avec deux gardiens, un de chaque côté de la porte.

— C'est incroyable. Où diable cela se trouve-t-il ?

— Le vieil homme nous l'a décrite, quand nous lui avons parlé à Mycènes en 1938. C'est cela qu'il a vu cette nuit-là à Troie.

— Bon Dieu. C'est ce que Maurice a trouvé, dit Dillen avant de lever les yeux vers son ancien mentor. Voilà un secret que vous avez bien gardé.

Hugh hésita.

— J'ai eu beaucoup de mal à rouvrir ce carnet. Il était sous clé depuis la guerre. C'est un dessin de Peter. Basé sur la description du vieil homme. Peter était un excellent aquarelliste. Il essayait toujours de cadrer ce qu'il voyait, de faire une composition à la manière d'un peintre ou d'un photographe. C'était une sorte d'exercice mental permanent pour lui. Il faisait souvent cela après les batailles, à Cassino par exemple, pour prendre un peu de distance avec le carnage et l'horreur.

— Cela ressemble tellement à l'entrée d'un tombeau, murmura Rebecca. Comme le trésor d'Atrée à Mycènes.

— C'est exactement ce qu'a dit le vieil homme, répondit Hugh avec enthousiasme. Nous étions là, à Mycènes, et il nous l'a montré. Il était convaincu que c'était aussi ce que pensait Schliemann. Que quelque part au bout de ce passage se trouvait un tombeau, un trésor, sous le palais de Troie. Mais Schliemann et Sophia ne sont pas allés plus loin que cette entrée telle que vous la voyez sur ce croquis.

— Que s'est-il passé ? demanda Rebecca. Pourquoi n'ont-ils pas poursuivi les fouilles ?

— J'ai une hypothèse. Cette nuit-là, en 1890, Schliemann a invité ces trois personnages pour leur montrer un chantier en cours, sachant qu'une grande découverte était proche. Peut-être voulait-il les préparer, nourrir leur enthousiasme pour une autre visite quelques mois plus tard, quand le moment de la révélation serait arrivé. Mais, plus tard, cet été-là, il s'est effondré physiquement.

Dillen acquiesça.

— Oui, c'est dans ses papiers. Gladstone lui a écrit car il s'inquiétait pour sa santé. Et il existe une lettre que Schliemann a lui-même envoyée cet été-là à un de ses amis, le prince Otto von Bismarck en Allemagne. Je ne parviens pas à l'oublier : « Mes ouvriers et moi sommes complètement épuisés. Je vais être forcé de suspendre les opérations le 1er août. Mais, si le ciel me prête vie, je compte bien reprendre le travail de toutes mes forces dès le 1er mars 1891. »

— Ce qui ne devait jamais arriver, dit Rebecca.

Dillen acquiesça.

— L'infection aux oreilles dont il souffrait depuis des mois s'est soudain aggravée, et il est devenu sourd. Ça a été assez épouvantable. Il a tenté de se faire soigner un peu partout en Europe, en vain. Il est mort à Athènes en décembre.

— Que sont devenues les fouilles ? s'enquit Rebecca.

— Selon le vieil homme, dit Hugh, Sophia a comblé le passage qu'ils avaient découvert, les *stelae* avec les inscriptions, ces deux statues, à elle toute seule. Puis elle les a fait venir, son frère et lui, pour enterrer la tranchée et la cacher.

— Donc, Maurice avait raison d'avoir des soupçons, dit Dillen. La stratigraphie ne lui paraissait pas très plausible, comme si on avait cherché à dissimuler quelque chose.

— Mais pourquoi ? demanda Rebecca. Pourquoi enterrer ce passage alors que la révélation était si proche ?

— Sophia et Schliemann étaient très amoureux l'un de l'autre, et ils formaient une véritable équipe, répondit Hugh, pensif. Maintenant qu'il était parti, elle ne supportait peut-être plus de continuer. Mais je pense qu'il y a autre chose. Ils ont toujours intrigué, effectuant des fouilles en secret, expédiant clandestinement leurs trésors à l'étranger. Peter et moi nous demandions si Sophia n'avait pas, en fait, accompli les dernières volontés de Schliemann : boucher la tranchée en attendant qu'un archéologue du futur vienne prendre le relais. Quelqu'un d'une stature similaire, quelqu'un dont la personnalité et l'énergie pourraient donner vie à ses découvertes, les faire partager comme lui avait su le faire. Si c'est le cas, je ne peux m'empêcher de penser qu'il a eu raison. Troie sans Schliemann est inconcevable. Un autre archéologue aurait pu sonder le tumulus avec plus de précision, publier une monographie plus sobre, mais ce site à Hissarlik n'aurait jamais captivé l'imagination du monde entier comme ça a été le cas grâce à Schliemann.

— Oui, renchérit Dillen. Ses lettres montrent qu'il avait peur de sa propre mortalité, peur que sa mort signifie la fin de son propre mythe. Peut-être a-t-il trouvé un peu de consolation dans l'idée que son œuvre allait inspirer quelqu'un possédant la même étincelle, la même passion, quelqu'un qui reprendrait le flambeau. Schliemann laissait toujours de petits indices. La décoration de sa maison à Athènes, les svastikas.

— Les svastikas ? dit Rebecca.

— Ce ne sont pas une invention nazie, dit Dillen. On en trouve dès la préhistoire, depuis l'Inde jusqu'au Proche-Orient, y compris à Troie. En fait, c'est un symbole assez commun. Les nazis l'ont associé à leurs soi-disant précurseurs aryens et l'ont détourné.

— C'est pourquoi le svastika du dessin n'est peut-être pas ce qu'il paraît être, dit Hugh.

Rebecca l'examina une nouvelle fois.

— Parce que la croix est orientée en sens inverse ?

— Oui, la croix gammée nazie tourne dans le sens des aiguilles d'une montre, murmura Dillen.

— Ces anciens svastikas, ceux qui décorent Troie ? fit Rebecca. Dans quel sens tournent-ils ?

— Dans le sens inverse. Pas toujours, mais le plus souvent.

— Alors, comment la fille à la harpe a-t-elle pu dessiner un svastika troyen ?

Dillen pianota sur son mug tout en fixant le livre sur Mycènes qu'elle tenait toujours.

— Cette dernière nuit à Troie, avec ses trois invités, murmura-t-il, à quoi jouait Schliemann ? Hoar était un personnage important. Qui étaient les deux autres ? Il ne s'agissait pas juste de leur montrer un trésor. Schliemann était un homme d'idées. Il voulait frapper l'imagination des gens. Il ne voulait pas qu'ils se contentent d'admirer bouche bée.

— Je ne comprends toujours pas en quoi le svastika est un indice, dit Rebecca. Un indice de quoi ?

— Et vous ne nous avez toujours pas dit ce que le garçon a vu dans la tombe à Mycènes, avant que Schliemann et Sophia y mettent le squelette, dit Dillen.

— Le masque en or était toujours là, quand il l'a soulevé toutefois, ce n'est pas le visage d'Agamemnon qu'il a contemplé mais une marque dans l'argile. Une empreinte creusée par un objet. Il a remarqué des traces récentes sur les bords et il a repensé à la sacoche que portait Schliemann. Il a deviné qu'elle avait dû contenir l'artefact qui avait été caché là pendant trois mille ans et qui ne devait réapparaître qu'au cours de la Seconde Guerre mondiale, quand une fillette juive le reverrait au beau milieu de la pire horreur imaginable.

— Une empreinte ? s'exclama Rebecca. Vous parlez d'un svastika ?

Hugh acquiesça.

— Un svastika troyen. Orienté dans le sens inverse des aiguilles d'une montre. Tout comme la fille à la harpe l'a dessiné.

Dillen avait peine à croire ce qu'il était sur le point de dire :

— Ce serait donc Agamemnon lui-même qui l'a enfoui.

Rebecca regarda le dessin.

— Pourquoi ? Pourquoi dans un tombeau ? Pourquoi dans sa propre tombe ?

Hugh se tourna vers elle.

— Quelle meilleure cachette pour un roi qui voudrait que ce symbole ne soit jamais découvert ? Quel meilleur moyen de le marquer de son autorité, de faire valoir ses prétentions, que de l'enterrer dans sa propre tombe sous son propre masque ?

— Mais que signifiait ce svastika ? dit Rebecca. Pourquoi le détenait-il ?

Hugh la fixa avec intensité.

— L'ingrédient final de l'histoire. Ce que le vieil homme a vu à Troie cette dernière nuit après le départ de Schliemann et de ses trois amis.

— Il a vu autre chose, murmura Dillen. Allez-y, Hugh.

— Il les espionnait depuis les remparts. Une nouvelle fois, quand ils sont partis, il s'est glissé dans la tranchée jusqu'à la partie qui n'avait pas été fouillée, là où les parois incurvées disparaissaient dans la terre, pour converger quelque part sous la citadelle. On avait creusé un tunnel au bout du passage, juste assez large pour qu'un homme puisse y ramper. Il faisait nuit noire, il a donc pris une chandelle. À l'extrémité du tunnel, une faille dans la maçonnerie lui a permis d'apercevoir ce qui se trouvait au-delà. Il a vu ce que Schliemann avait vu. Il a compris pourquoi il avait convoqué Hoar et les deux autres à Troie cette nuit-là. Il a su pourquoi Schliemann était aussi certain d'une révélation très proche.

— Qu'est-ce que c'était ? murmura Rebecca.

— Du bronze, une grande porte en bronze. Avec, en son centre, un cercle dans lequel était sculpté un symbole.

— Un svastika, dit Rebecca.

— Un svastika troyen ! s'exclama Dillen.

Hugh acquiesça.

— Gravé en creux et exactement de la même forme et de la même taille que celui se trouvant sous le masque d'Agamemnon.

— Bon Dieu, jura Dillen. Bien sûr. Dans une porte. C'est d'une clarté aveuglante. Voilà le secret de Schliemann. Le svastika n'était pas juste un symbole. C'était une clé.

— Pas étonnant qu'il n'ait rien voulu dire, dit Rebecca. La clé d'une chambre secrète située sous Troie. Combien de chasseurs de trésors seraient prêts à mourir pour ça ?

— Et c'est aussi la clé d'autre chose, reprit Hugh avec calme en lançant un regard vers la photo au-dessus de la cheminée. Quelque chose d'atroce, quelque chose que je voudrais oublier, comme un cauchemar. Cela a un rapport avec la fille à la harpe et ce dessin qu'elle a fait en 1945. Je pense qu'elle a vu le svastika troyen dans un bunker dans la forêt. Quand elle y a été emmenée pour s'y faire violer. Un des SS qui a tenté de se rendre délirait à propos de cette forêt, ne cessant de nous la montrer du doigt, disant qu'elle contenait des trésors cachés, sous terre. Il essayait d'acheter sa survie. Nous ne l'avons pas cru. Nous pensions que ce camp servait au travail forestier et à absorber le trop-plein, si je puis dire, de Belsen. Nous savions que d'autres SS s'étaient enfuis dans les bois, nous pensions qu'il tentait de nous faire tomber dans une embuscade. C'est peut-être ce qui est arrivé à Peter. Mais, aujourd'hui, je crois que ce garde nous disait peut-être la vérité.

— Vous pensez que c'est ce que Peter et l'Américain ont trouvé ?

— Je ne sais pas. Nous ne le saurons peut-être jamais. Mais ce n'est pas tout. Quelques jours avant que nous pénétrions dans le camp, ma patrouille de SAS a tendu une embuscade à un courrier motocycliste. Nous avions ordre de tuer tous ceux sur lesquels nous tombions. À ce stade de la guerre, ils pouvaient être les messagers personnels d'Hitler, le genre de chose qui aurait pu pousser des soldats allemands désespérés à se battre jusqu'à la mort. Couper la transmission des missives pouvait sauver un nombre incalculable de vies, nos propres troupes. Le motard a foncé dans un câble tiré en travers de la route. L'homme était encore vivant mais sa moto a explosé et les flammes ont détruit la boîte de courrier.

— A-t-il dit quelque chose ? demanda Rebecca.

Hugh hésita avant de répondre.

— J'aurais peut-être pu lui soutirer des informations. Mais nous nous trouvions derrière les lignes ennemies et nous étions pressés par le temps. Nous ne faisions pas de prisonniers.

— Mais vous avez découvert quelque chose, insista Dillen.

— J'ai aperçu un fragment carbonisé qui avait été soufflé loin des flammes. Je l'ai ramassé et quelques centimètres carrés d'écriture étaient encore lisibles. C'était un bout de l'ordre Néron, celui par lequel Hitler ordonnait à ses commandants de détruire les infrastructures restantes du Reich. J'avais été briefé à ce sujet au QG qui en possédait une copie complète. Je n'ai donc eu aucun mal à le reconnaître. Sauf que celui-ci était légèrement différent. En haut de la page, se trouvait une croix gammée, mais pas la croix nazie habituelle. Celle-ci était inversée. Exactement comme celle du dessin de la fille à la harpe, comme celle décrite par le vieil homme à Mycènes et à Troie. Bien sûr, j'ignorais tout du dessin de la fille à ce moment-là. Mais quand je l'ai vu plus tard, j'ai tout de suite repensé à ce fragment carbonisé et cela m'a fait froid dans le dos. J'ai compris le lien avec Schliemann en raison des mots inscrits juste en dessous.

— Quels étaient-ils ? murmura Rebecca.

— Trois mots, visibles au-dessus du texte standard de l'ordre, qui faisaient partie du sceau avec le svastika inversé. J'ai écrit un rapport à ce sujet mais je n'en ai plus entendu parler. Des gars des services secrets sont venus me voir pour me faire jurer de garder le secret, et puis c'est tout. Les mots se trouvaient juste en dessous du svastika. *Das Agamemnon Code.*

— Le code Agamemnon, murmura Dillen.

— Pourquoi Agamemnon ? s'enquit Rebecca, incrédule.

— Les nazis adoraient se raccrocher à un passé glorieux, à ceux qu'ils considéraient comme leurs précurseurs aryens, de grands chefs de guerre. Agamemnon a toujours été très haut sur leur liste. Découvrir cet objet parmi le trésor de Schliemann, le svastika troyen, expédié en secret en Allemagne après sa mort, peut-être par Sophia, a dû les exciter au plus haut point : le symbolisme, l'association avec ce qu'ils devaient considérer comme la destruction triomphale de Troie par Agamemnon, l'anéantissement d'une race orientale inférieure, tout ce qui pouvait infester leur imagination tordue. Aussi, quand le moment est venu d'envisager l'Armageddon, de concevoir et d'utiliser une sorte d'arme ultime, quel meilleur code utiliser que celui du svastika inversé en lui donnant le nom du roi des rois en personne ?

— C'est pour cela que vous aviez si peur de ce qui pouvait se trouver dans ce bunker dans la forêt, dit Rebecca. Vous pensiez qu'une arme abominable y était cachée ?

— Pas y *était*, répliqua Hugh avec calme, mais y *est*.

— Que voulez-vous dire ?

— Après la guerre, la forêt incendiée, le site du camp, la zone au-dessus du bunker ont été passés au bulldozer et transformés en base aérienne de l'OTAN. Mais le bunker doit toujours y être. Même les bombes de huit mille livres de la RAF ne pouvaient pas détruire le béton renforcé qu'ils utilisaient pour leur construction. Mais, au moins, le bombardement a dû sceller ce qui se trouvait à l'intérieur. Et je ne parle pas simplement d'œuvres d'art volées. Dès que j'ai commencé à rassembler tous les morceaux du puzzle après la guerre, j'ai toujours eu un horrible pressentiment à propos de cet endroit, de ce qu'il y avait encore là-bas, là où la fille à la harpe avait vu ce svastika inversé. L'horreur de cette forêt ne s'arrête pas à ce qu'elle y a subi, ou à ce qui est arrivé à Peter. L'horreur réside dans ce qui doit encore y être, dans ce qui pourrait encore se déverser sur notre monde aujourd'hui.

Dillen inspira un bon coup.

— On dirait qu'on a du pain sur la planche.

— Qu'allez-vous faire ?

Dillen réfléchit un moment.

— Espérons d'abord que personne d'autre ne dispose des éléments que nous venons de réunir. Pour le moment, il s'agit de simples hypothèses, mais il se pourrait que cette route conduise à quelque chose de terrible. Une arme nazie enfouie dans un bunker. Une arme associée à ces mots : *Das Agamemnon Code*. Quelque chose dont, par le plus grand des hasards de la guerre, Peter et vous avez peut-être empêché le déclenchement par quelque fanatique nazi. Vous, en trouvant ce dessin et peut-être en tuant ce motocycliste ; Peter, en allant dans ce camp, dans cette forêt. L'Américain et lui sont peut-être morts en s'opposant à un fou qui tentait de mettre en branle l'ordre ultime d'Hitler. Une chose est sûre : certains officiers très haut gradés au sein des services de renseignements alliés savaient de quoi il retournait et ils ont eu tellement peur qu'ils ont préféré faire détruire toutes les preuves et enfouir ce bunker pour toujours, du moins l'espéraient-ils. Il y avait là quelque chose que même eux n'osaient pas révéler.

— Donc, si je comprends bien, nous reprenons là où Peter s'est arrêté, murmura Rebecca.

— La guerre continue, dit Dillen. Hugh ?

— Pour moi, elle ne s'est jamais arrêtée. C'est pourquoi j'ai gardé tout cela en moi pendant si longtemps.

— Notre premier travail consiste à supprimer toutes les pistes. Faire disparaître le moindre élément pouvant mener à cette cache. Tout comme les renseignements alliés ont désespérément tenté de le faire en 1945.

— Nous avons déjà rouvert la boîte de Pandore en retournant à Troie, dit Rebecca. Nous avons provoqué ce que nous ne voulions pas : réveiller l'intérêt pour les trésors de Schliemann.

— Plus moyen de revenir en arrière maintenant, fit Dillen, lugubre. Quelle ironie. C'est exactement ce que j'ai dit à Jack hier soir sur les remparts de Troie, en admirant nos découvertes de la journée. Il avait eu un pressentiment à propos d'Homère. Désirons-nous tant que cela découvrir ce que cache le récit de la guerre de Troie ? Sauf qu'hier nous étions euphoriques. Pas question de faire machine arrière alors que nous étions sur le point de faire d'immenses découvertes. Tout comme Schliemann a dû l'être cette nuit-là, en 1890

— Ce vendeur d'art, murmura Rebecca, à Amsterdam. Celui que j'ai rencontré. On peut commencer par lui. Il traîne dans ce milieu depuis des décennies, il sait tout ce qu'il s'y passe. Si quelqu'un s'intéresse soudain au trésor de Schliemann, il l'apprendra. Il a réussi à mettre la main sur une cache de documents nazis dont il se sert pour marchander avec Interpol. Il faut vérifier si certains de ces documents ne portent pas ce svastika inversé. Et dans le cas où ce symbole ou ce nom de code sont apparus sur le marché noir, Brandeis le saura.

Dillen consulta sa montre.

— Jack et Costas sont en train de plonger sur l'épave de l'âge du bronze en ce moment même. Je vais laisser un message au capitaine Macalister et à Ben à bord du *Seaquest II.* Je me souviens de t'avoir entendue parler de ces documents avec ton père, Rebecca. Après qu'il t'a gentiment demandé de ne plus jamais te lancer dans une telle aventure. Je crois qu'ils ont été examinés par un membre éminent du Courtauld, le professeur Hans Raitz, n'est-ce pas ?

La jeune fille acquiesça avant de plisser les lèvres.

— Oui, je l'ai rencontré. Il m'a même invitée à déjeuner au British Museum. Je sais que c'est un grand historien d'art, mais je ne l'aime pas. Je lui ai demandé si, avec un nom pareil, il était juif et il a failli me cracher au visage. Ensuite, il s'est excusé en disant que ma génération était ignorante, que ce n'était pas de notre faute... et il a commencé à me tripoter sous la table. Selon lui, j'étais une bonne aryenne. Vous imaginez un peu ? J'ai reçu un coup de téléphone et j'en ai profité pour le planter là. Je n'ai rien dit à papa.

— Ce qui vaut probablement mieux, dit Dillen. Et Raitz ne fait pas mystère du passé nazi de sa famille. On pourrait même dire qu'il le proclame. C'est ce qui aurait orienté sa carrière. Il tient à comprendre comment l'architecture et l'art ont servi le fascisme. Mais je me demande...

— Comme tu disais, fit Hugh. La guerre n'est toujours pas terminée. L'ennemi est toujours là quelque part.

— Ce marchand, dit Dillen. Où se trouve-t-il ?

— Il vit incognito à Londres, dit Rebecca. Mais je sais où.

— Bien, dit Dillen en la dévisageant. Mais, cette fois, pas question d'aller là-bas sans quelqu'un de la sécurité.

— D'accord, dit Rebecca. J'avoue que ce dessin me fait un peu peur.

Elle se leva pour aller contempler les deux adultes donnant la main à la petite fille au-dessus de laquelle planait le svastika. Elle trembla légèrement et Hugh lui toucha le bras.

— J'ai toujours voulu la retrouver, tu sais, dit-il. Découvrir ce qui lui était arrivé.

— La fille à la harpe, murmura Rebecca. J'aimerais l'entendre jouer.

— C'est elle, dit Hugh d'une voix qui se brisait tandis que sa main cherchait celle de Rebecca. Pas vraiment Peter ni moi, mais elle. Si elle n'avait pas fait ce dessin, une horreur sans nom aurait peut-être déferlé sur le monde.

Il se leva à son tour et vacilla légèrement avant de se rétablir. Dillen l'observa avec inquiétude. Soudain, Hugh semblait terriblement fatigué, et pour la première fois, il le voyait comme un vieillard. Peut-être avaient-ils eu tort de l'obliger à se replonger dans cet enfer. Mais c'était Hugh lui-même qui l'avait proposé. Il consulta sa montre.

— 13 heures pile, dit-il. Si vous partez tout de suite, vous pouvez attraper le 15 h 20 pour Paddington. Sinon, il faudra attendre quarante-trois minutes de plus.

Dillen sourit.

— Toujours le vieux soldat, Hugh.

— Et le vieux professeur. Les habitudes ont la peau dure. Quand j'ai pris ma retraite, je me suis juré de ne plus jamais être l'esclave de la pendule. Mais, à mon âge, on comprend que le temps est essentiel. Surtout si on a encore un travail à terminer.

Rebecca se retourna pour l'étreindre.

— Vous aimiez Peter, n'est-ce pas ?

Pendant une seconde, Hugh parut se raidir, puis il se détendit et la prit lui aussi dans ses bras.

— Je suis encore là. Parfois, c'est comme si la guerre devait à jamais précéder la mort, comme si je devais ne vivre que ça. Et il y a ce cliché. « L'âge ne les atteindra pas, pas plus que les années ne les condamneront. » Peter est jeune à tout jamais. Pardonne-moi de m'être montré si émotif tout à l'heure. C'est gênant, vraiment. Je suis plus coriace, en général. C'est juste que, depuis quelques années, il y a des moments... L'armure se déglingue. La vieillesse, je suppose. Je me demande ce que Peter penserait de moi maintenant. Lui, l'éternel jeune homme, moi, le vieillard souffreteux.

— Il va peut-être falloir rester coriace encore un peu, Hugh, dit Dillen. Tout nous attire là-bas. Nous allons peut-être devoir affronter l'enfer une fois de plus.

Hugh tendit les mains ouvertes devant lui.

— Parfois, quand il fait froid et que je les ferme, j'ai l'impression que du sang gelé craque sur mes paumes. Comme cette nuit-là dans les Ardennes. Ce n'était pas le mien. Et quand il fait chaud, c'est l'odeur. L'odeur du sang des hommes que j'ai tués. Si je dois me retrouver là-bas, face à ces portes, tu n'as pas à t'inquiéter pour moi. J'y suis depuis des années.

Rebecca enfila sa polaire et glissa son sac sur son épaule tandis que Dillen zippait sa veste en Gore-Tex. Hugh se dirigea vers la porte.

— Vous prenez un taxi ?

— Nous allons marcher, dit Dillen. À l'aller, j'ai un peu raconté à Rebecca l'époque où j'étais écolier ici. Nous aurons peut-être le temps de faire un saut au Llandoger Trow pour boire un verre en vitesse avant de prendre le train. Je veux qu'elle voie l'endroit où Robert Louis Stevenson a situé la scène d'ouverture de *L'Île au trésor.* Et puis, sur ces quais, le passé est toujours là. Je suis sûr que plusieurs Howard ont pris la mer ici même.

Hugh le prit par l'épaule.

— Ça m'a fait du bien de te revoir ici, James. Comme à chaque fois. Espérons que ce dont nous parlions est de l'histoire ancienne. Un livre refermé, pour vous deux, sinon pour moi.

Il se tourna vers Rebecca pour poser son autre main sur son épaule.

— Et toi, Rebecca Howard, fille de mes amis, Jack et Elizabeth. J'avais beaucoup d'affection pour ta mère, tu sais. Elle est venue ici une fois avec Jack et elle s'est assise exactement à la même place que toi. Quand tu es entrée, j'ai eu l'impression de la revoir. Elle sera toujours avec toi. Et ton père n'est pas seul à veiller sur toi. Ma maison est la tienne. N'importe quand.

Les yeux de Rebecca s'embuèrent, et elle l'étreignit de nouveau.

— Je reviendrai. Vous pouvez y compter. Pour le chocolat chaud.

Hugh commença à ouvrir la porte avant d'interrompre son geste.

— Quand j'étais gamin, un célèbre général, Sir Ian Hamilton, est venu dévoiler notre monument aux morts. Il avait été commandant pendant la campagne de Gallipoli en 1915. Il avait connu la terrible séduction de la guerre, en faisant le métier de soldat pendant les beaux jours de l'Empire britannique. Du temps où les héros existaient encore, où les guerres n'étaient pas encore mondiales. Il était passionné par les classiques, par Homère. Quand il était assis à bord de son bateau dans les Dardanelles, il écrivait sur ses hommes en termes épiques comme s'ils étaient les guerriers de Mycènes devant les murs de Troie. Il n'utilisait que les mots qu'il connaissait, ses métaphores, ses comparaisons étaient celles d'un jeune garçon étudiant Homère. Peut-être qu'assis là entre Gallipoli et Troie il a vu la vérité. Plus de trois cents garçons de mon école sont morts là-bas. Hamilton, debout devant nous, nous a dit qu'ils avaient espéré avoir tué la guerre. Je m'en souviendrai toujours. Ils avaient espéré avoir tué la guerre… et c'est aussi ce que nous voulions, Peter, moi et tous les autres. Mais, depuis lors, j'ai compris une autre vérité, une vérité que peut-être Hamilton avait entrevue lui aussi. Les feux de la guerre ont été allumés à Troie il y a trois mille ans, pas dans les navires incendiés et dans les foyers funéraires des héros, mais dans la citadelle en flammes, avec ces femmes et ces enfants brûlant comme des torches. Je le sais maintenant. Nous ne pourrons jamais tuer la guerre. Tout ce que nous pouvons faire, c'est la contenir, savoir qu'elle est là et la garder enfermée, comme ce bunker dans cette forêt, comme le monstre en nous qui se libère si facilement, le monstre que je sens en moi à chaque fois que j'ouvre et que je referme les mains. Combattre cette guerre n'est pas seulement le travail des soldats. C'est notre travail à tous.

— Bien reçu, murmura Rebecca.

Hugh sourit en la prenant par l'épaule.

— Ah, mais où ai-je déjà entendu ça ? Tu es vraiment comme ton père. Et maintenant, il est temps que vous partiez. Et que je me mette à cette traduction, ajouta-t-il en regardant Dillen avec une étincelle dans les yeux. Hisse et haut, James.

Dillen le regarda. Que leur réservait l'avenir, à Hugh, à Rebecca, à eux tous ? Il prit son professeur par les épaules, sentant sa force noueuse mais aussi sa fragilité. C'était l'expression dont ils se servaient à chaque séparation. Il n'imaginait pas venir ici et ne pas l'entendre. Il eut un large sourire.

— Hisse et haut, Hugh.

15

Londres, Angleterre

Il se tenait dans un coin, se tordant les doigts devant la scène qui se déroulait sous ses yeux. Assis sur une chaise au centre de la pièce, un homme transpirait abondamment, quelques rares cheveux collés au crâne. Corpulent, d'âge moyen, celui-ci portait un vieux pantalon des surplus de l'armée et une blouse d'artiste, maculée de taches de craies de couleur. Ses jambes, sa poitrine et ses bras étaient solidement attachés au siège, les avant-bras pendant dans le vide. Un morceau d'adhésif avait été collé sur sa bouche et ses yeux terrifiés, exorbités, l'imploraient ainsi que celui qui se tenait devant lui ; finalement, ils se dirigèrent vers la fenêtre derrière laquelle le palais de Westminster se détachait sur le ciel gris.

L'homme debout devant la chaise, vêtu d'un luxueux pardessus noir, caressait sa barbe impeccablement taillée tout en contemplant le prisonnier d'un air pensif. Soudain, il claqua des doigts en direction des deux autres personnes présentes elles aussi. L'une d'elles s'avança, un individu assez repoussant, aux mâchoires lourdes, les manches de sa veste de cuir relevées révélant le mot *Spetsnaz*[8] tatoué au-dessus du poignet gauche. Arrivé derrière le captif, il lui saisit l'avant-bras pour le tordre dans le dos. L'autre tenta de lutter, faisant cogner les pieds de la chaise sur le sol avant d'écarquiller les

8. Le terme générique *Spetsnaz* (russe : Спецназ) désigne de multiples groupes d'intervention spéciaux de la *militsia* (police), des ministères de la Justice et des Affaires intérieures russes, du KGB et du SVR ainsi que de l'armée russe.

yeux et de cesser de respirer quand son tortionnaire augmenta la pression. Le barbu hocha la tête et, d'un geste sûr, la brute retourna quatre doigts, les brisant sur le coup. Le prisonnier émit une plainte atroce avant de sangloter et de hoqueter, de la morve coulant de son nez.

L'homme dans le coin ferma les yeux, se sentant défaillir. Cela ne devait pas se passer ainsi. Quand il les rouvrit, il s'avança vers le barbu.

— Saumerre. Il faut que nous parlions.

— Pas maintenant, Raitz.

À l'odeur de sueur, se mêlait celle de la peur. De nouveau, Saumerre claqua des doigts, montrant cette fois la bouche du prisonnier. Le gorille arracha l'adhésif. L'homme haleta, la respiration sifflante, reniflant la morve qui suintait sur son visage, avant de tenter de l'essuyer sur son épaule. Ses joues étaient moites.

— Que me voulez-vous ? dit-il d'une voix rauque, avec un léger accent. Qui êtes-vous ? Pourquoi faites-vous ça ?

Il leva son bras gauche pour regarder la position hideuse de ses doigts.

— Je suis un artiste. Un artiste... Regardez ce que vous m'avez fait. Mon Dieu !

— Prochaine fois, main droite, grogna son tortionnaire avec un fort accent russe.

Sur un autre signe de son chef, il alla s'adosser au mur à côté de son comparse, lui aussi sorti à l'évidence du même moule. Saumerre mit un genou à terre devant la chaise.

— Vous êtes bien Marcus Brandeis ? Juif, j'imagine. Oui, je crois que vous êtes juif, séfarade même, avec un nom pareil, d'Amsterdam. Mes ancêtres, eux aussi, ont vécu en Espagne. Les Maures. Nous avons un héritage commun, vous et moi. Et aussi des intérêts communs, ajouta-t-il en secouant tristement la tête. Si seulement vous vouliez bien vous en rendre compte.

— Me rendre compte de quoi ? sanglota l'homme dans la chaise. Vous ne m'avez encore rien demandé. Que voulez-vous ?

Soudain, Saumerre changea d'attitude et se releva, le toisant d'un air glacial.

— Ne me prenez pas pour un idiot, Brandeis. Vous vous attendiez à ça depuis des mois. Vous êtes devenu une cible à la seconde où vous avez décidé de coopérer avec la police. Ce n'était pas une bonne idée de vous réfugier à Londres. Vous cacher parmi la foule. Artiste de rue dans le South Bank. Ce doit être frustrant. La belle vie doit vous manquer.

— Je ne sais pas de quoi vous parlez. Je ne suis qu'un artiste. Un artiste de rue, c'est vrai. Je gagne ma vie en faisant des portraits. De touristes.

Saumerre sortit un iPhone de sa poche et se mit à lire.

— Marcus Brandeis, autrefois propriétaire de la galerie Brandeis, Prinzegracht 3, Amsterdam.

Il éteignit l'appareil avant d'enchaîner :

— Jusqu'à récemment, considéré comme le principal trafiquant d'antiquités de toute l'Europe. S'intéressant de préférence aux œuvres d'art et artefacts volés par les nazis. Non pas, précisons-le tout de suite, pour les restituer à leurs légitimes propriétaires, même s'ils sont juifs comme lui, mais pour les vendre à la pègre. Faisant preuve d'un réel talent pour retrouver des œuvres disparues. Des œuvres qui facilitent la conclusion de certains marchés très particuliers : vente de drogue, d'armes, et j'en passe. Vous comptez quelques célébrités parmi votre clientèle. Des seigneurs de la mafia russe. Une liste très exclusive, ajouta-t-il en montrant son téléphone. Et qui nous a menés à ces deux gentlemen qui se trouvent derrière vous. Vos services ne semblent plus guère appréciés, mon ami.

L'homme était maintenant complètement effondré sur la chaise et, sans ses liens, il serait tombé. Livide, ses yeux gardaient pourtant une expression de défi.

— Lequel est-ce ? demanda-t-il avec calme. Ivankov ? Labazanov ? Pour qui travaillez-vous ? Dites-le-moi. Je peux vous donner tout ce que vous désirez. Absolument tout. Nous pouvons recommencer à faire des affaires. Je connais d'autres caches nazies. Dans des bunkers, dans des mines. Des trésors fantastiques. Nous pouvons les récupérer ensemble.

— Maintenant, vous m'intéressez, dit Saumerre.

Brandeis le fixa, paupières plissées.

— Je connais votre visage. Vous faites de la politique... non, un diplomate. Français, c'est ça ? Ou peut-être Algérien ? Qui êtes-vous ?

— Cela ne vous regarde pas, dit Saumerre avec un geste vers l'homme se tenant derrière lui. Mais vous devez connaître le professeur Raitz ?

— Le professeur Raitz ? C'est lui, Raitz ? Nous ne nous sommes jamais rencontrés. Mais oui. Bien sûr. Je le reconnais d'après les photos. Le professeur Raitz de l'institut Courtauld. Que faites-vous ici ? demanda-t-il en levant sa main blessée avec une grimace de douleur. Pourquoi, professeur ? Je vous ai tant donné. Pourquoi ?

— Le professeur Raitz a eu la bonté de nous montrer plusieurs documents nazis qui se sont autrefois trouvés en votre possession. Des documents qui lui sont parvenus quand la police, renseignée par vous, a requis son appréciation d'expert. Des documents dont il a exigé qu'ils lui soient remis au plus vite afin de pouvoir, bien sûr, leur assurer une meilleure conservation. Le professeur Raitz est un homme très influent. La police lui a transmis certaines pièces sans même les examiner. Et elle ne les examinera jamais.

Brandeis les dévisagea l'un après l'autre. Malgré la douleur, ses yeux restaient rusés, calculateurs, les yeux d'un trafiquant habitué à traiter avec la pègre.

— Je ne sais rien à propos de ces documents. Mais regardez-le, ajouta-t-il en montrant Raitz. Regardez comme il est nerveux. Presque autant que moi. C'est lui que vous devriez interroger, pas moi. C'est lui qui cache des choses.

Saumerre se pencha en avant, les mains sur les genoux.

— Je ne crois pas, dit-il avec calme. Je ne crois vraiment pas.

Il claqua des doigts, et le Russe s'avança de nouveau.

— Non, dit Brandeis. Non !

Le Russe lui plia le bras droit derrière la chaise.

— Je vous en prie, non. Je suis un artiste maintenant. C'est ainsi que je gagne ma vie. Pas cette main. S'il vous plaît. Pas cette main !

Le Russe lui prit le petit doigt et le tordit brutalement en arrière. Brandeis hurla de douleur. Raitz se détourna.

Saumerre leva sa propre main, comme pour l'examiner, avant de se tourner vers le Russe.

— Eh bien, on peut encore dessiner sans petit doigt, non ? Et pourquoi cette comédie sur le fait de devoir gagner votre vie, alors que vous savez où se trouvent tous ces bunkers et toutes ces mines contenant d'incroyables trésors ? C'est bien ce que vous avez dit, non ?

— D'accord, marmonna Brandeis, grimaçant. D'accord ! Quel document ?

— Que savez-vous à propos du code Agamemnon ?

— Le code Agamemnon... (Brandeis se raidit, la main tremblante, avant de paraître s'effondrer.) Bien sûr. Il fallait que ce soit celui-là. (Une pause, une autre grimace, puis...) Si je vous parle, vous épargnerez ma main ?

— Dites-nous ce que nous voulons savoir et je vous donne ma parole. Votre main sera épargnée.

Brandeis prit une profonde inspiration.

— *Das Agamemnon Code.* Ma plus belle découverte. Et la plus frustrante. Pendant des années, j'ai cherché à rassembler des informations sur les trésors perdus d'Heinrich Schliemann, ceux qu'il avait dérobés à Troie et à Mycènes. C'était ma passion. J'ai toujours pensé que les nazis en détenaient beaucoup. Pas simplement ceux dont nous connaissons l'existence, mais d'autres objets que Schliemann lui-même a dû secrètement renvoyer en Allemagne. J'ai étudié sa psychologie. Si vous voulez retrouver un trésor, il faut vous mettre dans la peau de celui qui l'a caché. Tous les archéologues le savent. Dans le milieu, j'étais considéré comme un fou obsédé par une idée fixe. Puis, soudain, après la chute du rideau de fer, voilà qu'une partie du trésor de Priam réapparaît à Moscou. Les Russes l'avaient récupéré à Berlin. On a commencé à me prendre plus au sérieux. C'était comme si un nouvel eldorado venait d'être découvert. Un peu partout en Europe, le marché parallèle était en émoi. Chasseurs de trésors, receleurs, ou simples passionnés, tout le monde croyait tenir son propre petit indice et avoir déniché le bon filon. Mais tout cela ne menait à rien. C'est comme ces vieilles photos granuleuses d'ovnis. On voit ce qu'on veut y voir mais, en fin de compte, on ne trouve jamais rien. Quant à moi, je continuais à y croire, et, un beau jour, la chance m'a souri. Un vieux juif avec lequel j'avais travaillé est venu me trouver un soir chez moi à Amsterdam. Il était au bout du rouleau et avait désespérément besoin d'argent. C'était un homme sans éducation, qui ne connaissait rien sur Homère ou Agamemnon. Il n'avait donc pas fait le lien entre ce qu'il détenait et Schliemann... jusqu'à ce qu'il voie les articles sur les artefacts exposés à Saint-Pétersbourg et comprenne la valeur de ce qu'il détenait depuis toutes ces années.

— Bien. Très bien, dit Saumerre en faisant signe au Russe de reculer.

Brandeis eut un hoquet de douleur quand sa main libérée heurta sa cuisse et se mit à vomir. Raitz se tourna vers Saumerre avec angoisse.

— Nous pourrions lui donner à boire, non ? Il parle maintenant.

— Bien sûr.

Saumerre s'empara d'une petite bouteille d'eau minérale sur la table derrière lui. Il dévissa le bouchon et s'approcha de Brandeis avant de renoncer, préférant ne pas le toucher. Un regard vers le Russe et celui-ci revint, prit la bouteille, tira le prisonnier par les cheveux et lui aspergea le visage. Brandeis suffoqua et toussa, avant de déglutir deux ou trois fois. Quand le Russe le lâcha, sa tête retomba, l'eau lui sortant par le nez. Il leva péniblement les yeux.

— Laissez-moi partir, s'il vous plaît, je vous en supplie. Je veux juste m'en aller. Je ne dirai rien à personne. Regardez ma vie à présent. Je ne vaux guère mieux qu'un sans-abri. Mes amis sont tous des ivrognes et des clochards. Qui me croirait maintenant ? Je vous en prie, laissez-moi partir.

— Terminez d'abord ce que vous avez commencé à nous dire.

Clignant des paupières, Brandeis regarda par la fenêtre avant d'inspirer si profondément qu'il en frissonna.

— Quand le vieux juif m'a montré le document, j'ai tout de suite su qu'il était authentique. À cause de ces mots : *Das Agamemnon Code.* Je n'arrivais pas à le croire. Enfin un lien avec Schliemann, me suis-je dit. Cet Agamemnon, tout droit sorti d'Homère. Était-ce une simple coïncidence ? Les nazis adoraient les noms de code grandioses et Agamemnon était un de leurs héros. Mais il était aussi possible, juste possible, que ce mot fasse référence aux trésors de Schliemann. J'ai acheté le document au vieillard. Je lui ai demandé de me raconter encore et encore les circonstances dans lesquelles il était entré en sa possession, de me répéter chaque détail et jamais il n'a varié d'un iota. Son histoire était toujours la même.

— Quelle était-elle ? demanda Saumerre.

Brandeis grimaça avant de répondre.

— Vers la fin de la guerre, en avril 1945, il était prisonnier dans un petit camp de travail, près de Belsen. Il était là quand des survivants d'Auschwitz y ont été déportés. Avec eux, est arrivé un officier de la Luftwaffe, venant lui aussi de Pologne. C'était inhabituel : l'armée de l'air n'avait rien à voir avec les camps qui étaient dirigés par les SS. Au début, j'ai cru que cet officier avait fui les Soviétiques et avait accompagné les prisonniers car il préférait se rendre aux Britanniques ou aux Canadiens qui se trouvaient dans ce secteur. Mais j'ai vite compris qu'il y avait autre chose. À ce jour, j'ignore encore ce que cache cette histoire, mais je pense qu'il était en mission.

Saumerre se pencha, le fixant avec intensité.

— Ceci est très important. Cet officier transportait-il quelque chose avec lui ? Un paquet, une sacoche ? N'importe quoi ?

— Non. J'ai posé la même question au vieillard. Apparemment, ils avaient quitté Auschwitz de toute urgence. Sans avoir le temps d'emporter quoi que ce soit. Même les Allemands ont dû chercher de la nourriture sur le chemin.

Saumerre fixa Brandeis.

— Donc, aucun trésor n'a été rapporté de Pologne. Excellent. Excellent !

Brandeis secoua la tête.

— Non, aucun trésor.

— Bien, continuez.

— On croit souvent que les officiers de la Luftwaffe et de la Wehrmacht n'étaient pas des nazis convaincus. C'est un mythe. Il y avait des fanatiques parmi eux. Celui-ci l'était peut-être. Une patrouille britannique est arrivée par surprise, des SAS sans doute, un ou deux jours avant la libération du camp. Selon le vieux juif, l'officier a aussitôt paniqué. Il a tiré sur les Anglais en tentant de s'enfuir dans la forêt, mais il s'est fait abattre. Peut-être voulait-il se rendre dans un endroit secret, y faire ou y cacher quelque chose. Ou peut-être n'espérait-il aucune pitié dans un lieu pareil, même s'il n'était pas SS. Dans ce cas, il avait probablement raison. L'officier qui commandait la patrouille a lui-même exécuté tous les SS qui cherchaient à se rendre. Après le départ des Britanniques, le juif a fouillé le cadavre de l'officier allemand et a trouvé ce document, une simple feuille de papier avec ces mots écrits en rouge dans un coin. C'est tout ce que je sais. Il s'agit d'une sorte de carte. Un plan permettant d'accéder à quelque chose qu'on a caché, sous terre peut-être. Il n'y a pas de légende, juste une série de lignes et des distances indiquées en mètres. Je n'ai aucune idée de l'endroit où ça se trouve.

Saumerre l'étudia avec dureté avant de soupirer et de se redresser. Il claqua des doigts. Le Russe revint saisir la main droite de Brandeis.

— Non, supplia-t-il. Vous avez promis. Non !

— Qu'avez-vous dit ? Vous n'avez aucune idée de l'endroit ? répéta Saumerre en admirant ses propres doigts qu'il faisait remuer avec un plaisir évident. Aucune idée ? Vraiment ?

— D'accord ! S'il vous plaît, dites-lui de me lâcher.

Saumerre hocha la tête, et le Russe s'écarta de nouveau. Brandeis déglutit avec difficulté.

— Je ne pourrai pas en supporter davantage. Le vieux juif a parlé avec les nouveaux arrivants, ceux d'Auschwitz. Il les a questionnés à propos de l'officier de la Luftwaffe. Sa présence l'intriguait. L'un des prisonniers était le seul survivant d'un camp de travail très spécialisé près d'Auschwitz. Un complexe d'assemblage de moteurs d'avions. Cet officier en était le responsable. Ce qui paraît normal... un officier des forces aériennes. Ils se servaient des juifs comme travailleurs forcés, comme esclaves. Ils l'ont fermé à cause de l'avancée des Russes. Voilà, c'est tout.

— Où était-ce ?

Saumerre contemplait ses doigts.

— D'accord, d'accord. Mais c'est vraiment tout ce que je sais.

— Je tiendrai ma parole. Plus de doigts brisés.

— J'ai beaucoup plus à vous offrir. Des tas d'informations. D'anciens tableaux de maîtres cachés. De l'or en pagaille. Nous pourrions travailler ensemble.

— Finissez d'abord cette histoire.

— D'accord, dit Brandeis en montrant sa main blessée. Vous appellerez un médecin ? Et ces Russes ? Je ne les reverrai plus jamais ? Surtout celui-là ?

— Plus jamais. Et je veillerai à ce que vous ayez les meilleurs soins possible. Mais d'abord...

— Oui. Le complexe d'assemblage. Il se trouvait près de Cracovie. À une cinquantaine de kilomètres d'Auschwitz. Une mine de sel. Une immense mine de sel souterraine.

Les yeux brillants, Saumerre se tourna vers le professeur.

— Nous l'avons, fit-il avant de dévisager l'homme sur la chaise. Avez-vous parlé de cela à quelqu'un ? À quiconque ?

— Bien sûr que non. Dans mon métier, moins on parle, mieux on se porte. À moins de se découvrir des intérêts communs. On ne peut avoir confiance qu'en de futurs partenaires d'affaires. Comme vous. Ou votre patron.

Raitz le scrutait. Il avait passé toute sa carrière à fréquenter des individus tels que celui-ci. Il les connaissait mieux que quiconque dans cette pièce. Ces revendeurs de l'ombre étaient comme les chasseurs de trésors d'autrefois. Certains parlaient ou laissaient des indices, mais d'autres emportaient leurs secrets dans la tombe. Les yeux fixés sur Brandeis, il saisit Saumerre par le bras.

— Écoutez-moi. Rien qu'une minute.

— Pas maintenant, Raitz. Nous avons ce que nous voulons, répliqua celui-ci en le repoussant avec impatience. Le vieux juif ?

— Mort.

— Sa famille ?

— Quelle famille ? Il venait d'Auschwitz.

Saumerre se redressa.

— Merci.

Brandeis se tordit le cou pour le dévisager.

— Vous n'arriverez jamais à descendre dans cette mine, vous savez. J'y suis allé. C'est celle de Wieliczka. Le site du patrimoine mondial, avec ses célèbres sculptures de sel. J'ai réussi à déchiffrer le plan de l'officier allemand. J'ai été jusqu'au bout du complexe de tunnels ouverts au public. Au-delà, le guide a dit que c'était totalement inaccessible, que l'eau avait tout envahi. Les nazis ont inondé la mine. L'endroit auquel conduit le plan se trouve au moins par cent mètres de fond. Il y a très peu de personnes au monde capables de mener ce genre d'exploration. Vous ne trouverez jamais personne qui voudra plonger là-bas.

— Je pense que si.

— Il vous faudrait des plongeurs spécialisés. Des gens capables d'évoluer dans des grottes souterraines. Qui savent mener des fouilles dans un tel environnement. De plus, l'endroit a probablement été piégé. Vous connaissez l'ordre Néron ? Les nazis ont installé des bombes à retardement sur leurs propres trésors, afin de les détruire, et ceux qui voudraient les récupérer avec. Le Reich millénaire ou rien. Sans compter qu'il vous faudra l'accord des autorités polonaises. Impossible de vous faufiler en douce dans cette mine. Et, je le répète, vous aurez besoin d'une équipe exceptionnelle pour cette plongée. Pas de vulgaires truands, ajouta-t-il avec un hochement de tête vers les Russes, comme ces *Spetsnaz*.

— Une équipe exceptionnelle, répéta Saumerre en souriant.

Il sortit une paire de gants avant d'enchaîner :

— Je crois savoir que votre situation présente, votre subit changement de carrière ont été provoqués par une certaine jeune fille ? Le roi du marché noir qui se transforme en indic puis en artiste de rue…

— Vous parlez de Rebecca Howard ? fit Brandeis, soudain hésitant. Oui, elle est venue me voir à Amsterdam. À propos du rapatriement d'un Dürer volé. Raitz doit être au courant. Elle l'a rencontré lui aussi. À vrai dire, elle ne l'a guère apprécié. Elle l'a même trouvé franchement déplaisant, m'a-t-elle dit. Et faible, aussi. Maligne, cette petite, si vous voulez mon avis. Ces jeunes…

Il esquissa un sourire en indiquant Raitz d'un signe de tête avant de s'adresser à Saumerre sur un ton soudain complice.

— Si j'étais vous, je me débarrasserais de ce monsieur. Comment lui faire confiance ? J'ai jamais cru ses salades sur le passé de sa famille. C'est toujours un nazi. Regardez-le. Ça se lit dans ses yeux.

Saumerre ne dit rien mais referma son pardessus. Brandeis parut soudain effrayé.

— Je n'ai livré des informations à la police que parce que j'étais menacé. Un nouveau chef de la mafia, un Kazakh. Ces types ne respectent aucune règle. Pas comme vous. Votre patron, qui est-ce ? Dites-le-moi, s'il vous plaît. Ils me doivent tous un service. Avec les Russes, les vrais Russes, on peut faire des affaires. Dites-le-moi ! C'est vrai, la fille m'a aidé à disparaître un moment. C'est grâce à elle que j'en suis là, ce qui vaut mieux qu'une cellule de prison ou le fond d'un canal. La fille de Jack Howard, le célèbre archéologue, spécialiste en plongée sous-ma…

Soudain, Brandeis s'arrêta, les yeux écarquillés, le teint très pâle.

— Bon Dieu, murmura-t-il. Pas ça. Faites de moi ce que vous voulez mais pas elle. Laissez-la en dehors de ça.

Saumerre fit signe au Russe qui, les poings serrés, contenait à peine sa rage depuis un moment. Il avait visiblement compris ce que Brandeis avait dit à son sujet. Il s'avança derrière la chaise, un petit automatique contre la jambe, le long silencieux noir pointant vers le sol. Il le leva, hésita puis, soudain, d'un geste vif comme l'éclair, passa son bras autour du cou de Brandeis. Celui-ci poussa un petit cri étranglé juste avant que le Russe n'exerce une violente et soudaine torsion. Un craquement sinistre retentit. Quand il lâcha la tête, celle-ci retomba, inerte, du sang et de la morve sortant de la bouche. Le Russe se redressa, grogna, et montra son pistolet.

— Moins de sang, comme ça.

— Faites-le disparaître, fit Saumerre avec un geste négligent.

Le Russe rempocha son arme, et son comparse vint l'aider. Ils soulevèrent la chaise supportant le cadavre. Raitz posa une main sur le mur, prêt de défaillir. Tout était arrivé si vite.

Il n'avait encore jamais vu personne se faire tuer. Il était en nage et tremblait. Il se tourna vers Saumerre.

— Il avait encore des choses à nous dire. Ces autres trésors... et tout cet or. Il aurait pu nous mener à d'autres richesses. N'est-ce pas ce que vous voulez ? Vous et les vôtres ? Pourquoi tant d'intérêt uniquement pour ce code ?

Saumerre le considéra avec mépris.

— Quoi, vous n'avez pas le cran ? Un simple meurtre vous fait peur ? Vous me décevez, Raitz. N'oubliez pas ce que disait votre cher Führer. Cet homme était un sous-homme. Un juif. Et maintenant, au travail. La fille Howard.

Raitz sentit un frisson le parcourir. S'ils étaient capables de ça, que réservaient-ils à cette gamine ? Il saisit Saumerre par l'épaule.

— Vous ne lui ferez aucun mal, n'est-ce pas ? Rien de semblable à aujourd'hui. Cela ne faisait pas partie de notre marché. Ce n'est pas ce que je voulais.

Saumerre le repoussa.

— Qu'est-ce que vous vous imaginiez ? Il n'y a pas trente-six manières de procéder à un kidnapping : il faut menacer de tuer la victime. Lui faire mal pour que ses proches sachent qu'elle souffre afin qu'ils souffrent eux aussi. C'est la seule façon d'obtenir un résultat.

— Et ensuite ?

— Ensuite ? Quoi, ensuite ? Vous êtes un sentimental, professeur. Pas un vrai nazi.

Raitz se redressa, essuyant ses paumes moites sur son pantalon.

— Vous vous trompez. Je sers la mémoire du Führer. Le Reich millénaire.

Saumerre le dévisagea.

— Et tout le reste est secondaire ?

— Rien n'est plus important que la cause.

— C'est exactement ce que nous pensons, nous aussi. Bien, si c'est le cas, professeur, nous pourrons peut-être faire affaire. Je dis bien, peut-être...

Il sortit son téléphone avant d'enchaîner :

— Vous connaissez cette fille, n'est-ce pas ? Elle vous reconnaîtra ?

— Elle est venue me voir à l'institut à propos du rapatriement de ce Dürer. Nous avons déjeuné ensemble. Une bonne Aryenne, du côté de son père.

— Laissez tomber ces imbécillités aryennes. Et souvenez-vous juste de ceci. Une heure, un lieu. Demain 19 heures au Marriott County Hall. Son groupe scolaire se réunit là-bas. Vous tomberez sur elle par hasard, un vieil ami... Une pure coïncidence. Il se trouve qu'un congrès vient justement de se terminer dans cet hôtel. À propos de l'art nazi, votre spécialité. Et il se trouve aussi que vous détenez quelque chose d'extraordinaire, quelque chose qui fascinerait son père. Elle tient toujours à le satisfaire. C'est sa faiblesse. Utilisez-la. Dites-lui que vous avez des photos d'un bunker nazi rempli d'antiquités.

— Elle sera escortée. C'était déjà un problème quand elle est venue me voir. La sécurité de l'IMU. Cette fois-là, elle avait réussi à lui fausser compagnie.

— Elle n'a aucune raison de se méfier de vous. Et comme vous venez de le souligner, elle n'aime pas ces gens de la sécurité. Il y a deux entrées à cet hôtel. La principale sur Westminster Bridge Road et l'autre sur Belvedere Road. Vous lui direz que votre voiture se trouve là. Avec les photos à l'intérieur. Il suffira qu'elle sorte sur le trottoir. Mes hommes s'occuperont du reste.

— Où l'emmènerez-vous ?

— C'est *vous* qui l'emmènerez. Vous préférez éviter que mes Russes lui fassent du mal, n'est-ce pas ? Ce sera votre part du travail. Je reste anonyme. Vous la ferez sortir du pays. Je vous donnerai des instructions. Vous la conduirez dans un lieu qui compte beaucoup pour le docteur Howard. Pendant ce temps-là, son ami grec et lui effectueront un petit travail pour nous. Un travail dont ils ne reviendront pas. Quant à moi, je dois me préparer à récupérer ce qu'ils vont trouver.

— Et nous aurons tous les deux ce que nous désirons.

— Si ce plan nous conduit bien là où je pense, vous aurez vos chefs-d'œuvre pour votre Führermuseum. Et j'aurai mon trésor.

— Et sinon ?

— Vous doutez de moi ?

— Je n'ai aucune confiance en Brandeis. C'est ce que j'essayais de vous dire. Cette histoire du vieux juif. Il ne nous a pas tout dit. Quand vous lui avez demandé si l'officier allemand a rapporté quelque chose de Pologne, je l'ai vu dans ses yeux.

— Êtes-vous faible, Raitz ? Cette fille aurait-elle raison ? Vous vous êtes laissé avoir par Brandeis ? C'était ce qu'il espérait. Semer le doute dans votre esprit. Créer une diversion pour que vous cessiez de vous concentrer sur votre objectif.

Raitz lui adressa un regard noir.

— Saumerre, vous me trouvez peut-être naïf, mais je possède une intelligence hors du commun. Vous en avez assez dit pour me convaincre de me joindre à vous. Mais, à présent, nous jouons un jeu très différent. Il y a eu un meurtre et je suis impliqué. Il va falloir tout me dire. Si vous voulez me voir rester à vos côtés.

Saumerre le dévisagea un moment avant de gagner la porte que les Russes avaient franchie depuis un certain temps déjà. Il l'ouvrit, regarda dehors et la referma soigneusement avant de revenir vers Raitz.

— Lors de notre rencontre au British Museum, j'ai mentionné mon grand-père. J'ai cru Brandeis, car son récit concorde en tout point avec le sien. Il n'a pas pu l'inventer. Le camp est bien le même, ce camp de travail dans la forêt où mon grand-père était cuisinier. Le document que je vous ai donné, portant le tampon du code Agamemnon, provenait du même officier de la Luftwaffe. Mon grand-père a dû tomber sur son cadavre juste avant ce juif. Il a bien vu d'autres documents dans ses poches, mais celui-ci lui paraissant le plus important, il l'a pris. C'était un profiteur et il était désespéré. S'il pouvait mettre la main sur quoi que ce soit ayant une valeur marchande… Mais il y a un autre détail que je ne vous ai pas encore révélé. Vous devez jurer…

— Bien sûr, murmura Raitz. Bien sûr. Je jure sur l'âme du Führer, je n'en parlerai à personne.

— Mon grand-père est allé dans cette forêt. Il s'y est caché. Il disait que c'était un endroit effrayant, rempli de SS et d'anciens détenus qui s'entre-tuaient. Il crevait de faim. Soudain, il est tombé sur un bunker. Il a vu un homme y entrer et en sortir, quelqu'un qu'il ne connaissait pas. Il l'a suivi à l'intérieur, dans l'espoir de dénicher de quoi manger. Ce qu'il a vu là dépasse vos rêves les plus fous. Toutes les grandes œuvres d'art disparues y sont entreposées. Un véritable autel pour votre Führer. Mais il y avait une autre salle. Et c'est là que se trouve ce que je veux. Dans la porte qui y mène, il a vu un svastika gravé dans un cercle. Un svastika inversé. C'était une serrure. Pour une sorte de clé magnétique.

— Et vous pensez que cette clé est cachée dans la mine, fit Raitz.

— Mon grand-père n'a pu rester que quelques instants dans ce bunker avant de devoir le quitter. Le lendemain, il a vu deux officiers alliés y entrer avec le même inconnu. La porte s'est refermée, et ils n'en sont jamais ressortis. Il croit avoir entendu une détonation à l'intérieur. Puis la météo s'est gâtée et il a eu un mauvais pressentiment. Il venait d'atteindre la lisière de la forêt ce soir-là quand il s'est mis à pleuvoir des bombes.

— Mon Dieu. Le bunker est donc toujours là-bas.

— Enterré sous une base de l'OTAN.

— Avez-vous essayé de savoir comment nous pourrions l'atteindre ?

— C'est l'étape suivante.

— Merveilleux, dit Raitz, ayant déjà oublié ses scrupules à propos de Brandeis. Cela sert votre cause. Et la mienne.

— Et quelle est la vôtre ?

— Le Reich millénaire, dit Raitz d'un ton déférent, claquant maladroitement des talons.

— *Jazaka Allahu Khayran*, répondit Saumerre en fermant les yeux.

Raitz le dévisagea.

— Qu'est-ce que cela veut dire ?

Saumerre rouvrit les yeux. Ils brillaient de ferveur. Soudain, voyant Raitz, il retrouva son flegme habituel.

— Un petit moment d'égarement de ma part. Je suis musulman, vous le savez, du côté de mon père. Cela veut dire bonne chance. « Qu'Allah nous récompense. » Ce n'est qu'une expression. Ah, je sens encore l'odeur de ce juif. Sortons d'ici. Nous avons du travail.

16

Au large de l'île de Ténédos, mer Égée

Le matelot turc ouvrit les gaz et le Zodiac fila en rugissant, creusant une tranchée d'écume en direction de la forme lointaine et grise du dragueur de mines. Jack saisit la rampe et se pencha au-dessus du pont d'amarrage interne à la proue du *Seaquest II*, un espace de la taille d'un hangar situé à l'intérieur du navire qui permettait la mise à l'eau d'un submersible dans les conditions les plus difficiles. Aujourd'hui, la mer étant beaucoup plus calme, le capitaine Macalister avait laissé ouverte la porte du hangar. Jack prit une profonde inspiration, savourant l'air marin, le sel et les gaz d'échappement de moteur deux-temps, toutes ces odeurs qu'il associait à la plongée et qui signifiaient qu'il se trouvait au bon endroit, au bon moment, faisant ce qu'il devait faire. Il sentait l'adrénaline en lui. La matinée avait été frustrante en raison des négociations quant au meilleur moyen d'enlever la mine de l'épave. Mais, à présent, ils étaient prêts, et il pouvait se concentrer sur ce qui se cachait au fond de la mer, une trouvaille qui défiait l'entendement, les restes d'une galère de la guerre de Troie.

Vêtu d'une combinaison de travail déchirée dont les poches débordaient d'outils, Costas vint le rejoindre, essuyant ses mains noires de graisse avec un chiffon. Il suivit son regard vers le Zodiac qui disparaissait au loin.

— C'est moi qui aurais dû m'en charger, grommela-t-il. De cette mine. Je me sens tout vide à l'intérieur.

— Pas aussi vide que si elle t'avait explosé au nez.

— Puisque tu en parles…

Costas indiqua le Zodiac qui s'était arrêté à un mille marin environ du dragueur de mines. Deux hommes arrivèrent derrière eux : Mustafa Alkozen, l'agent de liaison turc de l'IMU, et Ben Kershaw, chef de la sécurité à bord. Mustafa, un homme sec et barbu, doté d'une voix profonde, enleva l'émetteur-récepteur radio coincé dans son oreille.

— Le capitaine du *Nusbat* vient d'informer le capitaine Macalister. Une minute.

La sirène du bâtiment retentit pour prévenir l'équipage de se préparer à l'impact. Ils étaient très loin de la zone dangereuse mais Macalister ne prenait aucun risque. Jack se tourna vers le dragueur de mines à deux milles de là, Gallipoli à peine visible en arrière-plan, la côte troyenne sur la droite. Soudain, une déflagration ébranla la mer. Une immense ride blanche circulaire apparut à la surface bientôt suivie par un geyser d'écume. Quelques secondes plus tard, Jack sentit quelque chose, comme si un fantôme venait de le traverser.

— C'était l'onde de choc. À cette distance… fit Costas en secouant la tête. Imagine un mouilleur de mines turc en 1915 qui accroche un de ces trucs. Les types à bord n'avaient aucune chance.

Jack se tourna vers Mustafa, un large sourire aux lèvres, et lui serra la main.

— Encore merci. C'était de l'excellent travail. J'aimerais que certains de leurs gars plongent avec nous, quand les fouilles commenceront.

— Costas et vous, vous bénéficiez d'une invitation à dîner permanente à l'académie navale turque. Et vous serez très gâtés. Mais vous vous en doutez déjà.

— Oui, je connais l'hospitalité turque. J'ai quelques anciens amis dans la marine et maintenant de nouveaux. Je serai ravi de dîner avec eux, dès que le chantier sera lancé.

— Ils auraient dû vous laisser déclencher cette mine avec le Webley, dit Ben.

L'ancien membre des forces spéciales britanniques était un homme de petite taille, noueux, faisant toujours preuve d'un calme impressionnant.

— Vous plaisantez ? Vous auriez dû me voir hier. J'ai arrosé la mer, mais pas la cible.

— Je vous observais depuis le pont. Le dernier tir n'était pas si mal.

— Un coup de chance. J'avais renoncé à tenter de la toucher.

— Comme je le dis toujours à Rebecca, c'est ce qui fait la différence. Arrête de te mettre la pression, détends-toi.

— Elle est plus douée que moi.

Ben sourit.

— Faites attention, Jack. Elle va bientôt prendre votre place.

Soudain, il parut gêné. Il hésita avant de reprendre :

— J'aurais vraiment préféré l'accompagner à Londres. Vous n'aviez qu'un mot à dire. C'est une bonne gosse. Les gars la regrettent déjà. Ils feraient n'importe quoi pour elle, vous savez.

— Je sais, dit Jack en le prenant par l'épaule. Et j'apprécie. Sincèrement. Elle vous considère, vous tous, les gars, l'équipage, comme une grande famille. Sa famille. Et ça me fait un bien fou de voir ça, surtout après ce qu'elle a enduré.

Ben acquiesça. Il tapota une de ses poches.

— J'voulais vous dire. J'ai un peu bidouillé ces cartouches. J'ai changé le poids des balles, deux cent soixante-cinq grains. Ça devrait faire l'affaire. J'essaierais bien moi-même.

— Sur le pont avant, après dîner ?

— D'accord.

Ben et Mustafa les saluèrent et s'éloignèrent, slalomant parmi les tas d'équipement qui jonchaient le sol.

Jack se tourna vers Costas.

— Alors, c'est quoi le problème avec mon Aquapod ?

Costas poussa un long soupir en secouant la tête.

— Je ne trouve pas.

Jack le regarda, incrédule.

— C'est toi qui dis ça ?

— Jeremy et moi y avons passé la moitié de la nuit. Il a un vrai talent, ce petit. Un peu comme toi, il voit d'abord le problème dans son entier, puis il le décortique, morceau par morceau. Trop d'ingénieurs font l'inverse, ils sont trop logiques. Je ne comprends vraiment pas pourquoi il a abandonné ses études scientifiques pour se mettre aux langues anciennes. Aux langues anciennes, bon Dieu.

Jack sourit.

— C'est un peu le même genre de travail. La graisse et les boulons en moins.

— Cela étant, la défaillance n'affecte pas la sécurité. C'est la radio. Les deux Aquapod peuvent communiquer entre eux, mais le tien n'a pas de liaison avec l'extérieur. Sans doute une histoire de pression. La seule façon de savoir, c'est de le descendre au fond de la mer.

— Ça me va. De toute manière, je n'ai jamais trop aimé parler sous l'eau. C'est le problème avec tous ces submersibles modernes. Plonger, c'est s'éloigner de tout. Se retrouver seul avec sa respiration.

— C'est déjà assez dur de te faire dire quelque chose quand tu aperçois un trésor par cent mètres de fond. Certains pêcheurs se mettent à hurler dès qu'ils ont une touche. D'autres restent silencieux, comme un chien sur une piste. Toi, tu es du genre muet.

Jack lui adressa un regard goguenard avant de se retourner et de se pencher de nouveau pour admirer les moutons qui chevauchaient les vagues.

— Je songeais à Lanowski.

— Non, pitié, pas ça.

— Sérieusement.

— Tu veux dire à cause de l'effet de vague de la mine. L'onde de choc. Ce qu'il a dit à propos des séismes.

— Oui. Si cette mine peut produire une onde qu'on discerne à deux milles de distance, imagine l'effet d'un séisme en 1200 avant J.-C. Je ne parle pas simplement de notre épave. Je parle d'une vague immense, une vague qui aurait frappé Troie. Et, en voyant partir le Zodiac, j'ai repensé à ce qu'il a dit à propos des chevaux.

— Ah, oui, le moment où j'ai failli aller chercher une camisole.

Jack secoua la tête.

— Il avait raison. Je le sentais. Il fallait juste que je digère l'info. C'est évident, aveuglant. Rappelle-toi, il a dit que le mot grec *ippoi,* qui signifie chevaux, pouvait aussi servir à désigner les vagues et… des navires.

— Oui. Et alors ?

— Pense à un autre cheval, dit Jack avec un geste vers le rivage. Ici. À Troie.

— Bon, d'accord, le cheval de Troie et alo… (Soudain, Costas ouvrit de grands yeux.) Bonté divine !

Jack le fixait, les yeux brillants.

— Exactement. Voilà où voulait en venir Lanowski. Le cheval de Troie n'était pas un cheval. C'était un navire.

— Mais… Et Homère ?

— Quoi, Homère ? L'histoire du cheval ne figure pas dans l'*Iliade.* On ne la connaît que grâce à des fragments épiques plus tardifs. Je ne vois pas Homère inclure cet épisode. C'était un trop grand poète. Ce stratagème ridiculise les Troyens, fait passer Priam pour un idiot. Quel ennemi digne de ce nom se laisserait duper par un tel cadeau ? Sûrement pas ceux à qui on fait la guerre depuis dix ans. Pour fabriquer une grande épopée, il faut des adversaires de forces égales. Cela ne veut pas dire que l'*ippos* troyen n'a pas existé. Ça a été un événement terrifiant et… décisif. Mais qui faisait partie d'une autre histoire, celle de la chute de Troie, l'*Ilioupersis.* Un poème qu'Homère a écrit mais jamais révélé.

— Tu veux dire qu'un fragment comprenant ce mot a survécu et que nous l'aurions compris de travers ?

Jack acquiesça.

— Un fragment mentionnant un « cheval de Troie ». Ces poètes tardifs, ceux qui ont compilé les fragments de l'épopée, ne possédaient ni les éléments ni l'imagination nécessaires. Ils n'avaient pas vu ce qui s'était vraiment passé, à la différence d'Homère. C'est ce que je crois, en tout cas. Pour eux, *ippos* signifiait cheval, la variété animale à quatre pattes, point barre. Du coup, le navire troyen disparaît de la scène, remplacé par le cheval de Troie.

— Voilà qui pourrait décevoir le gardien du site à Troie.

— Je ne cherche pas à démolir le mythe, mais à faire ce que j'ai toujours fait ; ce qu'Heinrich Schliemann a fait : le rendre réel. Peux-tu imaginer quelque chose de plus ridicule que le cheval de Troie ? C'est l'équivalent antique du dénouement d'un mauvais roman policier. Mais quoi de plus saisissant, de plus terrifiant, de plus fabuleux, qu'un navire porté au-dessus des remparts de Troie par une vague de tempête, dans une obscurité rugissante, et vomissant les guerriers d'Agamemnon assoiffés de sang. C'est fantastique !

Quinze minutes plus tard, ils étaient ceinturés dans leurs Aquapod, avec les dômes de Plexiglas verrouillés au-dessus d'eux, effectuant les derniers contrôles techniques. On était en train de descendre les submersibles suspendus à des bossoirs de chaque côté du hangar d'amarrage, pour éviter qu'ils ne se balancent trop dangereusement dans le roulis du navire. Jack était mal à l'aise : à ses nausées, s'ajoutait le déplaisir d'être cloîtré dans cet engin qui le contenait à peine. Il savait que cela changerait dès qu'ils seraient dans l'eau, quand la petite taille du sous-marin lui donnerait presque l'illusion de porter une combinaison. Il vit Costas lui lancer un coup d'œil. La radio craqua.

— Tiens bon, Jack. Plus que quelques minutes. Dès que l'équipe de maintenance aura donné le feu vert.

Les Aquapod se balançaient, très proches l'un de l'autre, et Jack oublia un moment ses petits problèmes en découvrant Costas dans toute sa gloire. Il éclata de rire.

— Quoi ?

— Rien. Rien du tout.

Costas portait toujours sa combinaison blanche, mais son immense sombrero faisait assez incongru dans ce submersible ultrasophistiqué. On aurait dit un *peon* dans un western de série Z.

Costas lui adressa un regard noir à travers le dôme.

— Tu regretteras de ne pas en porter un, si on refait surface sous un soleil de plomb.

— Pas question que je barbote à la surface, répliqua Jack en ravalant péniblement sa salive alors que le balancement s'amplifiait. Si le *Seaquest II* nous rate, j'attends au fond. Sur terrain ferme.

Sous eux, les hélices du navire se mirent à broyer l'eau, et le pont commença à vibrer.

— Ouf, murmura Jack tandis que le bâtiment se stabilisait. Combien de temps avons-nous ?

— Le courant qui sort des Dardanelles s'est légèrement renforcé depuis notre briefing avec Macalister. Il coule entre cinquante et quatre-vingt-dix mètres de profondeur, comme une rivière sous-marine. Lanowski l'a modélisé puis a effectué une simulation pour savoir où le *Seaquest II* devait nous lâcher. Nous plongerons comme du plomb, les ballasts remplis à fond. Macalister vient de m'annoncer que nous avons à peu près vingt minutes avant d'y arriver. Alors, détends-toi et profite. Pense au trésor qu'on va découvrir. Moi, je me concentre sur un de ces excellents cocktails que le cuisinier turc de la maison des fouilles m'a concocté hier soir. Ce pour quoi je suis venu en vacances.

— Je voulais te mettre au courant, dit Jack. J'ai eu James au téléphone pendant qu'ils s'occupaient de la mine. Tu te souviens de Hugh, bien sûr ?

— Un mec génial. Je l'ai aidé à faire un essai de plongée dans le bassin de l'IMU. Tu devais être parti en balade avec Maria. On s'est entendus à merveille. Comme quoi, on peut mélanger les torchons et les serviettes.

— Comme Jeremy et toi.

— Tu ne parlais pas de Hugh ?

— Oui... Pour la toute première fois, il a évoqué ce qu'il a vécu pendant la Seconde Guerre mondiale. Il a connu les camps. Ça a dû être assez bouleversant. James m'a dit qu'il a gardé son calme devant Hugh, mais au téléphone avec moi, il avait une drôle de voix. Il a même dû s'arrêter un moment. Je ne l'avais encore jamais entendu comme ça. Ça l'a vraiment secoué... Toutes ces années qu'il a passées avec lui quand il était enfant, sans savoir que Hugh vivait une sorte d'enfer à chaque minute de chaque jour.

— Je me demande encore comment les gars qui ont été là-bas ont pu encaisser ça, répondit Costas. Mon oncle, le gars des Monuments, disait que les Américains comme les Britanniques avaient descendu pas mal de SS quand ces camps ont été libérés. Comment le leur reprocher ? Parmi les gardes les plus redoutables, il y avait des femmes. Chaque fois que je vois les photos de Belsen ou de Buchenwald, je regrette de ne pas avoir été là pour appuyer sur la détente. Quand j'étais gamin à New York, on allait souvent en vacances au Canada, dans une forêt où il y avait quelques Allemands plus vieux, d'anciens prisonniers de guerre qui se retrouvaient là à travailler comme bûcherons après avoir été libérés par les Soviétiques dans les années 1950. Quelques-uns d'entre eux étaient de vrais nazis, des Waffen SS qui s'étaient fait passer pour des soldats de la Wehrmacht auprès des Soviets. Quand j'y repense, je ne vois vraiment pas pourquoi ils avaient encore le droit de vivre.

— Si on les avait tués, tu ne les aurais pas rencontrés. Tu n'aurais pas vu qu'il s'agissait d'êtres humains normaux. Tu n'aurais pas compris comment cela a pu arriver.

— Qu'a dit Hugh ?

— Je ne sais pas encore. James a préféré le laisser raconter toute l'histoire à sa façon, en prenant le temps, répondit Jack. Il s'inquiète pour sa santé. Il pense qu'il faisait bonne figure, surtout à cause de Rebecca, mais qu'il est bien plus fragile que lors de leur dernière rencontre. Il me rappellera après la plongée pour me tenir au courant. Quant à moi, je lui ai dit ce que Maurice a trouvé ce matin.

— Hein ?

— Tu ne sais pas ?

— J'ai passé la matinée à démonter un Aquapod.

— Une autre statue. Juste en face de celle découverte par Rebecca et Jeremy.

— Deux statues...

— Ce qui évoque des gardiens de porte, dit Jack. Et Maurice a visité un autre tunnel. Pas moyen de l'en empêcher. Cette fois, c'est celui qui a été découvert il y a quelques années par des Autrichiens et qui mène de la citadelle à une source à l'extérieur des remparts. Il s'y est enfoncé sur près de cent mètres. Selon lui, il peut conduire à la chambre qu'il suppose être au bout du passage avec les statues. Grâce à une de nos lampes de plongée halogènes, il pouvait voir loin devant lui, bien en dessous de la citadelle, mais il n'a pas pu aller plus loin. Il était coincé.

— Pour une fois.

— Il dit qu'il faudrait quelqu'un de plus mince, de plus athlétique.

— Un gars comme moi.

— Je me disais qu'on pourrait aller y faire un tour après la plongée.

— Et tu avais raison.

Un craquement dans son écouteur incita Jack à baisser le volume de sa radio.

— C'était Macalister, dit Costas. Plus que dix minutes.

— Bien reçu.

— Pendant qu'on attend, reparle-moi du bouclier d'Achille. À quoi il pourrait ressembler. Sa décoration.

— J'imagine un support en bois, d'environ un mètre de diamètre, recouvert d'or martelé. La décoration ? Peut-être des incrustations d'émail noir, de cornaline rouge… Difficile de savoir si elles auront survécu à un séjour de trois mille ans sous l'eau. Les scènes devraient représenter une sorte de cosmographie, un peu comme une *mappa mundi* médiévale. C'était le bouclier d'un héros, fait pour parader, pour plastronner, mais comme toutes les armes d'apparat, elle a dû être fabriquée comme si elle devait vraiment servir au combat. Le forgeron a dû utiliser tout son savoir-faire. Les cinq couches décrites par Homère ont probablement été rajoutées les unes sur les autres. On peut voir un anneau externe en bois orné de scènes décoratives, tandis que la partie la plus épaisse doit se trouver au centre, à l'ombon. C'est ainsi qu'on fabriquait un bouclier de combat, en renforçant le centre, là où on bloque les coups, et en minimisant le poids à l'extérieur. Je suis persuadé qu'Homère a assisté à la fabrication d'un tel objet, il savait de quoi il parlait. Les scènes qu'il décrit sont plausibles, des scènes de la vie de tous les jours à l'époque des héros, avant l'apocalypse, des scènes de chasse, de duels, des scènes pastorales ou bien dans la cité, le cycle immuable de la vie à l'âge du bronze.

— Et que se passe-t-il si le monde change ? dit Costas. Rappelle-toi Auden. L'armurier aux lèvres minces, Héphaïstos, s'en va en boitant et Thétis « crie son désarroi devant ce que le dieu a forgé ». Nous savons que l'armure ne protégera pas son fils Achille de la mort et peut-être que le public d'Homère savait que le bouclier comme métaphore ne protégerait pas le monde de l'avènement d'Agamemnon, n'empêcherait pas la destruction de Troie ni la guerre totale.

— C'est juste. Très juste. En fait, penser à Hugh m'a fait réfléchir à tout cela. À ce qu'il a dû voir, comme Auden, à la fin de la guerre dans les villes bombardées d'Allemagne. Une vérité qu'aucun talent artistique ne peut rendre, la réalité abolissant toute métaphore, comparaison ou symbole. Auden lui-même en parle, n'est-ce pas ? « De barbelés, de champs étouffés de mauvaises herbes, de viols, de meurtres gratuits. »

— L'ère des héros, de la violence maîtrisée, est terminée. L'âge des hommes a commencé.

— Autrement dit, l'histoire. Et si elle avait débuté à Troie ?

Le ronronnement des hélices cessa pour être remplacé par le sifflement des stabilisateurs du navire. Une lumière verte s'alluma au-dessus de l'entrée du hangar.

— Ça y est, c'est bon, dit Costas.

Il leva le pouce en direction de la contrôleuse debout sur le pont à ses côtés. Elle pressa son casque contre ses oreilles pour entendre les instructions, avant de reculer et de donner le signal du départ en baissant les pouces. Costas lui répondit de la même manière avant de se tourner vers Jack :

— Prêt ?

Jack inspira un bon coup. Qu'ils plongent dans des submersibles ou bien en simple combinaison, ils utilisaient toujours le même jargon et les mêmes signes, un rappel délibéré que c'étaient des hommes, et non des machines, qui s'enfonçaient sous l'eau et que leur sécurité dépendait davantage de leur jugement que de la fiabilité des instruments. Costas, connaissant la gêne qu'éprouvait Jack avec les sous-marins, comprenait que se comporter ainsi lui donnait une impression de contrôle. Jack ferma les yeux un moment. Oui, c'était bon. Il adressa un regard intense à Costas avant de lever la main gauche, pouce vers le bas.

— Bien reçu. Prêt à plonger.

Les bossoirs s'abaissèrent pour les larguer. Ils se retrouvèrent aussitôt sous les vagues, tombant à une allure prédéterminée par l'ordinateur qui contrôlait les chambres de flottabilité dans les pontons. S'ils avaient tardé ne serait-ce qu'un moment, se décalant de quelques mètres, ils auraient raté l'épave et n'auraient eu d'autre alternative que d'annuler la plongée. Trente-cinq mètres sous la surface, ils entrèrent dans le courant : le sursaut plaqua Jack sur son siège. L'instant d'après, il ne sentait quasiment plus rien, comme quand on monte sur un tapis roulant. Mais quand il le quitta, beaucoup plus bas, il fut violemment projeté en avant. Maintenant, l'écran annonçait un modeste courant extérieur de 1,5 nœud, assez réduit pour permettre aux Aquapod de maintenir leur position en se servant de leur propre système de propulsion. Il avait néanmoins convenu avec Macalister qu'il valait mieux ne pas trop traîner et qu'ils remonteraient dans vingt minutes au plus tard. Officiellement, cette plongée était une deuxième reconnaissance pour confirmer ce qu'ils avaient vu lors de la première et permettre l'élaboration d'un programme de fouilles.

Cinq minutes après avoir quitté le *Seaquest II*, ils étaient sur site, en plein sur leur cible. Jack adressa des remerciements silencieux à Lanowski. Il scruta le fond de la mer, retrouvant ses points de repère de la veille, légèrement distordus par le dôme en Plexiglas. Il activa la loupe : l'épaisse tranche de verre située à l'avant du dôme se plaça juste devant son visage, comme s'il regardait à travers un masque. Il se sentit aussitôt plus à l'aise, comme s'il portait sa combi. Ils étaient arrivés par le tribord de l'épave. Il vit l'étrave avant de l'antique galère, toujours là, et la silhouette du lion de Mycènes. Il n'avait pas rêvé, tout cela était bien réel. Dans la superstructure délabrée du mouilleur de mines, il aperçut la brèche par laquelle les plongeurs turcs avaient enlevé l'engin. Il s'avança de quelques mètres et bascula l'Aquapod pour regarder sous le flanc tribord de la coque, où il avait aperçu les poutres en bois pour la première fois. Il redoutait que sa propre exploration hier et l'augmentation du courant les aient trop découvertes en quelques heures seulement. Plusieurs mètres carrés de planches et de structure étaient visibles des deux côtés, lui donnant une idée exacte des dimensions du vaisseau. Son pouls s'accéléra. Il ne s'était pas trompé. Il s'agissait bien d'une galère de guerre, aucun doute.

Et ce n'était pas tout. Comme il se rapprochait, il discerna d'autres objets, tout proches de l'endroit où il avait mis au jour la coupe. Ils émergeaient du sable en fagots, après avoir été enfouis sous une couche grise anaérobie désormais exposée. Chaque fagot comprenait plusieurs douzaines de tiges de bois, chacune dotée d'une masse compacte à son extrémité. Jack savait déjà de quoi il s'agissait. C'était stupéfiant. Il brancha la radio.

— Je sais maintenant quel était le trésor d'Agamemnon.

Le submersible de Costas se trouvait juste devant lui, de l'autre côté de la coque antique, avec son bras caméra tendu, braqué vers les artefacts.

— Un fagot de tiges de bois munies d'une concrétion ferreuse. Je t'écoute, Jack.

— Ce sont des flèches, dit Jack avec excitation. Et ces masses corrodées ? Regarde bien. C'est du fer, Costas. Des têtes de flèche en fer. C'était ça, le trésor d'Agamemnon ! Voilà ce qui lui a donné un avantage déterminant. C'est exactement ce que soupçonnait James. Les Grecs avaient découvert la technologie du fer. Regarde, là, un autre fagot… et encore un. Voilà comment Agamemnon a gagné la guerre de Troie. Pas grâce à un duel de héros, mais grâce au fer. Du fer pour tous ses soldats, pour toutes leurs armes, pour une guerre totale.

— Ces archéologues ! Fascinés par des bouts de ferrailles rouillées alors que l'or leur tend les bras.

— De quoi parles-tu ?

— Entre ces flèches et la coque du mouilleur de mines.

Jack regarda l'endroit indiqué et poussa un cri de surprise. C'était stupéfiant. L'objet était circulaire, d'un mètre de diamètre environ, à demi enterré sous les sédiments. Près du rebord, il vit un reflet d'or. D'or martelé. Il activa le jet d'eau miniature sur le bras de l'Aquapod pour arroser délicatement la forme, chassant les sédiments sur environ la moitié de sa surface. Une mince couche de bois apparut.

— C'est un bouclier, s'exclama-t-il, la voix nouée.

— Celui qui nous intéresse ?

— Regarde ! On distingue les anneaux depuis l'extérieur jusqu'à l'ombon. Cinq, exactement comme le dit Homère.

On aperçoit même le nielle plus sombre. (Il s'interrompit un instant pour mieux l'examiner.) C'est bizarre. Il n'y a pas de décoration. Juste des bosses et des creux. Pourtant, il n'a pas été aplati par l'épave, il a toujours sa forme concave. Ces dégâts pourraient avoir été faits au combat sauf que personne ne l'aurait utilisé pour se battre. C'est un bouclier d'apparat, ce qui correspond bien à la description d'Homère. Un objet de prestige qu'un roi ou un héros suspend devant sa tente. Mais tant d'or et aucun ornement. Étrange. C'est ça, Troie, Costas. Une fabuleuse découverte et de nouvelles interrogations qui surgissent.

— Regarde de plus près, dit Costas qui avait tendu le bras de la caméra jusqu'à quelques centimètres du bouclier et observait son écran. Jack, il y a bien des décorations. Mais on les distingue à peine. Des feuilles de vigne. Un animal, peut-être. Mais tout a été martelé, de façon assez grossière. Comme pour les effacer. Je t'envoie ça sur ton écran.

Jack brancha son moniteur et comprit immédiatement ce que voulait dire Costas.

— Incroyable, murmura-t-il. Regarde ça. On dirait une image fantôme. Mais pourquoi faire une chose pareille ? Pourquoi ?

Il se mit à réfléchir tout haut.

— Le bouclier d'Achille. Offert au vainqueur des jeux funéraires. Revendiqué par Agamemnon. Disons qu'il le rapporte aux armuriers de Ténédos, ceux qui ont forgé ces têtes de flèche, pour qu'ils effacent les décorations. Mais pour quelle raison ?

— Par fierté ? dit Costas. Agamemnon avait toujours des embrouilles avec Achille, non ? Il lui a pris sa copine, à la suite de quoi Achille s'est retiré dans son coin pour bouder. Toute cette histoire de prestige dont tu parlais. Agamemnon obtient le bouclier d'Achille mais montre qui est le vrai chef en écrabouillant les ornements que les gens associaient à Achille. Maintenant, le seul patron, c'est Agamemnon. Fini de rigoler.

— C'est quand même très bizarre de ne pas avoir cherché à le redécorer, dit Jack. (Il se secoua : ils n'avaient pas le temps de réfléchir à cela maintenant.) Je l'emporte avec moi. Pas question de le laisser aussi exposé.

Costas fit remonter son Aquapod pour lui céder la place et lui permettre de glisser les deux fourches de son bras extracteur sous le bouclier. Jack manipula le levier jusqu'à ce qu'il lui paraisse en bonne position, puis il brancha la radio pour demander confirmation à Costas.

— Tu ne dis plus rien. Ça va ? Dis-moi à quoi ça ressemble, vu de là-haut. Terminé.

— Jack. À propos de ces bosses et de ces creux.

— Quoi ?

— Ma caméra est braquée sur le bouclier. Il faut que tu voies ça. Je crois que tu seras d'accord pour convenir que de temps à autre il vaut mieux attendre avant de tirer des conclusions.

Jack brancha de nouveau son écran. L'image mit un peu de temps à s'éclaircir. Il sentit soudain l'Aquapod basculer et se concentra rapidement sur le contrôle de flottabilité. Ne pas oublier qu'il n'était pas en pilote automatique. Voilà exactement pourquoi il n'aimait pas utiliser des submersibles. Il avait confiance en ses propres mains, plus que dans ces extensions mécaniques. Il retrouva l'angle idéal et engagea le moteur pour avancer lentement les bras sous le bouclier, jusqu'à ce qu'il soit certain que celui-ci ne glisserait pas quand il le déplacerait.

— Alors ? demanda Costas.

— Laisse-moi m'occuper de ça d'abord.

Il souleva le bouclier, centimètre par centimètre, injectant de l'eau dans les réservoirs arrière pour compenser le poids, soulevant un nuage de vase qui se reposa rapidement. Les conditions étaient exactement telles que Lanowski l'avait prévu : du sable à gros grains recouvrant une couche grise anaérobie qui avait préservé le bois du bouclier. Lentement, Jack fit reculer l'Aquapod pour le dégager de son lit de limon, des sédiments grisâtres tombant en cascade. Il se servit d'un autre levier pour glisser un panier métallique garni de rembourrages en plastique imitant le papier bulle, sous le bouclier. Un couvercle, lui aussi capitonné, permettait de le fermer, un système conçu pour remonter des artefacts fragiles à la surface. Il fit lentement descendre son bras dans le panier, l'inclinant délicatement, jusqu'à ce que le bouclier repose sur les protections avant de rétracter le bras dans l'Aquapod. Cela fait, il poussa un gros soupir de soulagement.

— Tu as vu ça ? murmura-t-il.

— C'est toi qui dois voir, Jack, répondit Costas.

— Ah, oui, l'écran.

Jack découvrit une image granuleuse du bouclier prise d'une hauteur de cinq mètres. La connexion ne fonctionnait toujours pas très bien. Il scruta l'écran. Puis il comprit.

— Mon Dieu. Mon Dieu !

— Tu te souviens que mon oncle m'avait emmené le voir au musée archéologique d'Athènes ? dit Costas. De là à imaginer que je le reverrai ici…

— Voilà donc ce qu'a fait Agamemnon, murmura Jack, stupéfait. (Il avait du mal à l'admettre.) Voilà ce qu'il a demandé aux forgerons de Ténédos. Il devait avoir son masque d'or avec lui pour le leur montrer, le masque qu'il a plus tard rapporté à Mycènes, là où Schliemann l'a trouvé.

Il contemplait un visage. Car le bouclier était un visage, celui d'Agamemnon. Ce qu'il avait d'abord pris pour des bosses et des creux étaient en fait les reliefs façonnés pour créer les traits, comme une reproduction spectrale du masque. Ce travail n'avait rien de grossier, bien au contraire, il avait été effectué avec un talent extraordinaire, une maîtrise comme il en avait rarement vu. Dans la pénombre et éclairé par des flammes, il avait dû paraître fabuleux, l'émanation ultime de la puissance d'un roi, gravée sur le bouclier du plus grand des héros.

— Donc, si je comprends bien, dit Costas, Homère a vu ce truc, mais il l'a vu avant qu'il ne soit modifié.

Jack en était certain. Sûr et certain.

— Homère racontait la saga de héros qui luttaient entre eux. Le bouclier tel que nous le voyons n'avait pas sa place dans cette histoire. Cette image est celle de la chute des héros. Le terrible visage de la guerre, celui d'Agamemnon en personne. Il a été rapporté sur la plaine de Troie pour son assaut final contre la citadelle quand un séisme a démonté la mer, coulant ce navire mais poussant ses autres galères à l'intérieur même des murailles de Troie.

— Je crois que Maurice est bon pour offrir cette caisse de whisky à James, dit Costas.

Jack regarda le fagot de flèches encore visible en arrière-plan. Elles aussi allaient devoir attendre. L'Aquapod de Costas était équipé d'une caméra et de projecteurs, et non pour la récupération d'artefacts. Ils redescendraient le plus tôt possible. Il étudia de nouveau le bouclier. Il aurait aimé pouvoir le tenir contre sa poitrine, un javelot dans l'autre main, le toucher et le manipuler comme le Webley sur le pont hier. Il contempla le visage aux paupières fendues, ce regard vide qui pourtant semblait tout voir et qui avait contemplé les débuts de l'histoire – l'ère des hommes – pendant ces quelques jours qui avaient marqué la fin de l'âge du bronze. Il fixa les têtes de flèche en fer et, soudain, il comprit. Il comprit la tentation. La tentation du pouvoir, la tentation de faire pencher la balance du côté de la colère et de la vengeance. La guerre était une condition de la vie, sans raison, ni début ni fin. La tentation qui avait conduit Agamemnon à choisir la tablette de guerre et à rejeter la tablette de paix.

— Jack. T'es toujours avec moi ?

— Oui. Remontons. On va se faire drôlement secouer dans ce courant. Il n'y aurait rien de pire que de le laisser tomber.

— Bien reçu. Je préviens le *Seaquest II.* Terminé.

Jack activa le pilote automatique de façon à maintenir sa position trois mètres au-dessus du fond. Il sentait déjà la force du courant, poussant les deux Aquapod au-delà de la poupe du mouilleur de mines. Il dirigea le couvercle au-dessus du panier avant de l'abaisser avec précaution jusqu'à ce que les rembourrages de plastique soient en place des deux côtés. Pour le moment, il ne pouvait guère faire mieux. Il entendit le grondement des moteurs du navire et leva les yeux mais ne vit qu'un brouillard bleu très sombre. Costas orienta son appareil le long du sien.

— Jack. Tu me reçois ?

— Fort et clair. Terminé.

— Je viens de parler avec Macaslister. Voilà comment on va procéder. Ce courant se renforce, quatre, cinq nœuds peut-être. Nous allons nous éloigner l'un de l'autre puis nous y glisser très doucement et nous laisser emporter. Il commence à peu près huit mètres au-dessus de nous. Le *Seaquest II* nous suit sur sonar. Une fois que nous en serons sortis, à environ cinquante mètres de fond, nous évaluerons la situation, mais nous ne monterons pas davantage tant que le *Seaquest II* ne sera pas pile-poil à l'aplomb et que les plongeurs ne seront pas dans l'eau. Reçu ?

— Bien reçu.

Jack jeta un dernier coup d'œil vers l'épave, contemplant la coque rouillée du mouilleur de mines posée sur l'ancienne galère de guerre, le lion de la proue se dressant au bord du chenal de sable. Il s'agissait bien d'un cimetière de guerre, le cimetière de deux guerres. Fermant brièvement les yeux, il murmura les mots en vieux norrois qu'il prononçait sur chaque site de naufrage depuis qu'il avait trouvé un drakkar viking pris dans la glace du Groenland, trois ans plus tôt : *han til Ragnaroks*, « jusqu'à Ragnaroks », l'hymne pour les guerriers morts, afin qu'ils se retrouvent dans l'au-delà. Il venait tout juste d'avouer ce petit rituel à Rebecca. Son empathie pour le passé avait ses contreparties : sur les lieux funéraires, il ressentait les émotions de ceux qui s'étaient tenus devant les tombes. Et les épaves gardaient à tout jamais celles de ceux qui y avaient vécu leurs derniers instants. Il regarda le panier, les reflets d'or qu'il distinguait encore et secoua la tête. Il était déjà impatient de revenir. Qu'allaient-ils découvrir d'autre ?

— Jack, je viens d'avoir Macalister. Il a reçu un appel de Maurice à Troie.

— Je t'écoute. Terminé.

— Apparemment, c'était surtout une crise de toux, Macalister a eu un mal de chien à comprendre ce qu'il racontait.

— Voilà qui semble prometteur. On dirait que Maurice est retourné dans son trou.

— Oui, eh bien, attends un peu. Maurice et toi, vous devez tous les deux une caisse de whisky à James.

— Tu rigoles ?

— Tu rapportes le bouclier d'Achille ou plutôt le fantôme du bouclier d'Achille, et Maurice a déniché le Palladion. Enfin, pas vraiment. C'est un peu comme toi. Il a trouvé un fantôme. Comme tu disais, Troie ne te donne jamais exactement ce que tu veux.

Jack sentit son Aquapod tanguer de façon alarmante et actionna rapidement le contrôle de flottabilité pour injecter de l'air comprimé à l'avant des pontons, compensant le poids supplémentaire du panier chargé. Le submersible retrouva son inclinaison normale, et il poussa un soupir de soulagement.

— Jack. Tu es toujours avec moi ? Terminé.

— Tout juste. James a failli perdre ma caisse de whisky. Le pilote automatique n'apprécie pas ce poids à l'avant. Je remonte en manuel. Terminé.

— Je n'ai pas conçu ces engins comme des poids lourds des mers. Mais c'est un problème que je peux confier à Jeremy, si tu veux.

— Accorde-moi une minute.

S'emparant du manche à balai, Jack manœuvra les pédales de façon à être aussi proche de l'horizontale que possible. En manuel, c'était comme piloter un hélicoptère, avec les mêmes instabilités inhérentes exigeant une attention constante. Il devait effectuer sa remontée en injectant de l'air dans la chambre avant, puis en envoyer rapidement à l'arrière pour éviter que l'Aquapod ne bascule, tout en s'assurant dans le même temps de la stabilité tribord-bâbord. Ses yeux restaient rivés au gyroscope et au profondimètre. Il jeta, malgré tout, un rapide regard à l'extérieur. Le lit de la mer semblait toujours proche, comme s'il ne remontait pas, mais il savait que c'était une illusion d'optique, due à la réfraction à travers le Plexiglas : tout ce qui était dehors paraissait trente pour cent plus grand. La jauge de profondeur annonçait quatre-vingt-dix mètres. Il était parvenu à trouver une certaine stabilité. Un autre coup d'œil pour voir que Costas se maintenait à bonne distance, une vingtaine de mètres au nord-ouest et cinq mètres au-dessus de lui. Pas question de risquer une collision. Il actionna la radio.

— OK. Qu'a-t-il trouvé ? Terminé.

— Il a continué dans le tunnel qui s'est effondré hier. Son équipe l'avait dégagé et étayé. Au fait, Aysha est arrivée. Elle lui a formellement interdit de s'en approcher mais il a profité du déjeuner pour y retourner.

— J'adore ce garçon, dit Jack en scrutant son écran.

Il ne ressentait ni le mouvement latéral, ni la vitesse horizontale. Il regarda en bas pour voir l'épave une dernière fois, une tache sombre dans la pénombre, loin vers la droite. Les courants marins sont toujours déconcertants, à peine discernables si on ne dispose d'aucun point de repère à moins de tenter de les remonter, mais parfois terriblement angoissants quand ils vous séparent de votre partenaire de plongée. Ils sont rarement uniformes, plutôt comme un tourbillon de flux se mêlant les uns aux autres, et celui-ci n'était pas différent. À tout moment, les Aquapod risquaient d'être attirés l'un vers l'autre par des forces que leurs petits moteurs ne pourraient contrarier. Ayant lui aussi senti le danger, Costas s'était encore éloigné, à une trentaine de mètres au moins maintenant. Jack leva les yeux et aperçut la forme sombre de la coque du *Seaquest II* au-dessus d'eux. C'était un soulagement. Macalister était un sacré bon capitaine. Selon la modélisation de Lanowski, ils devraient émerger du courant à environ cinquante mètres de profondeur. Il regarda la jauge. Soixante mètres. Encore dix mètres.

Jack activa la radio.

— Je t'écoute. Terminé.

— D'accord. Je ne voulais pas te distraire. Donc, Maurice retourne dans le tunnel et atteint cette masse de maçonnerie qui s'est effondrée mais dans laquelle il y a encore un passage.

Il voit des hiéroglyphes sur le mur. D'autres inscriptions. Dans différentes langues. Ce truc linéaire dont parlait James.

— Du linéaire B, s'exclama Jack. Fantastique !

— Il dit que ça ressemble à des dédicaces. Que c'est comme de pénétrer au siège de l'ONU, comme si des tas de pays avaient eu droit à leur plaque.

Jack sentit un sursaut, comme quand on rencontre un courant thermique dans un avion léger. Il se rappela l'avertissement de Lanowski : ici, ils risquaient de se trouver aux prises avec des densités d'eau et des températures différentes provoquées par le courant surgissant des Dardanelles, de petites quantités de la mer Noire expulsées à travers le détroit dans la mer Égée, pour finir par se mêler à la Méditerranée plus salée. Il consulta de nouveau la jauge. Cinquante et un mètres. Soudain, il y eut un autre sursaut, bien plus alarmant, l'arrière de l'Aquapod se soulevant dans un violent hoquet. Il ne voyait plus qu'une tache floue et jaune en direction du sous-marin de Costas. Il compensa l'inclinaison sans pouvoir faire cesser les vibrations. Il venait d'atteindre le sommet du courant et pénétrait dans les eaux plus calmes. Ces secousses étaient provoquées par le fait que le bas de l'engin se trouvait encore dans le courant alors que la partie supérieure était en eaux plus lentes. Le panier tremblait. Il décida de tenter un coup de poker : envoyer une bonne quantité d'air dans la chambre de flottabilité. L'Aquapod bondit vers le haut, tandis que son estomac refusait de suivre le mouvement. Soudain, il sentit qu'il était libéré. Le panier était toujours là. L'engin de Costas se matérialisa à ses côtés.

— Tout va bien ? Terminé.

— Comme après un petit tour dans une essoreuse.

— Tu vois bien que l'Aquapod, c'est marrant, dit Costas en lui souriant à travers son dôme avant de rajuster son sombrero. Macalister vient de me rappeler. Ils savent qu'on est devant eux mais dans des eaux plus calmes, donc on maintient cette profondeur jusqu'à ce qu'ils arrivent. Reçu ?

— Bien reçu. On maintient la profondeur. Revenons-en à Maurice. Il trouve d'autres inscriptions. Fascinant ! Il devait s'agir d'une ancienne salle de conseil. Cette analogie avec l'ONU n'est peut-être pas si fausse.

— Attends, ce n'est pas terminé. Donc, Maurice rampe encore un peu. Soudain, il se rend compte d'un truc très étrange : il n'est pas le premier à venir ici. Il y a des outils, impeccablement rangés. Des truelles, une pioche. Comme si quelqu'un les avait laissées là.

— Que je sois damné, marmonna Jack.

— Puis, au bout, une porte, en métal. En bronze. Une porte qui donne dans une salle. Il pense qu'elle est un peu entrouverte mais bloquée par des débris. Demain, il met ses gars au travail pour essayer de l'ouvrir.

— Incroyable. Il faut que je sois là.

— Attends, c'est pas fini. Et c'est peut-être ce qui va lui éviter de perdre une caisse de whisky. Ou pas. Sur la porte… Une sorte de serrure. Il tenait vraiment à ce que tu sois au courant. Il pense que c'est le Palladion. Enfin, pas exactement. Plutôt une reproduction. Mais il estime que ça compte quand même.

— Qu'a-t-il dit exactement ? Qu'est-ce que c'était ?

— C'est bien ça, le plus bizarre. Il dit que ça a la forme d'un svastika.

Ébahi, Jack essaya de réfléchir. Un svastika. Une serrure. Le Palladion en forme de svastika.

— D'accord. Incroyable, mais pas aussi bizarre que ça y paraît. C'est ici que les nazis ont pris le svastika, se le sont approprié. C'était un symbole utilisé dans toute la zone indo-européenne. On en a retrouvé sur des poteries troyennes et

Schliemann s'en est servi pour décorer sa maison à Athènes. À l'époque, il n'avait pas du tout la même signification.

Il s'interrompit.

— Une question, reprit-il. A-t-il dit dans quel sens il tourne ?

— À l'envers. Dans le sens inverse des aiguilles d'une montre.

C'était donc bien le svastika troyen, le symbole de Troie. La clé d'une salle située sous la citadelle. Jack repensa à ce visage, le visage que Schliemann avait dégagé d'un tombeau à Mycènes, le visage qui gisait dans le panier devant lui, les yeux braqués vers le haut, voyant et ne voyant pas. Le visage d'Agamemnon. S'était-il lui aussi tenu devant cette porte de bronze ? L'avait-il fermée à jamais avant d'en emporter la clé ? Était-ce cette clé que Schliemann avait retrouvée ? S'en était-il servi pour ouvrir cette porte ? Et qu'avait-il vu ? Hier, il avait cru vivre le jour le plus important de son existence, celui des découvertes les plus extraordinaires, et voilà qu'aujourd'hui apportait plus encore, bien plus. C'était incroyable. Pourtant, il avait toujours la sensation de flotter dans cette incertitude spécifique à Troie, comme si tout cela s'offrait à leur regard tout en restant hors de portée. Comme si le masque d'Agamemnon recouvrait tout le site et qu'en le soulevant ils risquaient aussi bien de découvrir de fabuleux trésors que rien du tout… Rien qu'un grand vide. Le masque d'Agamemnon. Le masque de Troie.

— Jack, est-ce que tu reçois le *Seaquest II* ?

Il brancha la radio et n'entendit que des craquements.

— Non. Encore quinze mètres et j'essaierai l'autre canal. Terminé.

— D'accord. Je suis avec Ben. Ne quitte pas.

Jack leva les yeux. Il pouvait voir les plongeurs de sécurité dans l'eau à présent, prêts à attacher les câbles qui tracteraient les Aquapod dans le hangar. Il passerait le premier, avec le bouclier. Pas question de prendre le moindre risque avec ce chargement. Il se tordit le cou, voyant toute la coque au-dessus de lui, distordue par le dôme de Plexiglas. La dernière fois qu'il l'avait vue ainsi sous l'eau, c'était dans le lac d'Issyk-Koul au Kirghizstan, six mois plus tôt. Rebecca l'attendait, ses longs cheveux encadrant son visage tandis qu'elle le guettait, penchée par-dessus le rebord du Zodiac. Il avait été impatient de lui parler de l'extraordinaire découverte faite au fond du lac, un ancien tombeau entraperçu avant qu'il ne disparaisse sous des tonnes de limon. Cette fois, il rapportait quelque chose de tangible, quelque chose qu'elle pouvait voir et toucher. *Un des plus grands trésors qu'il ait jamais découverts.* Il aurait aimé qu'elle soit là. Il aurait voulu le lui montrer avant quiconque. Il prit une profonde inspiration. La prochaine fois.

— Jack. Nous maintenons notre position jusqu'à ce qu'ils aient fixé les câbles.

— Bien reçu.

— Jack, on a peut-être des nouvelles inquiétantes. Rebecca semble avoir disparu.

Jack oublia le bouclier.

— Comment ça, disparu ?

— De son hôtel à Londres. Il y a environ une heure. Notre gars de la sécurité a aussitôt appelé Ben.

— Le Marriott County Hall ? Ils ont vérifié à la piscine ?

— Apparemment, elle est tombée sur une connaissance dans le hall. Un type qui avait assisté à un congrès dans l'hôtel. Il avait, paraît-il, quelque chose d'intéressant dans sa voiture, quelque chose dont il venait de parler lors de ce congrès. Elle a dit à notre gars de la sécurité que c'était vraiment important, que tu aimerais voir ce truc. La voiture se trouvait juste devant l'entrée de l'hôtel. Notre gars n'a pas voulu la laisser y aller avant de vérifier l'identité de l'homme auprès de Ben. C'est un professeur de l'institut Courtauld.

— Tu veux parler de Raitz ? Hans Raitz ?

— C'est bien ça. Ben avait enquêté sur lui car Rebecca était déjà allée le voir. Un spécialiste du nazisme.

— Ou plutôt un nazi, point barre, répliqua Jack. Il a reçu la médaille d'or du Royal Institute of British Architects il y a quelques semaines, une étape vers le titre de lord, sans doute. Mais je ne ferai jamais confiance à un type dont toute la famille a été nazie et qui s'est spécialisé dans l'art nazi. Je n'appelle pas ça rompre avec le passé.

— Au moins, il a l'air réglo, dit Costas. Quelles que soient ses opinions, ce n'est pas un gangster.

— Rebecca ne l'accompagnerait jamais dans sa voiture de son plein gré. Elle m'a dit que c'était un con. Je cite. Il a dû essayer de la draguer. J'avais l'intention de passer au Courtauld, lors de mon prochain voyage à Londres, lui dire un mot.

— Laisse Rebecca s'occuper de ça. Elle lui fera découvrir un de ces trucs de karaté que Ben lui a enseignés.

— Elle est probablement juste sortie faire une balade, répondit Jack, en essayant de garder son calme. Comme n'importe quelle jeune fille de dix-sept ans à Londres. On a peut-être tort de la serrer de si près.

— Ben prend ça très au sérieux. Il pense que c'est lui qui aurait dû l'accompagner à Londres. Il a ordonné à quatre de ses hommes de passer le South Bank et Westminster au peigne fin et il a contacté un de ses anciens potes des forces spéciales qui dirige une compagnie de sécurité privée à Londres pour qu'il lui prête une demi-douzaine d'autres gars. J'espère juste que, quand Rebecca reviendra de sa promenade, elle sera reconnaissante.

Jack se raidit. Ils savaient tous les deux que Ben n'en faisait jamais trop. S'il était inquiet, il devait avoir ses raisons.

— OK, dit Costas. Les câbles sont en place. On y va.

— Bien reçu.

Les Aquapod montèrent ensemble, côte à côte, et dès qu'ils passèrent la barre des vingt mètres de fond, Jack brancha la radio extérieure. Il y eut quelques craquements puis la réception devint claire.

— Je crois que j'ai de nouveau le canal extérieur, dit-il.

La voix de Ben retentit.

— Jack, c'est vous ? Vous me recevez ?

— Fort et clair. Je vous écoute.

— Nous avons reçu un ultimatum. Relayé à Macalister depuis l'IMU, il y a quelques minutes à peine. Costas et vous devez être prêts à partir. J'ai alerté l'équipage de l'Embraer et le département équipement au QG de l'IMU. L'ultimatum est très précis. Il ne nous laisse aucune latitude. Vous devez être à bord de l'hélicoptère dix minutes après être sortis de l'eau.

Jack fixait le vide devant lui. Soudain, sa respiration, chaque bouffée d'air qu'il avalait devenaient un effort sur lequel il devait porter toute sa concentration. Rien d'autre n'avait d'importance. Tout le reste avait disparu, l'épave, le bouclier… comme s'ils s'étaient désintégrés dans le sable. Il avait les mains lourdes comme du plomb. Il cessa de respirer. Il était complètement figé.

Il avait déjà vécu ça. Lors des derniers instants d'une plongée en apnée. Son corps était en mode survie. Il brancha la radio. Sa voix lui parut différente, étrangement lointaine.

— Que s'est-il passé ?

— Rebecca a été kidnappée.

17

Mine de Wieliczka, Pologne

Jack arracha sa ceinture de sécurité dès que le 4 x 4 Toyota s'immobilisa, mais dut attendre que le chauffeur prononce quelques phrases dans son téléphone portable. Un instant plus tard, le portail en fer forgé s'ouvrait, et le véhicule pénétra dans le complexe. Ils s'arrêtèrent devant un bâtiment blanc surmonté par le cadre d'un treuil de puits de mine. Jack sortit aussitôt. Le ciel était plombé et il avait froid, malgré sa polaire. Il n'avait pas dormi plus de quelques minutes depuis qu'ils s'étaient envolés de Turquie la nuit précédente. Dieu merci, ils avaient plongé avec les Aquapod. Costas avait eu raison d'insister. Jack avait d'abord voulu plonger en scaphandre en utilisant du trimix, mais cela les aurait forcés à observer un délai de vingt-quatre heures pour la décompression avant de pouvoir prendre l'avion. Là, deux heures après avoir fait surface, ils étaient à bord de l'Embraer volant vers le site de l'IMU dans les Cornouailles où l'équipement dont ils auraient besoin était en train d'être préparé. Costas s'était envolé pour Cracovie dans les premières heures de la matinée et était déjà ici. Jack était resté un peu plus longtemps en Angleterre pour discuter avec Ben. Celui-ci avait déconseillé d'alerter Scotland Yard ou tout autre service officiel, mais comptait bien réclamer quelques faveurs à d'anciens amis pour découvrir qui était derrière cet enlèvement. Pour le moment, ils suivraient scrupuleusement les exigences des ravisseurs. Ou presque.

Jack essaya de se détendre, sans y parvenir. Rebecca. Où était-elle ? Que lui faisaient-ils ? Il serra les poings et expira lentement, regardant son haleine se cristalliser dans la brume matinale. Maintenant plus que jamais, il devait rester concentré, contrôler sa rage. Oublier que Rebecca en était là à cause de lui. Ses travaux, sa quête incessante éveillaient toujours la convoitise de certains. Ben lui avait dit de chasser tout ça de son esprit. La première réaction face à un enlèvement est toujours la culpabilité. *Qu'aurais-je dû faire pour éviter ça ?* Les kidnappeurs le savaient et comptaient bien exploiter cette faiblesse des premières heures. Jack repensa à Dillen qui l'avait attendu à l'aéroport à Londres. Ils s'étaient juste étreints, sans rien se dire. Un peu plus tôt dans l'après-midi, James lui avait déjà laissé un long message téléphonique résumant les révélations de Hugh. Il l'avait écouté encore et encore pendant le vol depuis la Turquie, essayant de se changer les idées avec les stupéfiantes découvertes de Schliemann. C'était extraordinaire, et pourtant cela ne voulait rien dire pour lui. Il aurait pu répéter chaque mot du message de Dillen, sans pour autant en tirer quoi que ce soit, un peu comme s'il avait fixé une toile pendant des heures dans une galerie, l'imprimant dans son esprit pour l'analyser plus tard, quand son cerveau en aurait de nouveau la capacité.

Il devait travailler en équipe, avec Costas, Ben et les autres. Entrer dans le jeu des ravisseurs, sans laisser la moindre place à la rage, au sentiment d'impuissance. Se concentrer sur le but : le moment où ils retrouveraient Rebecca. Le moment où les ravisseurs entreraient dans son jeu.

— Jack.

Costas venait de sortir du bâtiment. Vêtu d'une polaire à capuche, il ne s'était ni lavé ni rasé. Une froide détermination brillait dans ses yeux. Jack éprouva un élan d'émotion subit. Costas était un roc. Ils avaient tout fait ensemble, étaient allés partout, s'étaient sauvé la vie une multitude de fois. Ce n'était pas différent ici. *Une autre plongée, c'est tout.* Costas lui tendit une bouteille de boisson énergétique.

— Je parie que tu n'as rien bu, ni mangé. Pas bon avant de plonger. Prends ça. Tout de suite.

Jack obéit, vidant la bouteille avant de la jeter dans la Toyota.

— Où l'ont-ils emmenée ?

— N'y pense pas, Jack. C'est ce qu'ils cherchent. Que tu te ronges de l'intérieur. Je sais ce que tu ressens. C'est pareil pour moi. Il y a trois types ici. Concentre-toi sur eux et n'oublie pas qu'on forme une équipe. D'abord, il faut sortir d'ici vivants. C'est la seule façon de se rapprocher d'elle.

— D'accord, dit Jack d'une voix rauque. Comment ça se présente ?

— Je reviens du puits. Tout est prêt. Nos trois amis sont là en bas, en train de s'équiper. J'ai beaucoup de mal à les supporter. Va falloir que tu m'empêches de leur taper dessus.

— Que sait-on sur eux ?

— Des Russes. Comme Ben l'avait deviné. Pas franchement des lumières, juste des gros bras loués pour l'occasion. Ils parlent à peine anglais. Leur chef, je l'appelle Chechnya, parce qu'il a ça tatoué en rouge sur les mains. La pègre européenne grouille de mecs comme lui, des anciens de la guerre de Tchétchénie qui n'ont pas vu assez de sang et de massacres.

— Des plongeurs spécialisés ? demanda Jack.

Costas secoua la tête.

— Je n'en ai pas l'impression. Ben avait vu juste pour ça aussi. Notre kidnappeur a trouvé trois costauds possédant des connaissances basiques en plongée, mais les vrais plongeurs spécialisés ne se vendent pas comme mercenaires. Quand on possède ce niveau technique, il y a bien plus d'argent à se faire en travaillant sur des plates-formes pétrolières. Notre pari semble avoir fonctionné pour le moment. Ils savent manier les scaphandres qu'on leur a donnés, mais pas les recycleurs que nous utiliserons toi et moi. J'ai fait pas mal de cinéma en les préparant, à marmonner et à jurer de façon à ce qu'ils s'imaginent que ces bidules ne sont pas trop fiables. Je ne pense pas qu'ils s'y intéresseront. Selon Ben, il faut jouer sur leur côté macho. Entrer dans leur monde. Ces types se croient d'autant plus coriaces qu'ils font les trucs à la dure, à l'ancienne. Si on descend plus bas qu'eux, ce sera juste à cause de nos appareils sophistiqués. Eux, ils n'en ont pas besoin parce que c'est des hommes, des vrais.

— Seigneur, marmonna Jack, quels crétins.

— Tant mieux pour nous. J'ai prévu une petite comédie. Tu vas voir. Jusque-là, reste calme.

— Il n'y a personne d'autre ?

— Wladislaw va nous rejoindre avant qu'on descende dans le puits.

— Et qui est Wladislaw ?

— Le type dont je t'ai parlé au téléphone. L'ingénieur du site. Je le connais, on s'est rencontrés lors d'une conférence, il y a quelque temps. Un coup de chance. Formé en Amérique, il parle parfaitement l'anglais. Il est réglo, j'en suis certain. Et il est tout excité. Il n'a pas la moindre idée de ce qu'il se passe vraiment. Faut dire que tu es une star dans le coin. Ton livre sur Atlantis a été numéro un des ventes en Pologne. Quand un gars prétendant appartenir à l'IMU l'a contacté il y a deux semaines pour lui annoncer que nous aimerions jeter un œil à des restes néolithiques dans la mine, Wladislaw a failli faire une attaque. Les autorités polonaises ont promis de fermer toute la mine aux touristes le jour de la plongée.

— Il y a deux semaines ? s'étonna Jack.

— Oui. L'appel provenait de quelqu'un qui s'est fait passer pour toi et qui leur a demandé de garder le secret. L'objectif était de trouver un indice sur l'exode depuis Atlantis, à l'aube de la civilisation. Quelque chose qui mettrait vraiment la Pologne sur la carte des grands sites archéologiques.

— Seigneur, répéta Jack. Donc, ils prévoyaient déjà cet enlèvement. Ils devaient déjà surveiller Rebecca.

— Jack, concentre-toi sur le présent.

— D'accord, parle-moi un peu de la plongée.

Costas ouvrit un carnet de notes.

— Lanowski m'a fourni les données. Que des trucs nécessaires. Pas de bla-bla scientifique trop compliqué. Tu sais, il est bouleversé pour Rebecca. Complètement sens dessus dessous. Il voulait venir avec nous.

— Nous n'avons pas besoin de types bouleversés ici, dit froidement Jack. Il nous faut des gars capables de tuer. (Il posa la main sur son front et ferma les yeux un moment.) Tu comprends ce que je veux dire. Lanowski est un homme doux, et il s'agit de partir en guerre. Il n'y a pas d'autre mot. Rebecca est mon Hélène. C'est la guerre de Troie qui recommence. Et si ça tourne mal, je jure devant Dieu que ces murs vont brûler. Ils brûleront comme ils n'ont encore jamais brûlé.

— On va la retrouver, Jack.

— Ils devront quand même payer. Payer cher !

Jack serrait les poings.

Costas lui posa la main sur l'épaule avant de consulter de nouveau son carnet.

— La mine. Des dépôts salifères miocènes. C'est une immense zone karstique : des fissures plongeant très profond dans le sol où le sel s'est dissous. C'est par là que les mineurs du néolithique ont pu y descendre. Notre ravisseur a étudié la question. La mine actuelle remonte au XIIIe siècle à peu près. Elle est immense, incroyable. Trois cents kilomètres de galeries qui descendent à plus de trois cents mètres de profondeur. La section ouverte aux visites n'en recouvre qu'un pour cent, à peu près. Nous nous trouvons sous le niveau de la mer, cent quarante à cent quatre-vingt-dix mètres. Tous les niveaux inférieurs sont inondés.

— Ils n'ont pas été pompés ?

— Les nazis ont apparemment vidé la zone la plus profonde, celle où nous allons plonger. Wladislaw pense que la nappe aquifère a énormément monté depuis la guerre. Avec la reprise des activités minières, ces immenses tunnels se comportent comme des siphons. L'endroit que nous visons était accessible aux nazis mais maintenant il se trouve au moins à cent mètres sous l'eau.

— On a un plan d'accès ?

— Wladislaw s'en est occupé. Apparemment, le type qui a appelé il y a deux semaines s'intéressait à une zone très précise : il devait détenir des informations. Wladislaw a un plan numérique en 3D de tout le complexe. Je l'ai téléchargé sur nos ordinateurs de casque de façon à ce que nous puissions l'afficher sur nos écrans. La fissure que nous allons suivre est signalée. C'est une faille naturelle, descendant suivant un angle compris entre quarante et soixante degrés. La partie supérieure a été entièrement taillée à la main, ça ressemble donc à des galeries minières. Sous le bassin par où on va entrer dans l'eau, il y en a d'autres mais, plus bas, ça redevient des sites naturels. Ici, en haut, ce n'est que de la roche de sel. On dirait un peu du calcaire gris. En bas, nous trouverons beaucoup de cristaux de sel naturel, certains s'étant reformés depuis que la halite originelle a été extraite par les mineurs préhistoriques. Wladislaw est très fier de leur datation de ces croissances de sel : elle prouverait que nous sommes sur la bonne piste en cherchant des restes néolithiques ici. Il est, bien sûr, persuadé que c'est le but de notre petite baignade.

— D'accord. Tu me raconteras la suite en route.

Costas rajusta le sac qu'il portait sur l'épaule Jack le montra du pouce.

— Tu as réussi à faire accepter ça par nos trois gangsters ?

— C'est l'autre truc dont il faut que je te parle, répondit Costas à voix basse, avant que nous rencontrions Wladislaw. Je viens d'avoir Lanowski au téléphone. Il ne s'est pas intéressé qu'à la géologie. Il a aussi cherché tout ce qui pouvait relier les nazis à des mines de sel. Cet endroit servait de complexe d'assemblage pour des moteurs d'avions, les juifs étant traités comme des esclaves. On ne sait pas grand-chose, à vrai dire. Il a été fermé avant l'arrivée des Soviétiques, et les juifs ont été envoyés dans des camps de la mort. Ici, nous ne sommes qu'à trente kilomètres d'Auschwitz. Il a aussi recherché d'autres mines de sel utilisées par les nazis et a déniché un rapport concernant un site près d'un lac de barrage en Autriche, libéré par les Américains en mai 1945. Ils y ont trouvé des milliers de peintures et des caisses contenant des biens volés à des juifs. En avril 1945, juste avant la fin de la guerre, le *Gauleiter* local y a expédié d'autres caisses. Ce type était un fanatique qui cherchait à exécuter les dernières volontés du Führer, l'ordre Néron. Chaque caisse contenait une bombe de cinq cents kilos. J'ai lu le compte rendu à l'IMU avant de prendre l'avion, j'ai donc eu le temps de préparer ma trousse à outils. Je suis prêt.

— Ce qui nous change de la dernière fois.

— Ici, il ne s'agit pas juste de toi et moi.

— Ces gorilles ne t'ont pas fouillé ?

— J'ai eu droit à une fouille au corps en règle. Ils m'ont fait déballer tous mes outils. Une belle bande de bâtards. Ils m'ont même piqué mon poignard de plongée. Mais j'ai pu garder quelques mètres de cordon détonateur.

— Ils t'ont laissé un truc pareil ?

— Ils n'y ont même pas fait attention. Il pendait de la poche de ma combi, avec de vulgaires colliers de serrage. Pour une fois, j'ai suivi ton conseil. Rien n'est mieux caché qu'à la vue de tous.

— C'était un risque.

— Pas tant que ça. Ils ont aussi besoin de moi. Ils savent qu'on ne plonge qu'en équipe. Et un cordon de détonateur est rarement une arme offensive.

— Et ton ami Wladislaw ne sait rien ?

Costas secoua la tête.

— Non, mais j'ignore encore pour combien de temps. Chechnya et moi, on ne s'entend pas très bien. Wladislaw ne va pas manquer de s'en rendre compte quand nous nous équiperons. À toi de te faire ton idée sur lui. Tu auras peut-être le temps de lui glisser un mot juste avant que nous plongions. Il pourrait nous servir de contact avec l'IMU. Mais si nos gus s'imaginent qu'il sait quelque chose, Wlady est bon pour la morgue.

— Ce qui doit déjà être le cas. Ces tueurs ne sont là que pour une seule raison : nous éliminer dès que nous aurons récupéré ce que veut leur patron. Ils se débarrasseront aussi de tout témoin éventuel. Et notre équipement ?

— Toujours sous clé. Ils ne peuvent pas le trafiquer sans que je m'en aperçoive. Mais je doute qu'ils le fassent. Ces gars-là tiennent à la réussite de notre plongée. Ils ont dû recevoir des instructions très strictes. Ils ne seront payés que s'ils rapportent ce que nous aurons trouvé. Et puis, il y a des moyens plus sûrs de nous éliminer que de bricoler notre équipement. Des moyens plus grossiers, et plus dans leurs cordes. Allons-y.

Jack le suivit vers le bâtiment. Il s'arrêta avant d'y pénétrer, songeant à la proximité d'Auschwitz que Costas avait mentionnée. Il leva de nouveau les yeux vers le ciel de plomb. Si bas, si pesant. C'était étrange. La veille au téléphone, James avait lui aussi parlé d'Auschwitz à propos de Hugh et de l'enfant qui avait réalisé ce dessin. Depuis, la fille à la harpe ne cessait de lui revenir en tête, comme un morceau de musique obsédant. Il savait que c'était lié à Rebecca : cette fille qu'il n'avait jamais vue lui donnait quelque chose à quoi se raccrocher, quelque chose de durable, d'éternel, issu d'une autre horreur, comme le tableau d'un ancien maître. Une de ces œuvres d'art que les nazis convoitaient tellement. Il regarda autour de lui. Tout – les bâtiments, le sol – était dans des tons pastel. La terre semblait s'étendre à l'infini dans toutes les directions. Il paraissait inconcevable d'aller sous l'eau dans un endroit pareil. Pour accomplir une des plongées les plus dangereuses qu'ils aient jamais tentées. Il respira un bon coup et franchit la porte.

Ils pénétrèrent dans un bureau. Un homme de petite taille, à la calvitie naissante, était en train d'écrire derrière une table. Quand il leva les yeux, il sourit aussitôt et bondit quasiment de son siège. Il portait un jean et une chemise à manches courtes. Son visage ouvert, intelligent, irradiait d'excitation. Un sentiment de gêne s'empara de Jack. Encore quelqu'un qu'il allait tromper. Qu'il allait mettre en danger de mort. Il chassa cette pensée.

— Docteur Howard. Quel plaisir de vous rencontrer. Quel immense plaisir ! s'exclama Wladislaw en lui secouant énergiquement la main. Tout est comme vous l'avez demandé. Le docteur Kazantzakis y a veillé. Si je peux faire quoi que ce soit d'autre, je vous en prie, dites-le-moi. Je vais vous accompagner au petit lac souterrain. Mais, avant, tenez... (Il lui tendit une feuille de papier.) C'est arrivé hier. Les résultats uranium-thorium. Ils datent la recristallisation halite au début du néolithique. C'est-à-dire à la période de l'exode. Exactement à l'époque d'Atlantis.

Jack regarda la feuille. C'était vrai. Et c'était fantastique. Il dévisagea Wladislaw, se forçant à lui rendre son sourire.

— Brillant. Absolument brillant ! Maintenant que nous savons que nous sommes sur la bonne piste, il est temps d'aller voir.

— Bien sûr.

Wladislaw rangea la feuille avec soin et récupéra un trousseau de clés avant de sortir devant eux. Dès qu'ils furent dans le couloir, il actionna une alarme dans un boîtier sur le mur et ils entendirent une serrure se déclencher dans la porte.

— Ceci verrouille toute la mine, le portail principal, tout. Exactement comme vous l'avez demandé.

Jack toussa.

— Très bien.

Wladislaw se tourna vers Costas.

— Et vos trois collègues ? Ils sont prêts ?

— Ils se familiarisent avec un nouvel équipement.

— Un nouvel équipement, répéta Wladislaw avec intérêt.

Ils avaient atteint la porte métallique montée sur glissière du puits de mine. Il appuya sur un bouton.

— Ultramoderne, dit Costas. À l'IMU, la technologie est toujours en avance sur les plongeurs. C'est mon rayon.

— Vous utiliserez du trimix ? Des recycleurs ? Ce sera trop profond pour de l'air comprimé, n'est-ce pas ?

— Des recycleurs pour Jack et moi, pour nous assurer la meilleure sécurité là en bas, si nous devons franchir la barre des cent mètres. Les trois autres auront du nitrox dans une bouteille et du trimix dans l'autre. Pas de problème jusqu'à quatre-vingts, quatre-vingt-dix mètres. Du matériel ultramoderne aussi, mais plus facile à gérer. Les recycleurs, c'est différent. Seuls Jack et moi avons l'expérience nécessaire.

— Je comprends. Ces trois gars sont vos renforts. Un soutien logistique.

— Exactement.

Wladislaw hocha la tête.

— Je suppose que ça se passe comme ça dans la réalité. Dans les livres du docteur Howard, on a l'impression que vous plongez toujours seuls, tous les deux.

— C'est généralement le cas, dit Costas en échangeant un regard avec Jack. La sécurité, vous savez. Nos administrateurs nous imposent de plus en plus de contraintes.

— Ne m'en parlez pas. Diriger une mine qui accueille des touristes ? Oh, oui, je connais le problème. (Le voyant vert de l'ascenseur s'alluma et Wladislaw fit glisser la porte intérieure.) Mais ici, en Pologne, il nous arrive encore de prendre des risques, ajouta-t-il en souriant avant de presser le bouton commandant la descente puis celui affichant le niveau 2A.

Le sol trembla, et la machinerie se mit à gémir. Jack se raidit, il n'était jamais très à l'aise dans un ascenseur. Pas plus que dans une mine. Encore une chose qu'il devait chasser de son esprit. Sans Costas, il ne serait jamais ressorti vivant d'un autre puits inondé quelques années auparavant. *Détends-toi, reste concentré.* L'ascenseur s'immobilisa en craquant de partout. Wladislaw ouvrit le rideau.

— Nous nous trouvons sous le deuxième niveau, par cent vingt mètres de fond. Normalement, ce passage est scellé. Nous allons traverser une série de chambres jusqu'au lac. C'est plus rapide par ici et puis j'aimerais vous montrer quelque chose.

Costas se tourna vers Jack.

— J'ai accompagné nos amis à la base du puits, à cent trente-cinq mètres. Le plus profond qu'on puisse atteindre à sec. Nous y avons transporté le matériel.

Jack sortit de l'ascenseur, suivi par les deux hommes. Ils se retrouvèrent dans une petite caverne de la taille d'un garage à voiture. Une voie ferrée rouillée en partait, éclairée par des ampoules nues suspendues à un fil qui s'enfonçait dans le tunnel jusqu'à perte de vue. Sentant l'humidité, Jack y pénétra et s'approcha d'une paroi. Il distingua des marques de pioche, à l'évidence très anciennes, à la différence de la salle située à la sortie de l'ascenseur qui, elle, était beaucoup plus récente. Il regarda autour de lui. Le plus inattendu, c'était cette couleur, gris foncé comme du béton mouillé, avec des sillons blanchâtres à l'intérieur des traces de gouge. L'atmosphère était sépulcrale.

— J'imagine qu'on a creusé les galeries en suivant les filons ?

Wladislaw acquiesça.

— La couleur grise est due au sel de roche assombri par l'oxydation superficielle. Il existe aussi du sel couleur bronze, contenant du fer, et un autre plus verdâtre, avec du cuivre. Mais on trouve également des zones très claires, cristallines, où le sel de roche s'est dissous puis reconstitué sans inclusions minérales.

— Ces petites stalactites, dit Jack en montrant le plafond.

— Il s'agit d'une cristallisation secondaire, provenant du sel qui a filtré avant de se solidifier depuis que cette chambre a été creusée.

— Nous sommes bien au-dessus du niveau de la nappe phréatique ici ?

— Oui. Elle commence plus bas, au lac.

Costas s'adossa à un pilier rocheux, comme pour le tester, avant de pousser fort contre une poutre insérée dans le sel. Il jeta un regard sceptique vers le fond du tunnel.

— Quelle est la solidité structurelle de cet endroit ?

— Assez bonne, là où le sel n'a pas été complètement extrait. Généralement, les mineurs évitaient de le faire pour ne pas créer des chambres plus larges que hautes. Ils ont toujours paru se soucier de la sécurité. Il a dû y avoir de terribles accidents par le passé. On retrouve de nombreuses traces de réétayage. Cette galerie suit une fissure naturelle, et c'est aussi la raison pour laquelle je voulais vous faire passer par ici. C'est certainement le chemin emprunté par les mineurs du néolithique pour descendre sous terre, et nous savons qu'il continue bien au-delà du lac. Au début du néolithique, le niveau de l'eau devait être considérablement plus bas, et les fissures et tunnels inférieurs beaucoup plus accessibles.

Jack inspira profondément. Dans l'air flottait une odeur entêtante qui semblait aiguiser ses sens, le revitaliser. Ils suivirent Wladislaw dans le tunnel, s'arrêtant à l'entrée d'une autre chambre, beaucoup plus vaste. Jack inspira de nouveau, sous le regard approbateur de leur guide.

— Sodium, calcium, chlorure de magnésium. Oui, l'air en est plein. Profitez-en, tant que vous le pouvez encore.

— Comment ça, tant qu'on le peut encore ? demanda Costas.

Wladislaw montra le plafond de la caverne.

— Regardez.

Costas se tordit le cou.

— Soit ce sont des ombres, soit il y a eu un incendie.

— Avant l'apparition des systèmes de ventilation, le méthane relâché par la roche se rassemblait dans des poches contre le plafond. Les mineurs se baladaient ici avec des torches placées au bout de longues perches pour le brûler. Nous nous trouvons ici dans la mine principale, mais là où vous allez, c'est tout autre chose. Vous risquez de découvrir ce qui ressemble à des poches d'air. Et qui n'en seront pas.

Jack regarda Costas avant de se tourner vers Wladislaw.

— Est-ce que les autres sont au courant ? Nos collègues ?

— Je les préviendrai tout à l'heure.

Jack secoua la tête.

— Merci, mais laissez Costas s'en charger. C'est son rôle. Cela fait partie du briefing sur la sécurité.

— Bien sûr, approuva Wladislaw. C'est vous, les experts.

Il les conduisit dans la chambre suivante, une salle impressionnante qui évoquait l'intérieur d'une cathédrale, s'élevant à plus de trente mètres de hauteur.

— Ceci va vous intéresser, reprit-il en souriant. Un mystère pour Jack Howard. L'indice menant à un trésor.

— Racontez-nous ça en marchant, dit Jack en jetant un coup d'œil à sa montre.

Il n'avait guère envie de se pencher sur un quelconque mystère maintenant. Il ne pensait qu'à Rebecca, à ce qu'ils étaient venus faire ici.

— D'accord, dit Wladislaw en empruntant un escalier métallique, produisant un étrange écho dans la salle. En 1944, les nazis ont établi un complexe de montage de moteurs d'avions dans cette salle, utilisant des juifs polonais comme travailleurs forcés. À l'approche des Soviétiques, ils ont démonté l'usine et envoyé les juifs dans des camps de la mort. Mais l'un d'entre eux a réussi à survivre. Récemment, il est revenu ici et m'a raconté une histoire. Selon lui, ils savaient tous que les nazis se servaient des chambres les plus profondes pour cacher des trésors. Ils pensaient qu'il s'agissait d'or volé aux juifs polonais. Il y avait toujours un poste de garde à l'entrée des niveaux inférieurs pour empêcher quiconque d'y accéder. La nuit qui a précédé l'évacuation, plusieurs des prisonniers les plus vigoureux ont reçu l'ordre d'y descendre, avec des pioches et des masses, à l'évidence pour exécuter un travail manuel. Ils étaient accompagnés par deux gardes SS hongrois et un officier de la Luftwaffe, le patron de l'usine. Seul l'officier est revenu. Il transportait quelque chose dans une sacoche. Le survivant a revu cet officier par la suite, parce qu'il a accompagné un convoi de juifs forcés de quitter Auschwitz pour aller dégager des villes allemandes bombardées. L'officier est resté avec eux jusqu'à ce qu'ils arrivent dans un camp de concentration qui a été, peu après, libéré par les Britanniques, quelque part près de Belsen.

Jack s'immobilisa brusquement. Jusque-là, il n'avait écouté que d'une oreille.

— Qu'avez-vous dit ?

— Un camp, près de Belsen. En Saxe, en Allemagne. Probablement un de ces nombreux camps satellites.

Jack et Costas échangèrent un regard avant de se tourner vers Wladislaw. Jack en était certain. Tout concordait. Un objet caché ici, dans cet endroit où il ne risquait pas d'être découvert, à jamais en sécurité au cœur du Reich millénaire. Et puis l'inconcevable arrive : la défaite des nazis. Un ultimatum est lancé. L'objet est retiré, emporté à l'Ouest. Sans doute en prélude au déchaînement des pires horreurs. Jack repensa au récit de Hugh. Le document que celui-ci avait trouvé sur le courrier motocycliste, avec le svastika inversé. Le code Agamemnon. Les yeux braqués vers le sol, il réfléchissait à toute allure, le cœur battant. Les gens qui avaient enlevé Rebecca ne devaient pas apprendre ce détail. Ils ne devaient pas savoir que l'objet ne se trouvait plus ici. Les trois hommes qui allaient plonger avec eux... *Ils ne doivent pas savoir, à aucun prix.* Il se tourna vers Wladislaw.

— Ce survivant vous a-t-il raconté autre chose ?

— L'officier de la Luftwaffe était avec eux quand ils sont arrivés dans ce camp près de Belsen, et il avait toujours sa sacoche. Mais, après cela, il ne l'a plus jamais revu. Il pensait que la sacoche devait contenir un grand trésor volé dans un musée en Pologne, d'abord caché dans cette mine. Ils croyaient tous que c'était ce que les nazis conservaient ici. En me racontant tout cela, il pensait rendre service à la Pologne ; il existait peut-être une chance de récupérer ce trésor.

— Quelqu'un d'autre est-il au courant ? demanda Jack.

— Le vieil homme n'en a jamais parlé à personne d'autre qu'à moi. Nous nous trouvions dans mon bureau. Il a insisté pour que nous fermions la porte. Il m'a dit qu'il était vieux et mourant. C'était la première fois qu'il revenait ici depuis 1945, il avait vu que nous avions construit un mémorial pour les prisonniers juifs. Il tenait à me voir en personne. J'étais très occupé ce jour-là, mais je me suis souvenu de son histoire une ou deux semaines plus tard et j'ai téléphoné à l'endroit où on s'occupait de lui. On m'a dit qu'il était mort le lendemain de sa venue ici. Qu'il s'était juste… éteint.

— À qui d'autre en avez-vous parlé ? Des amis ? Votre famille ?

Wladislaw secoua la tête.

— À personne. C'était le jour où nous avons reçu votre appel de l'IMU. Quand vous avez dit que vous vouliez venir chercher des restes néolithiques, je me suis dit que je vous raconterais cela une fois que vous seriez ici. Une sorte de cerise sur le gâteau.

Jack fixa Costas avec intensité avant de se tourner vers le jeune Polonais.

— Un pacte, juste entre nous trois. D'accord ? Nous ne parlons de cela à personne. À personne ! Pas même à nos trois amis qui nous attendent en bas.

— D'accord, dit Costas.

Wladislaw considérait Jack avec une légère surprise.

— Bien sûr. Vous avez ma parole.

Jack lui flanqua une petite tape dans le dos.

— Vous êtes un type bien. Maintenant, allons-y.

— Wlady, on devrait vous faire venir au campus de l'IMU en Cornouailles, dit Costas. Je vous avais invité, vous vous rappelez, à cette conférence ? Je ne me doutais pas qu'un archéologue sommeillait en vous. Nous aurions bien besoin d'un représentant de l'IMU en Pologne, pas vrai, Jack ?

— Excellente idée.

— Vous êtes sérieux ? fit Wladislaw. Je ne vous décevrai pas, je vous le jure.

— Alors, l'affaire est conclue, dit Jack. Mais pour le moment, black-out total.

— Secret absolu, renchérit Wladislaw.

Jack échangea un regard avec Costas tandis qu'ils le suivaient, quittant l'allée de métal pour s'engager sur une plate-forme formée de caillebotis. Ils avaient atteint l'extrémité de la partie ouverte au public, barrée par un grillage dans lequel une petite porte était aménagée. Wladislaw l'ouvrit. Il faisait plus frais maintenant, et plus humide. Le tunnel dans lequel ils s'engageaient allait en rétrécissant, les poutres d'étayage devenant de plus en plus rares pour disparaître complètement. Les caillebotis s'arrêtèrent eux aussi, et Jack vit deux rails assez rapprochés qui s'enfonçaient devant eux dans la galerie. Le plafond était juste assez haut pour laisser passer un chariot chargé de sel. Au bout de quelques mètres, le passage s'élargissait de nouveau pour donner dans une petite chambre, elle aussi éclairée par une ampoule solitaire. Sur les parois, Jack discernait à peine des formes indistinctes, des sculptures de sel inachevées qui semblaient jaillir des murs. C'était un endroit macabre, comme les catacombes. Wladislaw braqua sa torche sur une des silhouettes.

— Saint Clément, le saint patron des mineurs, dit-il, sa voix semblait étrangement plate dans cette salle sans écho. Ici, les sculptures ne ressemblent pas à celles qu'on voit dans les salles ouvertes aux touristes. Elles sont d'un autre genre.

Elles sont vraies. Elles ont été faites il y a très longtemps, des centaines d'années, par des mineurs, non pour des visiteurs mais pour eux-mêmes. Elles montrent ce qu'ils éprouvaient réellement, la peur terrible, le pacte qu'ils passaient avec Dieu en descendant ici, pour survivre.

Jack fixa le visage sculpté dans la lueur de la torche. On aurait dit *Le Cri* de Munch. Une recristallisation secondaire avait brouillé les traits, lissant les lignes sculptées, comme si le sel dans les parois réclamait la statue, la réabsorbait dans un monde minéral où les humains n'auraient jamais leur place. Wladislaw se remit en route. À présent, Jack pouvait à peine se tenir debout. La pente se faisait plus prononcée, plongeant pour suivre le filon de sel, entre des murs d'un gris lugubre. Il eut un léger haut-le-cœur, son souffle se crispa. Il serra les mâchoires. *Si tu ressens de la peur, c'est la peur de laisser tomber Rebecca. Ce n'est pas la peur de cet endroit.* Il vit de la lumière devant, une autre chambre. Elle se réfléchissait sur une mare verte et iridescente, comme si l'eau était remplie d'algues.

— Cette teinte est due au cuivre, expliqua Wladislaw. Il se peut que ce soit pareil en bas. Personne n'a exploré cette partie de la mine depuis des années, depuis qu'elle a été inondée.

Ils pénétrèrent dans la chambre. C'était la toute dernière avant que le tunnel ne disparaisse sous l'eau. Au-dessus de la mare étaient suspendues plusieurs ampoules, fixées au câble qu'ils avaient suivi depuis les niveaux supérieurs. Sur la gauche étaient assis trois hommes en combinaison de plongée et portant des bouteilles jumelles contenant de l'oxygène et le mélange d'azote et d'hélium concocté par Costas à l'IMU la veille. Ils avaient déjà mis leur capuche qui compressait leur visage de façon grotesque, on pouvait à peine les distinguer les uns des autres. Il aperçut les lettres rouges tatouées sur les mains de l'un des hommes. *Chechnya.* Il repensa à cette autre guerre, au sort réservé aux enfants, et un sentiment de répulsion s'empara de lui. Ces hommes, ou d'autres comme eux, détenaient Rebecca. Ils allaient le payer. Soudain, il sentit la main de Costas sur son bras. Il le suivit sur la droite où attendait leur propre équipement enfermé dans des sacs. Costas les inspecta rapidement avant d'ouvrir les cadenas. Ils sortirent le matériel et se préparèrent en silence. Jack se mit en caleçon et tee-shirt pour enfiler sa combinaison, puis se retourna pour que Costas remonte le zip jusqu'à la nuque avant d'en faire autant pour lui. Ils s'entraidèrent pour charger les recycleurs et chausser leur casque en Kevlar jaune, chacun équipé d'une visière au lieu du masque conventionnel qu'utiliseraient les trois autres. Ils branchèrent les tuyaux d'arrivée et d'évacuation, avant de s'asseoir au bord du petit lac, enfilant leurs palmes et laissant leurs pieds pendre dans l'eau. Jack baissa les yeux. Il discernait à peine ses palmes. Au moins, ils disposaient de ce système de navigation en 3D qui leur permettrait de suivre l'itinéraire défini par Wladislaw.

Il activa son recycleur et le système informatique de son casque, testant le micro et vérifiant avec Costas que la liaison fonctionnait, avant de fixer son petit ordinateur de poignet qu'il emportait toujours par sécurité. Il aimait encore voir son temps de plongée et sa profondeur s'afficher à son bras, comme il y avait été entraîné avant l'avènement de tous ces gadgets high-tech. Il regarda l'heure. Il n'y avait aucun moyen de savoir combien de temps durerait la plongée. S'ils descendaient à cent mètres, ce serait vingt, vingt-cinq minutes au plus. Le recycleur minimiserait l'absorption d'azote et les problèmes de décompression, mais ils n'auraient aucune marge de sécurité.

Costas lui adressa un regard entendu.

— Et maintenant, le meilleur, rugit-il. Pour les hommes, les vrais.

Il fouilla ostensiblement dans son sac, faisant tinter plusieurs bouteilles en verre. Il en sortit une qu'il leva au-dessus de sa tête : c'était un demi-litre de vodka.

— Ah, s'exclama-t-il avec un claquement de langue. De la Krepkaya. La meilleure.

Ébahis, les trois Russes le regardèrent briser le goulot sur un rocher avant d'engloutir la moitié de la bouteille puis de la passer à Jack qui se chargea de la vider entièrement avec un plaisir évident. Hochant la tête avec satisfaction, celui-ci jeta la bouteille vide dans la mare et fit mine de s'occuper de son équipement. Le tatoué se leva, se déplaçant maladroitement avec ses palmes et ses bouteilles. Il poussa Costas avec rudesse.

— Un petit verre pour les nerfs, hein ? dit-il dans son anglais guttural. Parce qu'on a la trouille, ajouta-t-il en se tournant vers les deux autres Russes en ricanant.

Costas, qui ajustait son casque, le dévisagea l'air méprisant. Soudain, il éclata de rire avant de prendre Jack à témoin, incapable de refréner son hilarité.

— Il s'imagine qu'on a peur de cette flaque.

Jack secoua la tête, tout aussi dédaigneux.

— Espèce de crétin, reprit Costas à l'intention du Russe, on boit toujours de l'alcool avant une plongée à grande profondeur. Pour dilater les vaisseaux sanguins. Éviter la maladie des caissons. On a appris ça de vieux plongeurs français. Des durs, des vrais, eux. Qui briseraient un *Spetsnaz* comme une allumette.

L'homme se pencha pour saisir Costas par le menton.

— C'est toi que je vais briser dans pas longtemps.

Costas le repoussa.

— C'est ce que t'a ordonné ton patron ? Au moins, on sait à quoi s'en tenir.

L'homme fouilla dans le sac de Costas où deux autres bouteilles étaient encore visibles. Costas fit semblant de le retenir.

— Une seule bouteille pour vous trois. Le docteur Howard et moi avons l'habitude. C'est de la Krepkaya extra. Vous ne supporterez pas.

— Je t'emmerde. On est russes.

L'homme repoussa le bras de Costas et s'empara des deux bouteilles restantes. Il les déboucha avec ses dents avant d'en passer une à l'un de ses acolytes. Puis il se mit à boire, goulûment. Quand il s'essuya les lèvres, haletant, Costas cracha sur le sol.

— Hé, Chechnya. Ne force pas trop. Je voudrais pas que tu nages dans ton vomi.

L'homme ricana une fois de plus et se remit à boire. Il s'arrêta dans un hoquet avant de donner le peu qui restait au troisième homme qui se chargea d'achever les deux bouteilles. L'air empestait l'alcool. Les Russes enfilèrent leurs masques et leurs embouts, avant de suivre le tatoué vers la mare, chancelant et trébuchant sur le sable.

— Testez vos régulateurs, leur cria Costas. Restez immergés trois minutes.

Ils disparurent sous l'eau dans un maelström de bulles. Wladislaw se précipita aux côtés de Jack et Costas et s'agenouilla, l'air inquiet.

— Mais que faites-vous ? Bien sûr que l'alcool dilate les vaisseaux sanguins, mais surtout ça déshydrate. Ce qui provoque des accidents de décompression. C'est insensé.

Costas le fixa.

— Pas tant que ça. En fait, Jack et moi, nous nous réhydrations.

Wladislaw fronça les sourcils avant de comprendre soudain.

— Votre bouteille contenait de l'eau.

Costas acquiesça. Wladislaw le dévisagea avant de se tourner vers le geyser de bulles.

— Mais qui sont ces hommes alors ? Que se passe-t-il ici ?

Jack prit la parole d'une voix grave.

— Nous ne voulions pas vous en parler. Au cas où ils se rendraient compte d'un changement d'attitude de votre part. Votre vie pourrait être en danger.

— De quoi parlez-vous ?

Jack brancha la visière de son casque et vit que Costas était prêt. Il lui adressa le signe « OK » que Costas lui rendit. Gardant sa visière ouverte, Jack se tourna vers Wladislaw.

— Avez-vous des enfants ?

— Trois.

— Ma fille a été kidnappée. Celui qui a fait ça a envoyé ces trois types pour nous extorquer quelque chose. Quelque chose qui se trouve au fond de cette mine.

— Votre fille ! Mon Dieu, fit Wladislaw, éberlué. Donc, tout cela était une sorte de piège ? Ce n'est pas l'IMU qui nous a contactés. Vous n'êtes pas à la recherche de restes néolithiques.

— Pas cette fois.

— Cela a un rapport avec les nazis ?

Jack approuva.

— Je le savais ! s'exclama Wladislaw. Depuis que ce vieux survivant juif m'en a parlé, je savais qu'un événement sinistre avait eu lieu là en bas.

— J'ai reçu des instructions par téléphone hier après que ma fille a été enlevée, reprit Jack. Ils se servent de nous pour retrouver un trésor nazi caché dont ils pensent qu'il repose tout en bas de la fissure, par plus de cent mètres de fond. Il leur fallait des plongeurs spécialisés, capables d'évoluer dans un tel environnement. Ils détiennent je ne sais quel vieux document nazi. Leur chef, celui avec le tatouage « *Chechnya* », connaît les détails. Nous sommes censés le suivre, et il nous montrera la voie. Pour avoir parlé avec lui, Costas pense qu'il sait déjà où se trouve la chose. Ce que confirme votre plan de la mine que nous avons téléchargé dans nos casques et qui montre une seule route possible à partir de ce lac. Ensuite, ils resteront à la profondeur maximale que leur permet leur équipement et ils nous attendront. Quand nous rapporterons ce qu'ils recherchent, ils se débarrasseront de nous.

La tête d'un plongeur creva la surface, respirant lourdement dans son régulateur. Il les regarda. Costas ferma sa visière et fit le signe, pouce en bas, avant de s'approcher du bord et de se laisser glisser dans l'eau. Le plongeur s'immergea à ses côtés. Wladislaw se tourna vers Jack, l'aidant avec son casque.

— Vite. Dites-moi ce que je peux faire. J'ai un pistolet au bureau.

— Trop tard pour ça.

— Avez-vous des armes ?

— Costas a des outils pour désamorcer des bombes. Il pense que les nazis ont sans doute piégé la mine.

— Oui, ils faisaient souvent ça, surtout quand il s'agissait de trésors volés, d'œuvres d'art. C'est ça qu'ils recherchent ? demanda Wladislaw.

— Je vous en dirai davantage à notre retour. Voici ce que je voudrais que vous fassiez : prenez mon téléphone dans la poche de ma polaire. En cas d'appel, ne répondez pas. À personne. Mais il y a un texto prêt à être envoyé à notre chef de la sécurité. Il dit : « *Das Agamemnon Code.* » Cela veut dire que nous avons plongé et que tout se déroule comme prévu.

Remontez là-haut, envoyez-le et ensuite quittez immédiatement la mine. N'appelez pas la police. Allez chez vous, rassemblez votre famille et filez dans un endroit sûr, le plus loin possible. Ne dites à personne où vous allez. Un petit congé soudain pendant la fermeture de la mine. Ensuite, appelez l'IMU. Ils s'occuperont de vous. Utilisez votre téléphone, pas le mien. Laissez le mien sur votre bureau là où je pourrai le retrouver. C'est mon seul contact avec le cerveau de l'opération. Si nous sortons vivants d'ici, il le saura et j'aurai besoin de lui parler.

Wladislaw le saisit par l'épaule.

— J'ai compris, dit-il avant d'hésiter. Votre fille ?

— Oui ?

— Comment s'appelle-t-elle ?

Soudain, une boule douloureuse se forma dans la gorge de Jack. L'énormité de ce qu'ils allaient tenter le frappa. Qu'étaient-ils en train de lui faire en ce moment même ?

— Rebecca, dit-il d'une voix très rauque.

— Rebecca, répéta Wladislaw en se redressant. Pour Rebecca. Vous pouvez compter sur moi.

Jack lui serra la main avec force avant de fermer sa visière, de la bloquer et de brancher sa radio. Il entendit la respiration de Costas, un son mesuré, rassurant.

— Costas, tu me reçois ?

— Fort et clair. Et toi ?

— Fort et clair.

Il se glissa dans la mare, sentant la pression contre sa combinaison, son cocon dans cette eau étrange. Il s'obligea à se rappeler à quel point il aimait cette situation, à quel point il se sentait détendu au début d'une plongée. Il prit plusieurs profondes inspirations à son recycleur avant de regarder l'affichage sur sa visière. Tout était OK. Il devait juste se contrôler. Oublier le tunnel, les parois. Maîtriser sa colère, sa terrible peur pour Rebecca, laisser l'adrénaline faire le travail pour lui et non contre lui. Il rendrait la monnaie de sa pièce à celui qui avait fait ça. Avec plaisir. Mais pas encore

Il respira de nouveau profondément puis brancha l'écran à l'intérieur de son casque, affichant un labyrinthe de tunnels en 3D, leur trajet prévu surligné en rouge. Il plongea sous la surface, regardant l'eau verte monter devant sa visière, découvrant le visage de Costas juste devant lui. Les silhouettes des trois autres plongeurs étaient à peine visibles dans la pénombre un peu plus loin, les rayons de leurs torches balayant l'eau. Il alluma son propre projecteur frontal, évitant de le braquer directement sur Costas. Celui-ci tendit la main droite, pouce vers le bas.

— Prêt ?

— Prêt.

18

Troie, 18 mars 1890

Heinrich Schliemann étreignit sa femme avant de la quitter sur le tertre couvert d'herbe au point culminant de l'ancienne citadelle. Il sortit sa montre de gousset, toute cabossée et rayée après vingt années de fouilles incessantes en Grèce, en Égypte, en Italie ou bien ici sous les murs de la célèbre Troie. Sept heures moins le quart. Le moment approchait. Il la glissa de nouveau dans la poche de son gilet. Les délégués à la conférence devaient être partis à présent, en route pour Çanakkale puis Constantinople et enfin leur pays d'origine. Le site archéologique était fermé, sauf aux trois personnes qu'il avait invitées tout spécialement à le rejoindre ce soir.

Son pouls s'accéléra, et il se força à respirer profondément. La terrible douleur dans sa tête, le mal d'oreille lancinant qui le harcelait depuis des mois, ce sifflement qui le tourmentait jour et nuit comme si un millier de moustiques grouillaient dans sa tête, tout cela parut disparaître au moment où il se retourna vers la citadelle. Personne, en tout cas aucun des médecins qu'il avait consultés, n'avait pu déterminer l'origine de son mal, si c'était le produit de sa fiévreuse imagination ou bien une affliction dormante qu'il aurait contractée dans un ancien tombeau. Mais lui savait que les symptômes étaient apparus quand il avait su que le moment était venu de revenir ici, de rapporter ce que Sophia et lui avaient trouvé dans le tombeau royal à Mycènes, de rapporter ce symbole dans son lieu d'origine où il pourrait de nouveau remplir son rôle de rempart contre les ténèbres et le mal.

Il fit quelques pas sur les planches mal jointes qui servaient d'allée au-dessus des fouilles avant de se retourner vers le tertre. C'était la dernière zone qui restait encore à dégager sur la citadelle supérieure, tout près de la grande tranchée qu'ils avaient creusée à travers le tumulus vingt ans auparavant. Là, sur ce tertre, il se sentait proche d'Homère, plus proche que partout ailleurs à Troie. Ce serait le lieu de leur dernier chantier, une fois que la grande tâche qui les attendait serait achevée : l'ouverture du passage sous la citadelle. Un jour, il s'assiérait où se tenait à présent Sophia, là où il espérait dégager une partie du grand palais : une pièce où Priam s'était peut-être tenu un jour, surveillant au-dessus des remparts les faits et gestes d'Agamemnon. Comme Priam, il ne verrait pas les ravages de la guerre mais apprécierait les abondantes richesses de la terre ; ne pas entendre les cris et les hurlements des soldats mais plutôt la douce musique de la lyre si apaisante qui lui donnerait l'illusion que Troie était une cité de joie et d'amour, une cité céleste, et non la mère de toutes les guerres.

— Heinrich, murmura Sophia dans le vent, tu dois y aller maintenant. Tu te souviens de ce que tu as dit à Mycènes quand tu as soulevé le masque ? « Pour le salut de nos enfants. »

Il la regarda et sourit.

— Pour tous les enfants.

Il lui souffla un baiser, et soudain l'or qui la parait scintilla, l'or qu'ils avaient trouvé ici même il y a dix ans quand ils avaient creusé de nuit et en secret au pied de la grande tranchée. Reprenant sa route sur le plancher de fortune, il passa devant l'endroit, qu'il contempla. Il avait dit au monde qu'il s'agissait du trésor de Priam alors qu'il savait que ces bijoux étaient trop vieux d'un millier d'années. Il s'agissait du trésor d'un ancien roi qui avait gouverné Troie quand la cité était encore jeune, quand le bronze était encore une merveille récente. Il avait voulu faire diversion, dissimuler la vérité car ils n'étaient pas encore prêts. Il songea à l'autre citadelle que Sophia et lui avaient fouillée en secret et où reposait le masque du grand roi. Maintenant, il avait la sensation d'être sur le point d'enlever un autre masque à Troie elle-même. Il toucha la bosse sous sa veste, l'objet que Sophia avait soigneusement enroulé dans la soie à l'intérieur de sa sacoche. Et si tout cela ne servait à rien ? Il pensa à ceux qu'il était sur le point de rencontrer, à tout ce qu'il avait accompli, tout ce qu'il avait mis au jour, y consacrant toute son âme et toute son énergie. Oui, ce jour était le plus important de son existence. Il avait atteint le point de non-retour.

Il entendit un froissement dans les herbes et vit une silhouette grimper le talus de la tranchée avant de disparaître de l'autre côté. C'était Kemal, le contremaître, celui qui, enfant, lui avait montré ce site et dont les ancêtres, descendants du prince Hector, connaissaient Troie depuis des temps immémoriaux. Il ne pourrait jamais dire à Kemal de quitter ce lieu et il ne le souhaitait pas. Kemal représentait la continuité, le futur. Et c'était cela qui était en jeu ce soir. Le futur. L'avenir. L'avenir de la race humaine.

Schliemann obliqua vers l'est avant d'emprunter le sentier qui contournait la citadelle, depuis la maison des fouilles jusqu'à l'entrée du passage secret. Tout le long, Sophia avait allumé des chandelles dans de petites boîtes en fer, leurs flammes tremblant dans la brise. Après un virage, un autre homme apparut. Grand, vêtu d'un pardessus au col de fourrure et coiffé d'un chapeau mou, une canne de marche dans une main, et l'une des lanternes laissées à l'entrée du site dans l'autre. Quand il la leva, Schliemann découvrit les traits qui effrayaient tant de gens, le visage lourd, les poches sous les yeux, l'air maussade, mais il vit aussi dans ce regard ce que les proches de ce personnage illustre appréciaient : l'humour, la soif de connaissance, l'humanité.

— Ah, grogna le nouveau venu en s'approchant. Herr Doktor Schliemann. Je me demandais où vous étiez.

Il s'exprimait en allemand.

Le cœur battant, Schliemann tendit la main et répondit dans la même langue.

— Votre Excellence. Je crois savoir que vous avez fait bon voyage.

— Bon ! marmonna l'homme. Oui, il est bon que le roi de Grèce m'ait prêté son yacht. Les Ottomans refusaient de laisser un navire de guerre impérial pénétrer dans les Dardanelles. Il y aura une guerre, je vous le dis, et les Turcs auront besoin d'un allié, coincés qu'ils sont entre les Russes et les Anglais avec ce Gladstone. Quel homme infernal ! J'espère ne jamais le rencontrer en personne. Je ne répondrais pas des conséquences.

— Ah, fit Schliemann.

— Comment cela, « ah » ? Et que signifient tous ces subterfuges ? Cela fait des années que je vous demande une visite de Troie. Maintenant que j'y suis, il fait trop sombre pour y voir quoi que ce soit.

— Mon cher Otto, dit Schliemann en le prenant par l'épaule pour l'amener sur le sentier éclairé par les chandelles. Nous avons tous les deux été nommés citoyens d'honneur de la ville de Berlin. On peut dire que nous faisons partie d'une espèce rare. Une sorte de société secrète. Et comme toutes les sociétés secrètes, il nous faut nos petits rituels.

— Citoyens d'honneur, oui, mais j'ai échoué à convaincre ces porcs de vous nommer membre de l'Académie de Berlin, maugréa l'autre. Après tout ce que vous avez accompli pour l'Allemagne, offrant vos plus grandes découvertes au

Reichsmuseum. Même cet abominable Gladstone a fait de vous un membre honoraire de la Société des antiquités à Londres alors que vous ne leur avez accordé que quelques misérables poteries.

Schliemann sourit.

— Mon cher et vieil ami. Si j'étais le genre de savant sur lequel pleuvent les honneurs académiques, je n'aurais pas découvert Troie. Et j'ai déjà reçu le plus beau trophée dont un homme puisse rêver.

— Où est-elle ? demanda subitement l'autre en s'immobilisant. Votre reine ? J'aimerais m'agenouiller devant elle et baiser sa main.

— Sophia et les enfants seront ravis de vous revoir. Les enfants se souviennent de votre habileté à travailler le bois et je leur ai promis que vous leur construiriez un cheval de Troie. Mais ce sera pour plus tard. Pour l'instant, nous devons discuter d'affaires capitales. D'autres personnes nous attendent. Des personnes qui pourront vous surprendre. Mais avec qui j'espère que vous partagerez une cause, une cause qui surpasse toutes les affaires d'État auxquelles vous excellez. La plus grande cause de l'histoire de l'humanité.

— Encore des mystères et des subterfuges, grommela l'homme, bourru, mais ses yeux brillaient. Où que vous m'entraîniez, Heinrich, c'est toujours fascinant. Pour rien au monde, je ne voudrais me trouver ailleurs. Je vous suis.

La double rangée de petites chandelles leur fit contourner le tumulus par l'est. Ils passèrent devant des amas de terre retournée où les fouilles avaient révélé des restes de murs et de revêtements en briques de terre. Ils contournèrent le tertre herbeux avant d'emprunter des marches de fortune faites de planches qui plongeaient dans une profonde tranchée revenant vers le centre du tumulus. Schlieman descendit le premier, montrant des pelles et des paniers empilés.

— Attention où vous mettez les pieds.

— C'est ici que vous travaillez ? dit l'autre en progressant avec raideur sur le sol de terre battue, prenant lourdement appui sur sa canne.

— Uniquement Sophia et moi. Aucun ouvrier n'a le droit de venir ici. Mon assistant, Dörpfeld, continue à fouiller la grande tranchée où il dégage les murailles de la première citadelle, la Troie du début de l'âge du bronze. Mais cette partie, la Troie du roi Priam, la Troie d'Homère, est à nous et rien qu'à nous.

Derrière les outils, les chandelles révélaient une section du passage d'environ trois mètres de large où l'excavation semblait achevée, dégageant des murs de pierre qui s'inclinaient légèrement vers l'intérieur. L'homme s'arrêta pour les examiner.

— À moins que je ne me trompe, ils sont construits selon la même méthode que les remparts que j'ai vus en montant, juste après la maison des fouilles.

— Les remparts de la Troie d'Homère, dit Schliemann avec excitation. Vous ne vous trompez pas. J'en suis convaincu. Ces murs-ci datent de la même phase de construction. Mais ce ne sont pas des remparts. Ils forment une sorte d'entrée, convergeant devant nous, sous la citadelle. Et ils mènent à notre découverte la plus stupéfiante.

Il conduisit le visiteur jusqu'à une portion qui n'avait pas encore été mise au jour, entre des parois de terre battue. La dernière chandelle brillait quelques mètres devant eux, là où la tranchée s'interrompait brusquement. Dans la pénombre, il repéra deux autres silhouettes, munies elles aussi de cannes, et son pouls s'accéléra. *Ils sont tous venus.*

— Messieurs, dit-il. Bienvenue.

Il ramassa la lanterne à gaz qu'avait laissée Sophia, l'alluma rapidement et la posa sur le sol devant les deux autres hommes. Quand il se redressa, il les dévisagea, rayonnant. Arborant les longs favoris d'une autre époque, vêtus de manteaux sombres, tous deux étaient âgés. Le plus grand possédait des traits taillés à la serpe et un regard pénétrant. L'autre, plus petit, en imposait moins avec ses lunettes, mais une lueur déterminée brillait dans ses yeux. Schliemann sentit son compagnon se raidir à la vue du plus grand et il s'empressa de prendre la parole.

— Messieurs, permettez-moi de vous présenter le comte Otto von Bismarck, chancelier d'Allemagne.

Il s'exprimait en anglais. Bismarck claqua des talons, le regard noir.

— Chancelier, reprit Schliemann, voici mon cher ami le sénateur Hoar, le plus éminent homme d'État de mon pays d'adoption, les États-Unis d'Amérique. (Les deux hommes s'inclinèrent légèrement avant de se serrer la main.) Et, bien sûr, vous aurez reconnu l'honorable William Gladstone, Premier Ministre de Grande-Bretagne.

Nouveau regard noir, nouveau claquement de talons et nouvelle poignée de main.

— Nous nous connaissons, déclara froidement Bismarck en anglais avant de poursuivre en allemand à l'intention de Schliemann. Cela est malheureux. Très malheureux. Mon plaisir est en grand danger de naufrage. Vous m'avez placé dans l'œil d'un orage, Herr Schliemann. *Ein Sturm.*

— Vous appréciez toujours autant Shakespeare, à ce que je vois, fit Gladstone, ironique.

Schliemann s'interposa aussitôt entre les deux hommes, les prenant tous deux par le bras.

— Je crois savoir que monsieur Gladstone a lui aussi fait bon voyage ?

— L'Orient Express jusqu'à Constantinople, dit Gladstone. Une cité tout à fait extraordinaire. J'ai touché de mes mains la colonne de Constantin le Grand, et j'ai prié dans Hagia Sophia. Les infidèles l'ont moins vandalisée que je ne le craignais.

— Monsieur Gladstone ayant pris position avec passion contre les Turcs, dit Bismarck en anglais, je suis surpris de le voir ici.

— Je voyage incognito. Sur les instructions du docteur Schliemann. J'avoue aussi que la rhétorique m'a poussé à écrire, dans la fièvre du moment, des mots inconvenants contre le peuple turc que je découvre à présent tout à fait hospitalier et agréable. Pour cela, je fais amende honorable. Mais je reste aussi résolument et vigoureusement opposé à la campagne ottomane contre les Bulgares que lorsque j'ai publié ce pamphlet.

— Et vous, monsieur Bismarck ? intervint le sénateur Hoar. Votre voyage a-t-il été agréable ?

— Moi aussi, je suis ici incognito.

— Quoi ? Le chancelier von Bismarck, incognito ? s'exclama Gladstone, théâtral. Et sous quelle identité, je vous prie ?

— Celle du duc de Lauenberg. Un titre qui devrait être le mien, désormais. Je crains que le nouveau Kaiser ne se passe prochainement de mes services. Un vieillard dépassé qu'on mettra à la retraite. Il pense que je vais me retirer pour chasser la grouse dans ma propriété de Pologne. Je vais être franc, cet homme est stupide et belliqueux. Je crains pour le futur. Il va faire de l'Allemagne un monstre.

— Un monstre que vous avez nourri, déclara Gladstone avec hauteur. En unifiant le pays.

— J'ai unifié le pays pour rassembler une centaine d'États en guerre. C'était de la Realpolitik. Quelque chose que monsieur Gladstone, l'idéaliste, ne comprend pas.

— À la différence d'Herr von Bismarck, je n'aspire pas à être un Agamemnon.

— Gentlemen, dit Schliemann. Gentlemen. Si vous continuez ainsi, j'insisterai, comme le fait Sophia, pour que nous ne parlions qu'en grec ancien. Alors, les affaires de ce monde disparaîtront et nous habiterons uniquement le passé. Mais c'est un danger contre lequel vous m'avez prévenu, monsieur Gladstone. Séparer les deux mondes, le nôtre et l'antique, et mon but ici n'est pas seulement de vous montrer les merveilles de l'archéologie. Mon propos concerne aussi le présent. Je crains que les événements ne s'accélèrent pendant le reste de nos vies et plus encore pendant celles de nos enfants. Le temps manque. Nous devons agir au plus vite.

— Vous parlez de façon très solennelle, monsieur Schliemann, dit Gladstone en l'observant avec intensité. J'espère que nous ne sommes pas ici pour entendre une annonce malheureuse ? Avons-nous des raisons de craindre pour votre santé ?

— Monsieur Gladstone, votre souci de mon bien-être s'est toujours montré plus efficace que les remèdes de la médecine, et je vous en suis reconnaissant. Mais il ne s'agit pas de cela.

— Je suis vraiment soulagé.

Schliemann hésita.

— Nous sommes réunis ici aujourd'hui en raison de nos intérêts communs. Le comte von Bismarck est un homme de la plus haute éducation, passionné de littérature. Nous avons souvent discuté ensemble d'histoire antique. Monsieur Gladstone, sur ces sujets comme sur beaucoup d'autres, n'a pas besoin d'être présenté. Auteur de trois ouvrages sur Homère, il m'a accordé l'immense honneur de rédiger la préface de mon livre sur Mycènes. Quant au sénateur Hoar, homme d'État jouissant de la plus haute estime, il est aussi président de l'American

Antiquarian Society, recteur de la Smithsonian Institution, membre du conseil d'administration du Peabody Museum of Archaeology and Anthropology. Vous trois avez été mes plus fidèles soutiens, et vous inviter ici est le moins que je puisse faire. Mais cette réunion dépasse ce cadre. Je vous ai fait venir pour une raison plus essentielle. Vous êtes des hommes de la plus grande probité, de la plus haute résolution morale. Ayant la bonne fortune de vous connaître personnellement, j'en suis convaincu. Dans vos cœurs, je sais que vous n'êtes pas des fauteurs de guerre. Mais des hommes de paix.

Gladstone ricana, en fixant Bismarck.

— Une qualité qui peut être difficilement attribuée à quelqu'un dont la gouvernance a précipité le plus grand conflit de notre époque. Je fais référence à la guerre franco-allemande de 1871. Cette guerre a bouleversé l'équilibre des pouvoirs qui permettait à l'Europe de rester en paix depuis la chute de Napoléon.

— Ce n'est pas la guerre qui a bouleversé l'équilibre des pouvoirs, répliqua froidement Bismarck, mais le traité de paix qui a suivi. Vous le savez parfaitement, j'étais opposé à la cession de l'Alsace-Lorraine à l'Allemagne. J'y voyais la cause d'une guerre future, encore plus calamiteuse.

— Et ensuite, vous avez lancé l'Allemagne dans une aventure coloniale en Afrique. Vous opposant de façon ostensible et délibérée aux intérêts de mon propre gouvernement.

— Cela a diverti l'attention que portaient les Français sur l'Alsace-Lorraine. En agissant ainsi, je pense avoir évité une terrible escalade en Europe. Quant aux aventures coloniales de monsieur Gladstone ? Je n'ai pas assez de doigts pour les compter. La guerre au pays zoulou, 1879. L'Afghanistan, 1880. Le Soudan, 1885. Vos soldats se sont certes illustrés par leur bravoure, mais dans des guerres inutiles et ratées.

Toutes. Envoyer le général Gordon à Khartoum puis être incapable de le secourir. Oui, laissez-moi vous présenter l'honorable William Ewart Gladstone, le pacifiste.

Hoar leva la main.

— Messieurs. Nous ne sommes pas ici dans une salle de débats. Et nous savons tous que la moralité d'un homme ne se juge pas simplement à l'aune des circonstances dans lesquelles il se retrouve plongé et dont l'histoire elle-même ne lui tiendra peut-être pas rigueur.

Gladstone et Bismarck grognèrent tous les deux avant de finir par se calmer. Schliemann les considéra, saisi pour la première fois par un léger doute. Les avait-il mal jugés ? Était-il lui-même trop idéaliste, aveugle face à la réalité ? Ces hommes illustres étaient-ils trop vieux, trop emmurés dans leurs certitudes, l'esprit calcifié ? Il devait savoir.

— Que dites-vous ? demanda-t-il d'une voix calme. Que dites-vous, messieurs, au sujet de la guerre ?

Gladstone le fixa durement avant de baisser les yeux.

— Mes détracteurs me qualifient de pieux pacifiste, dit-il, soudain sérieux. Et ils ont raison. Herr Bismarck a raison, lui aussi. J'ai bien abandonné le général Gordon. Cela pèse lourdement sur ma conscience. Ma morale chrétienne s'accommode mal de la guerre et ne la supporte pas. Je demande pardon pour tous ces soldats morts. Contrairement à Agamemnon, je n'ai pas eu le courage de les mener au combat.

Schliemann se tourna vers Bismarck qui contemplait Gladstone. Le chancelier s'appuya sur sa canne, posant l'autre main sur sa hanche.

— J'ai affirmé que les grandes questions de notre temps ne se régleraient pas par des discours et des décisions à la majorité, mais par le fer et le sang. Pour garder mes électeurs, je dois apparaître comme un Prussien réaliste. Mais quiconque a plongé son regard dans celui, vitreux, d'un soldat agonisant sur un champ de bataille y réfléchira à deux fois avant de déclarer la guerre.

Schliemann hocha lentement la tête.

— Monsieur Hoar ?

Celui-ci prit la parole avec lenteur, s'exprimant dans un style beaucoup plus prosaïque que les deux autres, mais retenant néanmoins complètement leur attention.

— Je n'ai jamais détenu les rênes du pouvoir suprême, comme ces deux éminents gentlemen, mais j'ai fait entendre ma voix auprès de plusieurs présidents. J'ai vu la dévastation provoquée par notre propre simulacre d'Armageddon, la guerre de Sécession. J'ai observé avec angoisse les faucons de notre gouvernement tenter de lancer l'Amérique dans l'aventure coloniale. Même en obéissant à un éventuel impératif moral, il nous faudrait massacrer des milliers de personnes, ramener chez nous des malades et des blessés innombrables, des malheureux au corps et à l'esprit ravagés qui n'auront plus qu'une vie misérable devant eux. Nous nous ferions des ennemis irréconciliables partout dans le monde, possédés par une haine que les siècles n'effaceront pas. Notre drapeau deviendrait un emblème de sacrilège : celui des maisons incendiées et de l'horreur de la torture. Je n'aime pas penser à une Amérique coléreuse, grondante et griffante. Je préfère la voir comme une beauté auguste et sereine. Une beauté, messieurs, peut-être un peu pâle de teint mais avec une lueur dangereuse dans les yeux, et inspirée par un sentiment, même envers nos ennemis, non de haine, mais d'amour. Messieurs, je suis un ennemi implacable de la guerre.

— Nous sommes donc résolus, dit Schliemann.

— Nous sommes résolus, dit Hoar en fixant Bismarck et Gladstone. Mais, dites-moi, mon cher Schliemann. Résolus à quoi ?

Schliemann fixa le sol. Le moment était venu. Il sortit les mains de ses poches, les poings serrés, comme s'il cachait quelque chose.

— Monsieur Gladstone. Vous m'avez écrit au sujet de l'antique métallurgie du cuivre. Vous étiez fasciné quand j'ai découvert que l'âge des héros était un âge du bronze. Eh bien, vous serez ravi d'apprendre que nous avons découvert plusieurs têtes de flèche en bronze dans les ruines de la Troie homérique. Des flèches dont je pense qu'elles ont été tirées dans la citadelle depuis la plage où se trouvaient les navires grecs d'Agamemnon. Des têtes de flèche comme celle-ci.

Il ouvrit sa main gauche pour révéler deux pointes en forme de feuille, munies d'une soie, et vertes de corrosion.

— Puis-je ? demanda Gladstone.

Schliemann acquiesça et Gladstone posa sa canne pour prendre les deux têtes de flèche, les examinant avec un monocle sorti de sa poche.

— On trouve le cuivre à profusion par ici, je crois, murmura-t-il. Mais l'étain ? Savez-vous d'où provient l'étain de ce bronze ?

— Ma théorie va vous étonner.

— Venant de vous, rien ne peut plus nous étonner.

Schliemann le fixa, les yeux brillants d'excitation.

— Alors, voici. À l'aube de l'ère classique, les Grecs ont écrit à propos de leurs aïeux voyageant vers l'ouest, explorant les limites du monde connu. Selon moi, ces récits incluaient les survivants de Troie, fuyant l'apocalypse. L'un d'entre eux nous est très connu : Énée, le fondateur légendaire de Rome. Mais je crois que ceux-ci n'étaient pas les premiers. Je crois qu'ils suivaient la trace d'explorateurs plus anciens, des explorateurs de l'âge du bronze, avant la chute de Troie, les ancêtres des plus grands marins du monde antique. Vous devinez déjà de qui je veux parler. Vous êtes aussi un savant en matière biblique, monsieur Gladstone. Les Phéniciens qui ont fait voile jusqu'à l'Atlantique et qui sont montés au nord où ils ont découvert un archipel fameux, un groupe d'îles que les Grecs appelaient les Cassitérides.

— Les îles de l'Étain, s'exclama Gladstone. Je fais amende honorable. Vous m'étonnez. Êtes-vous en train de suggérer que les Troyens, les Mycéniens, obtenaient leur étain des Cassitérides ?

— Sous ce nom, messieurs, je fais référence aux îles Britanniques, aux mines de Cornouailles. Cela ne peut encore être prouvé, mais j'en suis certain.

Hoar leva de nouveau la main.

— J'implore votre indulgence. Vous suggérez que les Phéniciens, les marchands de l'Ancien Testament, étaient les fournisseurs de métal de l'âge du bronze ? Ces mêmes Phéniciens qui ont donné aux Grecs leur alphabet ?

— Oui, dit Schliemann. Des fournisseurs d'un matériau bien plus précieux que l'or. Vous avez raison, monsieur Gladstone. La question de l'étain est épineuse. C'était un métal très rare. Et je perçois que vos pensées, monsieur Hoar, suivent un chemin convergent. Les Phéniciens ont bien donné aux Grecs leur alphabet, mais beaucoup plus tôt que nous ne le pensions. Je crois que ce sont des marchands de l'âge du bronze qui ont été les premiers à apporter l'alphabet sur ces rives. Je crois que les scribes d'Agamemnon ont été les premiers à utiliser l'alphabet pour transcrire le grec.

— Vous croyez qu'ils parlaient le grec ? s'exclama Gladstone. Vous croyez vraiment que les Mycéniens parlaient le grec ?

— Je crois que la langue d'Homère était la langue d'Agamemnon.

— Monsieur Schliemann, je fais de nouveau amende honorable. Mon esprit est pris dans un ouragan de stupéfaction.

— Les érudits se moqueront de cette idée, ces mêmes érudits qui raillaient ma quête de Troie. Mais je suis sûr de moi.

Bismarck montra l'autre poing fermé de Schliemann.

— Et cette main-là ? Quel trésor y cachez-vous ?

Schliemann la tendit, marquant une pause avant de répondre.

— Ceci, messieurs, est la vraie raison de votre présence ici, dit-il d'une voix tendue. Je savais que je devais revenir à Troie. Je crois, monsieur Gladstone, que cette urgence, cette urgence fiévreuse, a été la cause de ma maladie. Une anxiété croissante suscitant des symptômes physiques. Maintenant que je suis de retour ici, ils s'atténuent. Il y a deux mois, quand nous sommes revenus, nous avons trouvé ceci. Ou, pour être plus précis, Sophia l'a trouvé. Dans le talus de déblais à côté de la grande tranchée que nous avions ouverte dans le site en 1871. À l'époque, je me souviens en avoir vu beaucoup, des douzaines, des centaines, sans y prêter attention dans mon désir effréné de creuser toujours plus profond. J'étais conduit par la soif de l'or, c'est vrai, mais plus encore, par la passion de prouver que la Troie de Priam avait bien existé. Et j'avais raison. Dans mon enthousiasme, je n'ai pas vu une plus grande vérité, aveuglante celle-ci. Une vérité qui est devenue mon obsession dans les années qui ont suivi, qui m'a habité jour et nuit et a failli venir à bout de mes forces. La question de la chute de Troie. Pas le « si », mais le « comment ». Comment l'humanité avait-elle pu basculer si vite, une brillante civilisation s'effondrant pour laisser la place à la plus profonde barbarie ? Je ne parle pas d'Hélène de Troie, ni de la sophistique des poètes, ni d'une guerre provoquée par l'amour, la jalousie et la rage, mais d'une vérité plus essentielle, la vérité du pouvoir, de la soif du sang et de la force des armes. Une vérité révélée ni par l'or ni par le bronze mais par ceci.

Il ouvrit la main, exposant une masse informe d'environ six centimètres de long, parcourue de traces d'oxydation rouges et brunes. Gladstone remit son monocle.

— Hmm, des concrétions ferreuses, si je ne me trompe.

Schliemann acquiesça.

— Ceci, messieurs, est une autre tête de flèche. Mais elle n'est pas en bronze. Elle est en fer.

— De l'époque qui a suivi la chute de Troie, sans doute ? murmura Hoar. Issue d'une autre grande bataille de l'âge des ténèbres, inconnue de l'histoire, et qui se serait livrée dans les ruines de la cité ?

Schliemann secoua la tête avec emphase.

— Ces têtes de flèche ont toutes été retrouvées dans les couches de destruction de la septième citadelle. La Troie homérique. Elles y étaient mêlées aux têtes en bronze. Une fois que Sophia a reconnu cet artefact pour ce qu'il était, nous avons réexaminé une section de remparts que nous avions dégagée à l'époque. Nous avons trouvé deux têtes en bronze et trois de ces têtes en fer, fichées dans le mur extérieur.

— Des flèches tirées par un assiégeant, murmura Gladstone.

— Vous me suivez parfaitement, monsieur Gladstone.

Bismarck planta sa canne dans le sol.

— Une technologie supérieure ! s'exclama-t-il. C'est cela que vous avez découvert, Herr Schliemann ? Une technologie supérieure ?

— Celui qui possédait le fer à l'âge du bronze détenait un formidable avantage, dit Gladstone.

— Et, comme celui qui possède la mitrailleuse Maxim à l'âge du mousquet, il est tenté de faire la guerre, murmura Hoar.

— Un avantage non pas dans la qualité des armes, mais dans leur quantité, continua Schliemann. Nous sommes en train de parler des tout débuts de l'âge du fer, quand la technologie était encore sommaire. La qualité de ce fer, son tranchant, sa solidité n'excédaient peut-être pas ceux du meilleur bronze. Mais là n'est pas la question. Comme l'a fait remarquer monsieur Gladstone, l'étain était extrêmement rare. Il valait son poids en or. Alors que le fer se trouve virtuellement partout. Une fois la technologie maîtrisée, vous disposez d'une quantité illimitée de minerai. Et si vous êtes le premier à la domestiquer, avant qu'elle ne se répande, alors pendant quelques années, quelques décennies même, vous régnez sur tout. Vous êtes le roi des rois. Vous êtes dieu.

— Agamemnon, souffla Gladstone. Vous parlez d'Agamemnon.

— Troie est tombée non pas grâce à une ruse d'Ulysse, ni par la faute d'un cheval de bois, murmura Hoar. Mais en raison d'une autre sorte d'astuce. L'astuce d'Héphaïstos. L'astuce de la forge.

— On ne saurait mieux dire, monsieur Hoar, dit Schliemann.

— Herr Schliemman ? Vous avez une théorie ? demanda Bismarck en frappant de nouveau le sol avec sa canne.

Les trois hommes considéraient l'archéologue, attendant sa réponse. Il rempocha les têtes de flèche avant de se lancer :

— Je n'ai pas vu passer les vingt années qui se sont écoulées depuis que j'ai posé le pied sur le tumulus de Troie pour la première fois. Certains disent que j'ai été frénétique, incapable de me concentrer. Deux ans après mon arrivée ici, j'ai annoncé la découverte du trésor de Priam. Je suis ensuite allé à Mycènes où j'ai trouvé le masque d'Agamemnon. Puis, j'ai voyagé en Grèce, fouillant d'autres grands palais de l'âge du bronze, à Tirynthe, à Ithaque, à Orchomène. Je suis allé en Sicile, sur les traces des Phéniciens, les marchands d'étain. Je me suis rendu en Égypte. J'ai dit que je cherchais la tombe d'Alexandre le Grand à Alexandrie mais le monde croyait que j'étais en quête de richesses. Heinrich Schliemann, le millionnaire parti de rien, qui a fait fortune en Californie, avait vu le scintillement de l'or à Troie et à Mycènes et était de nouveau ensorcelé, séduit par Mammon. Mes critiques se rengorgeaient. Ils tenaient leur vengeance. Je n'étais pas un archéologue mais un vulgaire chasseur de trésors. Ils se trompaient.

— Ils se trompaient, murmura Gladstone, car ce n'était pas l'or que vous recherchiez. Mais le bronze et le fer.

Schliemann frappa dans ses mains.

— Monsieur Gladstone, vous me comprenez !

Il les fixa avant de montrer le passage.

— Le tout dernier endroit que Sophia et moi avons fouillé il y a tant d'années se trouvait juste ici, là où nous nous tenons en ce moment même. Nous avons découvert quelque chose d'extraordinaire, quelque chose dont nous savions qu'il nous faudrait des semaines, des mois, pour le dégager. Nous l'avons scellé, avec l'intention d'y revenir. Je suis allé à Mycènes pour y chercher une confirmation et une clé. Et je l'ai trouvée, messieurs. Je l'ai trouvée ! Nous avons mis au jour les tombeaux, le masque d'Agamemnon. Mais nous avons aussi dégagé une autre tombe, la grande structure en forme de nid-d'abeilles que j'ai appelée le trésor d'Atrée. J'étais aux anges. Je suis allé dans d'autres palais et j'en ai découvert d'autres, d'autres prétendues tombes. Et puis en Égypte. Sous Alexandrie, je n'ai pas descendu les marches menant au tombeau d'Alexandre, mais quelque chose d'infiniment plus ancien. Et là, dans un éclair, j'ai compris à quoi servaient les pyramides. Des tombeaux, messieurs, des tombeaux royaux, comme les tombeaux de Mycènes, mais aussi quelque chose d'autre. Les pyramides ont été érigées au début de l'âge du bronze, avec l'explosion de richesses et de pouvoirs que l'usage de ce métal a créée. L'âge du bronze, messieurs. Des structures conçues pour sauvegarder les trésors des morts, mais aussi ceux des vivants.

— Le trésor d'Atrée, murmura Hoar avec l'ombre d'un sourire. Je crois, monsieur Schliemann, que vous vous êtes surpassé. Vous avez gardé secrète cette piste sur laquelle vous vous êtes lancé, mais comme tout bon explorateur, vous avez laissé des indices, par sécurité sans doute contre une calamité, afin que d'autres archéologues du futur puissent les suivre eux aussi. Des indices dans les noms.

— Vous avez choisi de ne pas l'appeler le *tombeau* d'Atrée, s'exclama Bismarck. Vous l'avez nommé le *trésor* d'Atrée.

— Pas un trésor d'or, renchérit Gladstone. Mais un trésor de *bronze.*

— Herr Bismarck a demandé si j'avais une théorie, dit Schliemann. La voici. L'avènement de la technologie du bronze, deux mille ans avant la chute de Troie, était l'avancée la plus révolutionnaire de l'histoire de l'humanité. Pour la première fois, on disposait de bons outils agricoles, de socs de charrue, de faux. On pouvait fabriquer des outils de charpentier, ou bien pour maçonner. Et on avait de meilleures armes.

Il fouilla dans ses poches pour en sortir deux têtes de flèche : l'une en silex, l'autre en métal.

— Des pointes de pierre, comme celle-ci, que nous avons trouvée dans la plus ancienne couche de Troie et guère différente des outils taillés par leurs ancêtres de l'âge de pierre, ont été remplacées par des armes en bronze. Mais il y avait un obstacle. L'étain nécessaire à la fabrication du bronze était rare. Il avait d'autant plus de valeur. C'était sur lui que reposait le pouvoir des chefs. Les forgerons – les travailleurs du bronze – étaient gardés à l'intérieur des murs des palais, des citadelles. Les stocks d'étain et de bronze étaient étroitement surveillés. De grandes chambres fortes ont été construites, des lieux qui servaient aussi de tombeaux pour les rois. Des chambres comme celle renfermant le trésor d'Atrée à Mycènes. Des chambres comme celle qui, je le crois, se trouve au bout de ce passage, messieurs, creusée dans le calcaire sous la citadelle de Troie.

— Vous nous avez fait venir ici pour voir le trésor ! s'exclama Gladstone.

Schliemann leva la main.

— Il y a un autre obstacle. Tout à fait extraordinaire. Les outils en bronze, soigneusement contrôlés, accordés au compte-gouttes par le roi et dont l'usage était surveillé, ont permis aux cités-États de l'âge du bronze de s'épanouir. Une civilisation brillante a émergé. Mais je devine la question que vous êtes en train de vous poser, messieurs. Vous êtes des hommes politiques. Vous avez vu ce dont nos congénères sont capables. À Gettysburg, à Sedan. Donnez-leur des armes et ils feront la guerre. Et dans le monde égéen de l'âge du bronze, les hommes se battaient. Nous le savons grâce à Homère. Le fracas des armes, les rugissements et les moqueries du vainqueur, les cris du vaincu. Mais il s'agissait de combats individuels, pas de batailles de masse. Pourquoi ? Parce qu'ils ne possédaient pas d'armes en nombre suffisant pour équiper l'armée d'une cité-État afin d'en attaquer une autre, de tenir un long siège et de la conquérir. La force du nombre n'était jamais possible, des armées immenses comme les marées de guerriers qui déferlaient dans les batailles du Proche-Orient antique. Les rives montagneuses de la mer Égée ne possédaient pas une telle population. Il leur était impossible de mettre en branle de telles masses humaines. Homère le révèle : chaque roi des forces grecques contribuait de tous ses moyens, mais cela se limitait souvent à quelques navires, à quelques dizaines ou centaines d'hommes. Il nous livre une scène trempée de sang, c'est vrai, mais nous regardons ses héros comme les Romains regardaient leurs gladiateurs, ou bien comme les masses de notre ère industrielle s'extasient devant un événement sportif. C'était un monde de paix, messieurs, un monde de paix qui a enfanté une brillante civilisation, une civilisation qui a prospéré si vite et avec une telle ampleur qu'elle a dépassé la capacité des hommes à la détruire avec la technologie dont ils disposaient.

— Votre théorie a un point faible, grommela Bismarck. Un point faible que nous connaissons tous d'expérience. Des hommes assoiffés de pouvoir formeront des alliances pour provoquer des guerres et non pour les empêcher. Et c'est bien ce que nous voyons à l'œuvre chez Homère. Agamemnon favorise une immense alliance de tous les Grecs.

— Quand j'ai étudié à la Sorbonne avant de me lancer dans ma propre quête de Troie, j'étais curieux de savoir ce que le monde actuel pouvait m'enseigner à propos de mes héros depuis longtemps disparus. J'ai voyagé jusqu'aux îles du Pacifique pour observer les indigènes. Là où leurs propres limites technologiques et le manque de ressources humaines les empêchaient de se vaincre les uns les autres, ils ritualisaient ces impasses dans une *entente cordiale*[9]. Ils échangeaient des présents, des femmes, pour cimenter leur amitié. Ils tenaient des cérémonies secrètes au cours desquelles les chefs conféraient dans un endroit reconnu comme un lieu de réunion presque sacré. Et partout où l'équilibre du pouvoir était

9. En français dans le texte (N.D.T.).

rompu, quand une nouvelle technologie était introduite, la poudre à canon par exemple, quand un des chefs bénéficiait d'un bref ascendant sur les autres avant que la technologie ne se banalise, son premier objectif était toujours de conquérir ce lieu primordial où l'équilibre des pouvoirs avait toujours été maintenu, où la paix avait été préservée.

— Par métaphore, vous faites allusion à Troie, j'imagine, murmura Gladstone. À Troie et à cette salle qui se trouve devant nous, n'est-ce pas ?

Schliemann les dévisagea tous les trois.

— Herr Bismarck a parlé d'une alliance. Que pensez-vous de celle-ci ? Agamemnon, un roi assoiffé de pouvoir et se sentant trop à l'étroit dans sa citadelle de Mycènes, entend parler d'une nouvelle technologie : celle du fer. Elle n'est pas encore perfectionnée, mais il met ses forgerons à l'ouvrage. Il sait que le temps presse avant que d'autres ne la possèdent à leur tour. Il tente un pari et se lance sur la voie de la guerre avant que les armes ne soient complètement prêtes. Se servant de ses liens familiaux et de son influence, il rassemble une alliance qui s'étend au monde mycénien. Ils veulent aller dans ce lieu où Agamemnon s'est déjà rendu auparavant, en temps de paix, en tant que souverain et membre d'un conseil qui avait pour mission de tenir la guerre à l'écart. Oui, monsieur Gladstone, ils vont à Troie. L'alliance permet de mettre en branle des forces en nombre suffisant pour faire le siège de la citadelle, mais elles ne disposent pas encore des armes décisives. Sur l'île de Ténédos, les forgerons d'Agamemnon travaillent jour et nuit, expérimentant, testant. Pendant neuf années, s'il faut en croire Homère, son armée se bat de façon traditionnelle, des successions de duels sous les murs de Troie, Achille et Hector, Patrocle et Diomède. Pendant neuf ans, Agamemnon attend son heure, pendant que les forges sifflent et brûlent, pendant que la technologie qu'il a acquise en secret est travaillée, perfectionnée. Un jour, au cours de cette neuvième année, un maître forgeron découvre le moyen de produire un métal qui ne se brise plus, un fer plus fort que le bronze. Soudain, le drame se noue. Le monde gémit. Agamemnon déclenche l'enfer. Mille flèches de fer s'abattent sur Troie. Puis dix mille. Des forges, messieurs, des forges sur l'île de Ténédos, des forges qui autrefois fabriquaient l'équipement des héros, les casques, les armures et les javelots du meilleur bronze, tournent à présent jour et nuit pour produire ces nouvelles armes, des armes qui ont déferlé sur Troie comme un raz de marée semant la mort et la destruction.

— Et tout cela parce qu'un jeune prince troyen avait enlevé une reine grecque nommée Hélène ? dit Hoar.

— L'étincelle de la guerre, dit Schliemann. Une étincelle créée par Agamemnon, peut-être. Un subterfuge. Dans un monde où les femmes de haute naissance faisaient partie du marché des alliances, cela aurait pu suffire.

— Une sottise quelconque dans les Balkans, maugréa Bismarck.

— Que dites-vous ? demanda Gladstone.

— Ce que j'ai dit au nouveau Kaiser, apparemment en vain. Je lui ai dit qu'un jour la grande guerre européenne commencerait en raison d'une sottise dans les Balkans. Ce sera notre Hélène de Troie.

— Vous voyez ? s'exclama Schliemann. Nous parlons d'une guerre future comme si elle était inévitable. C'est pour cette raison que je vous ai fait venir ici ce soir, messieurs.

— Que voulez-vous de nous ? demanda Hoar.

Schliemann sortit un petit livre blanc de sa poche.

— Dans Homère, ce sont les dieux qui semblent façonner la destinée, les hommes ne sont que des pions. Avant Agamemnon, le monde nous est présenté comme immuable, les hommes n'ont donc aucun pouvoir sur lui. Je crois que la réalité était différente. Tout comme c'est un individu, Agamemnon, qui a provoqué une guerre calamiteuse, c'étaient d'autres individus avant lui, des générations et des générations de rois qui ont préservé l'équilibre des pouvoirs, qui ont préservé la paix. Ce n'étaient pas des pions. Ils avaient volontairement décidé de façonner l'histoire. Nous en connaissons certains. Atrée, père d'Agamemnon. Minos, roi de Cnossos. Priam, roi de Troie, un vieux roi à l'époque du siège qui – c'est une hypothèse – a connu Agamemnon quand celui-ci était un jeune prince, l'a peut-être éduqué avant de percevoir cette lueur dans son regard, ce feu incandescent qui fait d'un homme un Alexandre ou un Gengis Khan à qui une infime étincelle supplémentaire suffit pour tout embraser et raser devant lui. (Il leva le livre.) Thomas Carlyle, notre grand théoricien politique. Il étudie le rôle des individus dans l'histoire. Je le lisais aujourd'hui même. Je regarde notre époque, messieurs, et je vois un monde où le pouvoir de l'individu est menacé, avec des conséquences funestes. C'est l'individu qui est un être moral, pas la foule.

Hoar leva la main.

— Je parle en tant que citoyen des États-Unis d'Amérique, où la liberté individuelle, les droits de l'individu sont inscrits dans la Constitution. Quand je regarde l'Europe, j'éprouve une grande crainte pour l'avenir. Les mouvements de masse, les mouvements populaires commencent par de grands idéaux, des idéaux de justice sociale, mais ils submergent l'individu, et avec lui la voix de la moralité.

Schliemann acquiesça.

— Nous vivons des temps où la voix de l'individu est plus que jamais nécessaire, plus qu'à toute autre période de l'histoire. Messieurs, nous nous tenons tous les quatre devant l'histoire, capables de la façonner, capables de vaincre l'inévitable, de repousser ceux qui voudraient nous faire croire qu'il ne nous revient pas de contrôler notre destin. Nous pouvons démontrer que, livrés à eux-mêmes, les hommes ne sont pas condamnés à la destruction et à la guerre.

— Et nous nous trouvons aussi à une époque de bouleversements technologiques, dit Gladstone. C'est là où vous vouliez en venir. Voilà pourquoi ces têtes de flèche en fer sont si importantes.

— L'âge du bronze s'est achevé avec Agamemnon. L'âge du fer est sur le point de se terminer. Nous vivons une époque terrifiante. Contemplez les changements survenus au cours de vos vies, messieurs. Du mousquet à la mitrailleuse. De la poudre noire à la nitroglycérine. Des voiliers aux cuirassés. Des canons se chargeant par la gueule à ces armes géantes capables d'expédier un obus à vingt kilomètres. De véritables armes d'apocalypse. Et bientôt, les hommes voleront, messieurs. J'ai vu de mes yeux le « monoplane » de monsieur Félix du Temple. Le vol à moteur est une certitude. L'homme volera. Ce qui laisse présager de terribles possibilités, messieurs. De terribles possibilités… L'alchimie moderne de la science produira des merveilles, mais aussi des horreurs. La fourberie humaine réveillera peut-être le pire des cauchemars. Je parle de la peste. La peste ! Ce sera peut-être la peste noire, ou le choléra, ou une nouvelle variole mortelle, ou quelque terrifiante virulence dormante. Si un nécromancien d'un nouveau genre pouvait faire de la maladie une arme, alors vraiment, monsieur Gladstone, cela voudra dire que le Dieu chrétien nous aura oubliés, que tous les dieux nous auront oubliés et que nous ne trouverons aucune rédemption.

— N'y a-t-il rien pour vous redonner espoir ? demanda Hoar.

— Vous trois me donnez espoir. À l'âge du bronze, dans le monde d'Homère, on pourrait croire que les champions étaient les héros, Achille, Hector et les autres. Mais ils n'étaient pas les vrais héros. Les héros étaient les rois, ceux qui ont précédé Agamemnon. Ceux qui ont préservé la paix. Soyons ces rois modernes. Chevauchons la marée de l'histoire. Empêchons un nouveau viol de Troie.

— Vous parliez, monsieur Schliemann, d'une clé à trouver, dit Hoar. Vous parliez métaphoriquement, j'imagine ?

Soudain épuisé, Schliemann poussa un long soupir. Il l'avait dit. Il éprouvait un indescriptible soulagement, mais aussi un immense sentiment d'urgence. Le compte à rebours avait maintenant commencé. Il adressa un sourire fatigué à Hoar.

— Mon cher sénateur. Je suis archéologue, vous vous rappelez ? Quand je parle d'une clé, je veux dire une clé.

Il fouilla dans sa poche intérieure, recherchant l'objet lourd que Sophia avait enveloppé avec tant de soin. Il hésita puis montra le passage.

— Quand Sophia et moi avons creusé ici en secret il y a tant d'années, j'ai trouvé un moyen d'atteindre l'autre extrémité, un tunnel naturel s'étant formé sous des blocs de pierre écroulés. J'ai vu des inscriptions le long de ces murs. Je n'ai pas pu les déchiffrer mais elles semblaient dater de l'âge du bronze : des pictogrammes, des symboles linéaires qui m'étaient inconnus, certains me paraissant même hiéroglyphiques. Et, tout au bout, mais hors de ma portée, une grande porte en bronze, la porte de la chambre qui doit se trouver là. Au centre de cette porte, au-dessus d'une barre métallique, une forme anguleuse était gravée dans un cercle. Une serrure, messieurs. Dont voici la clé.

Il sortit le paquet et écarta la soie. Les trois hommes d'État laissèrent échapper une exclamation étouffée quand l'objet apparut. C'était une croix en métal, d'une vingtaine de centimètres de large, équilatérale, avec des barres qui partaient à angle droit au bout de chaque bras. Elle était dorée, lustrée et scintillante dans la lueur de la lampe à gaz, avec un métal argenté au centre.

Gladstone tendit la main pour la toucher

— Bien sûr, murmura-t-il. Le symbole que vous décrivez avec tant de passion dans vos ouvrages. Le symbole que vous avez trouvé gravé sur des poteries troyennes. Le symbole, si je ne m'abuse, que vous avez utilisé pour décorer votre maison à Athènes.

— Schliemann le chasseur de trésors, encore une fois, dit Hoar, laissant des indices pour la postérité.

— C'est la forme de la serrure dans la porte qui se trouve devant nous ? s'enquit Gladstone.

Schliemann acquiesça avec vigueur.

— Je vous présente la *Hakenkreuz,* messieurs. La croix gammée. Qui, en sanscrit, s'appelle le svastika. Le symbole des peuples aryens, les premiers Indo-Européens qui sont venus de l'Est, franchissant la mer Noire, ceux dont je pense qu'ils ont fondé Troie. C'était leur symbole. Et ce métal que vous voyez là, incrusté à côté de l'or, a été extrait d'une météorite. Un objet vénéré tombé du ciel auquel on a donné cette forme pour les rois de Troie.

Bismarck tendit la main à son tour avant de la laisser retomber.

— Je connais ce symbole, gronda-t-il. La *Hakenkreuz* a une nouvelle signification pour les nationalistes allemands. Certaines sociétés secrètes évoquent un passé aryen, dit-il, mal à l'aise. Ce symbole semble représenter toutes les possibilités du passé ainsi que tous les dangers du futur. Des événements encore à venir mais qui projettent déjà leurs ombres sur nous.

— Où avez-vous trouvé cela ? s'enquit Gladstone.

— Encore une fois, c'était Sophia, et non moi. J'ai soulevé le masque mais Sophia m'y avait conduit.

— Le masque ? fit Gladstone, incrédule. Vous voulez dire, le masque d'Agamemnon ? À Mycènes ?

— N'ayez aucune crainte, mon cher Gladstone, dit Schliemann en lui touchant le bras. Votre argumentation éloquente dans la préface de mon livre sur Mycènes reste vraie. Je suis, moi aussi, convaincu que les tombeaux abritent Agamemnon et sa famille. Mais quand j'ai soulevé le masque d'or, ce n'est pas un squelette que j'ai trouvé en dessous. Dans mon esprit, oui, je voyais Agamemnon, une image spectrale qui flottait devant mes yeux, aussi quand j'ai dit au monde que j'avais contemplé son visage, je disais la vérité. Mais ce que j'ai découvert sous le masque, c'était ceci : la *Hakenkreuz,* le svastika. Je vous livre ma découverte la plus stupéfiante. Messieurs, voici le Palladion.

— Le Palladion ? murmura Gladstone, le regard fixé sur la croix. Mais le Palladion était une statue de bois conservée dans un temple de Troie. La statue de la déesse Pallas, volée par Ulysse !

— Il se peut que cette histoire soit vraie. Certains croient que la statue a fini par arriver à Rome, puis à Constantinople, où elle serait dissimulée encore à ce jour. Cette version aurait convenu à Agamemnon. Voler la statue de la déité protectrice revenait en fait à voler l'âme d'une cité. Cela signifiait que Troie était condamnée. Mais il aurait été aussi ravi de savoir que la vérité restait cachée, que le Palladion n'était pas une statue de bois mais cette croix, la clé de cette chambre devant nous. Elle était peut-être conservée dans le temple, dans un lieu souterrain, un saint des saints connu seulement des grands rois qui venaient se rassembler dans cette salle pour maintenir la paix.

— Agamemnon avait été un de ces rois, murmura Hoar.

Schliemann acquiesça.

— Pourtant, des années plus tard, il est venu ici, dans ce lieu précis, cette maudite nuit de feu et de mort, ruisselant du sang de ses victimes, brandissant d'une main son sceptre et de l'autre son épée dégoulinante, fixant cette porte, se souvenant. Il ne désirait plus qu'une chose : que cette chambre soit à jamais fermée et ce passage enterré. Ainsi, on oublierait cet endroit où ses ambitions avaient été contrariées. Après avoir tué Priam, il comptait sceller cette salle qui promulguait la paix et non la guerre. Ces blocs de maçonnerie effondrés devant nous ne sont pas le résultat de quelque convulsion naturelle, mais ont été délibérément délogés. Et, après avoir enfoui la chambre, il en a cherché la clé pour la dissimuler elle aussi. Précédant ses hommes, les feux faisant rage autour de lui, les hurlements des femmes emplissant l'air, il s'est rué dans le temple et a trouvé le Palladion qu'il a rapporté dans sa citadelle de Mycènes. Quelle meilleure cachette que le tombeau sacré de ses ancêtres ? Sous un masque reproduisant ses propres traits, une ultime démonstration de puissance. Là, debout devant la sépulture de ses ancêtres, Agamemnon pouvait se sentir aussi puissant qu'un dieu, il pouvait lever son sceptre en direction du mont Olympe et le brandir avec mépris : l'âge des dieux venait de s'achever, et celui des hommes venait de commencer. Et sa dépouille gît là-bas quelque part, j'en suis sûr. Mais ce qui importe, c'est que nous ayons le Palladion. Ce qui importe, c'est que nous puissions de nouveau changer le cours de l'histoire. Comme tous ces rois avant Agamemnon, nous sommes devant cette porte et nous en détenons la clé. Il nous suffit de l'ouvrir.

— Qu'allons-nous y trouver ? murmura Hoar.

— Je ne sais pas, dit Schliemann. Je ne sais pas... Il se peut que ce soit une salle vide, un endroit où l'on conservait autrefois des trésors de métal et qui ne contient plus que des sièges abandonnés. Mais même cela devrait suffire à prouver ma théorie, afin que nous puissions la proclamer avec confiance à la face du monde.

— Que voulez-vous que nous fassions ? demanda Bismarck.

— Dans un an jour pour jour, nous nous retrouverons en ce lieu. Des dispositions seront prises dans le plus grand secret. Nous ne devons souffler le moindre mot à quiconque à propos de cela jusqu'à ce que le moment soit venu. Il nous faudra montrer quelque chose. On doit me croire, et non se moquer de moi. Une grande célébration. La presse conviée, comme elle l'était à Mycènes quand j'ai révélé le masque d'Agamemnon. Si Dieu le veut, dans un an, Sophia et moi nous serons parvenus à cette porte, nous aurons creusé un passage assez large. Ce sera le plus grand moment de nos vies. Un trésor incalculable, bien plus précieux que tout l'or du monde. La clé, messieurs, de la fin de la guerre. La preuve, quelque part dans cette chambre, que les hommes savaient autrefois maîtriser le besoin de s'autodétruire.

— Nous sommes si peu nombreux et tous si vieux… Aurons-nous les ressources morale et physique de nous élever au-dessus du raz de marée de la technologie, ce monstre que l'humanité a créé pour s'autodétruire ? demanda Hoar.

— Le monstre est en nous-mêmes, murmura Bismarck, contemplant toujours le svastika.

— Le monde a besoin de héros, dit Schliemann. Pas de seigneurs de guerre, pas de champions comme Achille, mais des héros comme Atrée, Minos ou Priam de Troie, des hommes prêts à lutter contre le courant.

— Il nous faut davantage de traités, murmura Gladstone. Redoubler d'efforts pour parvenir à des compromis. Je redeviendrai Premier Ministre. Cela m'a convaincu. Je demanderai ma réélection.

— Il nous faut un équilibre des pouvoirs, dit Hoar. Nous ne pourrons jamais empêcher les nations de s'armer, mais la force de dissuasion nous permettra d'éviter la guerre.

— En un an, nous avons le temps de mettre beaucoup de choses en chantier, déclara Gladstone. Et si, alors, nous pouvons montrer au monde que cela a marché par le passé, nous susciterons peut-être l'élan et la volonté qui nous permettront de réussir.

Il se tourna vers Bismarck.

— Chancelier, vous avez dit un jour que l'histoire était plus que de simples mots écrits. Nous sommes des vieillards, mais il nous revient de faire l'histoire, pas de l'écrire.

— Il semble qu'après tout nous lisions tous la même page, Herr Gladstone.

— Messieurs, dit Schliemann en se tournant vers eux. Les Hittites utilisaient une expression. « Je te donne une tablette de guerre ; je te donne une tablette de paix. » Tout en parlant, il tendit les mains, paumes vers le ciel, la gauche puis la droite.

— Laquelle voulez-vous ?

En silence, les autres, Gladstone d'abord, puis Bismarck et enfin Hoar posèrent leur main droite sur la sienne. Ils restèrent ainsi un moment, puis Bismarck et Hoar retirèrent la leur, laissant Gladstone seul, le regard plongé dans celui de Schliemann, l'inquiétude visible sur ses traits.

— Mon cher Heinrich, dit-il avec douceur. Notre époque porte votre empreinte. Une empreinte indélébile. Votre nom, je le sais, nous accompagnera pendant de nombreuses années. Il est inutile, comme c'est votre habitude, que vous vous surmeniez au point de mettre votre santé en danger.

Schliemann lui serra la main.

— Votre sollicitude m'est d'un profond réconfort. Mais n'ayez aucune crainte. Cette réunion n'a fait que me renforcer. Je retrouve toute mon énergie. De grands jours nous attendent.

Gladstone recula aux côtés de Bismarck, dans l'ombre, tandis que Hoar enlevait une chevalière en or de sa main droite.

— Messieurs, c'est un véritable honneur pour moi d'être ici parmi vous. Je me sens comme un simple mortel au milieu de géants. Cette bague porte le blason de mes ancêtres qui ont signé la déclaration d'indépendance et la Constitution des États-Unis d'Amérique, la plus grande affirmation de paix et de liberté jamais conçue. Ces documents, messieurs, nous donnent l'espoir que la volonté de l'individu peut triompher. Je vous présente cette bague pour marquer mon engagement solennel : je consacrerai le restant de mes jours dans la poursuite de la liberté et du bonheur pour toute l'humanité et dans l'observation de notre pacte scellé ici aujourd'hui. (Il s'agenouilla avec difficulté et enfonça la bague aussi profondément qu'il le put dans la terre retournée avant de la recouvrir. Il se releva, chancelant.) Et à vous, monsieur Schliemann, dans votre grande tâche, je vous souhaite bonne chance.

— Bonne chance à vous, monsieur Hoar.

Sur ce, Schliemann les quitta. Il fit quelques pas avant de se retourner. Les trois hommes étaient toujours là, se fondant peu à peu dans la pénombre. Pendant quelques secondes, il les vit tels qu'ils étaient, trois vieillards à l'entrée de la vallée des ombres, les fantômes de rois morts depuis longtemps, ces rois qu'il imaginait arpentant encore les remparts. Il sentit le vent frais et se blottit dans son manteau. Ces hommes pouvaient-ils encore changer l'histoire ? Ou bien s'était-il leurré ? Sa passion, sa soif d'en découvrir toujours davantage, son retour à Troie toujours retardé, année après année, l'avaient-ils conduit à trop repousser ce jour ? Était-il trop tard ? Il chassa cette pensée et leva la main.

— Bonne chance à vous tous, jusqu'à ce que nous nous retrouvions, dans un an.

Schliemann remonta le sentier, dépassant l'endroit où il avait rencontré Bismarck, suivant l'alignement de petites chandelles, maintenant agonisantes. Les vents nocturnes à Troie étaient toujours déroutants, et il ne lui était pas difficile d'imaginer que ces froissements qu'il entendait n'étaient pas dus au souffle de l'air sur l'herbe mais aux pas des Grecs avançant sur la plaine en contrebas, le son de pieds nus arpentant l'argile lisse des rues, les bruits encore incertains précédant cette ultime nuit avant la tempête. Il gravit la rampe du mur occidental de la citadelle, sur le bord de la grande tranchée. Il leva les yeux vers le ciel, en direction d'Orion, le Chasseur, sa constellation préférée. Bien loin de celle-ci, des oiseaux noirs volaient en silence vers le nord.

Il se tourna vers le tertre à l'extrémité de la citadelle et une vague de chaleur déferla en lui. Sophia était toujours là-haut, se détachant dans la nuit, le vent soulevant son voile et révélant la ceinture en or, les bracelets, le diadème luisant sous les étoiles. Mais était-ce bien Sophia ou bien était-il en train d'en imaginer une autre ? Hélène de Troie. Pris de vertige, il ferma les yeux, un bruit semblable à celui de la mer lui martelant un instant la tête avant de s'éteindre. Il rouvrit les paupières pour voir que Sophia avait allumé une torche de suif qu'elle agitait dans sa direction. La flamme illumina sa robe rouge et, pendant une fraction de seconde, il crut qu'elle allait la dévorer, qu'elle-même allait devenir un feu, un phare dans la nuit. Était-ce ainsi que tout avait commencé ? Et le cheval de Troie avait-il bien existé ou n'était-ce pas plutôt une vague sombre venue du large, avec sa crinière d'écume, une vague rageuse qui avait déferlé au-dessus des remparts, semant la mort et la destruction, éteignant le phare et emportant tout sur son passage ?

Il connaissait Homère par cœur. Il pensait tout savoir de la guerre de Troie. Une guerre livrée pour la belle Hélène, et la richesse qu'elle apportait. Mais était-ce bien le cas ? Il ferma de nouveau les yeux, essayant de rassembler des images fragmentaires. La mer bleu acier, couleur des larmes de veuve. Des valets auprès des navires tirés sur la plage, murmurant à l'oreille des chevaux entravés de ne pas craindre la foudre avant de les embrasser et de les relâcher. Des harpies volant dans le ciel, messagères de mort vêtues de fer et de bronze. Il regarda sa main, aussi calleuse qu'avait dû l'être celle d'Agamemnon, le roi batailleur, à la crinière de lion, celui qui connaissait la guerre dans toute sa rage. Le sifflement dans ses oreilles se transforma en cris, rugissements et râles. Le sang était partout, cascadant dans sa tête, obstruant ses narines, le goût métallique emplissant sa bouche. Du sang noir jaillissant de plaies ouvertes par des champions. Un orage de sang teignant le sol en noir. Du sang léchant les rives du Scamandre, trempant la plage, inondant la plaine sous les fortifications, avant de déferler par-dessus les remparts. Sophia, le signal rouge sang, en flammes.

Manquant d'air, il hoqueta et s'adossa à la rampe de pierre. Gladstone avait peut-être raison. Il laissait le passé le consumer. Il leva les yeux et vit Sophia venir vers lui, torche à la main. Il se redressa avec effort pour lui faire signe. Il se souvenait comme il s'était senti proche d'elle cette nuit-là, des années plus tôt, dans le caveau de la citadelle d'Agamemnon. Il se souvenait de l'excitation de ce moment, mais aussi de la peur, une peur paralysante, juste avant qu'il ne soulève le masque d'or. Une peur qui avait été sa plus grande faiblesse, celle de faire une trouvaille qui couronnerait sa carrière mais qui atténuerait sa passion et l'exaltation qui l'avait mené jusqu'ici. Il redoutait une découverte qui étancherait sa soif et amoindrirait le sentiment d'épanouissement suprême qu'il avait trouvé auprès de Sophia.

Et puis il y avait eu une autre peur, plus profonde, la peur de ce qu'il risquait de révéler, une vérité atroce sur la condition humaine, sur la guerre. Ces terribles images de sang, ces rêves qui lui revenaient sans cesse étaient plus qu'une représentation vivace d'Homère. Bismarck l'avait dit. Les événements à venir projettent leur ombre sur nous. Schliemann avait enfin compris pourquoi ces images le troublaient tant. C'était comme si la vague du futur déferlait à rebours et qu'il voyait le Scamandre charrier, non le sang d'autrefois, non pas celui des héros, mais un sang frais, neuf, celui des enfants d'aujourd'hui. Ce n'était pas le passé qu'il voyait. C'était l'avenir.

Sophia le rejoignit et ils s'étreignirent. Il la serra fort contre lui, lui prenant la torche qu'il tint loin d'eux, la flamme dansant dans la brise. Toutes ses pensées lugubres l'abandonnèrent et il éprouva une suprême satisfaction. Leurs enfants les attendaient. Demain, dès l'aube, Sophia et lui retourneraient dans le tunnel, seuls, en secret, avec leurs pelles et leurs truelles, comme ils l'avaient si souvent fait, sachant qu'ils étaient sur le point de révéler une nouvelle merveille au monde ébahi. Ce qu'ils avaient trouvé ici pouvait changer le cours de l'histoire. Il était impatient. Il n'y avait plus de temps à perdre.

19

Mine de sel de Wieliczka, Pologne

D'abord, Jack ne vit qu'un brouillard vert et les silhouettes fantomatiques de Costas et des trois Russes. Il plongea au fond du lac, quelques mètres à peine sous la surface, et ajusta l'angle des projecteurs fixés de chaque côté de son casque, de façon à ce que les rayons convergent à cinq mètres devant lui. Il n'avait encore jamais vu une eau pareille. En général, le vert signifiait la présence de matières organiques, d'algues qui réfléchissaient la lumière des torches sous-marines comme quand on allume les phares dans une tempête de neige. Mais il n'y avait pas de reflet ici, rien que cette mélasse. Wladislaw leur avait parlé des inclusions de cuivre qui provoquaient cette couleur, sans doute des particules de très petite taille.

Il entendait le souffle des Russes, bruyant en raison de leurs régulateurs. Les recycleurs dont Costas et lui étaient munis n'expulsaient l'excès de gaz que toutes les dix minutes et fonctionnaient donc la plupart du temps en circuit fermé, ne produisant aucun rejet. Dans la radio, la respiration de Costas était calme, lente, rassurante. Il savait qu'il en allait de même pour lui, qu'il respirait exactement au même rythme, signe qu'ils formaient une excellente équipe. Seuls Costas et lui pouvaient communiquer, un détail que Ben avait omis de signaler à son contact téléphonique. Les trois Russes devaient déjà avoir du mal à comprendre leur propre équipement et ils avaient visiblement été prévenus que Costas et lui disposeraient d'un matériel particulier. De plus, chacun venait de boire un tiers de litre de vodka. Ils étaient probablement trop ivres pour s'en soucier.

Il ajusta son contrôle de flottabilité, injectant de l'air dans sa combinaison avant de regarder autour de lui et de voir la tache noire qui indiquait l'entrée du tunnel. Il regarda Costas.

— Tu m'entends ?

— Fort et clair.

— Qu'ils essaient de nous suivre, s'ils en sont capables.

— L'un d'entre eux souffle comme un phoque. Il ne tiendra pas.

— Boire ou plonger, il faut choisir.

— Tu as la carte sur ton écran ?

— Affirmatif.

Jack étudia le réseau de lignes rouges en trois dimensions visible sur le côté gauche de sa visière.

— Les rails continuent sur une cinquantaine de mètres jusqu'à un puits vertical qui plonge sur à peu près quatre-vingts mètres. En bas, part un autre tunnel incliné à trente degrés, sûrement la ligne de la faille naturelle. Notre objectif semble se trouver à cent dix, cent vingt mètres sous la surface.

— Mon ordinateur nous donne environ vingt-cinq minutes en plongée non-stop. Si les Russes s'en tiennent au plan, ils ne descendront pas à plus de quatre-vingts mètres. Ce qui signifie qu'ils resteront quelque part dans ce puits.

— Tu es prêt ?

— Nous allons devoir refaire surface dans ce puisard, tout près du sommet du puits. Le plafond a dû s'effondrer quelque part. Je passe le premier.

— Je te suis.

Ils ignorèrent les trois autres et s'enfoncèrent dans la pénombre, leurs lampes projetant des reflets mouvants sur les parois d'halite verte qui avaient été retaillées pour agrandir le tunnel. Au bout d'une dizaine de mètres, le sel cédait la place à de la roche nue, brisée et amoncelée devant eux.

— Quelqu'un s'est montré trop ambitieux avec sa pioche, murmura Costas. Tu te rappelles ce qu'a dit Wlady ? Les mineurs évitaient de tout extraire pour ne pas provoquer d'effondrements.

Il descendit le long des rails rouillés, les utilisant pour se tracter en avant. Jack distingua un passage, d'un mètre de large environ, sous la roche effondrée. Il suivit Costas. Juste derrière, il entendait les Russes cognant et raclant leurs bouteilles contre les parois tandis qu'ils s'efforçaient de ne pas se laisser distancer, les bulles qu'ils produisaient cascadant le long des craquements et des fissures. Il proféra un juron silencieux. S'ils déclenchaient un autre éboulement, personne ne sortirait d'ici vivant. Il se concentra sur ce qui se passait devant. Costas avait atteint l'extrémité du puisard et s'était agenouillé, à moitié hors de l'eau. Il le rejoignit et fit surface. Ils avaient traversé l'éboulis. Le bout du tunnel, à moitié immergé, se trouvait à dix mètres.

— Le puits doit s'ouvrir par ici, dit Costas. Mon capteur atmosphérique indique qu'il y a encore de l'oxygène mais aussi du méthane dans ces poches proches du plafond. Probablement respirable, mais tout juste.

— Ce sera différent plus bas. Mieux vaut se fier à Wlady et se dire que toutes les poches d'air sont du méthane.

Ils repartirent en pataugeant, franchissant une sorte de corniche qui, autrefois, avait dû être un quai de chargement. Une énorme poulie rouillée était encore accrochée au plafond là où les rails s'achevaient. Elle devait servir à un monte-charge dont le câble avait disparu. Jack regarda derrière lui pour voir le premier Russe émerger, cracher son embout et haleter, les mains sur les genoux. Il se retourna pour découvrir les palmes de Costas à la verticale. Il s'avança à son tour sous la poulie. La vue par-dessus le rebord était stupéfiante. Costas était suspendu, la tête en bas, ses projecteurs braqués sur un puits vertical étayé de poutres. Ici, le vert du cuivre avait disparu et l'eau était extraordinairement claire. Jack pouvait voir à une profondeur phénoménale sans en distinguer le fond. C'était un spectacle saisissant, comme s'il plongeait son regard dans un gouffre descendant au centre de la Terre. Costas se tordit le cou.

— Tu le sens comment ?

— On y va.

Ils avaient déjà plongé dans un puits de mine semblable à celui-ci où Jack s'était retrouvé à court d'air et avait bien failli mourir. Mais le moment n'était pas aux souvenirs. Il pensa à Rebecca, à la raison de leur présence ici. Dès que Costas s'élança tête la première dans le puits, il le suivit. L'eau était si translucide qu'il eut l'impression de sauter dans le vide et il tendit instinctivement les bras pour se retenir aux poutres, pour arrêter sa chute. Il s'obligea à serrer les jambes, les mains devant lui pour filer, telle une flèche, derrière Costas. Ils descendaient rapidement, vingt, trente, quarante mètres, disposant d'un système de flottabilité automatisé, un ordinateur qui captait leur vitesse et réalisait les ajustements adéquats. Jack ne tarda pas à apercevoir les scintillements annonçant la base du puits, une énorme machinerie métallique éclairée par leurs lampes. Deux minutes plus tard, ils y étaient presque.

— On passe en neutre, annonça Costas.

Jack activa le contrôle manuel de flottabilité, injectant de l'air dans sa combinaison avant de se rouler en boule pour exécuter une pirouette et se retrouver les pieds en bas, comme un parachutiste. Il envoya encore un peu plus d'air pour s'arrêter aux côtés de Costas juste au-dessus du câble de traction qui gisait, détaché, au pied de la plate-forme en fer. Ils levèrent les yeux. Une masse confuse de bulles et de rayons lumineux indiquait l'endroit où se trouvaient encore les Russes.

Jack consulta sa jauge de profondeur. Quatre-vingt-quinze mètres. Il se retourna pour braquer ses projecteurs vers le tunnel dans lequel ils allaient pénétrer, celui qui descendait vers leur destination. Costas l'imita. Une vision inouïe s'offrait à eux. Il était évident qu'ils suivaient une faille naturelle dans la roche, comme l'avait prédit Wladislaw, avec des affleurements de cristaux d'halite. Dans cette eau toujours si pure, ceux-ci étincelaient sous les rayons de leurs lampes. Formant autrefois un réseau de cavernes interconnectées, cette galerie avait été creusée afin de créer un tunnel assez large pour y faire passer un chariot monté sur rails. Ce tunnel continuait sur une trentaine de mètres jusqu'à ce que le passage devienne trop étroit. Ils s'engagèrent lentement entre les parois brillant de mille feux. De chaque côté, s'ouvraient de profondes grottes, certaines retaillées pour leur donner une forme parallélépipédique. L'une d'elles était même en partie fermée par un mur et une porte inachevés. Des outils gisaient un peu partout, blanchis par le précipité de sel qui les recouvrait. Au bout de la piste, ils découvrirent un chariot, un wagon-trémie assez petit pour être poussé par des mineurs et pourvu d'une nacelle en bois.

— Ils ne venaient sûrement pas ici pour extraire du sel, dit Costas. On dirait plutôt qu'ils construisaient une zone de stockage.

— Mais ils n'ont pas eu le temps de la terminer, enchaîna Jack. Aucune de ces pièces n'est vraiment finie.

— Les nazis ?

— Pourquoi des mineurs s'aventureraient-ils à une telle profondeur ? Les galeries devaient souvent être inondées en raison des fluctuations du niveau de la nappe phréatique. Le plus bizarre, c'est que leurs ancêtres du néolithique sont sans doute descendus jusqu'ici. Les tunnels étant à sec, ils ont pu suivre cette faille naturelle. Nous savons que les peintres de l'âge de pierre ne craignaient pas de s'enfoncer très profondément dans les cavernes souterraines. Nos mineurs de la préhistoire rccherchaient peut-être des cristaux d'halite qui devaient leur être très précieux et qu'on ne trouvait qu'à cette profondeur. Mais, par la suite, quand les outils en métal sont apparus, il y avait beaucoup plus de sel à extraire plus près de la surface.

Ils arrivèrent au bout des rails. Jack se retourna sur le dos pour regarder vers le haut, découvrant les surfaces scintillantes de mares au-dessus desquelles le méthane s'était accumulé. Il jeta un coup d'œil vers le puits où le premier Russe venait d'apparaître.

— Seigneur, ils sont descendus. Au moins quinze mètres sous le seuil de sécurité avec du trimix. Ils n'échapperont pas à l'ivresse des profondeurs.

— Shootés à la vodka et à l'azote : ces types se sont offert un aller simple pour l'enfer, dit Costas.

— Mais ils restent dangereux. Tu as vu leurs poignards ?

— J'ai vu. Mettons-nous au boulot.

Ils dépassèrent les rails, se glissant dans le trou creusé dans la roche. Devant eux, la fissure se prolongeait à perte de vue. Un chemin était grossièrement taillé dans le sol. De chaque côté, les parois scintillaient, certaines recouvertes d'une couche cristalline de cinq ou six centimètres d'épaisseur. Costas, qui ouvrait la voie, s'arrêta au bout de quelques mètres pour pénétrer dans une cavité où les cristaux semblaient remarquablement uniformes, comme s'ils étaient tous issus de la même souche.

— Tu te souviens de Wladislaw et de sa datation remontant au néolithique ? Regarde un peu ça.

Prise dans une gangue translucide, une forme semblait les fixer. Jack avait déjà été témoin d'un phénomène similaire, des minéraux précipités formant des stalagmites au-dessus d'ossements, mais jamais encore avec du sel. C'était un crâne humain. Il aperçut ensuite une cage thoracique, puis le squelette tout entier avec les bras croisés sur la poitrine et, à ses côtés, des outils taillés et polis : des haches et des doloires, plusieurs encore attachées à des manches de bois.

— C'est un site funéraire, murmura-t-il. Voilà peut-être pourquoi ces gens descendaient si profond. Ces cavernes leur servaient de cimetière.

Il examina de nouveau le crâne. La mâchoire était béante, comme si le mort ricanait. Il repensa aux sculptures lugubres qu'ils avaient vues dans le tunnel avec Wladislaw, celle qui lui avait rappelé *Le Cri* de Munch. Voilà peut-être ce qu'avaient découvert les mineurs du Moyen Âge. En descendant ici, ce n'était pas une mort accidentelle qu'ils redoutaient, mais quelque terrible démon des profondeurs – au point que ce lieu n'avait plus jamais été fréquenté jusqu'à ce que les nazis décident d'y créer un entrepôt ultra-secret.

— Selon mon capteur, il n'y a presque pas d'oxygène dans l'eau, dit Costas. C'est pour cela qu'elle est si claire. Il n'y a aucune vie ici.

— Encore dix mètres à faire, selon mon plan, dit Jack. J'ai l'impression qu'il y a quelque chose là-bas, sur la droite. L'entrée d'une petite caverne, peut-être. On dirait qu'elle est bloquée.

— Jack, il y a des trucs bizarres sur le sol devant nous. Très bizarres, même.

Jack chassa un peu d'air de sa combinaison. Se rendant compte trop tard qu'il allait heurter le sol, il poussa un juron silencieux. Dans une caverne, un simple effleurement suffisait à soulever la vase et à perdre toute visibilité. Il réinjecta du gaz, évitant de justesse l'impact, puis vit une vague de pression issue de son corps faire courir une ride sur le limon. Celle-ci se propagea en direction de ce qu'avait vu Costas. Des corps humains. Gisant de part et d'autre du chemin. Mais pas des corps solides : au moment où la ride les atteignit, ils se désintégrèrent et explosèrent, formant des espèces de geysers qui répandirent un nuage de particules et de flocons blancs qui enveloppa complètement Costas avant de se diriger vers lui.

— Merci, Jack. Barboter dans de la chair humaine désintégrée. Voilà qui manquait à cette petite visite touristique.

Jack se propulsa en avant, s'enfonçant dans la brume. Il vit des squelettes, deux ou trois, portant des restes de vêtements, avec des pioches et des outils jetés près d'eux.

— Ceux-ci semblent un petit peu plus récents que notre ami néolithique, murmura-t-il. Les chaussures m'ont l'air assez modernes.

— Tu penses à l'histoire de Wladislaw ? L'officier allemand qui descend ici avec des juifs et des gardes, et qui remonte seul ?

— Ils ont été abattus d'une balle dans la tête. Ça ressemble à une exécution, dit Jack. On voit l'orifice d'entrée, les crânes explosés.

— Pas ces deux-là.

Les palmes de Costas battaient le nuage blanc un peu plus loin. Jack le rejoignit. Les deux squelettes en question présentaient des sternums et des cages thoraciques fracturés, en plus des trous dans le crâne.

— Regarde, ils ont des vêtements différents.

Costas saisit un col de vareuse et le frotta. Jack vit apparaître la tête de mort SS.

— Ce doit être les deux gardes hongrois. L'officier est remonté seul. Il a dû les abattre, eux aussi. Par-derrière, je dirais, sans doute après qu'ils ont exécuté les juifs.

Jack leva les yeux vers la petite caverne.

— Je crois deviner pourquoi il a eu besoin de main-d'œuvre ici. Il fallait transporter ça.

Il s'approcha en nageant et ce qu'il vit le découragea. L'entrée de la grotte, taillée dans la roche de sel, faisait à peu près un mètre de large, assez pour permettre à quelqu'un de s'y faufiler. Il faisait très sombre à l'intérieur mais il n'avait aucun mal à reconnaître ce qui en bloquait l'accès.

Face à lui, émergeait la queue d'une bombe aérienne, quatre pennes formant un cône, renforcées de panneaux en acier. Le cône était couvert de rayures rouges et bleues tandis que le reste avait été peint en vert, désormais rongé de rouille. Au-delà se trouvaient le cylindre d'extension contenant le détonateur et, plus loin, le corps principal dont le nez restait invisible dans l'obscurité de la chambre. L'engin devait faire un mètre et demi de long, peut-être plus. Il était juste posé là de façon précaire, sans que rien ne le coince solidement.

— Une SD 250 allemande, une bombe à fragmentation munie d'un retardateur, dit Costas qui venait de le rejoindre. Soixante-dix-neuf kilos de TNT et des détonateurs série 5 et 8, en général. Je n'en avais encore jamais vu en vrai.

Jack ferma les yeux. Cette fois, ils allaient y passer.

Costas le dévisageait.

— Et, ce coup-ci, on n'a pas de démineurs turcs spécialisés pour nous aider.

— J'avais remarqué.

Costas ouvrit un Velcro sur la jambe de son pantalon et sortit un marteau.

— Qu'est-ce que tu veux faire avec ça ?

— Eh bien, il faut que j'arrive au détonateur.

— Il est là, regarde.

Costas secoua son casque.

— Non. Ça, c'est le faux détonateur. Le vrai se trouve plus loin dans le corps principal, juste en dessous de cette pointe rocheuse. Ils ont volontairement enfoncé la bombe ainsi pour le cacher, tout en la laissant en équilibre instable sur le rebord afin que, si on la bouge, elle retombe dans la caverne ou alors dans le tunnel où nous nous trouvons.

— D'un côté ou de l'autre, ça ne ferait aucune différence, n'est-ce pas ?

— *Boum.*

Jack ferma les yeux.

— *Boum.* D'accord. On fait quoi ?

— Ce type était de la Luftwaffe, non ?

— C'est ce qu'a dit Wladislaw.

— On peut donc en déduire qu'il connaissait son affaire. Ce qui veut dire que cette bombe doit être aussi munie d'un ou plusieurs systèmes anti-désamorçage.

— Des systèmes anti-désamorçage... De mieux en mieux.

— La Luftwaffe s'en servait depuis le Blitz sur Londres en 1940, pour les bombes à retardement qu'elle larguait. Mais celle-ci date de 1945. Tout le sinistre génie des ingénieurs nazis mis en œuvre pour tuer quiconque tenterait de la désamorcer.

— Autrement dit, nous.

— D'accord, dit Costas, les deux mains sur le blindage, se penchant en avant pour voir le plus loin possible dans la caverne. Les bombes à retardement possédaient un détonateur à horloge. Donc, si on l'enlève, tout ira bien. Le problème, c'est ce qu'il y a en dessous. Le modèle standard anti-désamorçage était le ZUS 40. La secousse de l'impact relâchait un roulement à billes qui armait une goupille à ressort. Dévisser le détonateur extérieur aurait le même effet : ça armerait la goupille. Mais il pourrait aussi y avoir un système complètement différent, un détonateur de type 50 avec un interrupteur au mercure qui s'arme quand la bombe heurte le sol et qui ferme un circuit électrique si quelqu'un tente de la bouger. Ou encore, ils pourraient avoir monté les deux dispositifs en parallèle.

— D'accord, d'accord. Alors, qu'est-ce qu'on fait ?

— Maintiens la queue.

Jack recula vers l'arrière de l'engin et plaça ses bras avec prudence autour des pennes de métal. Il essaya de se mettre debout sur la base du passage, mais le précipité de sel recouvrant le sol était trop visqueux, glissant. Il trouva une protubérance rocheuse sous laquelle il coinça une de ses palmes.

— Prêt.

Avec son marteau, Costas frappa le rebord de la cavité rocheuse. Des fragments se mirent à pleuvoir autour de Jack. Costas cogna plus fort encore. Jack osait à peine respirer. Du coin de l'œil, il vit le Russe qui était descendu jusqu'au tunnel les observer, planant dans l'eau, juste au-delà du nuage blanc à environ dix mètres d'eux, ses bulles filant vers la poche de gaz au-dessus de sa tête.

Soudain, il y eut une secousse et Jack tressaillit. Il crut sentir la bombe bouger. Si elle glissait vers lui, il n'y avait aucune chance qu'il puisse retenir deux cent cinquante kilos d'acier et d'explosifs. Il se retrouverait cloué au sol du tunnel. De toute manière, si cela arrivait, ils n'auraient plus à se soucier de rien. Costas utilisa de nouveau son marteau, produisant une nouvelle averse de fragments, avant de le ranger et de sortir un outil qui ressemblait à une clé à pipe.

— Bon. J'ai explosé le logement du détonateur.

— Qu'est-ce que je fais ?

— Surveille notre ami. Il est tout près d'exploser, lui aussi.

— Tu en as pour longtemps ?

Il y eut un tintement métallique. Costas venait de sortir un autre outil. Il travaillait tout en parlant, tirant sur la clé.

— Le type qui donnait le cours de déminage que j'ai suivi en a désamorcé une toute pareille dans le port de Portsmouth. Il lui a fallu vingt heures pour enlever la rouille autour du détonateur.

Jack regarda sa jauge.

— On a dix minutes. Au maximum.

— Je crois que je vais encore avoir besoin de mon marteau.

Prudent, Jack relâcha la queue de l'engin, avant de se laisser dériver en arrière, vers le Russe. Celui-ci descendait toujours, approchant du nuage de restes humains.

— D'accord, Costas, je vais nous débarrasser de lui.

— Veille à ce qu'il ne s'approche pas de moi. À la moindre perturbation, ce truc nous sautera à la figure. Au-dessus des premiers cadavres, la fissure forme une chambre et j'ai vu une surface. Une poche de gaz, sûrement. Il y a des pioches au fond.

— D'accord. Je reviens.

— T'as intérêt.

Costas ne quittait pas la bombe des yeux, choisissant les outils dans ses poches au toucher. Jack s'immobilisa. Les deux autres Russes étaient invisibles. Ils devaient s'en tenir au plan prévu, attendant leur retour, à Costas et à lui. Celui qui était descendu jusqu'ici avait peut-être perdu tout sens des réalités, sa mission-suicide n'en restait pas moins meurtrière.

Puis Jack aperçut l'homme. Il vit l'éclat sinistre d'une lame dans sa main. Il se prépara. Derrière lui, il entendait le « tap-tap-tap » de Costas essayant de dégager le détonateur. Il essaya de penser au visage de Rebecca sans parvenir à le retrouver. Trop d'adrénaline. Il était sur le point d'agir par pur instinct de survie. Non, pas seulement. Par rage.

Soudain, il s'élança aussi vite qu'il le put, tirant sur le gonfleur du gilet du Russe, les expédiant tous deux à toute allure vers le haut. Il l'étranglait de son bras gauche, tout en lui saisissant le poignet pour tenir son poignard à distance. L'homme parut affolé, mais les muscles de son bras étaient durs comme la pierre et Jack comprit qu'il ne pourrait jamais l'immobiliser. La pointe de la lame se trouvait à quelques centimètres de son tuyau d'arrivée d'air. Dans un tumulte de bulles, ils émergèrent en même temps dans la cavité, créant une vague qui les aspira vers le bas avant de les repousser contre la paroi de la chambre, déchirant le bras gauche de la combinaison de Jack jusqu'à la maille de Kevlar. Ils rebondirent une fois de plus sous la surface, puis au-dessus. La main de Jack commençait à trembler tandis qu'il perdait prise. L'homme avait des membres épais et courts ; le bras plus long de Jack était un handicap. Il sentit un spasme de douleur lui traverser le dos tandis qu'il sollicitait chaque muscle de son corps pour écarter le poignard. C'était sans espoir. Il n'avait pas le choix. Il donna un furieux coup de palmes, les expédiant de nouveau tous les deux vers le haut. À l'instant où il sentit qu'ils atteignaient le plafond, il lâcha le cou de l'autre pour y prendre appui et les repousser sous l'eau. Il actionna le gonflage d'urgence du gilet de l'autre, ce qui les réexpédia aussitôt vers le haut. Le crâne du Russe cogna violemment la paroi. De sa main gauche, Jack lui saisit la tête et cogna, de bas en haut. C'était un coup mortel que lui avait enseigné Ben, une frappe violente à la base du nez qui éclatait l'os et enfonçait les fragments dans le cerveau.

Aussitôt, le Russe devint inerte, son masque se remplissant rapidement de sang, les yeux toujours ouverts derrière cette volute, telle une sinistre œuvre d'avant-garde. Jack lui arracha son masque et sa capuche, faisant jaillir un arc de gouttes rouges. Le nez n'était plus qu'une bouillie de sang, de morve et de morceaux d'os éclatés ; les yeux étaient recouverts d'un voile rougeâtre. Soudain, les paupières battirent et l'homme rugit, repoussant Jack pour s'éloigner de lui. Son poignard toujours en main, il se jeta en avant. Jack l'esquiva tout en le frappant très fort sur le côté de la tête avec le plat de la main, l'écrasant contre la paroi. Coinçant ses pieds contre la roche, il continua à pousser. Pendant un moment, le Russe parut suspendu là avant que Jack ne comprenne que les cristaux de sel tranchant comme des rasoirs lui avaient transpercé la calotte crânienne. L'homme tressaillit de nouveau, vomissant du sang, les yeux fous. Malgré la prise de Jack, il se libéra la tête en la raclant contre la paroi, y laissant une traînée de sang et de chair.

Jack recula, à bout de souffle. Ce type ne voulait pas mourir. L'autre se hissa péniblement à moitié hors de l'eau et resta là, haletant, le visage déchiqueté, mais toujours armé de son poignard. Jack se souvint des outils de mineurs dont avait parlé Costas. Il plongea, tendant aveuglément les mains, jusqu'à ce qu'il sente une poignée. Il tira brutalement, l'arrachant de son enveloppe de sel. C'était une pioche, avec une lame plate d'un côté et une pointe de l'autre. Il se rua vers le haut, prenant soin d'émerger là où il aurait la place de la manipuler à deux mains. L'homme lança un coup de poignard, le ratant et titubant. Jack abattit la lame de la pioche, l'atteignant sous l'oreille gauche, à hauteur de la nuque. Il libéra l'outil, fit pivoter le manche entre ses mains pour cette fois frapper avec la pointe, de toutes ses forces. La pointe s'enfonça au même endroit, traversant la nuque pour rejaillir de l'autre côté dans un geyser de sang. La langue du Russe apparut, molle et gonflée. Il émit un terrible gargouillement, les yeux roulant dans leurs orbites.

Jack secoua frénétiquement la pioche jusqu'à ce qu'elle ressorte du corps aussi inerte qu'un sac de sable. Il s'écarta en titubant, cherchant un meilleur appui avant de frapper de nouveau. Cette fois, la lame s'enfonça facilement. Le crâne s'ouvrit en deux. Jack rugissait de rage. Il continua encore et encore, jusqu'à ce que la tête ne soit plus qu'une bouillie informe. *Enfoiré, espèce d'enfoiré ! Tu t'en es pris à ma fille !* Soudain, il se rendit compte qu'il était en train de hurler mais il continua à abattre la pioche encore un moment, plus lentement, malgré sa visière maculée de sang. Enfin, il s'arrêta et replongea. En dépit de sa nausée, il se sentait effroyablement soulagé, comme si un terrible fardeau de culpabilité et de colère lui avait été enlevé. C'était bon.

Il s'enfonça dans l'eau, raidissant les bras pour les empêcher de trembler, et se força à contrôler son équipement. Il devait rester concentré. Il vérifia ses tuyaux et son casque. Le seul dégât était cette éraflure sur sa combinaison mais elle n'avait pas été déchirée. Essoufflé, il essaya de se calmer. Sur l'écran de sa visière, une lumière rouge clignotait, à peine visible avec tout ce sang. Elle annonçait qu'il était temps de refaire surface. Les réservoirs du recycleur se vidaient et il ne lui restait plus que quelques minutes avant de franchir le seuil de décompression. Il consulta son ordinateur de poignet et effectua un rapide calcul. Cinq minutes de plus l'amèneraient à la limite de sa marge de sécurité. Il se laissa descendre, levant les yeux vers la tache que formait le cadavre à la surface. Une ombre qui semblait le suivre s'en détachait : des volutes de sang qui heurtaient la base rocheuse du tunnel et s'insinuaient lentement dans les failles et fissures. Il rejoignit Costas, se plaçant à ses côtés, essayant de maîtriser sa respiration, pour ralentir les battements de son cœur qui cognait encore très fort.

— Problème résolu ? demanda Costas sans détacher son regard de la bombe.

— Un en moins, dit Jack d'une voix rauque. Plus que deux.

— J'ai tout entendu, fit Costas, l'air distrait.

Voyant ce qu'il était en train de faire, Jack oublia soudain tout ce qui venait de se passer. Costas avait rempoché ses outils et achevait d'enlever le détonateur de la bombe. Il le brandit avant de le ranger dans une de ses poches, tout en laissant une main dans le logement vide.

— Pour ma collection.

Il bougea la tête pour orienter les rayons de ses lampes dans la bonne direction et examina la cavité qu'il venait de dégager.

— Ouais, un ZUS 40. Bon sang. Je le savais !

— Trois minutes, Costas.

Gardant les doigts en place, Costas utilisa son autre main pour sortir une poignée de boulons de sa poche. Il en lâcha plusieurs pour n'en garder qu'un seul qu'il tendit à Jack. Il récupéra sa clé à pipe, reprit le boulon et se pencha, pour le visser rapidement dans le logement.

— Bon, voilà ce qui va se passer. Quand je vais pousser la bombe, elle va heurter le sol et s'armer. Si elle bouge encore après ça, s'il y a la moindre secousse, elle explosera. Mais c'est la seule façon de dégager l'entrée.

Sans attendre de réponse, il s'écarta d'un coup de palmes, se renversa tête en bas puis, les pieds calés sur le plafond du tunnel tira sur les pennes à l'arrière de la bombe. Elle se dégagea lentement avant de basculer et de cogner le sol du tunnel avec un « clang » sinistre. Elle dérapa dans la pente pour s'immobiliser enfin au bout de cinq mètres.

— C'est très glissant ici, dit Jack. N'importe quoi pourrait la faire bouger.

— Je suis bien d'accord. Tu entres, et après, on file en vitesse.

Jack se glissa dans l'ouverture. La chambre était plus ou moins cubique, trois mètres par trois. Il l'examina d'un coup d'œil rapide. Au centre, reposait une boîte de métal noire de la taille d'une petite valise. Il saisit la poignée et tira. Elle n'était pas verrouillée. Quelqu'un l'avait déjà ouverte. À l'intérieur, se trouvait une autre boîte, de vingt centimètres de large, ornée de la croix gammée nazie. Il souleva le couvercle, le cœur battant comme un marteau-pilon.

C'était bien ce qu'il cherchait. Sauf qu'il n'était plus là. Il voyait la forme en creux, là où le capitonnage avait été façonné de manière à enserrer le svastika inversé. Le Palladion s'était bien trouvé ici mais on l'avait enlevé. L'officier allemand. L'histoire était donc vraie. *Mais les Russes et leur chef ne doivent pas savoir.* Il ferma la petite boîte et la glissa dans le sac en mailles pendu à sa ceinture, avant de faire demi-tour et de jaillir de la grotte, faisant signe à Costas de l'accompagner tout en nageant à toute allure pour remonter le tunnel en direction du puits. Devant eux, il distingua un autre Russe, planant dans l'eau.

— Alors ? demanda Costas, hors d'haleine.

— Il n'est plus là. Mais il y a été. J'ai la boîte qui le contenait, ce qui devrait suffire à les convaincre. L'officier de la Luftwaffe a dû descendre ici le récupérer. Après avoir liquidé les détenus et les SS hongrois, il a probablement largué le câble du monte-charge.

Ils n'étaient plus qu'à mi-distance du puits. Sans cesser de nager, Jack se retourna sur le dos pour regarder l'endroit qu'ils venaient de quitter. Le brouillard blanc prenait une teinte rosée, à cause du sang du Russe. Il allait repartir normalement quand il aperçut autre chose. Il se figea.

— T'arrête pas, dit Costas.

— Non, regarde.

Costas s'arrêta à son tour pour lui obéir. Le corps du Russe était en train de sombrer lentement, silhouette noire aux bras et jambes pendantes, une brume rougeâtre à l'endroit où aurait dû se trouver la tête. Il heurta le sol et rebondit doucement dans une sorte de danse macabre avant de s'immobiliser.

— Laisse tomber, s'exclama Costas. On y va.

— Non. Regarde, répéta Jack.

Les yeux rivés sur le cadavre, il vit avec horreur un bras se lever comme si l'homme avait ressuscité. Il s'était mis à glisser. À glisser vers la bombe.

Jack consulta ses jauges.

— On a le temps d'y retourner. De le coincer.

— Pas question. Redescendre, ça veut dire dépasser notre limite. On sera obligés de faire un arrêt dans le puits pour décompresser. Dix minutes. On n'a pas assez d'air.

— L'onde de choc de l'explosion tuera quiconque se trouvera dans l'eau, d'ici au sommet du puits.

— Mais, au moins, en continuant à monter, on a une chance. Notre Russe pourrait faire une petite halte dans sa danse de mort et nous offrir un répit. Viens.

Ils repartirent en direction du puits. Jack avait l'atroce sensation que chaque battement de palmes envoyait un courant en direction du cadavre, le repoussant vers la bombe. Il n'osait plus regarder. Mais maintenant, un nouveau problème surgissait : le deuxième Russe leur barrait la voie. Jack montra la forme dans le sac à sa ceinture en lui faisant le signe « OK » avec le pouce vers le haut. L'autre dégaina son poignard. *Non, ça va pas recommencer !* Mais quelque chose ne tournait pas rond chez ce type. C'était celui qui avait eu tant de difficulté à respirer là-haut. Jack avait remarqué que c'était un très mauvais plongeur, incapable de gérer sa flottabilité. L'homme se propulsa vers le haut puis se mit à sombrer. Pour compenser, il injecta trop d'air dans son système et remonta juste devant eux. Il se mit à battre des bras et des jambes, manquant de peu de toucher Jack, avant de presser sa valve et de chasser trop de gaz de son gilet, plongeant de nouveau. Il était en hyperventilation. Jack vit que sa jauge de pression indiquait moins de deux cents livres par pouce carré. Ce qui signifiait que ses bouteilles étaient presque vides. Il jeta un coup d'œil à Costas en montrant le cadran.

— Nous allons peut-être perdre un autre de nos estimés collègues.

Costas leva les yeux vers le plafond du tunnel, à environ huit mètres au-dessus d'eux. Il était vif-argent, une mare scintillante à l'envers, réfléchissant le rayon de ses projecteurs. Les bulles du Russe venaient s'y cogner. L'homme s'immobilisa enfin et pivota vers eux. Il semblait fixer un point au-delà de Jack, les yeux écarquillés. Jack avait souvent vu ce regard chez des plongeurs, le regard de l'hypoxie, de quelqu'un qui a du mal à respirer, dans ce cas précis aussi bien à cause de la narcose que de l'alcool. Normalement, il lui aurait prêté son embout pour l'aider, toutefois, même s'il avait voulu le faire, son système de recycleur ne possédait qu'une durite de secours qui pouvait se brancher sur un autre casque mais ne possédait pas d'embout. Le Russe se tourna soudain vers Costas, lui saisissant le bras pour essayer d'atteindre ses tuyaux. Costas le tint à distance, le regardant droit dans les yeux avant de le repousser en lui montrant sa jauge de profondeur. Il se passa la main en travers de la gorge puis pointa l'index vers le haut. L'homme suivit la direction indiquée et aperçut ce qui ressemblait à une poche d'air au sommet de la chambre. Il se mit aussitôt à nager vers elle. Jack le vit presser le gonfleur pour injecter de l'air dans son gilet, le propulsant vers la surface mais, du coup, vidant complètement ses bouteilles. Il fit surface dans une explosion de bulles et arracha son masque qui sombra dans l'eau, filant à côté d'eux. Le Russe semblait se débattre, agitant les jambes de façon spasmodique.

— Comment les mineurs se débarrassaient-ils du méthane déjà ? dit Costas.

Il avait sorti un bout de cordon détonateur sur lequel il fixait une capsule explosive.

— Devrait y avoir là-haut juste assez d'oxygène provenant de ses bouteilles pour faciliter le travail, ajouta-t-il.

Il activa le retardateur, laissant le câble se dérouler dans l'eau, puis il passa dessous et pressa la valve de purge de son recycleur : le bout de cordon remonta vers la surface, en direction de l'homme, en se tortillant comme un serpent.

— Au feu ! s'exclama Costas.

Une lumière blanche jaillit, accompagnée d'un craquement quand le détonateur explosa, puis un éclair orangé se produisit quand le gaz dans la chambre s'enflamma. Les jambes de l'homme tremblèrent un moment avant de se figer. Ses bras retombèrent, inertes.

Costas se tourna vers Jack.

— Et de deux.

Ils foncèrent vers la base du puits et levèrent les yeux. Le troisième Russe, celui qui portait le tatouage « *Chechnya* », se trouvait là où il devait l'être, agrippé à une poutre d'étayage, une quinzaine de mètres plus haut.

— Je l'ai vu descendre jusqu'à la base du puits, dit Costas. Fatale erreur. Il a largement dépassé sa limite de remontée sans faire d'arrêt. Et avec toute cette vodka, il devrait souffrir de quelques bonnes petites crampes.

Ils commencèrent à monter, laissant leurs ordinateurs gérer et ajuster leur flottabilité pour garder un taux d'ascension optimal. S'ils étaient restés une minute de plus en bas, ils auraient dû observer un arrêt de dix minutes, ce que leurs réserves de gaz n'auraient pas permis. Jack ralentit sa respiration, prenant de longues et lentes goulées, sentant le changement à mesure que le recycleur augmentait la proportion d'oxygène dans le mélange, lui nettoyant progressivement le sang. Les derniers dix mètres se feraient sous oxygène pur, le temps critique pour éviter la maladie des caissons. Il leva les yeux. Le Russe montait lui aussi, beaucoup trop vite, déjà proche de la surface.

— Il a dû décider de nous régler notre compte au moment où nous émergerons, dit Jack.

— Même s'il est encore vivant, il sera incapable de bouger.

Trois minutes plus tard, ils atteignirent la marque des dix mètres, où l'ordinateur les obligea à s'arrêter deux minutes. Pendant toute l'ascension, Jack n'avait pensé à rien, et surtout pas à la bombe. Il savait qu'il devait concentrer toutes ses forces, physiques et mentales, à la simple tâche de ne pas succomber aux effets de la pression et de la concentration d'azote. Mais, maintenant, alors qu'il flottait sans bouger, la mare scintillante de la surface si proche, il n'avait plus qu'une envie, qu'une seule folle envie : sortir d'ici. L'onde de choc de l'explosion serait quasiment instantanée et ils mourraient aussi sûrement que s'ils étaient restés à côté de la bombe. Soudain, le visage de Rebecca occupa tout son esprit. Il fallait qu'il survive.

Costas lui fit signe et ils repartirent, émergeant enfin du puits. Jack vit les palmes du Russe sur le rebord de la corniche. Ils sortirent de l'eau avec prudence. Allongé sur le flanc, l'homme portait toujours ses bouteilles mais avait retiré son masque et sa capuche. Il gémissait en russe. Il essaya de bouger, ce qui lui arracha une nouvelle plainte. Costas remonta sa visière et se pencha au-dessus de lui. La bave aux lèvres, l'autre leva des yeux désespérés. Costas ramassa son embout respiratoire pour le renifler. Il plissa le nez et le rejeta en se tournant vers Jack.

— Cet homme a bu. Très mauvaise idée avant de plonger.

Le Russe leva faiblement un bras.

— Mon bras. Je ne le sens plus, dit-il en anglais. Aidez-moi.

Costas se pencha de nouveau pour le saisir brutalement par le menton, lui levant la tête.

— T'as oublié ce que tu m'as dit tout à l'heure ? Que t'allais me briser avant la fin de la journée ? Moi, je m'en souviens. Je m'en souviens très bien.

Il montra l'eau, lui tordant le cou pour l'obliger à la regarder.

— Tu vois ça, Chechnya, c'est mon monde. Voilà pourquoi je vais m'en sortir et pas toi. Tu as voulu pénétrer dans mon monde. Maintenant, tu ne le quitteras plus.

— Ma jambe. Je ne peux plus la déplier.

— Oui, ça commence comme ça.

— Aidez-moi. Je vous en prie, aidez-moi.

Costas le dévisagea.

— Eh bien, Chechnya, tu as le choix. Avec tout cet azote qui pétille dans ton système sanguin, une bulle va se former, une grosse, et elle va te monter au cerveau. Elle te tuera peut-être sur-le-champ mais je crois plutôt que tu vas survivre encore quelques heures à hurler, fou de douleur. Ou alors... tu peux rejoindre tes amis là en bas. En descendant, la pression te soulagera. Et tu te noieras, une mort plus facile.

L'homme agita la main droite de façon pathétique comme pour reprendre son embout.

— Aidez-moi à me mettre dans l'eau. Je ne peux pas bouger.

— On dirait que tu as choisi, fit Costas en soupirant.

Il se retourna pour se diriger en barbotant vers l'entrée du puisard, derrière Jack. Ils se recroquevillèrent tous les deux pour passer à travers l'orifice créé par la chute de pierres et s'agenouillèrent de l'autre côté. Ils aperçurent une lueur scintillante en provenance du lac où ils avaient plongé, là où ils avaient laissé Wladislaw à peine quarante minutes plus tôt. Costas tâta la roche, l'examinant, avant de regarder l'homme encore visible là-bas qui gémissait. Il décrocha le reste de cordon détonateur qu'il portait encore, l'enroula dans une faille au sommet de l'éboulis et y fixa une capsule. Il se tourna vers Jack.

— Prêt ?

Jack hocha la tête.

Une main sur la capsule, Costas regarda de nouveau à travers le trou. L'homme geignait toujours, les yeux égarés.

— Hé, Chechnya, rugit Costas. Joyeuse gueule de bois.

Il cliqua la capsule, referma sa visière et se laissa tomber dans l'eau verte, battant des palmes à toute vitesse derrière Jack. Une petite détonation précéda le grondement de roches qui s'effondraient. Costas se propulsa à hauteur de Jack, visière contre visière, et ils remontèrent à la surface.

— Et de trois, dit Jack.

Ils émergèrent. L'ampoule était toujours allumée. Jack scruta aussitôt le tunnel et la voie ferrée. Personne. Wladislaw avait dû suivre ses instructions. Bien. Il se hissa à l'air libre puis débrancha rapidement ses tuyaux et son recycleur dont il se débarrassa. Il déverrouilla son casque, le posa à terre et prit une profonde inspiration. Costas renifla bruyamment.

— Ça sent meilleur, ici. Cette haleine qui empeste la vodka. Pouah.

— Ta décompression ?

Costas jeta un regard à sa jauge.

— Impec'. Et toi ?

— Trois minutes de marge.

— Vu qu'on va prendre l'avion, va falloir passer dans le caisson de décompression à bord de l'Embraer.

Jack se leva pour que Costas dézippe sa combinaison. Il se souvenait des heures passées dans ce long tube de métal où on avait à peine la place de s'agenouiller. De la sensation de claustrophobie.

— Au moins, on pourra s'allonger, dit Costas en tirant sur la fermeture.

Jack grogna. Il se pencha pour faire passer sa combi au-dessus de sa tête et se rendit compte qu'elle était encore couverte de sang.

— Ça part pas facilement, ces taches, murmura-t-il avant d'aider Costas.

— Oublie ça. Tu n'avais pas le choix.

— Ça ne me pose aucun problème. Si ce n'est celui d'avoir abîmé une bonne combinaison.

Ils se débarrassèrent à la hâte de leur tenue de plongée avant de récupérer leurs vêtements dans le sac de Costas et de se rhabiller. Jack s'empara du sac contenant la boîte du svastika tandis que Costas sortait deux bouteilles d'eau et deux autres d'une boisson énergétique. Ils burent ensemble, accroupis. Jack termina avec soin toute son eau avant d'ouvrir l'autre bouteille.

— Je n'ai pas pu m'empêcher de le remarquer. Il y a de bonnes fouilles à faire là en bas.

— Bon sang, Jack.

— T'as eu ton frisson. La bombe.

— Même pour toutes les haches néolithiques du monde, je ne redescendrai pas dans ce trou.

Jack prit une longue rasade, avant de se lever en hochant la tête.

— Bien reçu. On a tout ce qu'il nous faut ?

Il se tâta les poches tandis que Costas l'imitait. Quand il eut terminé, celui-ci le regarda avant de lui poser la main sur l'épaule. Ses traits étaient tirés, mais son regard restait froid et déterminé.

— On peut laisser tout ça ici. Tu n'as besoin que de ton téléphone.

— Je sais où il est. Il faut prendre contact avec les ravisseurs. Ils s'attendent à voir Chechnya. Mais, à moins d'être complètement idiots, ils ne seront pas trop surpris par la tournure des événements. Ce n'est pas ce qu'ils espéraient, mais ça ne change en rien les données du problème. Ils détiennent toujours Rebecca et nous avons ce qu'ils désirent. À nous de le leur rappeler.

Soudain, un grondement retentit. Une profonde vibration troubla la surface de la mare et fit trembler la roche. Ils restèrent debout là un moment, en silence, regardant la poussière pleuvoir des parois de la caverne. Le bruit cessa. Le tunnel devant eux était toujours ouvert.

Costas toussa.

— Déflagration à distance. C'est toujours le plus sûr. J'ai synchronisé ça à la perfection, tu ne trouves pas ?

Jack plissa les yeux.

— Allons-y.

Dix minutes plus tard, ils quittaient le puits pour foncer dans le bureau de Wladislaw. Jack retrouva son téléphone sur la table, exactement comme il l'avait demandé. *Merci, Wlady.* Il le brancha, pianotant avec impatience pendant que l'engin se connectait avant d'appeler la ligne sécurisée de l'IMU. On décrocha aussitôt.

— Jack.

— Ben.

— Situation ?

— Les lions sont à la porte. Je répète, les lions sont à la porte.

C'était un code qu'ils avaient prédéterminé au cas où des oreilles indiscrètes les écouteraient.

— Bien reçu. Maintenant, raccrochez et attendez.

Jack obéit. Quelques secondes plus tard, une sonnerie étouffée retentit. Il contourna le bureau pour ouvrir un tiroir. Un autre téléphone, sans doute celui de Wladislaw, s'y trouvait. Jack décrocha.

— Oui ?

— Jack, dit Ben. Wladislaw nous a appelés et je lui ai dit de laisser son téléphone. J'utilise un engin jetable. On n'est jamais trop prudent. Dans environ deux minutes, vous répondrez de nouveau avec votre téléphone personnel. Ce sera un message préenregistré qui ne sera diffusé qu'une seule fois. Il est essentiel que vous compreniez ce que je vais vous dire maintenant.

— Bien reçu.

Jack écouta Ben avec attention, fixant le sol devant lui. Au bout d'une minute, il raccrocha. Presque aussitôt, son iPhone sonna, et il répondit. Un crépitement retentit, bientôt suivi d'une voix inconnue. Celle d'un homme éduqué, teintée d'un léger accent.

— Docteur Howard. Ce message présuppose que vous avez trouvé ce que je désire mais que vos compagnons de plongée sont dans l'incapacité de me le rapporter. Comme vous devez maintenant le savoir, votre personnel a déjà reçu nos instructions. Vous souhaitez, je suppose, parler à votre fille.

Le crépitement s'arrêta. Il y eut un clic puis un sifflement uniforme. Il entendit des bruits, des froissements, puis une respiration dans le téléphone.

— Papa ?

— Rebecca.

Merci, mon Dieu.

— Tu vas bien ? Tu dois être fatiguée.

— Oui, mais c'est agréable d'être ici et d'imaginer Orion.

Jack réfléchit à toute allure. Un ciel de nuit… En décalage horaire avec la Pologne. Et la constellation d'Orion. Ils l'avaient cherchée ensemble deux nuits plus tôt sur les remparts de Troie avant de se rendre compte qu'elle était encore sous l'horizon. Il lui avait dit qu'il avait toujours considéré Orion comme son ange gardien. *Donc, c'est ça. Elle est vraiment là-bas.*

— Orion veille sur toi, même si tu ne le vois pas, dit-il avec prudence. Ne t'inquiète pas.

— C'est un peu… con. J'aurais bien besoin d'une double vodka.

Elle avait traité Raitz de « con ». Et les US Marines avec qui elle s'était liée d'amitié au Kirghizstan surnommaient ainsi les Russes. Ils les appelaient des « vodkas ». Donc, le professeur Raitz et deux truands russes.

— Ne prends pas froid, dit-il. Tu ferais mieux de rentrer.

— Ne t'inquiète pas, papa. On est en train de rentrer. Je nous ai trouvé un endroit génial. Pas du tout connu. Tu serais surpris, papa. C'est si cool.

Soudain, un ordre guttural en russe retentit, puis la voix d'un autre homme en anglais.

— Rendez-le-lui.

Rebecca revint en ligne. Elle haletait.

— Désolée, papa. Faut que j'y aille. Je t'aime. J'aimerais juste savoir. Dans l'épave. Tu l'as trouvé ?

Jack était ébahi. Cela lui paraissait dater d'une autre époque. Un souvenir d'une autre vie. Il se vit en train de remonter le bouclier tout en s'imaginant le présenter à Rebecca. C'était hier, à peine. Une boule se forma dans sa gorge.

— On l'a trouvé, Rebecca. Costas et moi.

— Quand pourrai-je le voir ?

— Dem…

La ligne avait été coupée. Il espéra que Rebecca avait compris. Il se tourna vers Costas qui avait quitté la pièce et était revenu. Jack serra les poings. Il était exténué, mais ces quelques paroles échangées avec Rebecca lui avaient fait un bien fou.

— Bon. Voilà le plan. Ben a été contacté par Wladislaw et il vient nous chercher. L'Embraer est prêt à décoller à l'aéroport de Cracovie. À Istanbul, transfert dans un hélicoptère pour regagner le *Seaquest II.* Si tout se passe comme prévu, on devrait arriver vers 3 heures du matin. Ben a réuni une équipe, et il y aura aussi une section de commandos de la marine turque.

— Il a prévenu les autorités ? s'étonna Costas.

— Non. C'était trop risqué. Les ravisseurs veulent le Lynx. Ils comptent voler vers les eaux internationales où ils laisseront Rebecca dans un Zodiac. Ils doivent avoir un vaisseau au large. Il est clair qu'ils disposent de moyens importants. Pas question qu'un policier trop zélé mette toute l'opération en danger. Mais Ben a dit au capitaine du dragueur de mines qu'il craignait que nous ne soyons espionnés. Les Turcs n'apprécient pas trop le trafic illégal d'antiquités, ils sont très stricts là-dessus. Officiellement, il s'agit de manœuvres, d'un exercice. Ben parlera du kidnapping quand les gars des forces spéciales seront en position et toi et moi à l'intérieur.

Il entendit une voiture arriver.

— C'est pour nous, reprit-il. On part sur-le-champ.

— Où ça ?

Jack regarda ses mains. Il y avait encore du sang entre les jointures, sous les ongles. Il pensa à ce qu'il venait de faire, dans la mine. Il ne ressentait absolument rien. Il leva les yeux vers Costas, le regard vide.

— À Troie.

20

Troie

Jack se tapit sur le talus, braquant ses jumelles à vision nocturne sur le monticule là-bas de l'autre côté des champs, à environ un kilomètre. C'était la première fois depuis quinze ans qu'il voyait Troie ainsi. Il se trouvait à une centaine de mètres seulement de l'endroit où Costas et lui avaient dégagé ces bouts de galère calcinés. Les fossés et les marécages déserts donnaient l'impression d'un no man's land. Écoutant la brise, il se souvint des nuits passées ici à imaginer les guerriers grecs debout en silence parmi les roseaux, leurs javelots noirs dans le clair de lune, attendant le signal pour attaquer. Sauf que, maintenant, ils savaient que cela ne s'était pas passé ainsi. Un maelström, une mer en furie avaient fait déferler une vague de destruction par-dessus les remparts, des navires chargés de soldats lâchant une nuée de flèches enflammées sur la cité.

Il n'aurait jamais pu imaginer revenir dans de telles circonstances : pour sauver sa propre fille en cherchant une voie d'accès afin de surprendre ses ravisseurs. Il baissa les jumelles, but une longue gorgée d'eau et glissa de nouveau le long du talus, vers la rivière, où il pourrait se tenir debout sans être vu depuis le tumulus. Il devait continuer, ne pas s'arrêter d'agir. Il n'avait pas dormi depuis qu'ils avaient embarqué à bord de l'Embraer à l'aéroport de Cracovie, cloîtrés pendant la moitié du vol dans le caisson de décompression après leur plongée dans la mine. Il n'avait cessé de penser à Rebecca. Il savait qu'elle se trouvait là quelque part. Et le risque était réel que celui qui avait manigancé tout cela décide que le Palladion ne se trouvait pas dans la mine et que Jack était en train de se moquer de lui. Dans ce cas, il n'y aurait plus aucun espoir. Rebecca était un témoin beaucoup trop gênant.

Au bas du talus boueux, Ben et Costas l'attendaient, deux ombres dans la nuit. Il consulta sa montre. 5 heures du matin . plus qu'une heure avant le rendez-vous fixé par le ravisseur. Ils avaient eu très peu de temps pour préparer un plan. Ben fit un signe et Jack et Costas s'accroupirent pour l'écouter.

— Mon équipe est déjà en position, dit-il. Voilà la situation. Les kidnappeurs ont choisi cet endroit car ils savent que les autorités turques nous y laissent *carte blanche*[10]. Nous pouvons en interdire l'accès, et c'est ce que nous avons fait. Il n'y a plus personne aux environs du site. Tout notre personnel, Hiebermeyer, les autres, tout le monde se trouve à bord du *Seaquest II.* Les ravisseurs comptent bien en profiter pour s'enfuir. Le Lynx va atterrir sur le parking à 5 h 30. Ils veulent l'emprunter, avec Rebecca, une fois qu'ils auront obtenu ce qu'ils désirent, pour se rendre à bord d'un navire qui attend à la limite des eaux territoriales. Ils la relâcheront là-bas. Sauf que cela ne va pas se passer ainsi. Parce que Jack ne détient qu'une boîte vide. Donc, ils n'ont que deux façons de sortir d'ici, menottés ou bien dans des sacs en plastique. C'est clair ?

— Limpide, marmonna Costas.

— Costas a un téléphone. Quand il appellera, mon équipe interviendra. Jusque-là, vous devrez vous débrouiller seuls. Jack, j'ai donné à Costas ce que je vous ai promis. Une question ?

— Pas la moindre, dit Costas.

10. En français dans le texte (N.D.T.).

Ben disparut dans l'obscurité tandis que Costas fouillait dans son sac pour en sortir le Webley de Macalister.

— Ben a testé les balles. La précision est phénoménale, mais vise quand même bas et à droite à cause du recul. Paraît que ce truc arrêterait un train.

Jack prit le lourd revolver, le soupesant entre ses mains et vérifiant qu'il était chargé. Il ouvrit sa sacoche kaki, en sortit la boîte avec la croix gammée sur le couvercle et y rangea l'arme dans le logement qui avait autrefois contenu le Palladion de Troie.

— Sans doute à cause de ces balles à tête plate conçues pour causer un maximum de dégâts à l'impact.

— Sympa, fit Costas en tapotant son holster d'épaule abritant son Beretta. Prêt ?

Jack referma la boîte.

— Prêt.

Dix minutes plus tard, ils se trouvaient à l'endroit où le cours d'eau passait sous terre à deux cents mètres au sud-ouest du tumulus. C'était un petit ravin, entouré d'arbres et de buissons denses, où un filet d'eau s'engageait dans un étroit tunnel souterrain se dirigeant vers Troie. Il avait été découvert par une équipe autrichienne plusieurs années auparavant, et faisait partie du système hydraulique qui permettait aux anciens Troyens de disposer d'une source située à l'extérieur des murs. Jack suivit Costas jusqu'à la porte en fer forgé dont le cadenas pendait, ouvert. Il remercia intérieurement Hiebermeyer pour l'avoir laissé ainsi. Il lui avait téléphoné depuis l'Embraer. Maurice était venu ici même hier matin, avant que Rebecca ne soit enlevée, et s'était frayé un chemin dans ce tunnel jusqu'à un portail bloqué par des éboulis. Il l'avait dégagé seul et sans aide pour parvenir jusqu'à la chambre qu'il avait atteinte précédemment par son autre accès, le passage que Jack emprunterait bientôt. Si Maurice était parvenu à se faufiler là-dedans, Costas devrait pouvoir y arriver lui aussi.

Jack baissa la tête pour se protéger des guêpes qui bourdonnaient autour de l'entrée. Il brancha la lampe frontale de Costas et lui tendit une Maglite. Ils entendirent un hélicoptère approcher, vrombissant bruyamment au-dessus de la citadelle, avant d'aller se poser sur l'autre versant.

— C'est le signal, dit Jack. Il est 5 h 35. Je dois être là-bas à 6 heures. Si on en croit le temps qu'a mis Maurice, tu devrais être en position à cette heure-là. Ton entrée dans la chambre se trouvera sur ma droite quand j'arriverai du passage. J'essaierai de te repérer. Je laisserai mon sac dehors et je retournerai le chercher après avoir établi le contact avec les ravisseurs. Quand tu me verras revenir et poser la boîte par terre, ce sera le moment. J'essaierai de faire un signe à Rebecca pour la prévenir. On va devoir improviser.

— OK. Bonne chance, Jack.

— Bonne chance.

Jack regarda Costas patauger dans le tunnel puis disparaître derrière un virage. Il tourna les talons pour revenir vers le tumulus, marchant à découvert dès qu'il atteignit le chemin principal. Si quelqu'un l'observait, il en déduirait qu'il venait de l'hélicoptère. Il pénétra dans la grande tranchée qu'avait ouverte Hiebermeyer et où ils savaient désormais que Schliemann avait travaillé lui aussi. Il passa devant les deux gardiens de la porte, les effigies des anciens rois de Troie, avant de s'engager dans le tunnel entre les gravats, assez élargi et solidement étayé désormais pour qu'il puisse y avancer debout. Il trouva un endroit où cacher sa sacoche. Par téléphone, Maurice lui avait déjà expliqué sa découverte, mais rien n'aurait pu le préparer à cela : une grande porte de bronze, entrouverte. Gladstone avait autrefois soutenu que le trésor d'Atrée à Mycènes possédait lui aussi une porte semblable. Et là, sur le battant, se trouvait le symbole, l'empreinte d'un svastika inversé dans un cercle, exactement comme l'avait décrit Dillen d'après l'histoire du vieux contremaître rencontré par Hugh et Peter. Des colonnes de pierre verte se dressaient de part et d'autre, avec des motifs de décoration tortueux, exactement comme dans le trésor d'Atrée. Il pénétra dans une salle caverneuse et alluma sa torche de plongée. Il n'y avait pas un bruit, juste le léger écho de ses pas, mais il savait qu'il n'était pas seul.

— Rebecca ? Tu es là ?

Toujours rien. Il n'avait pas d'autre choix qu'attendre. Il regarda autour de lui. Le spectacle était proprement stupéfiant. À l'image du trésor d'Atrée, la salle était bâtie en forme de ruche, avec une maçonnerie en encorbellement, mais le plus fascinant se trouvait sur le sol. À mi-distance du centre de la salle, une douzaine de sièges en pierre, tous identiques, étaient disposés en cercle. Ils ressemblaient à ceux qu'il avait vus dans d'autres palais de l'âge du bronze, à Cnossos en Crète, en Égypte, dans les citadelles du Moyen-Orient… Les trônes des rois. Il balaya chacun d'eux avec le rayon de sa lampe. Chaque siège portait une inscription au dos. Il vit des hiéroglyphes sur l'un, des cunéiformes sur un autre, du hittite, du linéaire B. Une salle de conseil. Des reflets lustrés attirèrent son regard vers la base de la salle, comme si les niveaux inférieurs de maçonnerie avaient été plaqués d'or. Il orienta sa lumière afin qu'elle rase le mur le plus proche et poussa une exclamation de stupeur.

Des lingots. Des lingots de métal. Il y en avait des centaines, empilés jusqu'à une hauteur qui le dépassait, rang après rang, sur tout le pourtour de l'enceinte. Certains en cuivre, d'un vert terne dans le rayon de la lampe, mais d'autres en étain. Ceux-ci étaient très différents, avec leur surface argentée couverte d'une fine couche de corrosion. Chaque lingot faisait environ un mètre de long et possédait des armoiries gravées à chaque coin comme ces peaux de bœuf marquées qu'il avait vues sur des épaves datant de l'âge du bronze. Des lingots rapportés des grands palais du monde égéen, du cuivre de Chypre, du Levant, de l'ouest. Il examina une barre d'étain au sommet de la pile toute proche de lui. Il reconnut le sceau qu'elle portait. Celui des Cornovii, la tribu préhistorique qui peuplait le sud-ouest des Cornouailles. Ainsi donc c'était vrai : les Troyens importaient de l'étain des Cassitérides et des îles Britanniques.

Il contempla de nouveau les trônes, l'esprit en ébullition. Une salle de conseil des rois. Des rois qui avaient préservé la paix. Des rois qui contrôlaient les stocks de métaux destinés à la fabrication des armes, qui se les échangeaient, préservant ainsi l'équilibre des puissances. Jusqu'à ce que se présente celui dont l'ambition, la soif de pouvoir n'avaient pu être contenues entre ces murs. Celui qui avait découvert une nouvelle arme plus mortelle, un métal plus dur qui avait rendu caducs ces empilements de cuivre et d'étain : Agamemnon, le roi des rois.

Une lumière l'aveugla et quelqu'un lui prit le cou pour l'étrangler, lui tordant un bras derrière le dos. Il s'y attendait plus ou moins et ne résista pas. Une voix s'éleva de l'autre côté du cercle de trônes, près de la source de lumière.

— Docteur Howard.

— Où est ma fille ? gronda Jack.

On lui tira brutalement la tête en arrière. Cette fois, il résista.

— Je veux voir ma fille.

L'homme qui le tenait chercha ses yeux puis le poussa violemment, le libérant enfin. Jack cligna des paupières avant de distinguer trois silhouettes devant une pile de lingots contre le mur du fond. L'une d'elles était Rebecca. Un type à l'air sinistre la tenait en joue. Le dernier individu présent s'avança, posa sa lampe sur un des sièges et s'arrêta à quelques pas de Jack.

— Docteur Howard.

Jack le fixa.

— Professeur Raitz.

— Fort heureusement, Rebecca avait son passeport sur elle. Nous avons pu prendre l'avion en première classe pour Istanbul, un éminent historien de l'architecture et sa nouvelle petite amie. Je lui ai dit que nous vous tuerions, Costas et vous, si elle se tenait mal.

— Pourquoi faites-vous cela ?

— Parce que vous avez quelque chose que je veux. Où est-il ? demanda-t-il d'une voix soudain stridente.

— Gardez vos imitations de Goebbels pour votre salle de bains, Raitz. Ça ne vous va pas.

Raitz claqua des doigts, et Jack se retrouva soudain à genoux sur le sol, le souffle coupé. Il hoqueta avant de se relever tant bien que mal en chancelant, le dos labouré par une douleur lancinante là où celui qui se trouvait derrière lui l'avait frappé. Tout en se redressant, il scruta l'autre extrémité de la chambre, au sud-ouest. Il aperçut une ouverture dans le mur, au-dessus de gravats. Ce devait être là. La seconde entrée. Costas devait s'y trouver maintenant. Il décida de gagner encore un peu de temps. Ensuite, il n'aurait plus le choix : il lui faudrait courir le risque.

— Pour la seconde fois, dit Raitz, tout près de lui désormais, où est-il ?

— Pourquoi le voulez-vous, Raitz ? Pour votre petite collection personnelle ?

— Pour le Führermuseum.

Jack fit mine de réprimer un ricanement.

— Le svastika troyen ? Le Palladion ? Quel rapport avec notre petit Autrichien ?

— C'est la clé de tous les plus grands trésors artistiques cachés à travers le monde. Je les retrouverai, et ils deviendront les chefs-d'œuvre de mon musée, afin de perpétuer la mémoire et la vision du Führer pour l'éternité.

— Et votre collègue ? Celui avec lequel j'ai parlé au téléphone ?

Pendant un instant, Raitz parut décontenancé.

— Bien sûr. Il a ses propres intérêts. Des intérêts familiaux. L'or, les antiquités. Il se moque des tableaux.

— Vous et moi, il faudra qu'on reparle de ça.

Raitz claqua de nouveau des doigts, et l'homme aux côtés de Rebecca la saisit en appuyant son pistolet contre sa tempe. De la poche de son pardessus, Raitz sortit à son tour un petit Walther qu'il arma avec maladresse.

— Maintenant, parlez ou Rebecca meurt.

— Vous vous améliorez à ce jeu, Raitz, dit Jack avant de montrer l'entrée de la salle. Vous ne pensiez tout de même pas que j'allais vous l'apporter sur un plateau ? Je devais d'abord m'assurer que Rebecca était bien en vie. Je l'ai caché dehors. Il se trouve dans la boîte noire dans laquelle nous l'avons découvert dans la mine.

— Allez la chercher.

Encore un claquement de doigts. L'homme derrière Jack le prit par les cheveux et tira brutalement.

— Seul, dit Jack. Sans lui. Il reste ici.

Raitz fit un geste impatient. L'homme le libéra avant de se poster devant lui. C'était un Russe lui aussi, comme ceux de la mine, un gangster. Selon Rebecca, ils étaient deux et le second tenait un revolver contre sa tempe. Jack n'avait vu aucun autre homme. Il retourna vers l'entrée de la pièce, boitant volontairement, comme s'il souffrait toujours. Il atteignit la cachette où il avait laissé sa sacoche et récupéra la boîte. Il revint en la tenant devant lui, la croix gammée nazie bien en évidence. Au moment où il retournait à pas lents vers le centre de la salle, il vit du coin de l'œil une tache sombre dans l'autre entrée. Costas. Jack adressa un regard dur à Rebecca qui le fixait, avant de hocher la tête de façon à peine perceptible. Soudain, elle se plia en deux, les mains sur les oreilles, la tête baissée, sanglotant bruyamment. Raitz revint vers elle, brandissant son pistolet.

— Rebecca, taisez-vous.

Elle gémit de plus belle.

— La ferme !

Au même instant, Jack vit le Beretta de Costas braqué au-dessus d'une pile de lingots vers l'homme qui tenait Rebecca en joue. L'angle de tir était parfait, sans risque de la toucher tant qu'elle restait accroupie. Il fallait juste faire diversion pour l'inciter à écarter son arme de Rebecca, ne serait-ce qu'une fraction de seconde.

Soudain, Costas rugit :

— Z'avez pas vu Chechnya ?

Les deux Russes et Raitz firent volte-face, l'homme près de Rebecca braquant instinctivement son arme vers la source de ce cri. Une détonation assourdissante retentit, et la tête de l'homme se désintégra, laissant son corps chanceler sur les lingots. Au même instant, Jack frappa violemment celui qui se trouvait derrière lui avec sa boîte en fer, l'expédiant à terre. Il tomba à genoux, ouvrit la boîte pour en sortir le Webley. Il effectua une roulade et se redressa en visant la poitrine du Russe, en bas à droite, comme l'avait préconisé Costas. Il appuya sur la détente. Dans cette salle, la détonation retentit comme une explosion. L'homme resta debout, les yeux écarquillés, une tache sombre s'étalant rapidement sur sa chemise, le trou fait par la balle dans son sternum clairement visible. Lui aussi avait un tatouage *Spetsnaz* sur le poignet. Soudain, il tomba comme une pierre, laissant une giclée de chairs ensanglantées sur le tas de lingots derrière lui. Jack fit volte-face pour découvrir Raitz qui le fixait comme un lapin effrayé, le Walther tremblant dans sa main. Dans un geste vif comme l'éclair, Rebecca exécuta un superbe coup de pied, de bas en haut, l'atteignant entre les jambes. Il hurla de douleur et lâcha son arme qu'elle rafla aussitôt. Costas était déjà là, le canon de son Beretta sur la tête de Raitz qui était tombé à genoux. Rebecca rejoignit Jack qui lui prit le pistolet en lui montrant l'ouverture par laquelle avait surgi Costas. Tandis qu'elle allait s'y abriter, Raitz le supplia.

— Ne tirez pas, je vous en prie. Je vous en prie !

— Personne ne menace ma fille avec une arme, dit froidement Jack.

— Je ne l'ai pas fait. Je vous le jure. Je ne lui aurais jamais fait le moindre mal.

— Eh bien, dans ce cas, je pense qu'on peut peut-être le laisser vivre, Costas.

— Si tu le dis.

Costas gardait toujours son arme braquée.

— Voyons voir, dit Jack. Tentative de meurtre, extorsion, kidnapping. Sur le sol turc. Ce qui veut dire une prison turque.

— Non, murmura Raitz. Pas ça. Je préfère mourir.

Costas examina son Beretta, le tournant et le retournant entre ses mains.

— Vous préférez mourir ? Vraiment ?

— Non, je vous en prie, fit Raitz en pleurant. Ne tirez pas.

— Mieux encore, reprit Jack. Nous sommes dans une zone militaire. Ce qui implique que nous nous trouvons sous la juridiction de l'armée. Au moins, cela vous évitera l'humiliation d'un procès public. Vous serez jugé par des officiers turcs. Des hommes bien. J'en connais quelques-uns. Inutile que je leur demande une faveur. Ils veilleront à ce que justice soit faite.

— Juste à la sortie de Diyarbakir, c'est ça ? fit Costas.

Jack acquiesça.

— Dans le désert sur la route de la frontière arménienne. Probablement le pire endroit du monde. Un four en été, un congélateur en hiver. Une prison militaire de haute sécurité. Des meurtriers, des psychopathes, des violeurs homosexuels, ce genre de chose. Pas de droits de l'homme, parce que les détenus ne sont plus vraiment humains. Celui qui entre là n'en ressort pas. C'est aussi simple que ça.

— Nous pouvons passer un marché, fit Raitz au désespoir. Je détiens des documents originaux, des cartes. Des cartes menant à des trésors.

— *Das Agamemnon Code* ? dit Jack.

— Je ne vois pas de quoi vous parlez.

Costas agita son pistolet.

— On ferait mieux de le tuer, Jack. Ça ne mène à rien. Rebecca, bouche-toi les oreilles.

— Non ! implora Raitz. S'il vous plaît. Je vais tout vous dire. Dans un coffre chez moi. Sous le plancher dans la cave. Au pied de l'escalier.

Jack le tenait toujours en joue.

— Le document original ?

— Celui qui porte ces mots. Mais il y a plus encore. Beaucoup plus. Des photos, des cartes menant à des bunkers… Un véritable trésor ! Ne me remettez pas aux Turcs. Je vous en supplie devant Dieu. Je peux vous offrir des richesses insoupçonnées. Tous les trésors perdus des nazis.

— Vous voulez dire dans l'autre coffre, celui qui se trouve dans votre bureau ? Celui qui est caché derrière la bibliothèque au Courtauld ? Nos agents de sécurité sont assez doués pour ouvrir des coffres, n'est-ce pas, Costas ? Les deux sont vides désormais, j'en ai peur.

— *Sheiße,* marmonna Raitz. *Sheiße.*

Soudain, il leva un regard de défi vers Jack en se posant l'index sur la tempe.

— Ici. Il y a bien plus ici. Je passerai un marché avec les Turcs. Tout comme Schliemann.

— Schliemann n'a passé aucun marché avec les Turcs. Ce sont eux qui se servaient de lui. Quoi qu'il en soit, sans documentation, ils ne vous croiront pas. Encore un Occidental cinglé qui déraille dans sa cellule d'isolement de cette prison perdue.

— Pour le restant de sa vie, dit Costas.

— Une vie assez courte, je dirais, surtout si les autres prisonniers lui mettent la main dessus.

— Que voulez-vous ? sanglota Raitz.

Jack rangea le Webley dans la poche de sa polaire, sortit un carnet et un crayon puis s'agenouilla devant Raitz.

— Voilà ce que je vous propose. Vous irez derrière les barreaux, mais je peux vous éviter cette prison. Je pourrais même glisser un mot pour un rapatriement dans un établissement britannique. Et vous savez à quel point les juges sont indulgents en Angleterre. Vous êtes encore jeune. Vous pourriez reprendre votre carrière. Vous ne vouliez pas ça, vous avez été forcé d'agir contre votre volonté. Une cour anglaise vous croirait sans doute. Vous avez beaucoup d'amis influents, d'anciens étudiants, des collègues, des politiciens. Tout ce que vous avez à faire, dit-il en lui tendant le carnet, c'est écrire un nom. Celui de la personne qui est derrière tout ça.

— Il me retrouvera et me tuera. Ce qui se trouve dans ce bunker est beaucoup trop précieux pour lui. Il dispose d'une armée de gangsters. Des Russes, surtout, qui se font appeler des *Totenköpfe.* Quelle ironie. Je suis le seul vrai nazi ici, pas ce...

— Pas ce quoi ? demanda Jack.

— Il me tuera. Ils me traqueront.

— Là où vous irez, vous n'aurez pas à vous soucier de ça.

Raitz resta silencieux un moment avant de prendre le carnet. Il hésita encore avant de se saisir du crayon et de griffonner quelque chose. Jack lui reprit le carnet, regarda le nom inscrit.

— D'accord, dit-il. Pourquoi ? Vous, vous vouliez bâtir votre absurde Führermuseum. Mais que recherchait un homme comme lui ?

— De l'or, dit Raitz. De l'or et des antiquités. Tout le monde sait qu'il a eu des bandits marseillais dans sa famille. La presse en a assez parlé. Il a su en tirer profit. Un délicieux intellectuel algérien avec quelques gènes de canaille. Sauf que ce n'est pas de l'histoire ancienne. Il dirige vraiment et en secret une famille du syndicat du crime. Et je ne parle pas de petits gangsters de quartier. C'est une des plus importantes d'Europe. Il brasse des centaines de millions.

— Et il était intéressé par les œuvres d'art cachées ?

Raitz secoua la tête.

— Non. Juste le code Agamemnon. Juste ce bunker dans la forêt.

— Il s'est moqué de vous, dit Costas.

— Vous avez été idiot, dit Jack avec colère. Un sacré idiot, manipulé par quelqu'un qui se fichait pas mal de votre cause, et plus encore de l'art ou des antiquités.

— Vous vous trompez. Il a dit...

— Je me fous de ce qu'il a dit. Vous êtes un naïf, Raitz. Vous avez passé trop de temps derrière votre bureau. Vous ignorez comment ça se passe dans le monde réel.

— Que voulez-vous dire ?

— Regardez autour de vous, dit Jack. Tout ce bronze, tous ces matériaux servant à la fabrication d'armes, assez pour équiper toutes les armées du monde égéen : les Mycéniens, les Troyens, tous. Et pourtant tout cela était inutile. Parce qu'un nouveau métal avait été découvert, le fer. Et maintenant, pensez à aujourd'hui. Certaines personnes sont toujours à la recherche d'une arme nouvelle. Ou bien d'une arme qui a déjà été conçue mais qui a été dissimulée. Pensez à la pègre depuis la chute de l'Union soviétique. Ces messieurs se sont d'abord lancés dans le trafic de têtes nucléaires, de composants pour des bombes sales. Puis, avec la révélation de ce que les Russes avaient récupéré en Allemagne nazie, le trésor perdu de Priam et tout ce battage autour des œuvres d'art cachées, ils ont commencé à s'intéresser à autre chose. Ils avaient oublié les nazis et leurs cachettes. Les armes terribles qu'ils avaient imaginées et qui se trouvent peut-être encore aujourd'hui dans ces bunkers.

— J'ignore tout de ces armes, dit Raitz. Cela n'a rien à voir avec moi.

Jack ramassa la boîte noire et la lui montra.

— En 1945, un officier de la Luftwaffe a transporté le Palladion troyen d'une mine de sel en Pologne à ce bunker près de Belsen que vous connaissez. C'était un fanatique. Il faisait partie de ceux qui avaient été choisis pour accomplir le décret final d'Hitler. Pas l'ordre Néron, la destruction du Reich. Non. Le code Agamemnon, qui visait à déclencher l'Armageddon. Il n'était pas le seul, bien sûr. En raison de ce qui s'est passé, nous pensons qu'au moins un autre de ces agents se trouvait là, dans cette forêt. L'officier a déposé le Palladion dans le bunker, mais quelques jours plus tard, alors qu'il attendait l'ordre final, il a été abattu par des soldats britanniques. Dans l'intervalle, les gardes du camp voisin ont amené une fille dans ce bunker pour la violer. Elle a vu le

Palladion. C'est le dessin qu'elle en a fait qui nous a mis sur la piste. Depuis le début, il était là et non dans la mine de sel. Nous savions que deux officiers, un Anglais et un Américain, avaient appris son existence. Personne ne sait ce qu'il leur est arrivé. Mais il est possible que l'autre fanatique, celui qui guettait l'ordre final d'activation de Berlin, soit tombé sur eux et qu'ils se soient entre-tués. Ce qui a été caché dans ce bunker s'y trouve encore. Et c'est quelque chose d'effroyable.

— Mais le Palladion était une clé servant à ouvrir la porte d'une salle où étaient conservées des œuvres d'art, dit Raitz d'une voix faible.

— C'est l'histoire que Saumerre vous a racontée ? Pourquoi fabriquer une clé spéciale pour cela, portant un symbole sacré ? Non. C'était la clé de quelque chose de très différent, de beaucoup plus sinistre. Si l'on en croit un ancien mythe troyen, le Palladion était en partie fait avec un matériau qui pourrait être une météorite. Le svastika inversé en lui-même n'a rien de très particulier, mais un tel matériau pourrait avoir une signature magnétique très spéciale, unique pour le coup, qui en ferait le seul moyen d'ouvrir une porte.

— La porte de quoi ? demanda Raitz.

— Nous n'en savons rien mais nous pouvons former quelques hypothèses. Le pire que les nazis pouvaient inventer. Pas une arme nucléaire, qu'ils n'ont jamais été en mesure de produire ; ni chimique, il leur aurait fallu disposer d'une aviation ou de missiles pour la propager. Ce qui nous laisse l'arme biologique. Le pire des cauchemars. Le typhus. La peste. Regardez ce qui s'est passé en 1918, avec l'épidémie de grippe. Un souvenir tout frais dans l'esprit des savants nazis. Ils ont peut-être même eu accès à des cadavres décimés par cette maladie. Et ils ne manquaient certes pas de sujets humains sur qui pratiquer leurs expérimentations. Ils auraient pu réveiller le virus de la grippe espagnole et même le faire muter. S'il se trouve encore dans ce bunker et que quelqu'un le dissémine, il pourrait faire des centaines de millions de morts. Des centaines de millions. Ce qui balaierait la civilisation telle que nous la connaissons. Cela fait-il partie de votre rêve nazi ?

— Mon Dieu, dit Raitz. Mon Dieu, qu'ai-je fait ?

— Ce que vous pouvez faire, dit Jack en s'agenouillant de nouveau face à lui, c'est nous aider. Nous devons savoir si Saumerre opérait seul, pour son propre intérêt personnel. Une telle arme vaudrait des millions, des milliards. Nous devons savoir s'il n'est qu'un intermédiaire, ou bien s'il obéissait à d'autres motivations. A-t-il dit quelque chose, avez-vous entendu quelque chose ? Si vous parvenez à me convaincre, ce pourrait être un autre élément en votre faveur au tribunal.

Raitz était pâle. Se passant la main sur le front, il répondit d'une voix tremblante :

— Non, je ne vois rien. Rien du tout. Nous n'en avons parlé que lors de notre première rencontre au British Museum, quand il m'a transmis le document avec le code, et ensuite dans ce sinistre appartement de Londres où ils ont assassiné le Hollandais. Il ne parlait que des affaires de la famille. La mafia marseillaise. L'argent que cela pourrait rapporter.

Costas hocha la tête, jouant toujours avec son Beretta.

— Juste par curiosité. Quelle est la religion de Saumerre ?

— Saumerre ? Il est musulman, bien sûr. Son grand-père était algérien. Et alors ? Il y a des millions de musulmans en Algérie et en France. Ce n'est sûrement pas un terroriste.

— Qui est derrière tout ça ? murmura Costas.

— Cependant... il a bien dit quelque chose, au moment de quitter l'appartement... (Raitz fixait Jack, réfléchissant visiblement à toute allure avant de se prendre la tête entre les mains.) Oh, mon Dieu. Oh, mon Dieu ! Pourquoi n'ai-je rien vu ?

Jack le força à relever les yeux.

— Quoi ?

— Quand j'ai dit que je faisais ça pour le Führer, pour la cause, le musée, il a répondu par une phrase en arabe, à propos d'Allah, puis il a paru le regretter comme si cela lui avait échappé. J'ai trouvé ça bizarre, dans la mesure où il avait toujours insisté sur le fait qu'il ne s'intéressait qu'à l'or, aux antiquités et à l'argent qu'il pourrait en tirer. J'ai cru qu'il ne faisait que répéter une expression familière. Je me rappelle. « *Jazaka Allahu Khayran.* » C'est-à-dire : « Qu'Allah nous récompense. » Une expression parfaitement normale. C'est lui-même qui me l'a expliqué. Mais peut-être... mon Dieu !

— Écoutez-moi, dit Jack, et écoutez-moi bien. Si vous soufflez un mot de cela à quiconque, où que ce soit, les gens qui travaillent pour moi l'apprendront. Et vous aurez droit à votre aller simple pour Diyarbakir. Jouez le jeu et je verrai ce que je peux faire pour vous.

Jack fit signe à Costas qui sortit son iPhone et appuya sur une touche. Quelques secondes plus tard, Ben apparut à l'entrée de la chambre, flanqué de deux membres armés de la sécurité de l'IMU et suivi par des commandos de la marine turque vêtus de noir, avec des mitraillettes MP5. Ceux-ci se déployèrent rapidement dans la salle, braquant leurs armes sur Raitz et les deux cadavres auxquels ils flanquèrent quelques coups de pied pour s'assurer de leur trépas. L'officier fit un geste, et deux de ses hommes relevèrent Raitz et le menottèrent avant de le pousser vers la sortie. Ils entendaient le vrombissement rythmé d'un hélicoptère tout proche. Rebecca sortit de sa cachette. Jack la prit dans ses bras et la serra fort.

— J'espère ne jamais le revoir, murmura-t-elle.

— Tu vas bien ? Ils t'ont touchée ? Dieu merci, tu es là.

Elle secoua la tête.

— Ne t'inquiète pas, papa. Je vais bien. Et toi ?

Un membre de l'équipe de sécurité, une femme, leur passa à chacun une petite bouteille d'eau qu'ils burent après avoir fait mine de trinquer. Jack sourit à sa fille.

— Je vais bien. Un peu fatigué, c'est tout, dit-il avant de montrer Ben et ses compagnons. Je parie qu'ils meurent d'envie d'entendre ton histoire.

Costas adressa un clin d'œil à Rebecca.

— Joli coup de pied.

— C'est Ben qui m'a appris.

Jack salua ce dernier qui venait de les rejoindre.

— Ouais, il sait y faire.

Ben hocha la tête et le dévisagea.

— Un résultat ?

Jack lui tendit le carnet.

— Oui.

— Je m'en occupe, dit Ben en sortant son BlackBerry pour effectuer aussitôt une recherche sur Google. Saumerre, orateur principal à la conférence des affaires culturelles de l'Union européenne à Bruxelles aujourd'hui. (Il consulta sa montre.) Il devrait être sur le podium dans à peu près quarante-cinq minutes.

— D'accord. Il doit attendre des nouvelles de ce qui se passe ici. Raitz aurait sans doute déjà dû l'appeler. Récupérez son téléphone et essayez sa liste de contacts. Je veux parler à Saumerre avant qu'il ne fasse son discours.

— Qu'allez-vous lui dire ?

— Que je sais tout de ses activités criminelles. Assez en tout cas pour détruire sa carrière politique. Une carrière sans doute cruciale pour ses intérêts financiers, ainsi que pour d'autres, bien plus importants, qui lui tiennent encore plus à cœur. Il ne voudra pas prendre le risque de perdre son statut et son influence, que ce soit pour son profit personnel, ou bien vis-à-vis de l'organisation qu'il représente.

— Dites-m'en plus.

— Nous devons vérifier qu'il n'est pas lié au terrorisme islamiste.

Ben le fixa.

— D'accord. Je vous suis.

— Des nouvelles du bunker ?

— Ça nous a valu pas mal d'heures supplémentaires. Mes hommes ont passé au peigne fin tout ce qui ne tombait pas sous le sceau du secret d'État et, grâce à quelques faveurs, d'autres trucs qu'ils n'auraient jamais dû voir. Le site du camp est désormais occupé par une base aérienne de l'OTAN construite peu après la guerre. Les ouvriers du chantier étaient tombés sur une fosse remplie de squelettes par centaines. Des exécutions sommaires. Nous pensons maintenant pouvoir localiser le secteur où se trouvait ce bunker dans une zone boisée située à l'intérieur du complexe militaire, en fait juste sous le tarmac de la piste d'atterrissage. En ce qui nous concerne, c'est plutôt une bonne nouvelle, Jack. Personne n'ira creuser là-dessous. Le périmètre est pour ainsi dire parfaitement sécurisé. La base est toujours active, deux escadrons de la Luftwaffe volant sur Tornado. La question est : combien de temps ce *statu quo* durera-t-il, maintenant que la guerre froide est terminée et qu'on démantèle les bases les unes après les autres ?

— Avez-vous prévenu les militaires de la base ?

— Vous aviez dit de suspendre le feu, et c'est ce que j'ai fait. À vous de décider. Au moment de la construction de la base, les radars à pénétration de sol n'existaient pas, mais la moindre inspection pourrait tout révéler. Les pistes sont resurfacées régulièrement. Un jour ou l'autre, si la base est maintenue, ils les referont pour de bon. Le fait que le bunker se trouve sous la piste ne pose sans doute aucun problème structurel mais, si vous avez raison, il n'est pas insensé de se demander si des pilotes de l'OTAN doivent continuer à décoller et à se poser avec des jets lourdement armés sur une piste sous laquelle repose peut-être une terrible arme biologique.

— D'accord. Bon travail. Je vous donnerai ma décision quand nous partirons d'ici. Mais, avant, je veux parler à Saumerre.

— Je m'en charge.

Rebecca était en train de rejoindre un autre membre de l'équipe de sécurité qu'elle connaissait. À la sortie de la salle, elle s'arrêta pour examiner l'éboulement avant de se retourner vers son père.

— Papa. J'allais oublier. Cette bague que Maurice a trouvée ici, la chevalière ? Elle appartenait à George Hoar. Un célèbre sénateur américain que connaissait Schliemann.

Jack savait qu'il l'avait déjà vue.

— Bien sûr. Hugh possède la copie de Hoar du *Mycènes* de Schliemann. L'ex-libris avec le blason.

Rebecca lui fit un signe de la main avant de se mettre à discuter avec animation avec les autres. Jack repensa au récit du vieux contremaître de Schliemann à propos des hommes qu'il avait vus ici cette nuit-là en 1890. Que faisait George Hoar à Troie ? Schliemann l'avait-il invité à contempler les merveilles qu'il avait commencé à dégager ? Jack avait lu quelques-uns des discours de Hoar devant le Sénat américain contre l'impérialisme. Schliemann avait-il voulu révéler à d'autres ce qui s'était passé dans cette salle de conseil, afin qu'eux aussi y puisent un espoir pour éviter des guerres futures ?

Il observa Rebecca, puis Ben, qui lui rendit son regard en souriant avant de montrer la jeune fille, le pouce levé. Jack sourit à son tour. Elle se trouvait entre de bonnes mains. Le petit groupe s'éloigna. À présent, Costas et lui étaient seuls dans la salle, avec les deux cadavres. Jack ouvrit le Webley pour en éjecter les cartouches qu'il rangea dans sa poche. C'était fini. Enfin. Il se dirigea vers la porte de bronze et, soudain, fut saisi de tremblements incontrôlables. Il s'accroupit contre la porte pour tenter de se maîtriser. Costas posa la main sur son épaule. Jack hocha la tête, respirant profondément.

— Deux jours, c'est très long parfois.

— On l'a fait, dit Costas. Tu l'as fait. Tu as récupéré Rebecca.

Jack lui claqua la main.

— C'est vrai, dit-il en s'essuyant les yeux.

Il regarda la porte qui le soutenait, avant de se relever pour la contourner et contempler la serrure, le symbole extraordinaire, visible d'un côté comme de l'autre.

— Je pensais au svastika, à ses différentes significations, dit Costas. D'un côté, dans le sens des aiguilles d'une montre, c'est la guerre, l'horreur, les nazis. Et de l'autre, dans le sens inverse, c'est la paix, l'équilibre des pouvoirs... si tu ne te trompes pas.

— Les anciens Hittites avaient un dicton : « Je te donne une tablette de guerre ; je te donne une tablette de paix. » C'est la même chose, l'offrande de la même tablette avec des faces opposées. Nous faisons le choix. D'un côté, la guerre. De l'autre, la paix.

— Sauf si tu te retrouves en face d'Agamemnon et de ses dix mille flèches de fer, ou bien face à Hitler et ses nazis.

— Sans parler des truands russes.

— À chaque fois, on n'a pas le choix.

— Pas le moindre.

Une équipe de matelots turcs vêtus de combinaisons pénétrèrent dans la salle. Très vite, ils enfermèrent les cadavres dans des sacs et les emportèrent. Jack contempla de nouveau le lieu extraordinaire qu'Hiebermeyer avait mis au jour et que Schliemann avait découvert, songeant au moment où cet endroit ferait la une des journaux du monde entier. Hiebermeyer aurait la vedette, mais Jack ne serait pas en reste, dès que les fouilles sur l'épave seraient terminées et qu'il pourrait révéler les splendeurs du bouclier d'Achille et de ses autres trouvailles. Il regarda autour de lui. Schliemann avait-il vraiment creusé aussi profond ? Avait-il vu cette salle ? Jack l'espérait avec ferveur, il espérait qu'à la veille de sa mort il avait reçu la justification qui lui manquait, prouvant ainsi, ne serait-ce qu'à ses yeux, qu'il avait eu raison. Cette salle de conseil serait présentée au monde comme Schliemann l'aurait voulu, pas simplement comme une découverte stupéfiante mais aussi pour sa place dans l'histoire, pour témoigner d'une époque où les hommes étaient parvenus à juguler la guerre. Il contempla la pièce une dernière fois et renifla. L'odeur était bien là. L'odeur du sang. L'odeur du fer. Il secoua la tête et baissa les yeux vers ses ongles qui gardaient encore des résidus du sang du Russe qu'il avait tué dans la mine. À Troie, la mort n'était jamais loin.

— Je crois... Je crois que je vais aller à Paris. Visiter quelques musées... Ça fait longtemps.

— Alors que tu as une épave troyenne à fouiller ? Tu te moques de qui ? Non, tu veux garder un œil sur Rebecca. Ou plutôt, ne plus jamais la quitter des yeux.

— Tu peux venir, si tu veux.

— Moi ? Au Louvre ? Papa et tonton Costas ? Comme par hasard à Paris juste au moment où Rebecca s'y trouve en voyage scolaire ? Elle n'acceptera jamais ça. Laisse Ben s'occuper de sa sécurité. De toute manière...

— Laisse-moi deviner. Tu as un sous-marin à réparer. Et Jeremy qui t'attend.

— Toi, tu sais lire dans les pensées.

— C'est grâce à ça que je t'ai sauvé la vie si souvent.

— Hein ? Quoi ? Rétablissons la vérité. Qui a désamorcé cette bombe ?

— Tu ne l'as pas désamorcée, tu l'as fait exploser.

— Et là-dedans ? Qui a couvert tes arrières ?

Jack le prit par l'épaule.

— Ouais, ouais. Que ferais-je sans toi ? (Il eut un sourire fatigué avant d'enchaîner.) J'ai besoin d'eau. De plonger dans l'eau. Sortons d'ici.

Épilogue

Oświęcim (Auschwitz), Pologne

James Dillen sortit du taxi, paya le chauffeur avant de regarder la vieille guimbarde fumante et pétaradante faire demi-tour. Il attendit qu'elle s'éloigne pour se retourner, remontant le col de son manteau, enfonçant les mains dans ses poches, son classeur coincé sous le bras. Il avait froid, comme ce jour cinq mois plus tôt où il avait rendu visite à Hugh à Bristol avec Rebecca, sauf que cette fois ce n'était pas la fatigue qui le faisait frissonner mais la rigueur d'un matin de novembre prêt à accueillir la neige.

L'allée était couverte de givre. L'air lui-même semblait glacé, réduisant la visibilité à quelques centaines de mètres. Il prit une profonde inspiration, la douleur dans ses poumons le faisant grimacer. Une traînée de gaz d'échappement flottait encore. Il posa la main sur un des arbres plantés au bord de l'allée, voulant sentir comment la vie persistait en ce lieu. « Le bois de bouleaux », l'appelaient-ils. « *Birkenau.* » L'écorce semblait coriace, comme une carapace, et pourtant étrangement élastique et douce. Il se pencha pour renifler une odeur de mousse. De près, il distinguait la végétation sous le givre, des bruns foncés, des verts profonds. Une feuille se détacha d'une branche et tomba en voletant, lui caressant la jambe avant de venir se poser dans la trace que son pied avait laissée sur le sol gelé. En quelques secondes, elle absorba l'humidité et perdit ses couleurs, soudain morte, immatérielle.

Il se redressa, déçu. Il s'était attendu à être bouleversé par cet endroit, pas absorbé par des détails. Mais peut-être étaient-ce les détails qui rendaient compte de l'énormité de ce qui gisait là-bas, dans la brume. Il regarda au-delà des arbres et repéra la voie de chemin de fer désaffectée sur laquelle passait le sentier qui menait à la maison. Il quitta l'allée, se dirigeant vers les rails auprès desquels il s'agenouilla, tendant l'oreille. Il y aurait toujours des trains roulant sur ces rails, des convois de wagons de marchandises, figés dans le temps. Il se demanda si ces arbres avaient été jeunes à l'époque, s'ils conservaient une sorte d'empreinte de ce qui s'était passé ici : les visages et les corps se pressant aux portes des wagons, les mères anxieuses, les enfants angoissés, la soudaine terreur. Il regarda en direction du terminus des voies. Le paysage était immobile, figé ; une image que les rails traversaient comme une grande déchirure en travers d'une toile sur laquelle il n'était, lui, qu'un personnage insignifiant. Il se releva. Il était venu ici pour voir Hugh, et la fille. Et il était venu pour révéler la vérité finale sur Troie, les mots du vieux poète que Hugh et lui avaient si péniblement traduits dans les semaines qui avaient suivi la libération de Rebecca et la fin des fouilles.

— James !

Surpris, il se tourna vers la maison. Une silhouette se précipitait vers lui, portant des bottes de neige, un long pardessus gris, une écharpe multicolore et un bonnet orange, ses longs cheveux bruns flottant derrière elle. Elle se jeta dans ses bras.

— Venez à l'intérieur. Vous devez être frigorifié.

— Hugh est là ?

— Papa et moi sommes arrivés de Varsovie avec lui hier, dit Rebecca en soufflant dans ses paumes. Nous ne sommes ici que depuis une heure. Le couple qui tient cet endroit est vraiment très gentil. Hugh ne va pas très bien. Ça fait bizarre de le voir hors de chez lui. Il est très fragile.

— Je sais. (Dillen hésita.) Mais, avant d'entrer, reprit-il, comment avez-vous su que c'était bien ici ?

Elle enfonça les mains dans ses poches.

— Après avoir quitté Troie, papa a voulu découvrir ce qui lui était arrivé. À la fille à la harpe. Il a été très pris par cet horrible bunker, vous le saviez ?

— Je sais que l'OTAN a accepté de faire des fouilles et que la base a été fermée. Je sais aussi que tout le monde est très excité par les œuvres d'art et les antiquités qui pourraient se trouver là-dessous, et très inquiet par ce qu'il pourrait y avoir d'autre. Encore une histoire qui va faire beaucoup de bruit.

— Et Saumerre, dit Rebecca, l'air sinistre. Quand papa a eu cette petite conversation avec lui, il lui a posé ses conditions : Saumerre ne s'approche plus de nous, et nous ne le dénonçons pas. Papa n'a parlé que de ses rapports avec la pègre, de ses antécédents familiaux, sans jamais évoquer un lien avec des terroristes fondamentalistes. Les médias sont déjà au courant du passé trouble de sa famille. Alors, si toute cette histoire se résume à du trafic d'œuvres d'art et d'antiquités, à un meurtre ou deux et à un kidnapping, il peut essayer de prétendre à une invention de la presse. Mais s'il est question de terrorisme, ça change tout.

— Voilà pourquoi le procès de Raitz est si important.

— Oui. Papa espère qu'il pourra être repoussé au moins jusqu'à ce que la fouille du bunker soit achevée. Il pense que Raitz est faible et qu'il risque de cracher le morceau à propos de Saumerre au cours de son procès. Si cela arrive, Saumerre disparaîtra, comme Ben Laden. Les services de renseignements n'y tiennent pas. Ils préféreraient qu'il reste dans la partie le plus longtemps possible afin de pouvoir infiltrer son organisation. Le pire serait que Raitz craque avant son procès et tente de passer un marché. Il a des amis influents à Londres, des avocats, des politiciens, qui l'encourageront à le faire tout en criant au scandale quant à sa détention, une insupportable atteinte aux droits de l'homme. Ce qui explique que les Turcs sont pressés de le juger. Ils ne retardent le jugement qu'à cause de toutes les pressions que nous exerçons. Leurs services de renseignements savent exactement ce qui se passe, mais du point de vue de l'opinion publique, ça semble plutôt moche. Un éminent historien de l'art détenu sans procès pendant des mois par des militaires turcs alors que son seul délit est d'avoir pénétré sans autorisation sur un site archéologique. C'est à ça que ça ressemble.

— On en vient presque à regretter qu'une balle perdue ne lui ait pas réglé son compte lors de ta libération.

— Pour papa, il était essentiel de le garder en vie afin que Raitz soit considéré comme le grand responsable. Mais c'est une cocotte-minute qui risque d'exploser à tout instant. C'est pour cela que papa a insisté pour la fouille du bunker. Si nous pouvons trouver et sécuriser ce qui s'y trouve, cela supprimera au moins une inconnue de l'équation.

— Jack en a-t-il parlé à Hugh ?

— Il hésite beaucoup à cause de Peter qui est peut-être mort dans ce bunker. Son corps pourrait encore s'y trouver. Mais, de toute façon, papa tenait à faire cette fouille pour la fille. Il dit qu'il vous en a parlé et que vous étiez d'accord avec lui pour l'entreprendre le plus tôt possible, y compris pour Hugh. Nous avons donc commencé à l'Imperial War Museum à Londres où est conservé tout ce qui provient de Belsen. Nous avons fini par trouver une référence à un camp satellite. Quelques formulaires de demande de médicaments signés par un médecin qui n'avait pas encore terminé ses études au Guy's Hospital, et un décompte des nouveaux arrivants à l'hôpital de la Croix-Rouge qui avait été installé à Belsen. Les dates correspondent. Nous avons d'abord tenté de retrouver ce médecin, mais après la guerre, il n'a pas achevé son internat et on a perdu sa trace. C'est alors qu'on a décroché le vrai scoop. Il y a quelques années, une infirmière de la Croix-Rouge à Belsen a enregistré son expérience pour une présentation audio au musée et nous avons ainsi pu la retrouver. Elle se souvenait d'une autre infirmière, une de ses amies, qui avait passé son premier jour là-bas dans l'autre camp, le camp satellite. Du coup, direction l'Australie.

— L'Australie ?

— Oui. Les deux femmes avaient continué à correspondre. Nous l'avons retrouvée dans une maison de retraite près de Brisbane. Une charmante dame, Helen, très terre à terre. Mais elle pleurait beaucoup. Comme Hugh. C'était la première fois qu'elle en parlait vraiment. Elle s'occupait des enfants du camp. Elle se souvenait de la fille à la harpe, et du dessin. C'est elle qui l'a donné à Hugh quand les SAS sont entrés dans le camp.

— Donc, elle savait ce qui lui était arrivé ?

Rebecca se tourna vers les rails de chemin de fer.

— Apparemment, la fille n'a jamais prononcé le moindre mot. Ce sont d'autres détenus qui ont raconté son histoire. Elle et ses parents ont été déportés dans le nouveau camp d'Auschwitz-Birkenau dans un wagon à bestiaux en 1942. Ils sont arrivés là, sur ces mêmes rails. (Elle frémit.) Ses parents ont été gazés sur-le-champ, mais elle a été épargnée parce qu'elle a dit aux SS à la rampe qu'elle était musicienne. Elle a d'abord fait partie de l'orchestre du camp qui jouait du jazz et des airs de danse aux nouveaux arrivants juifs. Ensuite, on l'a envoyée dans un bordel. Au début de 1945, elle a été déportée vers l'ouest, dans ce camp près de Belsen. Un peu avant la libération, la chef SS, une femme, a découvert qu'elle avait été à Auschwitz et l'a fait parader devant les autres, comme un animal. Elle lui hurlait dessus : « *Ich werde persönlich dafür sorgen, dass Sie leiden.* » Ce qui signifie : « Je veillerai personnellement à vous faire souffrir. » Quelques jours à peine avant la libération, alors que les SS savaient déjà que tout était terminé, cette femme restait toujours aussi cruelle. Ils ont traîné la fille dans ce bunker, où elle a été violée par les gardes. Ils l'ont laissée pour morte, mais elle a réussi à s'échapper dans la forêt avant de revenir au camp quand elle a vu les SAS arriver. Elle avait dix-sept ans.

— Avez-vous raconté tout ça à Hugh ?

Rebecca secoua la tête.

— Papa dit qu'il savait déjà. Et nous ne voulions pas le bouleverser davantage.

— Donc, c'est l'infirmière en Australie, Helen, qui vous a envoyés ici ?

— Oui. Elle-même y avait travaillé dans les années 1950. C'est la dernière de ces maisons spéciales, à portée de vue du camp d'Auschwitz-Birkenau. Le secret est bien gardé. Il y a des bienfaiteurs, des organisations juives et d'autres. Ils les appellent toujours les enfants, même soixante-dix ans après. Ce sont ceux qui n'ont jamais pu être réhabilités. Comme si leur vie s'était terminée sur la rampe et que leur seule chance de bonheur était de les ramener ici, parce que c'est le dernier endroit avant que le train ne pénètre sur cette rampe.

— C'est ce que Hugh disait, quand il nous a montré le dessin à Bristol. Il avait discuté avec l'infirmière.

— Oui, elle se souvenait de lui. C'est pour cela qu'elle a accepté de nous parler. Au début, elle n'a pas voulu, mais papa est retourné la voir seul, il a repris l'avion jusqu'en Australie. Elle a dit que c'était pour Hugh.

— D'accord. Allons-y, dit Dillen.

Rebecca gravit les marches avant de se retourner pour lui saisir le bras.

— Vous savez ? Vous savez qu'il ne va pas bien ?

Dillen hésita un instant puis la regarda droit dans les yeux.

— Le lendemain de notre visite à Hugh, juste avant ton enlèvement, je suis retourné le voir à Bristol pour la traduction et nous sommes allés à l'hôpital. Il voulait que je sache. Il était au courant depuis un moment.

Rebecca pleurait.

— C'est bien ce que je pensais, dit-elle. Je sentais que quelque chose n'allait pas quand papa et moi sommes allés le chercher. Je le savais. Et papa savait, lui aussi ?

— Il ne voulait pas te faire de peine. Il pense que tu as déjà assez souffert.

Elle retira son gant afin de s'essuyer les yeux.

— Alors, c'est ça qu'il est retourné annoncer à Helen en Australie ? Que Hugh était en train de mourir.

— Ce n'est pas certain.

— Il a quatre-vingt-treize ans.

— Allez, fit Dillen en la prenant dans ses bras. « Haut les cœurs », comme dirait Hugh !

Rebecca renifla, hocha la tête et ouvrit l'écran moustiquaire avant de pousser la deuxième porte en chêne. Il faisait très chaud à l'intérieur, et Dillen referma vite derrière eux. Ses lunettes s'embuèrent. Il dut les enlever pour les essuyer. Il y avait un feu dans la pièce de droite, un chaleureux brasier orange. Au bout d'un couloir dallé, il aperçut une cuisine où quelqu'un s'activait, une bouilloire sur le poêle. Rebecca montra une porte sur la gauche.

— Gardez votre manteau, le prévint-elle.

Dillen la suivit dans une salle à manger qui donnait sur une véranda ouverte. Sur le patio au-delà, il aperçut plusieurs rocking-chairs faisant face au jardin, en partie perdu dans la brume.

Jack était là, debout à l'entrée de la véranda. Il se retourna en les entendant puis leur fit signe de le rejoindre tout en posant un doigt sur ses lèvres. Rebecca laissa Dillen la précéder. Il salua Jack d'un hochement de tête avant de regarder vers le patio. Hugh était assis dehors sur une chaise en osier, enveloppé dans une couverture, leur tournant le dos. Son épaisse tignasse blanche était soigneusement peignée en arrière. Face à lui, le jardin était long et étroit, fermé de chaque côté par de hautes haies. Il longeait les rails visibles à travers une trouée.

Dillen plissa les yeux, cherchant celle qu'il savait être là.

Puis il la vit.

Comme Hugh, elle leur tournait le dos, emmitouflée dans un épais manteau et une écharpe. À sa silhouette, à ses longs cheveux qui dépassaient sous son écharpe, il voyait que c'était une femme. La chevelure était blanche mais elle aurait pu être blonde. Et cette vieille femme aurait pu être une jeune fille. Dans la brume, sa silhouette était incertaine, à peine visible parfois. Soudain, il la distingua très nettement. Elle était assise derrière un grand instrument de musique, à la forme très reconnaissable.

La fille à la harpe.

Dillen ne pouvait voir leurs visages, à Hugh et à elle. Soudain, il repensa aux rails, à l'image arrêtée qui l'avait frappé un peu plus tôt. Ici, deux silhouettes peuplaient une autre image figée, avec toujours cette voie ferrée visible au-delà de la haie. Il frissonna et eut un geste de recul. Son souffle se cristallisait, pourtant il ne voyait pas le moindre petit nuage devant la bouche de Hugh. Il chercha ses mains. Elles étaient crispées sur les bras de sa chaise.

Un hennissement retentit, suivi par un bruit de sabots. Un cheval blanc apparut, sa tête surmontant la haie, secouant sa longue crinière, puis il hennit de nouveau et s'éloigna au petit galop. C'étaient les seuls bruits qu'il avait entendus jusqu'ici et ils étaient incongrus. Le prenant par l'épaule, Jack ouvrit la porte de la véranda. Un tintement fit se retourner Dillen. Il découvrit une femme qui posait un plateau de boissons et des verres sur la table. Elle était petite, âgée, et fut bientôt rejointe par un homme qui lui ressemblait beaucoup. Dillen s'avança pour leur serrer la main. La femme prit la parole dans un anglais teinté d'un accent d'Europe de l'Est.

— Bienvenue dans notre maison. Puis-je vous offrir du thé ? Du café ?

— Du thé, s'il vous plaît. Merci, dit Dillen avant de montrer le patio. Et Hugh ?

— Il a déjà eu son chocolat chaud, dit Rebecca avec un sourire triste. Le meilleur depuis la guerre, selon lui.

— Vous lui aviez dit qu'elle serait là ?

— On ne peut rien lui cacher, dit Jack en souriant. Un ancien officier du renseignement. On a dû lui faire un briefing opérationnel complet avant de décoller. Mais ça a été beaucoup pour lui. Il est comme ça depuis que nous l'avons installé là-bas, il y a une demi-heure.

— Et… la fille ? demanda Dillen. Depuis quand est-elle là ?

— Elle y passe toutes ses journées, dit le Polonais. Tous les jours, depuis que nous nous occupons d'elle. Elle est la dernière des enfants. Maintenant que l'hiver arrive, nous la ramenons un peu plus tôt à l'intérieur. Elle a une bouillotte. Elle a chaud.

— Est-ce qu'elle joue ? demanda Dillen. Je veux dire, de la harpe ?

— Nous pensons qu'elle joue tout le temps, dans son esprit, pour ses parents. Ils doivent adorer l'écouter jouer. Nous ne l'avons jamais entendue, mais parfois quand nous nous approchons, nous la surprenons à fredonner et nous voyons ses doigts bouger, mais sans jamais toucher les cordes. Des chansons d'enfants, des ritournelles. Le cheval l'entend lui aussi, nous en sommes sûrs. Il a une belle crinière, n'est-ce pas ? Elle flotte dans le vent comme les vagues sur la mer. Elle a dû avoir un cheval quand elle était enfant. Ce cheval que vous venez de voir descend du cheval blanc que le commandant du camp, Rudolph Höss, aimait monter quand il jouait avec ses propres enfants à la rivière, là-bas.

— Comment... dit Rebecca d'une voix qui n'était même pas un murmure. Comment pouvait-il faire une chose pareille ?

La femme secoua la tête, continuant à organiser son plateau. Dillen pensa à ce que venait de dire Rebecca. Apollodore de Rhodes aurait pu lui répondre. « Il n'existe aucun rempart contre la malédiction de la guerre. » Depuis que la guerre totale s'était déchaînée sur l'humanité, depuis Troie, elle avait toujours été là, tentante, attirante. Pour la contenir, il ne restait plus que la volonté des individus. Ce que Schliemann avait su lui aussi. Et qui avait peut-être été son plus fervent espoir. Que les individus aient le pouvoir de façonner l'histoire.

Dillen ouvrit son classeur pour en sortir quelques feuilles de papier.

— J'ai apporté l'*Ilioupersis,* le « sac de Troie ». Il couvre cent vingt-six lignes, le texte entier que Jeremy et Maria ont trouvé dans la bibliothèque d'Herculanum. Je veux vous le lire.

— Avez-vous gardé la métrique grecque ? demanda Jack.

Dillen secoua la tête.

— Il n'a pas été écrit ainsi. On y retrouve un peu l'imagerie, certaines des épithètes familières de l'*Iliade,* mais ce sont plutôt des vers libres. Au début, cela nous a déconcertés, Hugh et moi. Comment cela pouvait-il être l'œuvre d'Homère, si elle n'était rédigée dans le fameux pentamètre iambique ? Et nous avons fini par en comprendre la raison. Les pentamètres de l'*Iliade* convenaient au cycle héroïque, à l'histoire d'hommes prisonniers de leur destin, agissant sur une scène créée par les dieux, incessante, répétitive. Et ils facilitaient la mémorisation, la déclamation du barde, l'accompagnement de la lyre. Mais l'*Ilioupersis* est différent. Les héros sont morts. Les dieux ont disparu. L'homme prend l'ascendant.

— Vous voulez dire que le cours de l'histoire n'est plus prévisible, qu'il n'obéit plus aux mêmes règles, murmura Jack.

— Exactement. Dans l'*Ilioupersis,* l'auteur décrit ce qu'il voit sans obéir à une formule poétique, bardique. Le texte est dépourvu d'ornement. Achever ainsi l'histoire de Troie, écrire sans fioritures ce dont il a été témoin, était pour Homère sa responsabilité de poète. Trois mille ans plus tard, il en fut de même pour d'autres poètes, ses lointains descendants de la Première Guerre mondiale, Graves, Sassoon, Owen et les autres. La tradition bardique de l'*Iliade* magnifiait les exploits des héros au coin du feu : on entendait le fracas des épées, les provocations des champions. Mais cette vérité finale qu'il venait de transcrire dans l'*Ilioupersis* a peut-être effrayé Homère et il a choisi de la dissimuler. Son monde s'écroulait sous ses yeux. Le texte s'est perdu dans les ténèbres à la fin de l'ère des héros.

Un bruit sourd retentit dehors, un claquement d'ailes, des oiseaux volant dans la brume, invisibles. Jack se tourna vers la véranda.

— Nous les avons déjà entendus avant votre arrivée, et notre hôte a eu la gentillesse de nous expliquer. Ce sont des oiseaux migrateurs en provenance de la Baltique, qui sont en route vers le sud, vers l'Afrique. Des corbeaux, des merles, des oies. C'est une étrange coïncidence car ils se dirigent vers le sud-est, vers les Dardanelles, avant de rejoindre l'Asie. Dans un jour ou deux, ils survoleront Troie.

Dillen tendit l'oreille mais les oiseaux étaient déjà loin. Comme s'ils suivaient une ligne de faille, non pas géologique, mais une fissure dans le tissu de la civilisation, entre deux endroits qui étaient devenus de terribles synonymes de mort. Il se demanda si Schliemann avait vu lui aussi ces oiseaux à Troie, des corbeaux noirs volant vers le sud ; si, d'une certaine façon, ils lui avaient apporté une vision du futur, une vision horrible qui l'avait poussé à vouloir changer le cours de l'histoire.

— Donc, reprit Rebecca. Vous disiez qu'Homère avait assisté à la chute de Troie. Vous croyez vraiment que l'*Iliou-persis* est le récit d'un témoin oculaire ?

— Les preuves sont là, dans l'analyse au carbone 14 du papyrus, dans l'analyse textuelle, dans la forme ancienne de l'alphabet. Si Troie est tombée en 1200 avant J.-C., ce texte n'est pas beaucoup plus tardif.

— Vous ne répondez pas vraiment à ma question.

— Tu me diras ce que tu en penses une fois que je te l'aurai lu. À toi de juger.

— L'archéologie ne peut pas tout nous dire sur Troie, n'est-ce pas ?

Jack sourit.

— Les poteries ne chantent que si on sait les faire chanter.

— Le barde immortel, murmura Rebecca. C'est ainsi qu'Alexander Pope surnommait Homère.

Elle sortit de sa poche la version de l'*Iliade* de Pope que Dillen lui avait donnée. Elle l'ouvrit et Dillen vit l'inscription : « Pour Hugh, avec amour et affection, de la part de Peter. En souvenir de notre été à Mycènes, 1938. »

— Je crois que j'entends de la musique, reprit-elle. Dans le jardin.

Elle tendit l'oreille.

La harpe.

Dillen se retourna. Tout ce qu'il entendait, c'était l'écho d'ailes qui battaient.

— N'allez pas voir Hugh tout de suite, dit-elle. Il l'entend peut-être, lui aussi.

— Quelle musique est-ce ? demanda Jack.

Rebecca se tourna vers lui, le visage rouge.

— Celle que James jouait sur sa lyre à Troie. Le dernier soir, dit-elle à Dillen, quand vous êtes retourné à votre tranchée et que vous pensiez que personne ne vous écoutait. Je me trouvais dans celle de Schliemann et je montais vous voir. Une chanson d'enfant. C'était magnifique.

Il y eut un silence.

— Revenons-en au texte, dit Jack. Et il vaudrait mieux que Hugh ne reste pas trop longtemps dehors.

Dillen sourit à Rebecca avant de se diriger vers la porte. Hugh était toujours immobile. Dillen regarda la fille à la harpe, la distinguant à peine à travers le linceul de brume. Tout paraissait engourdi, arrêté, comme s'ils étaient tous pris dans l'instant où elle était figée. Puis il vit les flocons de neige qui tombaient, comme de la cendre. Il se souvint qu'il avait apporté autre chose avec lui, et sortit de sa poche le bout de poterie, noir, grossier, qu'il avait extrait de l'ancien foyer dans sa tranchée de fouilles à Troie. Il regarda Jack. La poterie allait chanter. Il le porta à ses narines et inhala les feux de Troie. Dans son esprit, il vit une autre silhouette, assise avec une lyre sur un promontoire rocheux au-dessus du champ de bataille, observant le déferlement des guerriers mycéniens, sentant le sol trembler tandis que le sceptre de leur puissant capitaine s'abattait. Homère. Agamemnon.

Il vit Hugh lever lentement le bras droit, tendre son doigt comme pour mimer un pistolet et le braquer. Dillen connaissait ce geste qu'il avait si souvent vu dans la salle de classe tant d'années auparavant. Il signifiait : « Va le chercher. » Le souffle bloqué, il écouta le silence, essayant de percevoir la musique que Rebecca avait entendue.

Il baissa les yeux vers les anciens vers. Tout était vrai. Homère avait bien assisté à la chute de Troie. Au cours de la dixième année, Agamemnon avait déchaîné sa rage, et ses hommes avaient fait pleuvoir une nouvelle horreur : des flèches de fer. Le cheval de Troie était un navire porté par la noirceur hurlante de la mer, qui frappait les murailles de Troie. Il avait craché les guerriers cuirassés de fer d'Agamemnon. Hélène de Troie n'était pas une femme mais un foyer embrasé, un signal qui illuminait le ciel nocturne, un feu qu'il avait lui-même touché, senti.

Comme le gamin turc qui avait vu Schliemann et Sophia près de trois mille ans plus tard, Homère avait vu Agamemnon emprunter un passage sous Troie, l'avait vu fermer à jamais la grande porte en bronze d'une salle où les rois d'autrefois se réunissaient pour éviter la guerre, pour apaiser la bête dans l'homme. Cette bête qui avait pris possession d'Agamemnon depuis qu'il avait cédé à la tentation de ces armes nouvelles, encore plus mortelles.

L'âge du bronze était devenu l'âge du fer. L'âge des héros était devenu celui des hommes.

Dillen leva sa feuille de papier et se mit à lire.

Note de l'auteur

J'ai visité Troie pour la première fois en 1984 alors que j'étais étudiant en archéologie, et le gardien m'a autorisé à dormir sous l'avant-toit de la vieille maison des fouilles près du site. Cette nuit-là, je me suis promené seul parmi les ruines et je me suis agenouillé à l'endroit exact où Heinrich Schliemann avait découvert le fabuleux « trésor de Priam » en 1873. Près d'un demi-siècle avait passé depuis les derniers travaux, et visiter ces lieux revenait à entrer dans le monde de Schliemann, les voir tels que j'imagine qu'il les avait vus pour la dernière fois en 1890 peu avant sa mort. J'ai ressenti exactement la même chose en retournant là-bas lors de l'écriture de ce roman pour voir les résultats des nouvelles fouilles : la personnalité de Schliemann imprègne Troie autant que n'importe quelle couche archéologique. Sans lui, « Troie » n'aurait peut-être pas existé dans l'imagination populaire. Ce sont sa vision unique, sa croyance dans la réalité de la guerre de Troie et des récits d'Homère qui donnent aujourd'hui une telle puissance à ces ruines.

Schliemann suivait encore d'anciennes sources quand il s'est rendu en Grèce pour fouiller la citadelle de l'âge du bronze de Mycènes, bastion d'Agamemnon dans l'*Iliade* d'Homère. Au IIe siècle avant J.-C., l'écrivain-voyageur Pausanias a écrit qu'Agamemnon avait été enterré dans l'enceinte des murs et, juste au pied des massifs remparts de pierre, à l'intérieur, Schliemann a mis au jour le célèbre « cercle des tombes » contenant un trésor qui surpassait même ses découvertes troyennes. À la différence du « trésor de Priam » qui date du troisième millénaire avant J.-C., et donc antérieur de plusieurs siècles à la date probable de la guerre de Troie – aux alentours de 1200 avant J.-C. –, il n'existait guère de doute dans l'esprit de Schliemann que ces trésors dataient de la fin de l'âge du bronze, de l'époque d'Agamemnon.

Les fouilles de 1876 furent supervisées au nom du gouvernement grec par Panagiotis Stamatakis qui entrait souvent en conflit avec Schliemann en raison de ses méthodes. Le livre de ce dernier, *Mycènes* (1878), communique son excitation : il avait trouvé une tombe creusée dans la pierre, le premier « sépulcre », que de fortes pluies l'ont forcé à abandonner sans – affirme-t-il – atteindre les sépultures, n'y revenant que plusieurs semaines plus tard, après avoir dégagé d'autres tombeaux et une immense quantité d'or, confirmant ainsi qu'il avait bien découvert des tombeaux royaux. À la fin novembre, il atteignait le fond de la première tombe et trouvait le fameux « masque d'Agamemnon », déclarant avoir vu, en le soulevant, un crâne qui s'est décomposé dès qu'il a été exposé à l'air libre. Dans la même fosse, se trouvaient deux autres corps, l'un bizarrement déformé. Schliemann envoya un télégramme au roi de Grèce pour annoncer la découverte, plus tard évoquée par le slogan certainement resté le plus célèbre dans les annales de l'archéologie : « Aujourd'hui, j'ai contemplé le visage d'Agamemnon. »

Que Schliemann ait ou non effectué des fouilles clandestines à Mycènes, nous l'ignorons. La fiction du prologue tire son inspiration de son propre récit de la découverte du trésor de Priam trois ans plus tôt à Troie, quand il a prétendu qu'en voyant de l'or il a renvoyé les ouvriers et s'est mis à creuser seul avec sa femme, Sophia (*Troy and its Remains,* 1875). Schliemann s'est senti dans l'obligation de se défendre contre ceux qui l'accusaient de s'être livré au « trafic » de trésors (*Mycènes*). Il est fort probable qu'il ait embelli certains passages de son compte rendu et que ses techniques de fouilles ne respectaient guère les standards de l'époque. Son histoire personnelle reflète ses incertitudes et sa fascination pour Troie. Comme les anciens héros imparfaits qu'il adorait, comme Agamemnon lui-même, Schliemann apparaît sous son meilleur jour si on le considère comme un de ces héros, un personnage enveloppé de mystère mais ancré dans une brillante réalité, une réalité qui nous illumine encore depuis ces extraordinaires semaines de découvertes dans les années 1870 quand sa vision enflammait le monde.

Les fouilles modernes qui sont décrites dans ce roman sont fictives et n'ont aucun lien avec le nouveau programme lancé à Troie depuis les années 1980. Celui-ci a permis des avancées remarquables et laisse entrevoir comment de nouvelles trouvailles pourraient être faites. On dispose d'hypothèses crédibles sur le rivage de la plage de l'âge du bronze, ainsi que sur la localisation probable du port à Beşik Bay, sur la côte égéenne en face de l'île de Ténédos (Bozcaada). Les épaves superposées du roman sont, elles aussi, fictives mais doivent beaucoup à mes propres expériences de plongée dans la mer Égée sur des sites de naufrages s'étalant sur une période allant de l'âge du bronze au XXe siècle. La technique de construction de la galère est celle utilisée pour un navire marchand de l'âge du bronze retrouvé au sud-ouest de la Turquie ainsi que pour des bateaux égyptiens. L'épave de 1915 est inspirée par le célèbre mouilleur de mines turc, le *Nusret,* dont une réplique à l'échelle grandeur nature est exposée au musée naval de Çanakkale. Des mines encore actives, et du matériel d'artillerie, datant de la campagne de Gallipoli en 1915 jonchent toujours le fond des Dardanelles et sont souvent désamorcées par des équipes turques de déminage.

J'ai imaginé la pièce du palais proche du mur nord de la citadelle de l'âge du bronze où des structures sont peut-être encore enfouies. Les caractéristiques de cette pièce sont basées sur d'autres constructions de la fin de l'âge du bronze à Troie, y compris les murs inclinés. Vous pouvez voir des photographies de ces structures sur mon site Web www.davidgibbins.com. Les restes du foyer sont fictifs, mais on a retrouvé de nombreux débris et des matériaux carbonisés. La fresque du joueur de lyre est inspirée par une véritable peinture murale découverte dans le palais mycénien de Pylos en Grèce, mais qui ne porte, elle, aucune inscription. De même qu'aucune inscription n'a été retrouvée suggérant qu'Homère ait vécu à la fin de l'âge du bronze.

Le tunnel et la salle sous Troie décrits dans le roman sont aussi imaginaires. Néanmoins, dans les années 1990, a été faite l'extraordinaire découverte d'un réservoir d'eau et d'un complexe de tunnels, d'une longueur totale de cent soixante mètres, sous l'enceinte sud-ouest de la citadelle. L'idée d'une grande salle ronde dérive des tombeaux en « ruches » ou *tholos* de l'âge du bronze égéen, dont le plus spectaculaire est celui de Mycènes que Schliemann a baptisé le « trésor d'Atrée ». Mon idée selon laquelle ce type de structures a pu servir d'arsenal s'appuie sur le contrôle hautement centralisé du travail du bronze mis en évidence dans les archives mycéniennes en linéaire B et sur l'exemple connu d'une chambre forte utilisée pour stocker des lingots dans le palais minoen de Zakros en Crète. Des têtes de flèche en bronze ont été retrouvées à Troie, et les têtes de flèche mycéniennes décrites au chapitre 3 sont visibles au British Museum. La fabrication du fer s'est répandue à travers l'Anatolie et le monde égéen dans le dernier quart du deuxième millénaire avant J.-C., produisant d'abord des lames de qualité puis des têtes de javelot et de flèche. On pense que ce développement a été lent, mais un roi perspicace aurait pu en percevoir le potentiel et s'emparer de la technologie pour prendre l'ascendant dans un conflit très long, finissant par renverser l'équilibre des forces dans un siège tel que celui décrit par Homère à Troie.

L'histoire du cheval de Troie n'apparaît pas dans l'*Iliade*, et n'est mentionnée qu'à trois reprises dans l'*Odyssée* d'une manière telle qu'on attend visiblement du lecteur qu'il la connaisse. L'histoire qui nous est parvenue est traditionnellement imputée à l'*Ilioupersis*, le « sac de Troie » – par Arctinos dont on pense qu'il a été un élève d'Homère. Seules quelques lignes de cet *Ilioupersis* ont survécu dans ce qu'on appelle le « cycle troyen », mais il est possible que Virgile, le poète romain, ait eu accès à un texte plus complet quand il a composé le livre II de l'*Énéide* : le récit de la chute de Troie qui demeure la source principale de l'histoire du fameux cheval, même s'il a été écrit plus d'un millier d'années après les événements qu'il est censé décrire. L'*Ilioupersis* fictif de ce roman comble les trous laissés par l'œuvre d'Homère ; le contexte inventé de cette découverte, une bibliothèque enfouie à Herculanum, donne la matière à une partie de mon autre roman, *Le Dernier Évangile*. L'idée que le cheval puisse être compris d'une façon moins littérale a intrigué les spécialistes d'Homère à la fin du XIXe et au début du XXe siècle. Plusieurs possibilités ont été évoquées : une tour de siège, un navire, ou une manifestation allégorique de Poséidon, dieu-cheval autant que dieu des tremblements de terre et de la mer. Comme nous comprenons mieux le cataclysme naturel qui a peut-être accompagné la chute de Troie, ces idées retrouvent une nouvelle pertinence.

Dans la tradition antique, le Palladion (du latin *Palladium*) était une petite statue en bois de la déesse Pallas, Athéna pour les Grecs. Il était censé avoir été sauvé de Troie puis conservé dans le temple de Vesta à Rome, jusqu'à ce que l'empereur Constantin l'emporte pour l'enfouir sous sa colonne à Constantinople. Cette version est très discutable ; certains dans l'Antiquité croyaient que le Palladion était resté caché à Troie et n'avait été découvert qu'au cours du Ier siècle (Appien, *Guerre mithridatique* 53, suivant Servius). L'idée qu'il y ait eu deux Palladions, l'un « public » et l'autre dissimulé, provient d'un texte de Denys d'Halicarnasse écrit au Ier siècle avant J.-C. : « Arctinus dit qu'un seul Palladion a été donné par Zeus à Dardanos et que celui-ci est resté à Ilion (Troie) quand la cité a été prise, caché dans un sanctuaire secret tandis qu'une réplique exacte était placée dans un endroit public pour tromper ceux qui avaient des intentions à son égard et c'est celui-ci que les Achéens (les Grecs) ont pris » (*Antiquités romaines* 1.69.3). La tradition selon laquelle Dardanos – le fondateur légendaire de Troie – a reçu le Palladion de Zeus, et qu'il serait donc, de ce fait, « tombé du ciel », a aussi conduit à la fascinante théorie qu'il aurait pour origine une météorite, ce qui s'accorde avec la vénération pour les météorites dans les anciennes cultures.

La forme qu'un tel objet a pu prendre, façonné par d'antiques métallurgistes, est matière à conjecture. À Troie, Schliemann a découvert plusieurs objets de poterie décorés de svastikas incisés, un symbole bien connu venu d'Inde où il était vu comme propice ou prometteur – le mot sanscrit *svastika* signifiant « être bien ». Les svastikas troyens ont été parmi les premiers découverts et ont alimenté la croyance en un lien entre ces symboles et la théorie d'une « race aryenne » qui a fini par obséder les nationalistes allemands. Sur les poteries troyennes, on retrouve aussi bien le svastika orienté vers la droite que vers la gauche – connu en sanscrit comme le *sauwastika* – sans qu'aucun des deux ne prédomine. Quoi qu'il en soit, la plus extraordinaire trouvaille d'un svastika à Troie, gravé sur la vulve d'une idole féminine, est dirigée vers la gauche, et c'est un svastika orienté vers la gauche que l'on trouve sur le portail en fer forgé de la maison de Schliemann à Athènes, parmi d'autres emblèmes rappelant Troie. Schliemann n'en a pas seulement trouvé à Troie : en fouillant dans le premier sépulcre à Mycènes, dans la tombe où il a trouvé le masque d'Agamemnon, il a découvert plusieurs petits disques dorés avec le svastika inversé – identiques à ceux qu'il avait vus sur des poteries à Troie (*Mycènes*). Le svastika inversé est visible sur des drapeaux nazis mais c'est la version orientée vers la droite qui est devenue leur symbole officiel au début des années 1930.

Le camp nazi de ce roman est fictif, comme tous les personnages qui y sont dépeints. Néanmoins, les détails sont basés sur des descriptions et photographies du camp beaucoup plus vaste de Bergen-Belsen dans les jours qui ont immédiatement suivi sa libération par les troupes britanniques le 15 avril 1945. Je n'ai pas cherché à utiliser les mots exacts des témoins, mais j'ai essayé de reproduire le langage des soldats britanniques et du personnel médical de l'époque. L'Imperial War Museum de Londres a été d'une importance cruciale avec ses archives sur Belsen et tout son matériel sur l'Holocauste et ses publications qui continuent à fournir des informations précieuses, par exemple sur les fournitures médicales d'urgence dans les premiers jours après sa libération et le soin porté aux enfants. Les expériences de « la fille à la harpe » reposent sur des faits réels, y compris la sélection à Auschwitz et l'orchestre du camp. Le rôle des auxiliaires féminines a fait partie des révélations choquantes à Belsen en 1945. Nombre de gardiens SS ont été abattus par une patrouille de SAS britanniques qui est entrée dans le camp peu avant sa libération et, dans les jours qui ont suivi, les troupes anglaises en ont tué d'autres qui tentaient de s'évader. Trois gardiennes, ainsi que le commandant du camp et six autres gardes ont été condamnés à mort au procès de Belsen et pendus le 13 décembre 1945.

Le camp de Belsen a été libéré par des éléments de la 11e division blindée britannique, 8e corps, 2e armée qui, avec la 1re armée canadienne, formait le flanc gauche de l'avancée alliée en Allemagne. En février 1945, les Britanniques et les Canadiens ont livré leur dernière grande bataille dans et autour de la forêt de Reichswald, rencontrant des conditions comparables à celles qu'avaient connues les Américains dans celle de Hürtgen quelques mois plus tôt. Le bilan des pertes au cours de ces affrontements explique l'insistance dans mon roman pour qu'une bataille dans cette forêt soit évitée à tout prix. Même en avril 1945, il existait des poches de résistance allemande capables de retarder l'avancée des Alliés pendant plusieurs jours, non seulement des restes de la Waffen-SS et de la Wehrmacht mais aussi des unités fraîches comme la 2e *Marine-Infanterie-Division* (des matelots réaffectés de la *Kriegsmarine*), les jeunesses hitlériennes et les *Volksturm*, les jeunes garçons et les vieillards qui constituaient les ultimes réserves d'Hitler. Des officiers allemands interrogés après la guerre commentaient avec dérision la lenteur de l'avancée alliée sur un front aussi large et estimaient que la guerre aurait pu être gagnée des mois plus tôt en utilisant une tactique de « Blitzkrieg » en fer de lance, similaire à celle que les Allemands avaient employée en 1940. Il y a peu de doute que la décision des Alliés reposait sur la nécessité de découvrir les secrets scientifiques et technologiques nazis avant qu'ils ne soient détruits ou utilisés contre eux. Les activités d'unités clandestines telles que la UA 30 – unité d'assaut (plus tard « d'avance ») commando 30, création du *commander* Ian Fleming, auteur des romans de James Bond – sont encore entourées de secret et il n'existe aucune certitude quant au succès rencontré par les Alliés dans leur quête des secrets nazis les plus terribles, particulièrement dans le domaine des armes chimiques et biologiques.

Parmi ces unités, les hommes des Monuments, Fine Arts and Archives ont soulevé un intérêt notoire, notamment parce que leur travail a permis de révéler l'existence de trésors volés par les nazis qui restent disparus. Parmi les plus extraordinaires découvertes de 1945 figurent les découvertes de caches dans les mines de sel à Merkers en Allemagne et Altaussee en Autriche, cette dernière piégée par le *Gauleiter* local avec des bombes de cinq cents kilos – une interprétation particulièrement fanatique de l'ordre Néron d'Hitler, le décret visant à la destruction des infrastructures du Reich. Ces découvertes m'ont inspiré l'idée que la célèbre mine de sel de Wieliczka en Pologne pourrait avoir servi à des fins similaires, d'autant plus que l'on sait avec certitude que l'une des galeries les plus profondes avait été convertie par les nazis en atelier d'assemblage de moteurs d'avions employant des travailleurs forcés. Les tunnels inondés du roman sont une invention basée sur ma propre expérience de plongée dans des mines submergées.

L'un des plus grands chefs-d'œuvre disparus reste le *Portait d'un jeune homme* de Raphaël, volé par les nazis au musée Czartoryski de Cracovie. Le « trésor de Priam » de Schliemann qu'il avait offert à l'Imperial Museum de Berlin a été conservé pendant la guerre dans le *Zoo Flakturm*, un immense bunker de béton construit sur le site du zoo de Berlin. Le trésor s'est volatilisé en 1945, et on le croyait perdu jusqu'à ce qu'il réapparaisse au musée Pouchkine de Moscou. La possibilité demeure que d'autres artefacts expédiés clandestinement par Schliemann en Allemagne ou ailleurs soient un jour découverts parmi d'autres trésors volés par les nazis.

L'acquisition d'une copie du *Mycènes* de Schliemann provenant de la bibliothèque du sénateur George Frisbie Hoar (1826-1904), un des plus grands hommes politiques et homme de lettres américain du XIXe siècle, m'a inspiré la rencontre fictive des trois hommes d'État à Troie en 1890. Dans son autobiographie, Hoar décrit sa visite de l'Angleterre et de la Chambre des communes, où il avait admiré l'éloquence du Premier Ministre, William Evert Gladstone (1809-1898). Son amitié avec Gladstone était un facteur de la célébrité de Schliemann ; Gladstone lui a permis de parler devant la Society of Antiquaries of London, la Société des antiquités, et il a rédigé la longue préface de son livre *Mycènes.* Hormis sa passion littéraire pour Homère, Gladstone éprouvait une fascination particulière pour les débuts de la métallurgie et discourait de ce sujet avec Schliemann. Il s'inquiétait de sa santé, et Schliemann lui-même a paru enfin admettre sa propre mortalité dans son ultime lettre à un autre soutien, le chancelier allemand Otto von Bismarck (1815-1898). Après avoir unifié l'Allemagne, celui-ci aurait éprouvé quelques inquiétudes devant la montée du nationalisme et la signification nouvelle donnée au svastika. Sa fameuse prémonition selon laquelle la prochaine guerre européenne serait déclenchée par un incident dans les Balkans se révéla horriblement fondée. Ces hommes voyaient l'archéologie au travers du prisme de la « marche du progrès » du XIXe siècle, pour eux les leçons du passé étaient plus qu'un simple *cliché*[11]. Je les ai

11. En français dans le texte (N.D.T.).

imaginés redoutant ce que l'avenir réservait, mais partageant avec Schliemann la confiance et l'idéalisme qui leur auraient permis de se réunir une nuit pour imaginer comment empêcher la répétition du « premier des crimes hideux de l'homme civilisé », la chute de Troie.

La citation au début du livre se réfère à une tablette d'argile (RS 34.165) retrouvée à Ugarit en Syrie, détaillant les préparatifs d'une bataille entre les Hittites et les Assyriens à la fin du XIIIe siècle avant J.-C. ; celle qui la suit provient de *The Iliad of Homer* d'Alexander Pope (Londres, 1806). Les poèmes de W.H. Auden mentionnés se trouvent dans *The Shield of Achilles* (Le Bouclier d'Achille) (Londres, Faber & Faber, 1955). Au chapitre 18, la déclaration de George Hoar anticipe son discours devant le Sénat américain en 1902, où il condamne la guerre aux Philippines (Jennings, B.W. et Halsey, F.W., éd., *The World Famous Orations. America III. 1861-1905*, New York, 1906). L'illustration de couverture est basée sur le masque d'Agamemnon de Mycènes, à présent exposé au musée national d'Archéologie d'Athènes. Les illustrations du roman sont une pièce d'argent du IVe siècle avant J.-C. provenant de l'île grecque de Ios, lieu de naissance légendaire d'Homère, montrant le poète et les lettres grecques OMEROU ; un svastika inversé basé sur les décorations de la maison de Schliemann à Athènes ; et l'ex-libris de George Hoar dans son exemplaire du *Mycènes* de Schliemann. D'autres images de sites et d'artefacts présents dans cet ouvrage, tels que des tours à Troie et Mycènes, les tessons de poterie noircie de Dillen, les livres de Schliemann et Pope, des photographies d'épaves et du Webley de Jack sont visibles sur mon site www.davidgibbins.com.

Remerciements

Je tiens à remercier mes éditeurs Martin Fletcher chez Headline et Caitlin Alexander chez Bantam Dell, mon agent Luigi Bonomi, Gaia Banks, Alison Bonomi, Darragh Deering, Sarah Douglas, Sam Edenborough, Mary Esdaile, Harriet Evans, Kristin Fassler, Emily Furniss, Tessa Girvan, David Grogan, Jenny Karat, Celine Kelly, Nicki Kennedy, Kerr Macrae, Alison Masciovecchio, Tony McGrath, Jane Morpeth, Peter Newsom, Amanda Preston, Jenny Robson, Jane Selley, Rebecca Shapiro, Jo Stansall, Nita Taublib, Adja Vucicevic, Katherine West, Leah Woodburn et Theresa Zoro, ainsi que les représentants d'Hachette et bien d'autres maisons d'édition un peu partout dans le monde.

J'ai une dette toute particulière envers Oya Alpar et mes éditeurs turcs, Altin Kitaplar, qui m'ont invité à l'excellente foire du Livre d'Istanbul, me donnant ainsi l'occasion de retourner à Troie pour un séjour très enrichissant pendant la rédaction de ce livre. Je remercie mon frère, Alan, de m'avoir accompagné lors de ce voyage et pour ses photographies, ainsi que pour son travail sur mon site Internet www.davidgibbins.com. Mes premières visites à Troie et à Mycènes remontent au début des années 1980 où, avec l'aide du

British Institute of Archaeology d'Ankara et de la British School of Archaeology de Bristol, j'ai eu la chance d'étudier sous la direction de professeurs qui étaient à la pointe des recherches sur l'âge du bronze égéen et le monde d'Homère et qui, eux-mêmes, appartenaient à la génération qui avait suivi l'« époque héroïque » de l'archéologie, celle qui avait commencé avec Heinrich Schliemann. J'ai aussi participé à de nombreuses fouilles d'épaves en Méditerranée. Mes recherches en archéologie maritime doivent beaucoup à une bourse accordée par le Winston Churchill Memorial Trust alors que j'étais étudiant à l'université de Cambridge.

Je suis extrêmement reconnaissant à Ann Gibbins pour son aide et ses conseils, à mon père qui m'a offert comme cadeau de fin d'études l'édition de 1806 de l'*Illiade* d'Homère dans la traduction de Pope, et à notre adorable fille, Molly, qui a accompli ses premières explorations sous-marines au large des côtes du pays de Galles alors que je rédigeais cet ouvrage.

DANS LA MÊME COLLECTION AUX ÉDITIONS FIRST

Will Adams

Le Tombeau d'Alexandre

L'Énigme de l'Exode

Le Secret d'Éleusis

Les Naufragés de l'Éden

Jeffrey Archer

Seul contre tous

Le Sentier de la gloire

Kane et Abel

Et là, il y a une histoire

James Becker

Le Dernier Apôtre

Les Tables du prophète

Chris Carter

La Marque du tueur

Inger Frimansson

Bonne nuit, mon amour

L'Ombre dans l'eau

David Gibbins

Le Dernier Évangile

Tigres de guerre

Le Masque de Troie

Titania Hardie

Le Labyrinthe de la rose

Lauren Jillian
Mes nuits au harem

Josef Ladik
Les Engagés
Jéricho

Florian Lafani, Gautier Renault
Une partie en enfer

P. J. Lambert
Les Murmures du tombeau
La Route d'émeraude

Stephen Leather
Tu iras en enfer

Carlo A. Martigli
L'Ultime Gardien

Martin Michaud
Les Âmes traquées

Michael Ridpath
Là où s'étendent les ombres

Mary Doria Russell
L'Aube des rêveurs

Carmelo Sardo
Les Nuits de Favonio

Anne-Solange Tardy
La Double Vie de Pénélope B.
Very Important Pénélope B.

A.B. Winter

La Grande Mascarade

L'Ode à la joie

La Croisade des enfants

Cet ouvrage a été imprimé
en mai 2011 par

FIRMIN-DIDOT

27650 Mesnil-sur-l'Estrée
N° d'impression : 105526
Dépôt légal : juin 2011

Imprimé en France